CORNELIA READ

Champs d'ombres

roman traduit de l'américain
par Laurent Bury

ACTES SUD

CHAMPS D'OMBRES

ACTES NOIRS
série dirigée par Marc de Gouvenain

Titre original :
A Field of Darkness
Cette édition est publiée avec l'accord
d'Hachette Book Group USA / Mysterious Press,
New York, USA

ISBN 978-2-7427-6844-8

Illustration de couverture :
Apocalypse Mania, "Le Cycle des lumières"
© Bollée & Aymond - Dargaud, 2007

Pour Grace et Lila, qui ne sont que douceur et lumière.

Première partie

SYRACUSE, 1988

Les vieilles fortunes n'ont que trop tendance à suivre une trajectoire qui, si élégante et distinguée qu'elle soit, s'avère dépourvue de tout contact avec la réalité ordinaire. Le corps des riches manque d'énergie, leur esprit manque de logique. Aucun de leurs actes n'a d'importance. Leurs gestes les plus nobles, leurs attitudes les plus étudiées, leurs actions les plus remarquables peuvent tous être attribués à l'argent qu'ils n'ont pas gagné. Privés des plaisirs et des peines liés au risque, ils passent à côté de l'expérience de la vie.

NELSON ALDRICH, *Les Vieilles Fortunes. Mythologie de la richesse aux Etats-Unis.*

1

Il y a des gens qui peuvent être heureux n'importe où. Je ne suis pas de ceux-là.

Quand la maison d'à côté a brûlé pour la deuxième nuit consécutive, je me suis à nouveau demandé ce que je foutais à Syracuse.

Disons tout de suite que ces incendies n'avaient aucun rapport avec les deux sœurs assassinées. Elles étaient mortes depuis dix-neuf ans, on leur avait tranché la gorge un soir de fête foraine en 1969, alors que je me trouvais à cinq mille kilomètres de là, sur le point d'entrer à l'école primaire en Californie.

Pourtant, quand je pense à ces filles, à tout ce qui s'est passé après que j'ai appris la nouvelle, c'est l'image de cette maison brûlée deux fois de suite qui me vient en premier. Comme si l'univers m'avait adressé ce long clin d'œil surréaliste, comme un avertissement que j'aurais dû être assez futée pour saisir.

La première nuit, il faisait déjà très chaud et, dans le silence, le moindre bruit montait jusqu'à la fenêtre de notre chambre, même le gémissement du chien d'un voisin. J'entendis une porte grillagée s'ouvrir toute grande pour le laisser sortir, un ressort fatigué claquer en se refermant, puis des ongles canins griffer le trottoir. Je n'arrêtais pas de retourner mon oreiller mais, lorsque le chien revint gratter pour qu'on le laisse entrer, j'avais renoncé à dormir et je m'étais levée en traînant les pieds.

J'ai fait le tour de l'appartement dans l'espoir qu'un souffle d'air passe par le balcon, juste une petite brise qui s'égare sur notre île perdue. Tu parles ! J'ai mis la tête sous le robinet de la cuisine puis je me suis allongée sur la banquette en vinyle violet, longue de plus de deux mètres, que mon mari Dean avait rapportée d'un wagon de chemin de fer qu'il avait retapé.

Je détestais ce truc, en grande partie parce qu'à côté de ce mastodonte les malheureux résidus de mon patrimoine avaient l'air encore plus ridicules. Les deux petites tables du XVIIIe siècle, en forme de demi-lune. L'armoire à linge bavaroise en bois peint. Le majestueux globe terrestre des années 1920 avec ses océans noirs où on pouvait encore repérer Ceylan, Formose et le couloir de Dantzig.

Cet été-là, j'avais vingt-cinq ans et tous les meubles que je possédais étaient rayés, faussés, marqués de traces blanches par des générations de verres abandonnés. C'étaient les vestiges d'un naufrage, les cochonneries qu'on jette exprès par-dessus bord. La fortune de ma famille est si vieille qu'il n'en reste plus rien.

De ce point de vue, j'avais tout à fait ma place à Syracuse. La ville produisait jadis tout et n'importe quoi, des fusils, du bicarbonate de soude, des hélicoptères et des machines à écrire, mais quand j'y suis arrivée le canal Erié avait été recouvert et les grandes usines n'étaient plus que des ruines.

A condition de savoir où chercher, il existait encore des traces de cette gloire passée, comme nos cache-radiateurs fabriqués à partir des plaques de métal dans lesquelles avaient été découpées en zigzags délicats les tiges des touches des Remington et des Smith Corona. Les fantômes de l'Histoire hantent les détails de notre existence, son espace négatif.

J'ai écrasé mon oreiller contre l'accoudoir de la banquette et je me suis mise à lire *De sang-froid*, de Truman Capote, acheté en livre de poche dans une vente de charité. Au bout de quatre pages, j'ai entendu un long boum venant du dehors, tellement sonore qu'il résonnait entre mes côtes.

Une magnifique colonne de fumée noire était encadrée par les montants du porche. Elle tourbillonnait contre le ciel rose des nuits en ville, soulignée par des centaines de milliers d'étincelles rouge et or, comme de minuscules joyaux montant rejoindre les étoiles. Il était exactement 3 heures du matin, à en croire l'horloge de la cuisine.

Les camions de pompiers sont arrivés ensuite, avec leurs sirènes déformées par la distance et ponctuées par de petits glapissements à chaque carrefour. Une fois garés dans la rue d'à côté, ils ont coupé les sirènes mais tous les phares sont restés allumés.

Je me suis levée, éblouie par les flashes de couleur qui perçaient entre les vieilles maisons bien serrées comme pour souligner la moindre éraflure des poubelles. J'ai laissé tomber mon bouquin et je me suis faufilée dehors, mes tongs aux pieds.

Une vieille bagnole gravissait la colline en ronchonnant. Au bout de l'avenue illuminée, sa silhouette se découpa un instant : le pot d'échappement luisant d'huile, la carrosserie tellement rouillée par endroits qu'il n'en restait qu'un filigrane. Le feu absorbait toute l'humidité de l'air et me tendait la peau sur les joues.

J'ai traversé la chaussée au goudron ramolli et je me suis glissée entre les bâtisses faisant face à la nôtre. Pendant une fraction de seconde, j'ai eu l'impression de me retrouver dans une des photos de Weegee publiées par le magazine *Life* dans les années 1940 : en noir et blanc, dans une de ces tragédies de la route, à l'époque où tout le monde portait un chapeau et où les voitures étaient aussi rebondies que le *Hindenburg*.

J'ai cligné des yeux et je me suis retrouvée devant mes voisins qui, bouche bée, déambulaient vêtus de shorts et de tee-shirts d'où débordait cette chair translucide que j'attribue toujours à la consommation de cigarettes Kool et de fromage emballé sous vide. Je me suis avancée parmi eux et je me suis engueulée toute seule : *il n'y a pas plus snob qu'une bourge désargentée.*

Luisants de sueur dans leurs vestes en caoutchouc, des pompiers casqués s'affairaient pour déballer leur équipement. Ils ont hissé une échelle et nous avons soupiré, les yeux fixés sur les flammes du toit, sur les lourds jets d'eau projetés par les pompes. Nous sommes restés hypnotisés jusqu'au départ des camions, puis chacun est rentré chez soi, en conservant dans la bouche cette odeur de feu de camp qu'on a arrosé de quelques seaux. Pour tout arranger.

Le plus débile, c'est que ça a recommencé le lendemain. Le propriétaire de la maison voulait peut-être tirer encore quelques sous de son assurance. A 3 heures du matin, j'étais sur la banquette, je lisais Truman Capote et j'ai relevé la tête en entendant tout à coup un crépitement.

Pendant une minute, je me suis sentie obligée de m'arracher au vinyle pour aller réveiller Dean, mais son réveil devait sonner une heure après, alors qu'on était dimanche. Cette année-là, il a passé tout l'été à bricoler du matin au soir, à la ferme de ses parents ou bien au Canada avec une équipe chargée de l'entretien des trains.

J'aurais dû aller me coucher, mais j'ai attendu que ce nouvel incendie soit maîtrisé. Dans le calme qui suivit, on entendit un gros orage monter à l'ouest. Je savais qu'après ça l'air se refroidirait.

La lumière de la rue s'est répandue dans notre chambre lorsque j'ai entrouvert la porte. Dean avait emmêlé ses longues jambes dans le drap du dessus et ses cheveux dorés par l'été brillaient sur l'oreiller. Je me suis assise sur le bord du matelas puis, à moitié réveillé, il m'a tirée tout contre lui quand je me suis allongée.

Je répète que les incendies n'avaient aucun rapport avec les deux filles assassinées, mais ce sont ces deux nuits qui ont tout déclenché en moi. C'est la dernière fois que je pus m'endormir sans devoir d'abord avouer, dans l'obscurité creuse, que je me sentais en partie coupable de ce double meurtre que je n'avais pas commis.

2

Le lendemain matin, quand je me réveillai pour de bon, Dean était parti depuis longtemps. J'avais brièvement refait surface lorsqu'il m'avait embrassée, puis je l'avais écouté démarrer sa Harley, avec son rot-pot-pot de basse profonde dans le calme précédant l'aube.

Vers 11 heures, je me traînai jusqu'à la cuisine. Je serais le sujet idéal pour une intraveineuse de caféine, une poche d'un litre en goutte-à-goutte rapide suspendue à une potence montée sur roulettes pour me suivre partout. J'ai opté pour une pinte de café hyper fort, dilué dans un quart de litre de lait, complété par une poignée de sucre. Brut léger sulfureux.

Je l'avalai à toute vitesse, mais j'étais déjà en retard pour le déjeuner chez mes beaux-parents. Dean était revenu depuis quelques jours et je l'avais harcelé jusqu'à ce qu'il me promette de prendre son après-midi.

Ses virées au Canada étaient pour le moins soudaines. Il recevait un coup de fil de sa boîte, Speer-O-Matic, puis il partait pour des semaines entières, le seul jaune à travailler dans une équipe où tous les autres étaient syndiqués. Il ne me téléphonait jamais. Il restait dans cet interminable désert aux arbres bleus, avec dans les oreilles le grincement exaspérant des graviers sur l'acier.

S'il vous est arrivé de poser une pièce de monnaie sur une voie ferrée, vous savez ce que les trains font subir au métal. Après le passage du train, il ne reste plus qu'un petit ovale mince comme du papier à cigarette, d'où le motif gravé en relief a complètement disparu.

Même chose pour l'acier : les rails s'aplatissent comme la pâte sous le poids d'un rouleau à pâtisserie. Le train pousse en avant des microns de métal et laisse derrière lui une série de vagues régulières. Chaque wagon, tombereau ou voiture voyageurs accentue le phénomène, jusqu'à ce que le passage sur cette surface ondulée finisse par abîmer les trains et augmenter la consommation de carburant. Il faut alors remplacer les rails ou réparer les parties endommagées. Evidemment, cette seconde possibilité coûte moins cher.

C'est là qu'entre en scène la meuleuse, autrement dit une locomotive équipée de deux rangées de disques abrasifs. Comme le rail n'est pas plat, il faut positionner chaque disque manuellement, pour qu'ils arrachent un ruban de métal à cette surface convexe. Malgré tout, on ne retrouve jamais le profil exact du rail initial.

A cause du travail de Dean, nous ne pouvions jamais rien prévoir. Pas seulement parce qu'on ne savait jamais combien de temps il resterait à la maison, mais parce qu'il passait le plus clair de ses jours dans son atelier. Quand il partait travailler, il entretenait la meuleuse à rails. Quand il rentrait, il cherchait par tous les moyens une solution pour l'automatiser.

Il avait conçu un logiciel permettant d'ajuster chaque disque depuis l'intérieur de la locomotive. Speer-O-Matic était prêt à l'acheter, mais Dean espérait toujours trouver le moyen de reprofiler exactement le métal. Cela éviterait de devoir remplacer les rails et, grâce à l'informatique, il suffirait de deux hommes au lieu de vingt pour entretenir les voies.

Il pourrait vendre son logiciel à Speer-O-Matic, à la Southern Pacific, à n'importe quelle compagnie...

Evidemment, les syndicats voulaient sa mort.

Dean s'en foutait. Il était trop enthousiaste à l'idée de cette "occasion idéale de donner une intégrité structurelle à notre avenir".

Moi, j'appelais ça "notre seule chance de quitter ce trou pourri".

A votre avis, lequel de nous deux avait fait des études supérieures ?

Si vous voulez savoir à quoi je ressemble, moi, Madeline Dare, je mesure un mètre soixante-trois mais je triche de deux centimètres sur mon permis de conduire. J'avais quatorze ans quand les vieux dans les bars se sont mis à me dire que j'avais un faux air d'Ingrid Bergman. En plein jour, dessaoulés, ils m'auraient trouvé l'air de la cousine d'Ingrid Bergman, celle qui joue au hockey, qui aime un peu trop les harengs à la crème mais qui a gardé ses pommettes et ses hanches étroites.

Un jour, j'en ai parlé à Dean. Nous étions face à face et, comme il mesure exactement trente centimètres de plus que moi, le sommet de mon crâne s'incrustait à la perfection sous son menton.

— Elle peut aller se rhabiller, Ingrid, a-t-il répondu en me passant un bras autour de la taille et en glissant un regard à l'intérieur de mon pull. Moi, je préfère les femmes qui ont plus de poitrine.

Je sortis du frigo le taboulé que j'avais fait la veille. Dans le placard à balais, je pris le fusil de chasse de ma grand-mère, pour m'exercer après le repas. C'était un bel engin, un Holland & Holland Royal Brevis des années 1930, calibre 20, envoyé par mon père deux semaines après mon douzième anniversaire. Il avait appartenu à sa mère, qui en avait deux. Le canon était si sensible qu'il suffisait de l'effleurer pour le faire tinter comme du cristal.

Il valait drôlement cher et j'aurais mieux fait de le vendre. Dean avait réussi à mettre un peu d'argent de côté grâce à des années de travail comme ouvrier agricole, mais en dehors du fusil et de mes meubles minables je n'avais pas grand-chose à montrer en guise de dot.

Papa m'avait probablement envoyé ce fusil moins par générosité que pour effacer les traces laissées par nos ancêtres spécialisés dans l'escroquerie. Il croyait bien faire, mais passer pour quelqu'un de bien aux yeux des débiles établis dans un mobile-home à Malibu comptait davantage pour lui que les anniversaires de ses filles, la plupart du temps. Pourtant, je n'aurais pas supporté de le vendre.

Je caressais depuis longtemps l'espoir de faire revenir mon père en m'accrochant à tout ce qu'il avait laissé derrière lui, en fermant les yeux bien fort et en ne pensant qu'à des jolies choses. On allait nous donner une seconde chance, à tous les deux. Il suffisait d'appuyer sur le bouton "marche arrière" jusqu'à ce qu'on revienne au moment où il avait foutu le camp alors que j'avais quatre ans. Et on effacerait toutes les conneries qui s'étaient produites ensuite.

Ça ne risquait pas d'arriver.

Dans la vraie vie, il plantait chaque matin son fauteuil pliant devant sa caravane pourrie, prêt à faire son yoga face à l'océan Pacifique après avoir fumé son premier joint de la journée.

Dans la vraie vie, j'habitais Syracuse, je n'avais pas un rond et je me dirigeais vers ma vieille Volkswagen Rabbit munie d'un fusil inestimable et d'un bol de taboulé, toujours incapable de comprendre pourquoi j'étais venue m'établir ici, entre Long Island et la Californie qui avaient été jusque-là les deux pôles de mon existence.

Avant d'être présentée à Dean par ma copine Sophia, au cours d'une soirée chez ses parents qui habitaient du côté ouest de Central Park, je n'avais jamais mis les pieds dans cette ville. J'y étais restée, et ça prouve à quel point j'aime mon mari, malgré ce qu'il appelait "mon snobisme de petite-bourgeoise".

J'allumai l'autoradio pour écouter NPR, je pris la 690 puis la 481, en croisant une dizaine de voitures qui arboraient sur leur vitre arrière un Garfield à ventouses comme il en existait en 1988.

Maintenant, les automobilistes dégoûtés par ce personnage grotesque lui coincent la tête dans le coffre et laissent le corps voltiger au vent.

C'est une année où il ne s'était pas passé grand-chose. Oh, bien sûr, il y avait eu Benazir Bhutto et Solidarność. Les Jeux olympiques de Séoul. L'affaire Iran-Contra. Mais pour les Américains 1988 se résume à un photomontage un peu flou, des vêtements à épaulettes et des tonnes de gel dans les cheveux.

Michael Dukakis était encore un candidat sérieux pour les présidentielles. Je n'arrêtais pas de dire à Dean que le colonel Oliver North était un fameux trou du cul, et il me répondait que North n'avait fait qu'exécuter les ordres. Je répliquais qu'il aurait dû respecter la Constitution quelles qu'aient été les instructions de Reagan, et que si "exécuter les ordres" justifiait les pires horreurs, alors nous revivrions bientôt les procès de Nuremberg.

Comme NPR était d'accord avec moi, Dean avait surnommé la station nationale "la voix de Managua". Un commentateur était encore en train de déblatérer contre l'amiral Poindexter quand je pris le virage qui me permettrait d'arriver chez mes beaux-parents.

Une fois dans leur allée, je passai devant le panneau "Famille Bauer" et je vins me garer juste devant leur grande maison bleue.

Dean était au frais dans le garage et il se savonnait les mains pour en ôter la crasse. Il avait enlevé son bleu de travail et l'avait soigneusement replié. Avec son pantalon vert et son tee-shirt blanc, il aurait pu être le héros d'une fresque soviétique. Il ne lui manquait qu'une clef anglaise à brandir face au soleil levant, ses baskets rouges s'avançant vers les lendemains qui chantent...

— Bonjour, jeune dieu au corps de rêve, dis-je en levant la cuisse sous mon taboulé.

— Coucou, chérie.

Il sourit, s'essuya les mains sur un chiffon et se pencha pour m'embrasser.

Il y avait une constellation de minuscules brûlures sur ses biceps, là où des étincelles de soudure étaient passées à travers le bleu de travail.

Nous montâmes quatre à quatre les marches de la cuisine, en nous bousculant pour franchir le seuil de la porte.

Dean lança à sa mère un "Salut, vieille branche" hors d'haleine, en me passant le bras pardessus les épaules.

— Oh, mon petit Dean... protesta-t-elle, radieuse.

Elle le contourna pour me tapoter la main et me faire un petit baiser sur la joue. Je lui demandai si je pouvais l'aider à préparer le déjeuner. Elle prit mon taboulé en disant :

— Mais que tu es gentille ! Ça a l'air délicieux...

Et elle m'assura qu'il n'y avait plus rien à faire. Elle nous obligea à entrer dans la maison pour qu'elle puisse finir de fixer sur la porte d'un placard un portrait du prédicateur Billy Graham découpé dans le journal.

Dot, ma belle-mère, est toujours si calme, si bavarde, elle raconte toutes ses histoires en gloussant un peu, mais en une journée elle abat plus de besogne que dix personnes.

Chez moi, il y a toujours du désordre et il faut une demi-heure pour retrouver les clefs de la voiture ou une paire de chaussettes. Ici, tout était bien rangé, impeccable, et jonché de vaches miniatures.

Ma belle-mère a un sérieux penchant pour la race Holstein. Du calendrier de la cuisine, qui lui souhaitait "une Vachement bonne année", jusqu'à la planche à repasser en passant par le porte-rouleaux de PQ, on voyait partout le mufle rose et la tête blanche et noire de ruminants heureux. Je crois qu'elle n'avait jamais pardonné à son mari Cal d'avoir renoncé à l'élevage pour une forme d'agriculture plus rentable.

Affalés sur le tweed à carreaux jaune moutarde du salon, Cal et son fils aîné Scott regardaient la vidéo promotionnelle d'une ramasseuse-presse de la marque John Deere, qui "élimine pratiquement l'usure du coussinet du piston".

Je ressentais toujours comme un vertige en entrant dans cette pièce. C'était l'épicentre du cœur du pays, cette *terra incognita* dont j'avais seulement deviné l'existence lorsque, étant enfant, je me demandais s'il existait vraiment des gens qui regardaient par plaisir les émissions de variétés à la télévision.

Je les enviais. Si on m'avait privée d'ironie, je serais morte en moins de cinq minutes. Comme une amie bavaroise plus âgée me l'avait confié il y a bien longtemps : "Dans ma famille, on était impressionné quand les hommes étaient capables de se raser."

Ici, tout était solide comme le roc, tout n'était qu'utilité concrète et sens de la mesure. Mais c'est dans cette maison que Dean avait découvert la poésie de William Blake et la musique du Velvet Underground, c'est d'ici qu'il était parti passer un an à Katmandou.

Dot nous appela à table. Elle avait préparé une montagne de dinde, de jambon, de rôti de bœuf, de petits pains, de salade, de sauces, de moutarde, de cornichons maison et de chips. Au milieu de cette profusion, mon petit taboulé avait quelque chose d'obscène.

Cal remplit son assiette généreusement mais, en examinant sa première fourchetée à mi-chemin entre la table et sa bouche, il déclara :

— Quand j'étais gosse, on appelait ça du tourteau de colza.

Je lui souris timidement, car ma cuisine n'avait jamais été comparée à un sous-produit de la fabrication de l'huile utilisé pour l'alimentation du bétail. Pour ma défense, il faut dire que Cal considérait par ailleurs la nourriture chinoise dans son ensemble comme "du chien cuit dans de l'huile de vidange" et que, chaque année, Syracuse figure parmi les quatre premières villes des Etats-Unis en ce qui concerne la consommation de plats tout faits.

La plupart du temps, Cal est plutôt bonne pâte mais à certains moments il tombe à bras raccourcis sur le premier venu et, pour être sincère, il prend plaisir à vous torturer. C'est comme qui dirait son passe-temps : il vous lance de petites grenades et, si vous protestez, il prend un air innocent, comme s'il n'y était pour rien.

Il avait l'art de rester à la limite du désagréable, avec le genre de blague dont on riait tant que les autres en étaient victimes, surtout quand ils s'énervaient. Ensuite, il vous rappelait que ses petites plaisanteries du style “caillou caché dans la boule de neige” n'épargnaient personne.

Scott, le fils aîné, était assis en face de moi, sombre et crispé comme Nixon dans sa jeunesse. Il n'avait pas enlevé sa casquette de travail et attendait, furieux, que quelqu'un remarque son verre vide et parcoure le mètre et demi séparant sa chaise de la cuisine pour réparer ce scandale.

Il avait cinq ans de plus que son cadet, mais il avait passé son temps à enquiquiner Dean jusqu'au jour où il avait trouvé à qui parler. En entrant dans la grange, Cal avait trouvé Scott étendu à terre, en larmes, tandis que Dean, hilare, le tenait en respect, une fourche sur le cou. Mon futur mari avait alors douze ans et, depuis, il appelait son grand frère “Chialeur”.

— Je suis passé ce matin chez le concessionnaire voir un nouveau camion, dit Chialeur. Notre salaud de gouverneur veut encore augmenter les impôts, et, au magasin, Goldstein aurait tendance à entuber sur tout, du volant jusqu'aux pneus.

Dot se leva :

— Thé glacé ou jus d'airelle, Scottie ?

Il se renversa en arrière et croisa les bras.

— Qu'est-ce que tu peux attendre d'un youpin ? Quel sale con.

— Exactement ce que tu peux attendre de n'importe qui, répliquai-je.

Il se tourna vers Dean.

— Désolé. J'oublie toujours que ta femme est juivophile.

Dean ne daigna pas répondre et me fit du pied sous la table, en remontant le creux de ma cheville avec la pointe de sa chaussure. Chialeur avait la ferme, Dean avait les couilles.

Chialeur poussa un soupir et se tourna de nouveau vers sa mère.

— Je veux bien de l'airelle, s'il n'y a rien de mieux.

J'aurais dû le flanquer par terre et lui dire d'enlever sa putain de casquette. Sa mère sourit et s'empressa de le satisfaire, en prenant une cruche décorée de vaches pour lui verser un jet scintillant de liquide rouge dans son verre orné de vaches.

Dot plaça sa main libre sur le récipient et le souleva sans répandre une goutte. Ses pas rapides furent d'abord étouffés par la moquette, puis retentirent sur les dalles de lino de la cuisine. Elle revint se poser sur le bord de sa chaise, prête à obéir à la prochaine sommation.

Nous ruminions tous, accompagnés de temps à autre par le tintement d'une fourchette sur une assiette.

Je fis le tri parmi mon dérisoire assortiment de sujets de conversation inoffensifs : la récolte excessive de courgettes, l'humidité, les trains qui sont toujours en retard.

Dans ma famille, l'incapacité à parler de la pluie et du beau temps est considérée comme l'une des pires défaillances morales dont une femme soit susceptible mais les blancs dans la conversation ne dérangeaient pas les Bauer. Les longs silences étaient ici la norme, ponctués par de brusques bouffées de discours, un peu inquiétantes, comme des éruptions d'artillerie à longue portée par une morne journée de 1916.

Cal posa sa fourchette et nous dévisagea un par un.

Dean m'adressa un clin d'œil pour m'avertir de l'approche d'une tempête.

Le patriarche s'éclaircit la gorge :

— Il paraît que tout va être vendu mardi, chez Johnston.

Dot avala sa salive. Elle ne souriait plus.

Je tentai de croiser son regard mais elle semblait absolument fascinée par un pli de la nappe, qu'elle contemplait en fronçant les sourcils. Elle essayait de le raplatir avec les mains.

Comme l'avait un jour fait remarquer sa fille cadette, Dot était du genre à emporter un flacon de détergent et une vieille brosse à dents lorsqu'elle allait prendre son bain, pour astiquer la baignoire au lieu de se détendre dans l'eau chaude. J'espérais que cette tendance déteindrait sur moi, que je pourrais l'absorber par osmose, à force de proximité : il me fallait bien un peu de calvinisme pour compenser mon abominable laxisme moral.

Chez les chiens, ce sont les hanches qui lâchent en premier. Chez les humains, c'est la colonne vertébrale.

— Johnston est plus tout jeune, dit Cal en tendant la main pour attraper quelques tranches de dinde. C'est marrant qu'il vende au moment de la fête foraine. Il nous loue presque tous ses terrains depuis qu'il a eu son attaque.

— J'aimerais mieux que vous n'ayez jamais mis les pieds là-bas, dit Dot.

Elle se tortillait sur sa chaise, mais sans lever les yeux : il fallait bien faire obéir la nappe.

Un sourire sarcastique naquit au coin de la bouche de Cal.

— Prix correct. Bonne terre pour le soja. Pas de quoi se plaindre.

— C'est Izzy qui dirige les enchères ? demanda Dean.

Cal hocha la tête.

Dean éclata de rire :

— "Grande, bien foutue, bon rendement !"

— Pardon ?

— Izzy Fleischmann, m'expliqua-t-il. Il dirige les enchères depuis des années. Il est génial. Quand j'étais gosse, il nous fourguait ses vaches. Il leur frappait le derrière en disant : "C'est celle-ci qu'il vous faut... Grande, bien foutue, bon rendement." Un peu comme toi, Bunny.

— Je suis *très* flattée.

Il me sourit.

— Izzy arrivait toujours à embobiner l'oncle Furet. Il le menait par le bout du nez. Il lui disait toujours : "Vous êtes un fichu malin, Wendell."

— Il était bien le seul à lui dire ça, murmura Dot dont la bonne humeur revenait peu à peu.

Dean avait des talents de diplomate. Aucun sujet n'aurait mieux réuni les convives que l'Incurable Connerie de Furet. Il suffisait de s'interroger sur le nombre de clefs à douille qui pouvaient avoir disparu après son passage à l'atelier de la ferme et tout le monde hochait la tête d'un seul mouvement.

Dean se renfonça dans sa chaise.

— Ce type aurait pu vendre n'importe quoi à Furet. Il avait un camion entier de vaches bossues qui frissonnaient, de la morve plein le mufle, squelettiques, avec seulement trois pis, la totale. Furet lui achetait tout le troupeau.

Je pris une bouchée de mon taboulé, et je dois dire qu'il était sublime, citronné avec beaucoup de poivre noir moulu et de persil plat émincé.

— Izzy connaît son boulot, poursuivit Dean. Il fera en sorte que Johnston s'en tire avec une bonne somme.

Dot se mit à balayer les miettes avec la main. Elle les réunissait en petits tas carrés.

— C'est juste que je n'aime pas penser à cet endroit-là.

J'avais envie de lui demander pourquoi mais Cal se tourna vers moi et dit :

— Eh, toi qui travailles pour un journal, ça t'intéresserait peut-être de savoir un truc que j'ai appris sur Johnston il y a quelques années…

Après Dean, ma meilleure raison d'habiter ici était mon emploi : je faisais partie de l'équipe de rédaction du *Syracuse Weekly*.

Dot redressa la tête :

— Non, Cal…

Il l'interrompit d'un geste.

— En 1969, il y a deux filles qui se sont fait trancher la gorge. La dernière fois qu'on les avait vues vivantes, elles étaient avec deux soldats, à la fête foraine. C'est Johnston qui a retrouvé les corps.

Dot s'écarta de la table et se leva.

Cal but une longue rasade de thé glacé et me sourit. Tandis qu'elle filait vers la cuisine, il se retourna pour la suivre du regard, un bras sur le dossier de sa chaise.

— Je me rappelle l'avoir croisé cette semaine-là. Je descendais la route sur le tracteur et tout d'un coup je le vois assis sur une souche, encore tout chose.

Dot ouvrit à fond les robinets de l'évier. Cal haussa la voix pour couvrir le bruit.

— Il essayait de finir son champ mais il n'y arrivait pas. Il s'était arrêté en plein milieu d'un rang.

Il marqua une pause pendant que Dot enfilait ses gants en caoutchouc, afin qu'elle ne manque pas une syllabe.

— Il m'a dit que les coups de couteau étaient tellement profonds qu'on distinguait l'os en bas de leur cou. Il revoyait toujours ça chaque fois qu'il fermait les yeux. Et il a vomi comme un chien, juste devant moi.

Dot jeta un regard en direction de la table. Je devinais qu'elle voulait débarrasser mais, comme Chialeur mangeait encore, elle se dirigea vers la gazinière, s'agenouilla, ouvrit la porte de la rôtissoire et en sortit la lèchefrite.

Elle repartit vers l'évier et plongea l'objet dans une eau savonneuse si chaude que ses avant-bras en rougirent malgré les gants.

— Alors maintenant, Johnston se fait vieux, évidemment, et on a commencé à lui louer sa terre, il y a deux ou trois ans. Le premier printemps, un jour que je retournais un des champs, je me suis arrêté pour déjeuner et j'ai aperçu un truc brillant pris dans une dent de la herse. C'étaient des plaques d'identité. Et c'est dans ce champ-là que j'avais vu Johnston, là où il avait trouvé les corps.

Dot brandit son éponge abrasive d'un air lugubre, mais Cal n'allait pas s'arrêter en si bon chemin. Il se retourna pour se concentrer sur moi.

— Je les ai encore, les plaques d'identité. Toi qui es journaliste, ça pourrait te servir.

Je faillis répondre "Non, merci". Pas seulement pour faire plaisir à ma belle-mère, mais parce que je n'étais pas journaliste d'investigation. J'étais plutôt spécialisée dans la publicité déguisée : critiques de livres, rubrique alimentation, potins locaux, carnet mondain. Le style "reporter qui glisse sa carte de presse dans le ruban du feutre mou et qui joue des coudes dans la foule pour être aux premières loges", ce n'était pas du tout moi. Je n'avais pas cette énergie-là dans le sang.

Avant même que j'aie pu lui dire de ne pas se déranger, Cal était déjà parti vers le garage, non sans avoir tapoté l'épaule de son épouse en chemin. L'escalier de la cave était tout près, séparé par une cloison en contreplaqué portant des étagères où s'empilaient les bocaux de conserve. Cal descendit d'un pas lourd, ses semelles crantées en caoutchouc résonnant sur chacune des planches dépourvues de contremarche.

Chialeur écarta sa chaise de la table et partit investir les toilettes.

Je lançai un regard en direction de Dot :

— Cal n'a jamais remis ces plaques d'identité à la police ?

Elle serra encore un peu plus les lèvres et se mit à desservir.

Je me levai pour l'aider, allant de chaise en chaise pour ramasser les assiettes.

En me penchant vers celle de Dean, je lui demandai à l'oreille :

— Mais pourquoi est-ce qu'il les a gardées ?

— Il est trop occupé, me répondit-il en traçant dans l'air les guillemets encadrant la phrase suivante. "Il y a le foin à rentrer et on n'a pas de temps à perdre."

Dot revint chercher la viande et les légumes. Je me passionnai tout à coup pour la récolte des plats et des couverts restés sur la table.

Lorsqu'elle eut regagné la cuisine pour tendre du film sur les aliments tandis que l'eau continuait à couler, je m'accroupis à côté de Dean pendant une seconde :

— Je pensais que, dans un cas comme ça, il aurait aussitôt pris son téléphone.

Dean éclata de rire en secouant la tête.

— Mon père ? D'après lui, les flics sont à peu près aussi utiles que des pis sur un taureau. C'est des fonctionnaires.

Je méditai sur cette réponse en partant charger le lave-vaisselle.

Croyant que je ne la voyais pas, Dot ressortit tous les couverts du petit panier et les mit dans l'évier pour les laver à la main. Elle ne voulait pas me vexer.

Quelle comédie, cette belle-famille.

Le bourdonnement industrieux du lave-vaisselle dissimula le retour de Cal. Je sursautai en le voyant de l'autre côté de la table, une toile d'araignée dans les cheveux.

Il tendit le bras vers moi. J'avançai la main et il laissa les fragments scintillants tomber dans ma paume avec un cliquetis métallique.

Je baissai les yeux. Le nom “Lapthorne Townsend” brillait, gravé en relief.

Ma tête se vida de son sang qui descendit brusquement dans mes entrailles. Les petites lettres se troublèrent et je clignai des yeux à plusieurs reprises.

Lapthorne Townsend. Mon cousin issu de germain. Mon préféré.

J'ai dû mal lire.

Mais quand je regardai de nouveau, je ne vis que ce nom précis, un numéro de matricule et les mots “B nég.” et “Episcopalien”.

Dean vint se placer derrière moi pour lire à son tour. Je fermai le poing.

Réfléchis, vite. Bien entendu, dans ma famille, nous étions tous épiscopaliens, notre identité religieuse était liée à l'histoire de nos ancêtres, arrivés en Amérique avec les premiers colons à bord du *Mayflower*. Mais nous n'étions pas les seuls ! Lapthorne n'était pas un prénom si original que ça !

J'aurais voulu tout oublier instantanément, mais le groupe sanguin B négatif est l'un des plus rares au monde. C'est aussi mon groupe.

Je me tournai vers mon beau-père, en m'efforçant de parler d'un ton détaché.

— Alors vous ne les avez jamais montrées à personne ?

Cal haussa les épaules.

Je partis chercher le bloc-notes et le crayon qui reposaient à côté du téléphone de la cuisine, puis je me mis à l'écart pour reproduire les deux plaques d'identité en frottant le papier avec la mine du crayon, et je glissai la page dans ma poche.

Quand je me sentis un peu plus forte, je relevai la tête en arborant ce que j'espérais être un sourire reconnaissant. Normal. Détendu.

— Je ne sais pas si je pourrai en faire quoi que ce soit, mais c'est gentil d'avoir pensé à moi.

Je les rendis à Cal en le regardant dans les yeux avec toute la sincérité dont j'étais capable.

Il haussa de nouveau les épaules.

Dean et moi, nous partîmes en silence dans Collamer Road, pour monter jusqu'à la ferme entourée comme un château d'une douve de maïs vert jade. Les voitures nous croisaient à toute vitesse, déplaçant un air si étouffant que nous avions l'impression d'être enveloppés dans des peaux de mouton chaudes et humides.

Je n'avais qu'une idée en tête : *Lapthorne... impossible.*

J'étais tout agitée, j'avais soudain une folle envie de voir l'océan. Tout sentait le goudron fondu, les pieux plantés dans l'eau et badigeonnés de créosote sous le soleil estival, mais sans le contrepoint apaisant de l'air marin.

Deux boîtes de cartouches lourdes comme du plomb pesaient dans ma main gauche. J'avais vérifié que mon fusil de chasse n'était pas chargé, mais je le tenais encore ouvert sur mon bras droit, par sécurité.

Je pressai le pas.

Les bâtiments n'offraient rien de ce pittoresque qu'ont les fermes pour calendrier des postes. Il y avait des baraquements pour le foin et les tracteurs, les vieux véhicules et les outils plus vieux encore. On les badigeonnait tous les cinq ans avec un mélange de tous les vieux restes de peinture. La couleur changeait chaque fois, mais le résultat était toujours d'une suprême laideur : jaune caca d'oie, marron moutarde ou guacamole pourri.

Je m'adossai au mur de parpaings de l'atelier et je fermai les yeux dans cette mince bande d'ombre bénie.

— Je me rappelle avoir entendu Cal raconter comment il avait trouvé les plaques d'identité, me confia Dean, mais c'est la première fois qu'il nous les montre.

Une perle de sueur roula le long de mon avant-bras gauche, rapide et nerveuse comme une goutte de mercure.

Dean vint se placer tout contre moi. Mon chemisier me collait à la peau.

— Tu as un cousin qui s'appelle Lapthorne, dit-il sans la moindre nuance interrogative.

Il avait vu le nom. J'étais foutue.

3

Dean posa la main sur mon épaule et me parla d'une voix douce.

— Tu veux en parler à quelqu'un ? A la police ?

Encore adossée à l'atelier, je gardai les yeux fermés. Une brise se leva. Elle produisait comme un bruit d'eau en traversant le maïs et je voulais savourer cette illusion.

— Bunny ?

Je clignai des yeux et me tournai vers lui.

— La police ? D'accord, mais ça aura l'air tellement... Mon Dieu...

Il me regarda sans perdre patience.

— C'est juste que... repris-je. Lapthorne est vraiment un type bien.

— Bien dans quel sens ?

— Bien dans le sens...

Je voyais le visage de Lapthorne, un adulte parmi tous ceux qui se penchaient pour me serrer la main lorsqu'on m'envoyait passer des vacances sur la côte est. Mais, lui, il me *regardait* après m'avoir demandé comment j'allais. Nous avions dû passer au total sept heures ensemble : une partie d'échecs quand j'avais huit ans, puis, peut-être l'été suivant, une après-midi à pêcher la truite dans les Adirondacks.

La dernière fois que je l'avais vu, c'était pendant le repas de noces d'un autre cousin, juste avant que je commence ma dernière année de pensionnat.

Dean attendait encore que je termine ma phrase.

— Je ne peux pas te donner de vraie raison, sauf que, pour lui, c'est impossible. Si ç'avait été n'importe quel autre de la bande, j'aurais tout de suite appelé les flics, chez tes parents. Mais Lapthorne, ce n'est pas possible.

Dean réfléchit en contemplant l'horizon.

— Il est venu à notre mariage ?

— Sa mère est venue. Binty.

— Une blonde qui joue tellement au tennis qu'elle ressemble à un bout de viande séchée ?

Je ne pus m'empêcher de sourire.

— Tout juste.

Il frissonna en agitant les bras

— Cette garce, c'est un cheeseburger qu'il lui faut !

J'appuyai un orteil contre son tibia.

— *Je t'en supplie*, ne me fais pas rire, il fait trop chaud.

— Ta famille, je te jure…

— C'est ça, heureusement qu'il y a des gens comme *Chialeur* sur cette terre !

Il haussa les épaules en souriant pour concéder que j'avais raison.

Je plongeai mon regard dans ses yeux, un peu écartés, de la couleur caramel du thé fort. Il se baissa pour m'embrasser dans le cou.

— Tu es fou.

Il se recula de quelques centimètres.

— Pourquoi ?

— Parce que tu embrasses une fille en sueur qui tient un fusil.

— Une fille en sueur qui tient un fusil et qui refuse de se demander si son cousin préféré est un meurtrier.

Il me mordilla le lobe de l'oreille avec ses canines.

Je me redressai et fis quelques pas.

— Parce que, tout à coup, c'est ma responsabilité à moi ?

— Quoi, tout à coup ?

— Enfin, ça fait combien d'années que Cal a ces plaques d'identité ? Vous n'aviez pas vraiment l'air pressés. Et maintenant, ça urge parce que le nom de mon cousin est mêlé à cette histoire ?

— Qui dit que ça urge ? J'ai simplement parlé d'appeler la police.

Je détournai les yeux et je m'avançai dans la mer de maïs, vers les bois sombres à l'arrière-plan. Dans ma tête, la montagne s'était déplacée de un millimètre.

Après tout, si j'étais absolument convaincue de l'innocence de mon cousin, pourquoi ne pas appeler les flics, pourquoi ne pas entrer dans l'atelier, décrocher l'écouteur du vieux téléphone en bakélite et composer le numéro ? S'il était innocent, quelle différence cela ferait-il, que j'appelle ou non la police ?

Et puis Lapthorne était vraiment un type formidable. Je pensais absolument ce que j'avais dit à

Dean. Toute cette affaire, c'était de l'histoire ancienne. Je ne pouvais cependant faire taire cette once de soupçon, cette infime pointe de doute. Deux filles assassinées. Un de mes cousins dans les parages.

J'imagine que la plupart des gens nieraient la possibilité de compter un meurtrier parmi leurs proches. Alors que notre histoire familiale en était pleine, depuis quatre cents ans !

Par exemple, le capitaine John Underhill avait dirigé le massacre des Indiens pequot, dans le Connecticut. Le 26 mai 1637, avant le lever du jour, ses troupes ouvrirent le feu sur les wigwams et les palissades en bois de la tribu. Selon ses dires, "Beaucoup périrent brûlés dans le fort, hommes, femmes et enfants. D'autres, forcés d'en sortir, arrivèrent par groupes de vingt ou trente et furent reçus à la pointe de l'épée par nos soldats."

Par la suite, le gouverneur William Bradford écrivit : "C'était un spectacle pitoyable que de les voir rôtir dans le feu qu'étouffaient les ruisseaux de sang, dans une puanteur abominable."

En moins d'une heure, ils avaient tué entre quatre et sept cents personnes. Underhill se vanta d'avoir vu ses jeunes soldats écœurés devant "tant d'âmes gémissant à terre, en si grand nombre, par endroits, que l'on pouvait à peine poser le pied".

Lorsqu'on lui demanda pourquoi il n'avait pas épargné les femmes et les enfants, il répondit simplement : "La parole de Dieu suffisait amplement à guider notre main."

La couronne d'Angleterre le récompensa généreusement et il utilisa la somme en question pour acheter une vaste propriété dans Long Island, qu'il baptisa Killingworth, autrement dit "Le salaire du massacre".

Le seul portrait connu du capitaine Underhill n'a pas été réalisé de son vivant. C'est une plaque de bronze, à la base d'un obélisque commémoratif érigé en 1901 par l'association de ses descendants. On le voit assis sur un trône, lisant un grand livre aux Indiens prostrés à ses pieds, en adoration. On distingue quelques mots du texte qu'il suit du bout des doigts : *Aimez-vous les uns les autres.*

Vous me direz : ce n'est qu'un individu, l'incendie dans lequel sont morts tous ces petits enfants et leur famille remonte à il y a quatre siècles, je devrais peut-être passer à autre chose.

Mais je vous répondrai que je l'ai pris au hasard. C'est le premier nom qui soit sorti du chapeau, sans tricher… rien dans les mains, rien dans les poches.

Certes, il y a aussi eu des gens inoffensifs dans la famille. Des brodeuses. Des collectionneurs de cornes de buffle gravées, portant nœud papillon. Du côté de maman, nous étions tous vautrés dans un dilettantisme bohème parfaitement stérile. On dit que nous avons hérité ça de "quelque théâtreuse", puisque ma grand-mère maternelle était une enfant adoptée.

Il y a quand même un pourcentage inquiétant de salauds. Je pourrais vous dresser une chronologie entière, depuis "Ceux qui ont transmis la petite vérole aux Indiens en leur offrant des couvertures" jusqu'aux "Actionnaires qui se sont enrichis grâce à l'utilisation du napalm", mais peu importe où l'on commence et où l'on termine, peu importe quel volume vous sortez de la bibliothèque et peu importe la page à laquelle il s'ouvre. Tantôt c'est un parent qui signe un chèque pour aider à renverser Salvator Allende ou Dieu sait qui, tantôt c'est une douairière qui avoue en sirotant son whisky que "Hitler avait trouvé la bonne solution", juste avant de lancer un glaçon à son pékinois qui se met à courir sur le tapis du salon.

Au bout d'un moment, tout se brouille. Tout se mélange, comme dans ce conte pour enfants où les tigres tournent de plus en plus vite autour de l'arbre jusqu'à ce qu'ils se transforment en une flaque de beurre.

Je voulais croire que Lapthorne était différent, mais je ne voulais rien dire à personne tant que je n'en serais pas sûre. Ni à la police, ni à mon journal.

Dean se rapprocha et dit doucement :

— Qu'est-ce qu'il y a, Bunny, tu es amoureuse de ce bonhomme ?

— Allons tirer. J'ai besoin de réfléchir.

4

Historiquement, les premières cibles artificielles de ball-trap furent des boules de verre soufflé lancées à la main. Elles étaient parfois remplies de plumes, et je me suis toujours dit qu'il serait extrêmement satisfaisant d'en atteindre une pour la faire exploser en une pluie de duvet et d'éclats de verre scintillants.

Nous avions des caisses remplies de pigeons d'argile, de petits plateaux épais à base de poix et de craie. Je remis le fusil à Dean, la crosse en avant. Pendant que je chargeais le lanceur, il introduisit une cartouche dans chacun des deux canons et referma l'arme. Nos boules Quiès empêchaient à peu près toute conversation, mais cela me convenait tout à fait.

Dean hurla *"Pull"* et j'envoyai le premier disque par-dessus l'étendue de maïs. Il l'atteignit aussitôt. J'avais à peine eu le temps de voir la cible avant qu'elle ne disparaisse en fumée. Il ne restait plus qu'un nuage de poudre noire dans le ciel.

Je savais qu'il aurait préféré chasser la marmotte et le rat, satisfaire un besoin d'action hérité de ses ancêtres suisses et écossais, mais mon intérêt pour les fusils ne s'est jamais étendu jusqu'à me donner l'envie de viser une proie vivante.

Quand ce fut mon tour, je tentai d'adopter une posture décontractée, les genoux légèrement fléchis.

Vous n'êtes pas obligé d'avoir le fusil sur l'épaule lorsqu'on lance la cible. Vous le tenez au repos et vous le "montez" une fois le moment venu, en pensant à amener la crosse contre votre joue, et non l'inverse.

Pour viser, imaginez que la cible laisse derrière elle une traînée de fumée, comme un biplan. Sur ce ruban de vapeur hypothétique, décrivez une boucle et balancez le fusil par-dessus, en appuyant sur la détente au moment où vous passez devant la cible.

Votre geste doit former une boucle élégante, mais si vous y réfléchissez trop vous risquez la fragmentation en étapes successives. J'ai lu quelque part que le roi d'Angleterre George V avait un fusil de chasse dans sa chambre afin de pouvoir répéter ce mouvement, les nuits d'insomnie. L'histoire ne dit pas s'il le gardait chargé.

Je criai *"Pull"*.

Le fusil contre la joue, balancement, appuyer sur la détente, suivre...

Le geste ne s'interrompt pas quand vous tirez, puisque l'ensemble dure quelques fractions de seconde : la réponse du doigt à l'ordre du cerveau, le trajet de la cartouche dans le canon puis à travers le ciel. Vous devez tirer à l'avant de la cible, vers l'endroit où votre pigeon d'argile *sera* lorsque vous aurez fini votre petit cinéma.

Raté. *Concentre-toi. Visualise à nouveau toute la série de gestes à accomplir, imagine-toi en train d'atteindre la cible. Recommence. Respire profondément...*

"Pull !" Je suivis la trajectoire... J'appuyai sur la détente et je visai si bien que la cible se désintégra en fumée. Dean siffla entre ses dents.

J'ouvris le fusil et les cartouches vides jaillirent. Je glissai l'ongle de mon pouce par en dessous pour les extraire et les jeter sur le petit tas que Dean avait commencé.

J'étais fébrile et je finis ma série de tirs complètement déchirée.

De tous mes cousins, pourquoi Lapthorne ? Pourquoi pas ce porc d'Ogden avec son rire atroce ? Jake le boudeur avec ses doigts boudinés ? Ou même Binty...

C'était le tour de Dean. Il tirait infiniment mieux que moi. Même avec les boules Quiès, je tressaillais à chaque coup de feu.

Notre petite séance de tir dura jusqu'à ce que le soleil ait redescendu la moitié du ciel. Le temps s'était rafraîchi mais il faisait encore très lourd.

Dean se leva pour s'étirer. Je partis boire un peu d'eau tiède au robinet.

Il me suivit et me toucha l'épaule.

— Pour les plaques d'identité, tu laisses courir ?

Je fis signe que non, en m'essuyant la bouche avec le revers de la main.

— Ces deux filles qui sont mortes, ça me rendrait folle. Il faut que je sache.

— Alors c'est à la police de s'en occuper.

— Et si c'est seulement une drôle de coïncidence ?

— Et si ce n'en est pas une ?

Je baissai la tête et poussai un soupir en frottant ma chaussure sur une motte de terre.

— Si ce n'est pas une coïncidence, s'il est impliqué dans cette histoire... Oui, bien sûr que j'en parlerai à la police. Mais je veux d'abord vérifier.

Dean détourna le regard.

Je me mis à faire les cent pas.

— En 1969, il était peut-être à Paris en train de prendre du LSD, de suivre une formation pour entrer dans une banque d'investissement, ou que sais-je.

Il haussa un sourcil :

— Et alors ?

— Alors je ne sais pas, dis-je en lui prenant la main. Il faut que je voie ce que je suis capable de découvrir par moi-même. Je te jure. Je veux au moins savoir si Lapthorne était ici cette année-là, d'accord ?

J'affichai mon sourire le plus conquérant mais il resta de marbre.

Il me passa le fusil.

— Si tu trouves quelque chose, il faudra que tu en parles aux flics.

— Parole de scout, dis-je en levant deux doigts.

— Putain, les filles de la côte !

Il s'agenouilla près du lanceur tout en secouant la tête.

Il était temps de remettre les boules Quiès pour recommencer.

J'atteignis mes deux premières cibles.

Je crus le moment venu d'essayer le seul truc qu'on m'avait appris mais que je n'avais jamais pu maîtriser. Ah, si papa était resté sain d'esprit assez longtemps pour m'apprendre à tirer avec le fusil sur la hanche. Il tenait ce truc du type qui avait coaché Sean Connery pour les scènes de tir dans *Opération Tonnerre.*

En fait, c'est maman qui me racontait ça, chaque fois qu'il y avait une question sur James Bond dans un jeu télévisé.

Je tentai d'utiliser le truc pour mes deux dernières cibles, que je manquai toutes les deux.

Ce soir-là, notre dîner se composait de cuisses de poulet frit achetées au restaurant *Sal's Birdland.* Assis sur notre vinyle, nous plongions les morceaux gras dans une sauce jaune et sirupeuse et nous trempions les quartiers de pomme de terre dans une crème parfumée à la sauge et au poivre.

— Il faudrait que j'en parle à Kenny, dis-je alors que nous gémissions, repus, parmi les serviettes en papier chiffonnées et les boîtes en polystyrène jonchées d'os luisants.

Kenny était un vieil ami de Dean, un ancien flic qui tenait notre bar louche préféré dans le centre-ville.

— A Kenny, et sans doute aussi à maman.

— Le tandem infernal…

Dean posa la tête sur mes genoux et balança les pieds à l'autre bout de la banquette violette.

Je passai un doigt le long de sa mâchoire.

— Il faut que j'en sache plus sur ces deux filles, et aussi sur Lappy.

— Lappy ? ricana Dean.

— Moi, je ne surnomme personne Chialeur ou Furet. Si tu veux te foutre de moi, essaie plutôt avec Winthrop et Roderick.

Il ferma les yeux en souriant :

— Tu as vraiment fait une mésalliance en m'épousant.

— Comme toutes les femmes.

Je me penchai pour l'embrasser mais il dormait déjà profondément.

Je réussis à me dégager, non sans lui glisser un oreiller sous la tête. Quel drôle de couple nous formions ! Je veux dire, gamine, quand on me demandait quel genre d'homme je rêvais d'épouser, je répondais toujours : “Un homme qui n'oublie jamais de payer la pension alimentaire.”

Ce n'était pas du cynisme, mais simplement de la résignation. Un point de vue réaliste. Dans le paysage de mon enfance, les papas qui restaient en jeu même quand leur mariage tournait au vinaigre, on les comptait sur les doigts de la main d'un manchot.

Les adultes n'étaient vraiment pas doués pour se choisir un conjoint. Personne n'était épargné. Personne ne voyait rien venir. On se mariait, on faisait des enfants, on achetait une maison, et on croyait que tout irait bien. Je crus m'en sortir pendant quelques années en m'occupant de mes affaires, en construisant des forteresses et tout ce qui s'ensuit, mais il arrive toujours un moment où on se laisse emporter par ces forces terribles et irrationnelles, où on se prend de passion pour quelqu'un avec qui il serait ridicule de passer sa vie, même si vous étiez par ailleurs deux personnes bien sous tous rapports.

Pour mes parents, les ennuis ont commencé en 1967. Il est resté à Long Island et elle est partie pour Honolulu, avec ma sœur et moi dans ses bagages. La Californie : tel est le compromis géographique que maman trouva avec Michael, le deuxième mari qu'elle s'était dégoté à Oahu.

Mon demi-frère naquit avant leur séparation en 1972, vers l'époque où papa décida qu'il ne voulait plus être agent de change. En 1976, il vint à son tour s'établir en Californie pour travailler à la raffinerie Chevron de Malibu. Dans le camping-car où il vivait, il avait installé un grand lit à l'arrière, sous lequel il stockait toutes ses affaires. C'est à ce moment-là qu'il s'est mis à me donner tous les vestiges de son passé qui ne collaient plus avec sa nouvelle vie.

Il avait besoin de place pour les plants de luzerne qu'il cultivait dans de vieux pots de mayonnaise. Il cessa de nous verser une pension alimentaire. Il découvrit le pain libanais et, quand nous passions nos vacances avec lui, ma sœur et moi, il nous faisait des sandwiches au thon et aux germes de luzerne. Elle était assez petite pour dormir dans le hamac suspendu devant le pare-brise, et je me contentais de la couchette située sous le toit. Il nous emmenait souvent à Disneyland, ce qui ne devait pas être évident pour lui, vu l'état de ses finances.

Papa habitait désormais en Californie, mais maman était repartie pour Centre Island, cette langue de terre qui rattache Oyster Bay à la côte nord de

Long Island. Sa famille y résidait depuis 1698, mais elle était maintenant en couple avec un certain Bonwit. S'ils s'étaient mariés, ç'aurait été mon énième beau-père. Pas le pire du lot, mais pas loin.

Une voiture traversa bruyamment Green Street et, sur la banquette, Dean s'agita dans son sommeil.

— J'ai eu de la chance, dis-je tout bas pour qu'il ne se réveille pas totalement. Je suis tombée amoureuse de toi. Et même si ça ne tient pas jusqu'à la fin de nos jours, j'ai de la chance en ce moment.

Il raidit une jambe, dont je caressai les poils jusqu'à ce qu'il la relâche.

Je me levai dans l'intention de téléphoner à maman afin d'en savoir plus sur Lapthorne, mais j'avais un article à terminer : "Boissons chaudes pour hivers froids", sujet qui ne m'inspirait guère en cette soirée de canicule, mais je devais rendre mon papier le lendemain à la première heure et mon patron était, pour le dire poliment, un sale con qui ne pardonnait rien.

Je mis un disque des Allman Brothers dans le lecteur de CD, en détournant les enceintes de Dean. Pendant que l'ordinateur se mettait en marche, je me préparai un grand café glacé et j'ouvris mon *Guide international des bars* pour trouver quelques cocktails que mes concitoyens syracusains auraient envie de boire après avoir skié, patiné ou déblayé leur allée à la pelle.

Je feuilletais, gin, rhum, cidre... Nada. La muse journalistique refusa de paraître jusqu'à ce que le punch "New Jersey en flammes" tire brusquement cette garce de son sommeil. Je me ruai aussitôt sur le clavier et, soutenue par la caféine et *Whipping Post* des Allman Brothers, je bouclai mon article au bout de quelques heures.

J'étais en morceaux. Je me massai le cou pendant que mon texte s'imprimait. En consultant l'horloge, je vis qu'il était près de minuit, beaucoup trop tard pour téléphoner à maman. Le calme régnait dans la rue, Dean dormait toujours et je n'avais aucune envie de penser à ces filles assassinées.

Les pages en main, je sortis les relire sous notre porche branlant. Une fois installée dans un fauteuil d'osier, je préférai contempler le ciel couleur maquereau, avec tous ces petits nuages joufflus, alignés comme les boules d'un boulier.

La lune brillait au milieu d'une poche nacrée, dans un pan de ciel rose, bleu et argent. Sept années s'étaient écoulées depuis la dernière fois que j'avais vu Lapthorne, la veille du mariage de mon cousin Ogden, quatrième du nom.

Après avoir posé les pieds sur la balustrade, je laissai mes pages glisser à terre.

C'était un vendredi, début septembre. Partie de Californie, j'étais arrivée à l'aéroport La Guardia. J'avais dix-sept ans et je m'apprêtais à entamer ma dernière année de boursière au pensionnat, sans imaginer une seconde que maman allait quitter Carmel pour retourner vivre à Oyster Bay et que nous serions tous absorbés dans la tradition ancestrale.

Le dîner précédant la noce se déroulait dans les jardins, derrière la grande villa qu'avait construite Ogden, premier du nom, à Locust Valley. La propriété s'étendait sur des dizaines d'hectares, jusqu'au détroit de Long Island.

Vu de l'eau, cela devait ressembler à un cirque : des milliers de lumières féeriques scintillant à travers les haies de buis, des ribambelles de lampions suspendus entre les érables et les hêtres rouges, les chemins de brique qui reliaient pavillons, terrasses et allées.

Le plan de table m'avait assigné une place à la table 16, sur le côté de la première tente, derrière un poteau. Comme les autres noms ne me disaient rien, je crus m'être trompée de numéro lorsque je vis Lapthorne effondré sur l'une des petites chaises dorées.

M'ayant aperçue, il se leva et me fit signe d'approcher. Même en smoking, il conservait son allure décontractée. Il portait sur l'œil un bandeau noir assorti à sa ceinture de soie sauvage, et ses cheveux bruns frisés frôlaient le col de sa chemise.

J'observai la lame crochue de son nez, et ce visage presque trop long, trop étroit, me rappela les vers de Byron : "Un peu plus d'ombre ou de lumière, Et l'harmonie unique eût fui."

Il n'y avait que lui à table, car les autres convives préféraient le bar. Les chaises vides attendaient le client, tournées vers des décorations hérissées de bougies, mêlant lierre et lys blancs.

— Chêêêre cousine, me dit-il, viens donc t'asseoir à côté de moi.

Je dus paraître embarrassée car il ajouta :

— Ne me dis pas que tu as oublié ce pauvre vieux Lapthorne…

Impossible. Depuis l'âge de onze ans, je rêvais de m'accrocher à lui par tous les moyens pour passer une semaine à lui lécher le cou.

A en juger par le demi-sourire qui jouait sur les lèvres de mon cousin, ce vœu n'était pas vraiment resté un secret.

— Comment oublier celui qui a si gentiment fixé l'appât sur mon hameçon la première fois que j'ai pêché la truite ? répondis-je avec tout le sang-froid dont j'étais capable. C'est juste que je n'ai pas vu ton nom à cette table.

— J'ai déplacé les cartons, avoua-t-il.

— C'est mal. J'espère que ta voisine en vaut la peine.

— Tout à fait.

Puis il se pencha pour m'embrasser dans le cou, en prenant le temps de me dire à l'oreille :

— Bon sang, Madeline, tu es devenue superbe.

Je rougis sous mes oripeaux : de vieilles chaussures noires ornées de rubans de rayonne, un cafetan en coton noir acheté d'occasion, fendu sur le côté, avec des parements de galon doré au cou et aux poignets. J'avais noué autour de ma taille une écharpe en satin bordeaux arrachée à une robe de chambre, et mon rang de fausses perles m'arrivait aux genoux. Devant mon miroir, je m'étais trouvé un faux air marocain et ironique, mais à présent je me sentais complètement déguisée, avec mon uniforme de portier à la *Sergent Pepper*.

Lapthorne se redressa et tira ma chaise de sous la table. Dès que nous fûmes installés, des serveurs en livrée vinrent déposer devant nous deux assiettes de salade.

Je regardai mon cousin déplier sa serviette d'un geste impeccable, puis choisir la fourchette appropriée sans une seconde d'hésitation. A la fin, avec nos couverts disposés sur l'assiette exactement selon le même angle, nous laisserions exactement une feuille de laitue pour indiquer que nous en avions apprécié la qualité.

Un jour, au restaurant, j'avais décrit cette coutume à Dean. Quand il s'était enfin arrêté de rire, mon mari m'avait affirmé que le loufiat serait très impressionné.

Quand nos assiettes de salade eurent été emportées, Lester Lanin prit la direction de l'orchestre dans la tente voisine, en démarrant comme toujours par *Night and Day*.

— Tu me promets de me garder une place sur ton carnet de bal ? demanda Lapthorne.

Merde. Non, non et non.

— En fait, euh… je n'ai jamais pris de cours de danse. Tu sais, en Californie…

— Les cours de danse, c'est n'importe quoi. Moi, j'ai passé des années à pratiquer sous l'œil vigilant de Mme De Rham. La seule chose utile que j'aie apprise chez elle, c'est qu'on peut jeter des pétards dans les toilettes à Piping Rock.

— Oui, enfin, moi… Même le slow, je n'arrive pas…

— Du calme. Bien sûr que tu sais. Tu sais depuis l'âge de cinq ans, Madeline.

Il balaya la pièce du regard.

— Tout ce luxe, ce n'est que du vent, dit-il avec un geste de la main qui réduisait à néant tout l'éclat du décorum qui nous entourait. Il n'y a pas de quoi avoir peur, sauf si tu commets l'erreur de te fier aux apparences.

— Toi, tu ne…

Il se retourna vers moi.

— C'est différent pour toi, dis-je.

— Non.

— Mais si. Fondamentalement. Toi, tu fais partie de tout ça. Même si tu t'en allais, ils resteraient tous là à attendre ton bon plaisir…

Il bougea sur sa chaise.

— Mais ce serait pareil pour toi, Madeline…

— Non. Je t'assure. Ce que je veux dire, c'est que ta place est assurée, quoi qu'il arrive.

— Pas plus que la tienne, crois-moi.

Je n'eus pas à répondre à cette dernière affirmation car la suite du repas arriva à cet instant précis. L'apothéose : salade de homard glacée servie dans la carapace.

Lapthorne se pencha par-dessus son assiette à liseré doré. Il saisit la bête à deux mains et la planta sur la queue, si bien que des blocs de chair rose tombèrent sur la porcelaine.

— Je te présente le meilleur danseur de flamenco de l'océan, Julio Crustacias, dit-il en agitant les pinces comme si elles étaient munies de castagnettes.

— C'est hilarant, commentai-je de mon air le plus pimbêche.

— Comme c'est prétentieux ! ajouta-t-il en imitant à la perfection le ton d'une vieille rombière. Ogden a toujours été d'un vulgaire…

Je haussai les épaules et plantai ma fourchette dans la montagne de fragments enrobés de crème que contenait mon assiette.

— En tout cas, c'est drôlement mieux que ce qu'on sert dans les avions.

— Franchement, poursuivit-il de sa voix de fausset tout en battant des paupières, on croirait que sa mère était demoiselle de vestiaire.

— Celle-là, si elle avait dû travailler pour gagner sa croûte, ça ne lui aurait pas fait de mal. Même chose pour la tienne.

Lapthorne se mit à rire si fort qu'il en laissa tomber son homard.

— Ne sois pas aussi arrogant, dis-je en pointant ma fourchette vers lui, ou je refuserai de te cacher chez moi quand la révolution éclatera.

Il me salua profondément :

— Je me le tiendrai pour dit.

Je hochai la tête, puis terminai cet excellent plat en savourant l'arrière-goût de la dernière bouchée alors que les musiciens attaquaient *Cheek to Cheek*.

— Ils jouent notre chanson ! s'exclama Lapthorne.

Il se leva, me tendit la main et, dès que je l'eus prise dans la mienne, m'attira contre lui.

Il se plaça face à l'orchestre, nos deux mains derrière lui, puis tourna doucement le poignet en faisant lentement rouler son pouce au creux de ma paume et en y appuyant un long moment avant de se mettre à marcher.

A cette heure-là, la piste de danse était exclusivement occupée par les vieux de la vieille : des cuirassés femelles voguant dans les bras de leurs compagnons à la crinière argentée.

Une fois au centre exact de la piste, Lapthorne se tourna vers moi, transféra ma main droite dans sa main gauche qu'il hissa à la hauteur de son épaule. Je m'efforçai tant bien que mal de deviner ce que j'étais censée faire. La seule chose dont je me souvenais, c'était la remarque de maman selon laquelle elle plaçait toujours la main sur la nuque de son cavalier, la paume vers l'extérieur. "Ça donne une certaine grâce à tes doigts, et c'est beaucoup plus élégant que de s'accrocher aux omoplates du garçon." C'est donc ce que je fis lorsqu'il me pressa le creux du dos pour m'entraîner dans la danse.

— Je n'ai jamais fait ça. Tu es prévenu.

Il me sourit :

— Pas de problème.

De près, Lapthorne sentait le citron vert et le feu de bois. Il gardait sa main gauche très bas, en maintenant une pression considérable sur mon coccyx. Il savait ce qu'il faisait, l'animal, comme si mon secret se dissimulait à cet endroit précis, comme si un message émanait de mes chakras d'adolescente en socquettes.

Je cessai de penser et mes jambes disparurent. Je ne faisais plus que glisser.

Il se mit bientôt à nous faire tourner. Le bas de ma jupe tourbillonnait.

— Tu vois, dit-il ? Ça te vient naturellement. Tu tiens ça de ta mère.

— J'ai toujours cru que je ressemblerais plutôt à papa. Dans les bals de débutantes, il s'approchait des filles en disant : “Excusez-moi, voudriez-vous vous asseoir ?”

Lapthorne ricana et l’orchestre passa à *Let’s Fall in Love*. La piste commençait à se remplir et Lester Lanin se mit à lancer aux danseurs ces petits chapeaux à rubans où son nom était écrit. Ils tournoyaient au-dessus de la foule, roses, rouges, bleu poudre ou jaune pâle. Des mains se dressaient pour les attraper.

— Pour moi, c’est la fin, dit Lapthorne. Ces conneries-là m’énervent. Il ne me reste qu’un œil, et j’y tiens. On va se fumer un joint ?

Je fus soulagée de quitter la piste sans l’avoir estropié. Nous partîmes loin de la chaleur, des lumières et du bourdonnement de la foule. Soutenus par un petit piano et une guitare électrique, les cuivres de l’orchestre produisaient une musique sans âme qui résonnait dans les arbres.

Nous descendîmes une pente douce qui menait vers le détroit, par un chemin de pierre se terminant en une longue pergola couverte de roses qui s’enroulait autour d’une fontaine.

Lapthorne sortit de sa poche un vieil étui à monogramme et alluma une cigarette roulée à la main. Il tira sur le joint puis me le passa. Je pris deux infimes bouffées et je déclinai sa proposition lorsqu’il me le tendit pour la troisième fois.

L’herbe me rend bizarrement gênée par mes moindres faits et gestes. Une prise et tout va bien, sauf si c’est une cochonnerie de chanvre gluant, cultivé en laboratoire à Hawaii, couvert de poils rouges et tellement résineux que ça sent comme un parking plein de sapins de Noël. Il suffit que je passe devant une maison où quelqu'un en fume et ça me tue.

Je suis tellement poids plume que je m'en tiens à une seule bouffée, même pour la marijuana la plus inoffensive. Sérieusement, ça pourrait être de la merde importée du Mexique qu'un type a retrouvée dans les réserves de sa mère du temps de Woodstock et qu'il a mélangée avec de l'origan. Deux bouffées et j'ai les genoux qui craquent. Ensuite, je deviens obsédée par la stupidité de chacun des mots que je prononce.

Même si c'est une phrase aussi banale que "Cette chaise est jaune", je l'entends en écho dans ma tête pendant une demi-heure, avec des intonations différentes.

La seule chose qui me permet de surmonter l'angoisse du cannabis, c'est de manger un paquet entier de biscuits apéritifs et d'aller aussitôt me coucher pour dormir une quinzaine d'heures. J'aurais vraiment été nulle, comme hippie.

Apparemment, Lapthorne avait les mêmes sources d'approvisionnement que tous les étudiants de la côte est. Une drogue saine, sans danger. Je tendis la main pour cueillir l'une des roses, d'un rouge somptueux, sans épines.

J'y enfonçai le nez et je sentis le parfum grisant des anciennes roses Bourbon, cette touche de framboise…

— C'est une Zéphirine Drouhin, non ? dis-je.

Les pétales commencèrent à tomber un par un.

— Je trouve que cette couleur te va à merveille. Tu seras la belle du bal.

Il leva la main et en cueillit une deuxième, qu'il plaça derrière mon oreille. Je le remerciai. Je m'attendais à moitié qu'il se penche pour m'embrasser, mais je ne savais pas si j'en avais envie ou non. *Tu mens comme tu respires.*

Il croisa les bras.

— Quel âge as-tu ?

— Dix-huit ans. En mars prochain.

— Trop jeune pour te promener sans chaperon, à mon avis. Surtout avec un célibataire endurci de trente-deux ans.

— En tout cas, je suis assez grande pour fumer ta dope.

— Bien vu, concéda-t-il.

Comme il avait toujours ma main sous son bras, il me fit alors remonter la pente pour revenir à la piste de danse.

Si tout cela s'était passé un an ou deux plus tard, je me serais agrippée aux revers de sa veste et je lui aurais planté un baiser sur la bouche.

Dès que nous fûmes revenus dans la lumière, les parents de Lapthorne fendirent la foule pour nous rejoindre. Le chignon blanc et or que sa mère portait sur la nuque mettait en valeur une peau basanée comme un gant de boxe.

Elle s'arrêta à trente centimètres de moi. De si près, elle était tellement maigre qu'elle ressemblait à un bas rempli de cintres.

Je la dévisageai : une lèvre supérieure interminable et des yeux minuscules… Vraiment. Noirs. Des sourcils épais.

Don Quichotte.

Oh là là… J'étais tellement défoncée, c'était horrible.

— Tu aurais au moins pu te faire couper les cheveux pour la circonstance, Lappy !

Binty avait interrompu le salut que son fils lui adressait. Serrant un grand verre dans sa main étroite, elle faisait comme si je n'existais pas, tournant vers moi une épaule maculée de taches de rousseur. Je tournai les yeux vers son mari.

Ce n'était pas difficile de deviner duquel des deux conjoints provenait l'argent. La contribution de Kit était purement décorative.

C'est de lui que Lapthorne tenait son physique. Le père avait les mêmes traits finement ciselés, la même chevelure brune qui aurait pu être aussi frisée s'il ne l'avait pas toujours coupée aussi court.

Il ne nous regardait ni l'un ni l'autre. Il restait planté là, souriant, d'une beauté stupéfiante mais si effacé que sa femme ne s'en était jamais inquiétée. Il n'avait rien du sex-appeal de son fils, ni ses hanches provocantes, ni cette allure vaguement avachie.

— Maman, dit Lapthorne en posant un bécot obéissant sur la joue de Binty, tu te rappelles notre cousine Madeline ?

J'étais prête à lui serrer la main, mais elle n'avait d'yeux que pour son fils.

— Les Trotter sont ici depuis des heures. Papa voulait te les présenter.

Je sentis mes genoux se dérober. Je faisais passer mon poids d'une jambe sur l'autre et j'entendais presque grincer le cartilage.

De seconde en seconde, Binty ressemblait de plus en plus au héros de Cervantès. Saloperie de drogue qui vous endort, dont l'effet s'accentue même quand on se sent déjà “trop planer”.

Je me mordis l'intérieur de la joue. J'avais encore le bras tendu en prévision d'une poignée de main.

Finalement, Binty daigna s'apercevoir de ma présence.

— *Enchantée* de te voir, ma petite. Comment va ta mère ?

— Très bien, merci, cousine Binty. Elle m'a demandé de vous présenter son meilleur souvenir à tous les deux.

Tu parles.

Mes yeux allaient de Kit à Binty, de Binty à Kit. Je tentai de détacher mes lèvres de mes dents cotonneuses pour afficher un sourire. Quand apprendrais-je enfin que les dieux de la marijuana n'étaient pas mes amis ?

— Tu passes une bonne soirée ? poursuivit-elle en me jaugeant de haut en bas, les sourcils froncés.

Je fléchis les genoux l'un après l'autre.

La fleur que j'avais derrière l'oreille me fit baisser encore un peu plus dans son estime, puis ses petits yeux me radiographièrent, jusqu'aux deux minuscules épingles de nourrice en or grâce auxquelles ma manche tenait.

— Je suis un peu intimidée… commençai-je pour la complimenter sur les talents de danseur de son fils.

Binty changea son verre de main afin de pouvoir prendre dans ses doigts glacés ma main qui restait bêtement suspendue dans le vide.

— Ne t'en fais pas, coupa-t-elle avant d'ajouter, dans un murmure rauque que tout le monde put entendre : Moi aussi, à ton âge, j'étais grosse.

Elle pivota sur les talons.
— Kit... les Trotter...
Lapthorne la regarda s'éloigner, imperturbable.
— Je suis désolé, Madeline. Voilà la preuve qu'on peut être à la fois trop riche et trop maigre.
Je baissai la tête et me mis à cligner des yeux très vite, pour qu'il ne me voie pas pleurer.
— Non, je t'en prie, dit Lapthorne. Après tout, elle est... J'imagine que tu connais son surnom ?
Je fis signe que non, la tête toujours baissée.
— "Vagin Glacé."
La comparaison était tellement adéquate qu'elle extirpa de mon corps tous ces petits éclats de rire durs, comme si j'aboyais.
— C'est une invention de ton oncle Hunt, expliqua-t-il. Parce que la température ambiante baisse de cinq degrés chaque fois que ma mère entre dans une pièce.
Je vis qu'il grimaçait, d'un air narquois de conspirateur.
— Et puis j'imagine qu'elle est jalouse comme une punaise quand elle voit quelqu'un comme toi. A la maison, mon père l'oblige à porter le voile, et tout le monde sait bien qu'il préfère être serré dans les bras du jardinier.
— Kit ?
— Tu veux que j'aille te chercher un cocktail ?
Je hochai la tête, encore abasourdie.
Lapthorne renversa la tête en arrière et sourit, en passant lentement le doigt le long de ma clavicule avant de partir dans le sillage de ses parents.
Comment ne pas prendre la défense d'un tel homme ?

D'accord, vu de ma maison de Syracuse, tout ça semblait s'être passé il y a un millier d'années, mais tout ce qui a un rapport avec ces gens-là paraît toujours dater d'avant la Première Guerre mondiale.

Il me faut chaque fois accomplir un véritable effort pour chasser tout cet argent de ma tête afin de reprendre ma vraie vie.

Je revins sur la banquette. Après avoir réveillé Dean, je le poussai doucement vers le lit.

Dans le noir, je continuai à penser à la description que Cal avait faite des deux filles assassinées, je continuai à voir le visage de Lapthorne m'accueillant à la table.

Je voulais que la nuit soit finie. Je voulais démarrer l'enquête.

5

J'arrivai en retard au journal, après avoir été une fois de plus coincée au feu rouge sur Erie Boulevard. Souvent, le matin, je laissais mes doigts tambouriner sur le volant et je me demandais pourquoi on avait comblé ce canal qui existait encore sous la large étendue d'asphalte de ce boulevard à cinq voies. J'examinais les bâtiments qui dressaient jadis leurs façades orgueilleuses, hérissées de tourelles et de créneaux, et je me disais qu'ils devaient être bien plus beaux, vus depuis une péniche glissant lentement à la surface de l'eau, halée par une mule.

Ce jour-là, je ne pensais qu'aux deux filles assassinées. Le cou tranché jusqu'à l'os. Un spectacle tel que le vieux qui les avait découvertes en vomissait encore plusieurs jours après.

J'aurais voulu avoir autre chose en tête, mais je n'arrêtais pas de visionner ces images mentalement, en boucle. Je fermai les yeux pour tenter de me représenter ma photo préférée de Syracuse, prise non loin du carrefour où j'étais bloquée, un vieux cliché granuleux où l'on voyait des patineurs sur le canal gelé. Des garçons en culottes de golf et bonnet à pompon balançant les bras pour s'élancer à travers la foule. Une femme qui dansait, coiffée d'un grand chapeau. Des badauds qui les regardaient, en surplomb, dans la rue.

Les silhouettes projetaient de longues ombres sur la glace, vers le nord-est, donc la photo avait dû être prise en fin d'après-midi. Il faisait froid, sans doute, avec ce vent mordant que je connaissais bien pour avoir vécu ici deux hivers rigoureux. Pourtant, on sent chez ces gens un optimisme, une sorte d'émerveillement.

En regardant cette foule, on sent bien qu'ils se savaient pittoresques, dignes d'être admirés, d'être immortalisés.

Maintenant que le canal a disparu, le plan d'eau le plus connu de Syracuse se trouve à l'est de ville : le lac Oncas, le plus pollué des Etats-Unis.

Il y a un siècle, ses rives étaient parsemées d'hôtels et de pavillons. Une jetée métallique longue de cent vingt mètres attirait les ferries et les bateaux de plaisance, tandis que les saumons de l'Oncas étaient appréciés par les plus grands chefs cuisiniers dans tout l'Etat.

J'avoue : mon arrière-grand-mère Dodie venait de la famille qui a tué ce lac. Son père est l'inventeur du “procédé Lapthorne”, une manipulation chimique miraculeuse.

J'ai lu quelque part que le mercure contenu dans un thermomètre suffirait à rendre immangeables dix mille bars. L'usine familiale a déversé soixante-quinze tonnes de mercure dans le lac.

Le lac Oncas était mort quand éclata la Seconde Guerre mondiale. Il était littéralement asphyxié. Les réactions anaérobies dans la vase créaient des couches de bulles sulfureuses si puissantes qu'elles pouvaient soulever d'énormes masses de boue jusqu'à la surface. Quand le vent soufflait vers la ville, la puanteur du soufre asphyxiait tout le monde.

Entre-temps, la famille de Dodie avait évidemment vendu l'entreprise pour emprunter le Sentier des Larmes qui les avait menés bien loin (en l'occurrence, il vaudrait peut-être mieux parler de leur "Longue nuit de fête de l'âme").

Quand je n'en pouvais plus d'habiter Syracuse, je me disais que j'y étais venue en pénitence pour expier les forfaits de mes ancêtres. Les parents de Lapthorne, en revanche, l'avaient baptisé ainsi pour rendre hommage à cette partie de la famille.

J'aimerais mieux appeler un enfant Thalidomide ou Tchernobyl.

Sur Erie Boulevard, le feu repassa au vert et je pus enfin repartir.

En sortant de ma voiture, je me sentis comme écrasée. L'air était lourd et le ciel ressemblait à une dalle de marbre gris veiné. Je courus dans l'escalier pour atteindre les bureaux du *Syracuse Weekly*, au deuxième étage, et je m'effondrai dans mon fauteuil, ravie de constater que la clim fonctionnait à nouveau.

La rédaction était déserte, mais il y avait un mot sur mon bureau : "Viens me voir immédiatement. Ted."

C'était mon patron, un rouquin squelettique, un être abominable et sans pitié, un vrai salaud. Dean l'appelait "le lézard angoissant".

J'allumai mon ordinateur et j'introduisis ma disquette dans le lecteur. Si je devais affronter Ted dès le matin, mieux valait le faire les armes à la main.

J'envoyai mon article sur les boissons chaudes vers l'imprimante matricielle qui se trouvait dans un bureau voisin, puis je bus un café atroce tandis que notre énorme machine crachait mes pages avec une respiration sifflante d'asthmatique.

En regardant la porte du bureau de Ted, j'en vins de nouveau à regretter amèrement le départ pour Boston de Karen, à laquelle il avait succédé. Elle aurait adoré mon article. Elle aurait empêché Ted de me harceler pour Dieu sait quelle raison, cette fois-là.

Ted était généralement défoncé, car il passait beaucoup de temps à fumer sur le parking avec Wilt, le directeur de la rédaction. L'université de Syracuse incluait une bonne école de journalisme, la Newhouse School, où Ted et Wilt s'étaient rencontrés dans les années 1960. Le *Weekly* était un journal gratuit, mais sérieux, où travaillaient bien d'autres anciens élèves de Newhouse.

L'imprimante acheva enfin de vomir mon article ; un moine copiste serait allé plus vite. Je pris mon gobelet de café et je me dirigeai vers la porte entrouverte.

Ted aboya : "Entre !" avant même que j'aie pu frapper.

— Salut, patron, dis-je tout en remarquant le pack de six flacons de gouttes ophtalmiques et les cheveux roux péniblement rassemblés en une queue de cheval.

Il me tournait le dos. Tant mieux. Même de dos, Ted n'était qu'angles et pointes, un peu comme le squelette externe d'un arthropode.

Il se grattait frénétiquement le côté de la tête. Chaque fois, ses ongles arrachaient quelques cheveux à l'élastique gris censé les retenir, et je les regardais reprendre leur liberté.

Il pivota sur les talons.

— Elles sont ratées, tes putains de photos !

Avec Simon, notre photographe, j'avais passé mon vendredi après-midi sur le parking, emmitouflée dans tous les vêtements d'hiver que nous avions pu trouver. En pleine chaleur, j'avais dû sourire au-dessus d'une tasse brune remplie d'eau bouillante, alors que les passants faisaient des commentaires dénués de toute intelligence. J'avais dû poser parce que notre budget zéro ne nous permettait pas d'engager des mannequins, et la même chose était arrivée à tous les autres employés du journal plus souvent qu'à leur tour.

— Simon dit que la vapeur ne passe pas en photo, donc il a dû trouver un autre moyen de donner l'impression que tu as un truc chaud dans les mains.

J'eus envie de répliquer : “Et ton imagination pitoyable te pousse à croire que c'est ma faute ?” mais je me contentai de marmonner piteusement :

— Euh... ah bon ?

Ted me fusilla du regard, de l'air d'une mante religieuse complètement défoncée.

— La fumée de cigarette ! Wilt se mettra à genoux près de toi et soufflera de la fumée dans un tuyau que tu pourras tenir sous ton pouce, quand tu auras remis tes gants.

Il sourit comme si c'était la vision la plus réjouissante qu'il ait jamais eue. Pour que son bonheur soit complet, il suffirait que je ronchonne pour qu'il ait le plaisir de m'engueuler.

— J'en rêve déjà ! dis-je.

Ted avait raison, il fallait refaire les photos tout de suite. On commencerait bien assez tôt à se geler, et mieux valait prendre un peu d'avance. Mais il aurait au moins pu cacher sa joie.

J'ignore absolument pourquoi ce type me détestait. Je ne sais pas s'il rêvait de me sauter ou s'il me trouvait imbaisable. Ce n'est pas le genre de chose dont on peut discuter sans avoir l'air complètement stupide, donc je préférais laisser la situation s'envenimer.

Une demi-heure après, sur le parking, j'étouffais avec ma toque de fourrure, mon écharpe en laine et le manteau en tweed marron de Ted. Wilt, un grand mince, se tenait à côté de moi, un genou en terre, juste en dehors du cadre de la photo. Il avait une coupe à la Beatles et une moustache à la Fu Man Chu. George Harrison monté sur des échasses.

— Wilton, tu m'empoisonnes ! m'écriai-je alors qu'il vidait ses poumons pour m'envoyer une nouvelle bouffée de fumée dans le tuyau que je tenais contre ma tasse.

— Le réflexe santé préféré des Américains ! ricana Simon tout en mitraillant.

La main gauche potelée de notre photographe avait les ongles noircis par une immersion quasi constante dans le révélateur à l'Amidol. Parmi tous mes beaux-pères, l'un de ceux que j'avais le plus détestés était photographe. Même manucure épouvantable.

Pour tout le reste, Simon me rappelait un de ces sujets en porcelaine allemande : un gros ventre, une grosse tête, des joues rebondies, une petite bouche rose, des cils plus longs que mon bras. Il était presque entièrement chauve, mais les quelques cheveux noirs qui lui restaient formaient un duvet scintillant, disposé en tonsure de moinillon.

Même sa personnalité était totalement kitsch : un chérubin timide, toujours prêt à rendre service.

Il passait presque tout son temps au sous-sol du journal, où se trouvaient la "morgue" des anciens numéros et sa chambre noire. Il y conservait des archives impressionnantes et il pouvait remettre la main sur à peu près n'importe quoi, qu'il s'agisse d'une photo 20 x 25 du restaurant *Miss Syracuse* en construction en 1932 ou de Mick Jagger en coulisses au stade Carrier Dome.

Ses propres clichés étaient ce qu'il y avait de mieux dans le *Weekly*. Jamais une photo granuleuse, mise au point et contraste toujours impeccables. Ses noirs étaient de ténébreux abîmes d'encre, marque d'un vrai professionnel.

Le seul ennui, c'est que tout le monde avait l'air psychotique sur ses photos, même les gamins le jour de la rentrée des classes. Et moi j'étais là, en sueur, les yeux irrités par la fumée de Wilt. Incontestablement, apparaître dans les quarante-deux mille exemplaires d'un journal gratuit, c'était l'horreur.

— Allez, je vous offre une pause, dit Simon. J'ai besoin d'un réflecteur.

Wilt se redressa et s'assit en étalant ses longues jambes sur l'asphalte.

Je posai ma malheureuse tasse pour enlever ma toque et mon écharpe avant d'inspirer un peu d'air chaud.

— Cochonneries de moufles ! Aujourd'hui, je vais vraiment gagner 23,70 dollars après impôt.

— C'est le moment de demander une augmentation.

— Impossible.

Wilt pencha la tête à droite, puis à gauche, en faisant craquer ses vertèbres cervicales.

— Ted est un amour.

— Tu passes tes journées à fumer de la dope avec lui.

— Il t'adore. Vraiment.

Je pris un air incrédule.

— Comment va Lee ?

Wilt couvrait les élections municipales et avait encore choisi pour favori un candidat libéral voué à l'échec.

— Il en prend plein la gueule.

— Ils vont faire un nouveau sondage ?

Il fit signe que non.

— Au buffet, hier, à l'hôtel *Syracuse*, il n'y avait même pas de crevettes. Quand ils ont servi des cannellonis, j'ai préféré rentrer chez moi.

— Ça rigole pas…

— J'en peux plus. Lee, je le suis depuis le début. C'est un brave type, mais que veux-tu espérer dans un patelin où on a réélu deux fois un maire mis en examen ?

Il tira de son paquet une nouvelle Pall Mall et l'alluma.

Je m'assis en tailleur à côté de lui. Je sentis que c'était le moment.

— Dis donc, tu étais ici en 1969, non ?

Wilt hocha la tête.

— Alors, euh, tu te rappelles le double assassinat ? Les deux filles à la fête foraine ?

Il cligna des yeux et regarda la cigarette qu'il tenait entre son index et l'ongle de son pouce.

— Mon premier grand article ! "Les jeunes filles aux roses." Une horreur.

— Pardon ?

— Oui, c'était leur surnom… Quand on les a retrouvées, elles avaient sur la tête comme des guirlandes, des couronnes de fleurs tressées.

Wilt tira une bouffée qu'il conserva un instant dans la bouche, avant de se pencher pour lancer au-dessus de lui un ruban de fumée qui resta en suspens, s'incurvant lentement dans l'air lourd.

— Simon pourra te montrer. Il a gardé toutes les photos.

Il me regarda, puis baissa légèrement les yeux.

Je me protégeais la gorge avec les deux mains.

6

Lapthorne et les roses. Il n'y avait pas seulement la fleur en bouton qu'il m'avait glissée derrière l'oreille le soir de la noce. Le lien était plus profond.

Notre arrière-grand-mère Dodie avait fait planter plusieurs centaines de rosiers dans le cimetière familial après la mort de son mari Jake, lors d'un incendie en mer (le commissaire de bord avait mis le feu à l'un de ses paquebots, le *Glamis Castle*).

La coque du navire s'était échouée à Atlantic City, portée par les vagues en même temps que quelques centaines de corps enflés et calcinés. Celui de mon arrière-grand-père n'avait jamais pu être identifié.

Sa mémoire était exclusivement célébrée par ce jardin dont Dodie avait entrelacé les rangées sinueuses de pierres tombales.

Quand on m'envoyait sur la côte est pour les vacances d'été, j'y passais des heures. C'était un havre de paix, frais et parfumé, d'où le regard embrassait Oyster Bay. Je mémorisais le nom des fleurs grâce aux petites plaques de bronze fixées à côté de chaque parterre.

Les boutons roses en forme de chou des "Sourires niais" pendaient lourdement sur des tiges trop faibles pour les soutenir. Un seul plant de "Surpasse tout" bordait tout le mur de brique longeant le cimetière. Les "Ferdinand Pichard" d'un blanc éclatant rayé de pourpre et d'écarlate fleurissaient tout l'été, phénomène exceptionnel dans ce rassemblement de roses anciennes dont la plupart s'épanouissaient surtout au printemps, avant de connaître une seconde floraison moins importante au début de l'automne.

En juillet, quand les fleurs se faisaient plus rares, le cimetière se remplissait de l'odeur fraîche et verte du buis. Je m'allongeais sur l'herbe pour contempler la baie, pour admirer les minuscules voiliers du Junior Club qui allaient et venaient alors que les jeunes marins participaient aux régates de l'après-midi.

Il fallait que je voie de quelles fleurs avaient été tressées les couronnes des deux filles assassinées. Si elles avaient les boutons minces et pointus des roses-thé hybrides, ces fleurs inodores qu'on trouve dans les bras de Miss America ou dans les bouquets Interflora, je respirerais mieux.

Les produits utilisés pour le développement des photos conféraient à la "morgue" la puanteur d'un cabinet médical. Wilt avait parlé à Simon et, après le déjeuner, il m'attendait avec une grosse chemise cartonnée et un vieux numéro du *Weekly* étalé sur sa table de travail.

Il me fit signe de prendre un siège à côté de lui puis, de sa main gauche aux ongles noirs, il poussa vers moi le papier jauni.

Le journal sentait les années 1960 à plein nez, avec son titre en caractères Art nouveau qu'on aurait crus tirés d'un vieux paquet de papier à cigarette.

J'examinai la photo figurant à la une.

— C'est toi qui l'as prise ?

Simon hocha la tête. Le cliché avait été pris en intérieur : des pétales de rose éparpillés autour d'une bande de quatre photos d'identité, sur fond de papier non tissé. La moitié des pétales étaient d'un blanc éclatant, l'autre moitié devait être rouge vif, puisqu'ils étaient noirs sur la page du journal.

Deux jeunes femmes, l'une blonde, l'autre brune, figuraient ensemble sur chacune des images produites par le photomaton. Sur la première, elles étaient sérieuses et guindées comme le couple sur le tableau *American Gothic*. Sur la deuxième, on les voyait éclater de rire, la blonde mettant deux doigts derrière la tête de la brune pour lui faire des oreilles de lapin. La troisième montrait deux vamps, l'une avec la bouche en cul-de-poule, les yeux mi-clos à la Marilyn Monroe, tandis que l'autre s'évanouissait, une main sur le front, comme une star du cinéma muet. Elles souriaient simplement sur la dernière photo, jeunes, détendues, pleines d'enthousiasme en cette lointaine soirée de fin d'été. Derrière elles, une banderole hideuse annonçant la "fête foraine de l'Etat de New York 1969" en lettres d'enseigne de café. Aucune rose en vue.

Je m'attendais à des permanentes choucroutées, mais ces deux filles avaient de longs cheveux raides avec une raie au milieu, à la hippie. Syracuse n'avait jamais été à la pointe de la mode. Ses habitants avaient généralement cinq années de retard sur le look en vogue. Ces filles n'étaient pas d'ici.

La brune arborait une blouse paysanne aux broderies superbes, des créoles et un collier ras de cou incrusté de jais. La blonde était habillée en marin, avec une sorte de main de Fatima en pendentif, un petit morceau d'ébène sculpté accroché à une lanière de cuir. En 1969, c'est le genre de bijou que seuls portaient les gosses de riches, dans les grandes villes. Ici, les lycéennes ressemblaient à la femme du président Nixon.

Evidemment, ce pouvait être des filles de New York venues étudier à l'université de Syracuse, mais dans ce cas quelqu'un aurait aussitôt reconnu les corps.

Le journal titrait : "Qui sont ces filles perdues ?" Oui, qui étaient-elles ?

— Tu les avais eues comment ? demandai-je en désignant les photos d'identité.

— Ils en distribuaient à tout le monde, à tous les journaux, à la télé. Pour essayer d'identifier les corps.

Il se pencha devant moi et ouvrit précautionneusement le vieil exemplaire du *Syracuse Weekly* à la page indiquée par un morceau de papier blanc.

— C'est moi qui les ai prises, dit-il en pointant successivement les photos du champ de maïs, du fermier, du bosquet encerclé de ruban jaune pour délimiter la scène de crime, le tout accompagnant le texte de Wilt. Il ne touchait que le bord des images, comme si ces reproductions tramées étaient des tirages authentiques qu'il risquait de salir en y mettant les doigts.

On ne voyait nulle part les corps, les couronnes de fleurs. Lorsque la police l'avait laissé passer, l'ambulance était depuis longtemps partie.

Comme si j'avais pensé à haute voix, Simon ajouta :

— Bien sûr, j'ai pris ces photos-là quand le médecin légiste a eu… fait son boulot.

Conclusion, je ne pourrai pas vérifier les roses.

— Tu voudras sûrement lire l'article de Wilt, dit Simon avec un sourire timide. Il quitta la table et je l'entendis bricoler derrière moi.

Je me mis à lire le texte :

Les jeunes filles aux roses

Wilton Shackley

En partant moissonner son maïs ce matin-là, Harvey Johnston s'attendait simplement à une longue journée de travail, mais en arrivant au bout de son champ, vers 10 heures, perché sur le siège de son tracteur, il a vu ce qu'on ne souhaite à personne de voir.

Deux jeunes filles étaient allongées, côte à côte, dans un petit bosquet, en lisière ouest du terrain de M. Johnston. Elles reposaient sur le dos, séparées par une trentaine de centimètres, et se tenaient par la main. Toutes les deux étaient coiffées d'une couronne de roses.

"J'ai d'abord cru qu'elles dormaient. Elles étaient si jolies. Je n'ai pas tout de suite remarqué qu'on leur avait tranché la gorge. Enfin, j'ai dû le voir, mais sans vouloir l'admettre."

M. Johnston a couru appeler la police. Avant que 11 heures ne sonnent, les enquêteurs étaient sur place.

Selon l'inspecteur Jack Schneider, les deux jeunes filles sont mortes moins de vingt-quatre heures avant l'arrivée de ses hommes. C'est grâce à M. Johnston qu'elles ont pu être retrouvées aussi rapidement.

Je jetai un coup d'œil vers la photo de Schneider, dans la marge. Des cheveux coupés en brosse, un visage austère, une bouche tordue, aux lèvres trop minces. Les yeux avaient l'air bizarre, peut-être un problème de reproduction de la photo.

"S'il avait eu terminé sa moisson avant, on n'aurait peut-être pas découvert les corps avant le printemps. De la route, on ne voit pas ce bouquet d'arbres."

Les jeunes filles n'ont pas encore été identifiées. Des photos retrouvées dans leurs poches indiquent qu'elles avaient passé la soirée à la fête de l'Etat. Des forains les ont vues en compagnie de deux soldats de Camp Drum.

Mme Ruby Finegarb, la patronne du tir aux canards, a déclaré que les soldats avaient joué plusieurs fois dans l'espoir de gagner un panda en peluche pour les jeunes filles, mais en vain. “Ils rigolaient, ils s’amusaient bien, mais au bout d’un moment ils n’ont plus eu de pièces, et moi je ne pouvais pas leur faire la monnaie sur un billet de cinquante. Les soldats venaient de toucher leur solde, sans doute.”

Un autre homme affirme avoir vu le petit groupe. Archie Sembles, silhouettiste, travaille à une centaine de mètres du stand de Mme Finegarb. Il se rappelle avoir découpé la silhouette des quatre jeunes gens peu avant la fermeture de la fête. “J’ai demandé à une des filles de se faire un chignon, pour donner plus d’élégance à son profil. L’autre avait de beaux cheveux épais, qu’elle a rapidement tressés afin de rouler la natte sur sa tête, à l’ancienne mode. Ils étaient tous ravis du résultat.” Les silhouettes n’ont pas été retrouvées.

Sur la page suivante, des esquisses impersonnelles accompagnaient le texte : deux hommes en uniforme. Ces dessins étaient tellement schématiques qu’on aurait très bien pu y reconnaître Lapthorne ou n’importe qui.

... Les portraits-robots diffusés par la police n’ont jusqu’à présent permis aucune identification catégorique.

Un agrandissement de la dernière des quatre images du photomaton figurait au milieu de la page, entre les colonnes de texte. En dessous, un cliché montrant une fois de plus l'endroit où les corps avaient été retrouvés, en gros plan.

On voyait le ruban délimitant la scène de crime, quelques troncs d'arbres, des cailloux dans la terre, mais pas une seule fleur.

Je repliai le journal. Simon se tenait derrière moi, ouvrant et fermant de lourds tiroirs remplis de dossiers.

— Eh, Simon, je peux te poser une question ? demandai-je en regardant de nouveau les pétales visibles en couverture. Comment as-tu choisi les roses pour la une ? Tu les as prises rouges et blanches pour le contraste, ou les flics t'avaient dit de quelle couleur étaient les guirlandes ? Wilt n'en parle pas dans l'article.

Simon s'avança vers la table. Sous les néons, il était blanc comme un bâton de colle UHU. Le pauvre type ne mettait jamais le nez dehors.

— Je pensais que Wilt t'avait expliqué, au parking. J'ai *toutes* les photos.

Il se rassit à côté de moi et prit la chemise posée sur le bord de la table. Il la rapprocha de nous, mais sans l'ouvrir.

— Qu'est-ce que ça veut dire, "*toutes* les photos" ?

Simon détourna les yeux en rougissant légèrement.

— Je connaissais des gens. Des flics. Un copain m'a refilé une série de tirages, pour les archives.

Les vraies roses devaient être là-dedans, mais Simon ne lâchait pas la chemise. Il se mit à la caresser, en promenant sa grosse main sur le carton brun. Il soupira.

Je croisai les bras, en me coinçant les mains sous les aisselles pour m'empêcher de lui arracher la chemise. Il continuait à tapoter le carton avec sa patte de nounours.

— Simon ?

Il soupira de nouveau.

— Tu es sûre de vouloir les voir ? Elles sont... comment dire ? Très parlantes.

Je hochai la tête.

Il souleva le rabat pour dévoiler une pile de 20 x 25 sur papier glacé.

La première avait été prise depuis le champ, face au bosquet. C'était une photo noir et blanc, présentant la même perspective que l'une de celles de Simon, mais les filles étaient encore là. Un cliché net et bien éclairé, mais pris de si loin qu'on ne distinguait pas grand-chose, à part que les filles étaient pieds nus et se tenaient par la main.

Pour la deuxième, le photographe se tenait juste à droite de leurs pieds. On voyait les filles de trois quarts, leurs longs cheveux étalés sur la mousse, comme par un effet d'élégance délibérée. On voyait une entaille sombre dans leur cou, mais les guirlandes étaient comme camouflées : blanche sur la blonde, presque noire sur la brune.

Les roses sombres avaient quelque chose d'étrange, un reflet surnaturel, peut-être le soleil sur des gouttes de rosée. Pas assez de détails pour qu'on puisse en juger.

Venait ensuite un très gros plan, en couleur, où l'on ne voyait que des cheveux brillants, acajou, couronnés de gros boutons d'un rouge intense.

Ce n'était pas l'éclairage. Chaque pétale était relevé d'une étroite bande blanche qu'on appelle bord picoté. Impossible de se tromper : des "Baron Girod de l'Ain", un hybride perpétuel français introduit en 1894.

Simon souleva la photo avec précaution. Celle du dessous montrait des boucles blondes et de minuscules groupes de rosettes blanches. Des "Félicité Perpétue" ?

Peu importe. J'étais dans la merde jusqu'aux cuisses.

7

Je reculai ma chaise de la table de Simon, écœurée. A moins de pouvoir apporter une preuve formelle du contraire, je devais partir du présupposé que mon cousin était un meurtrier.

Je m'imaginais allant voir les flics, frappant du poing sur le Formica bureaucratique jusqu'à ce qu'ils rouvrent le dossier à cause de mes compétences en horticulture.

Ben voyons ! Et après je serais couronnée rosière de Syracuse et promenée sur un char fleuri ! Même en tenant compte des plaques d'identité et du groupe sanguin, ça paraissait dingue.

Simon s'attendait visiblement que je dise quelque chose, mais j'en étais incapable. D'abord parce que j'étais terrorisée à l'idée de vomir dès que j'ouvrirais la bouche, et surtout parce que je ne savais absolument pas à quoi mon histoire ressemblerait, une fois tous les morceaux réunis.

Est-ce moi qui étais paranoïaque ? Serais-je la seule à discerner un sens quelconque dans cette étrange poignée de données ? Je n'en avais aucune idée, je tremblais tellement.

Pour être honnête, c'était encore une de mes petites fantaisies généalogiques. Je veux dire, en plus des tueurs d'Indiens et de ceux qui voulaient ramener les communistes à l'âge de pierre à coups de bombes, nous aimions nous faire des illusions. Papa et ses rapports complexes avec les agents du KGB qui rôdaient autour de sa caravane, ce Winthrop que sa femme devait enfermer dans une cage, mon grand-père paternel qui prédisait que toute bataille de boules de neige tournerait à la catastrophe en concluant "et il faudra t'emmener à l'hôpital et l'anesthésie ne marchera pas".

Avec des gènes pareils, vous avez intérêt à surveiller de près tout ce qui fait vibrer vos antennes. Obtenir confirmation par un tiers. Solliciter l'opinion d'un professionnel.

Couper le mal à la racine.

Conneries.

J'avais vraiment, vraiment envie de dégueuler.

— Ça va ?

Simon posa sa main aux ongles noirs sur la mienne et je tressaillis, brusquement tirée de ma mise sur orbite. Après avoir avalé de la bile, j'inspirai profondément.

— C'est horrible, ces pauvres filles...

Il comptait visiblement sur une explication plus poussée. Je mourais d'envie de lui demander s'il savait autre chose, mais je ne me sentais pas capable de prendre un air dégagé. Il fallait que je m'accorde le temps de réfléchir, de prendre un peu de recul.

— Ecoute, dis-je en me levant, c'est vraiment sympa d'avoir bien voulu me montrer tout ça, mais ces photos sont un peu.... Enfin, j'ai besoin d'air.

J'avais les jambes en coton. Il me sourit béatement, ses minuscules dents blanches encadrées par ce gros bouton de rose qu'était sa bouche.

Il mit les deux mains sous la table et, pendant une fraction de seconde, j'eus la certitude qu'il ne cherchait pas à me rassurer ou à compatir, mais qu'en fait il jouissait de ma terreur, qu'il s'en nourrissait.

Puis je me dis : *Bon sang, Madeline, arrête tout de suite ton cinéma*, et je me dirigeai vers la porte.

Je parvins à ne pas vomir, mais il fallut pour ça une bonne dose de volonté et plusieurs minutes, barricadée dans les toilettes, assise en tailleur sur la cuvette, avec une serviette en papier mouillée sur les yeux, à essayer de me rappeler l'art de respirer que j'avais jadis appris en cours de yoga.

Les grands moyens.

De retour à mon bureau, j'eus envie d'agir. D'exploiter mon énergie nerveuse.

Il était temps de téléphoner à maman, à Long Island. Pour une première approche. Pas d'attaque directe avant de la rencontrer face à face.

Elle décrocha, toujours aussi enthousiaste.

— Salut, c'est moi, dis-je.

— Oh, mais il se passe donc quelque chose dans cette métropole qui s'appelle Syracuse ?

— Je crois qu'ils ont fini la statue de beurre pour la fête, répondis-je pour la faire rire. Quoi de neuf dans le monde réel ?

— J'ai huit femmes à déjeuner tout à l'heure, alors j'ai fait mon nouveau gaspacho. C'est tout bête, tu ne me croiras pas : une boîte de jus de tomate et les restes de salade d'hier, le tout passé au mixeur. Un soupçon de persil...

Elle avait l'habitude de dévorer de la salade noire et gluante au petit-déjeuner. Je me représentai la mixture tournant dans le bol du mixeur et je dus m'éloigner une seconde de l'écouteur, les lèvres en arrière, tirant la langue en une grimace de gargouille furieuse et dégoûtée.

J'attendis que retentisse la sirène annonçant la fin de l'alerte anti-gaspacho, en faisant passer et repasser le téléphone devant mon oreille, si bien que la voix de mère s'estompait et resurgissait comme la BBC en petites ondes.

— ... fait au petit point, je te demande un peu, et seulement quelques brûlures sur un orteil. Mais évidemment Bonwit est encore à Newport avec Rafe, pour mettre la dernière touche à cette petite chaloupe à vapeur et il revient samedi.

Maman vivait avec Bonwit. Il n'avait pas exigé le divorce de sa deuxième femme : il l'avait simplement invitée à débarrasser le plancher. Elle était restée numéro deux jusqu'à ce qu'il ajoute un lot de consolation composé de quelques maisons et d'une pension alimentaire invraisemblable.

Maman se fichait pas mal de son argent, elle était amoureuse de lui, pratiquement depuis toujours. Il était de vingt-cinq ans son aîné, mais elle préférait les hommes mariés et plus âgés qu'elle. Ça remontait à son entrée au lycée à Greenvale, lorsqu'elle avait embrassé un ami de ses parents nommé Dealie Van Couvering.

Je l'avais rencontré. Un sacré trou du cul, tout comme Bonwit.

Maman est faite comme ça.

— Les magasins *Gubelprecht's* ferment, alors il y a eu des soldes monstres et je t'ai déniché des rideaux absolument ma-gni-fiques. Moirés, couleur pêche. Je peux te les apporter vendredi.

— Génial. Vers quelle heure ?

La réponse fut une tonalité. Typique.

Vouloir une conversation suivie avec maman, c'est comme essayer d'obtenir un entretien rationnel avec Zelda Fitzgerald.

Je coinçai l'écouteur contre mon épaule et j'appelai Dean. Il fut convenu que nous nous retrouverions au *Crown Hotel* pour que je discute avec Kenny, mais seulement quand Dean aurait fini ses travaux de soudure.

— 7 heures. Sûrement pas avant.

Cela me laissait le temps de repasser à la maison après le boulot. Le temps de me détendre et de réfléchir un peu.

Je fixai béatement l'écran de mon ordinateur en pensant à toutes les conneries que j'avais à faire, du genre travailler vraiment.

Je n'arrêtais pas de visionner mentalement toute la collection d'images de Simon. Il y avait quelque chose qui me chagrinait. Pas la violence dont elles témoignaient, si horrible qu'elle soit. C'était autre chose. Un détail, un élément annexe qui ne collait pas. Un défaut infime, mais qui avait tout de même son importance.

Ce problème avait mis en branle ce que, en terminale, Judith Goldiner avait baptisé ma "mémoire photogénique", une après-midi, en cours de chimie. C'était en partie un don, en partie une malédiction : je retenais si bien des masses d'informations que je ne prenais jamais de notes en classe, peut-être parce que j'oubliais toujours d'apporter de quoi écrire. La pauvre Judith en avait plus que marre de me prêter ses stylos.

Je fermai les yeux en me projetant les photos en diaporama. Les gros plans sur les cheveux, sur les guirlandes de fleurs.

Voilà. Le déclic. *Eurêka*... Les couleurs mal assorties : les roses blanches sur la blonde, les rouges sur la brune. Choix aberrant. Qui devait avoir une explication.

Et je savais laquelle.

8

— Un Shirley Temple, j'imagine ? demanda Kenny, de derrière le bar.

Cet homme avait le cou et les épaules d'un Minotaure, avec un profil venu tout droit d'une médaille byzantine.

Je déclinai le soda grenadine qu'il me proposait pour rire :

— Un jour, je répondrai oui, et alors qu'est-ce que tu feras ?

Il roula des yeux et me décapsula une Old Vienna.

Je déposai un baiser sur la joue de Dean et grimpai sur un tabouret, non sans avoir vérifié la galette de vinyle rafistolée à l'adhésif, au cas où un objet indésirable y aurait atterri.

Le *Crown* était un vrai bouge, digne d'un film de série B. Kenny avait beau faire, il ne pouvait en chasser le parfum spécifique composé d'emphysème pulmonaire, de chou rance et de vomi. Les murs étaient vernis de misère, et chaque trou du plancher débordait de bouillon de cigarettes.

Une feuille de papier collée au-dessus du comptoir annonçait : “Hamburger... 1 $, Cheeseburger... 1,25 $.”

Je me dis que c’était purement décoratif, comme les œufs en conserve et les pieds de cochon en suspens dans leurs litres respectifs de marinade trouble.

Ce n’était pas un endroit où manger. La plupart des clients du *Crown* y venaient parce que leur pension d’invalidité couvrait le prix mensuel de la liqueur brune servie au bar et d’un mince matelas dans une des chambres.

Dean utilisait le *Crown* comme test décisif pour les filles, du temps où il était célibataire. Il m’avait amenée ici pour notre seconde soirée ensemble.

J’avais commandé un whisky-bière, allumé une Camel et m’étais approchée du juke-box.

Kenny avait posé nos verres sur le comptoir alors que le curseur se plaçait devant *Hey, Good Looking*, mon 45 tours favori. Le temps que Don Helms plaque quelques accords sur sa guitare, avant même que Hank Williams n’ait chanté un mot, Dean était cuit.

Snobisme de petite-bourgeoise, mon cul.

Ce soir-là, j’avais demandé à Kenny dans quelle université il avait fait ses études.

— Au Viêtnam. Et j’avais sacrément intérêt à réussir mes examens.

Je fus conquise par cette réponse. Cet homme exhalait un calme si massif qu’il n’y avait jamais de bagarres au *Crown*. Pourtant, quand il ne vous connaissait pas, il ne prononçait pas le *s* final de son nom, pour se donner l’air italien.

— Il y a beaucoup de gens par ici qui croient que les Grecs ne sont pas des Blancs, confiait-il.

Les poseurs qui se prétendaient ses amis l'appelaient Ducatelli. Ses vrais intimes ne disaient à personne que son vrai nom était Doukatelis.

Je respectais son désir d'incognito, et il respectait le mien.

Dean me posa la main sur l'épaule et me ramena à l'instant présent.

— Alors, quoi de neuf sur ton cousin Lapereau ?

— J'ai vu les photos de la scène de crime et j'ai eu envie de gerber. Tu en as parlé à Kenny ?

Les deux hommes hochèrent la tête et je m'autorisai une longue rasade de bière avant d'aborder la question des couleurs.

— La blonde portait la couronne blanche, et la brune avait la couronne rouge. Esthétiquement, c'est n'importe quoi.

Je m'attendais que Kenny ricane, mais son visage ne trahissait pas la moindre ironie.

— J'ai compris pourquoi ça me tracassait, pourquoi ça me semblait si familier. C'est un conte de fées, *Blanche-Rose et Rose-Rouge*, deux sœurs baptisées du nom des fleurs qui poussaient autour de la porte de leur chaumière, un rosier blanc pour la blonde et rouge pour la brune. J'ai vérifié à la maison. C'est un conte de Grimm, et pas mal de détails coïncident…

Je tirai de ma poche une feuille où j'avais griffonné ces lignes :

— "Il ne leur arrivait jamais aucun mal ; si elles s'attardaient dans les bois et se laissaient surprendre par la nuit, elles se couchaient ensemble sur la mousse et dormaient jusqu'au matin" et "Les deux enfants s'aimaient si tendrement qu'elles marchaient main dans la main chaque fois qu'elles sortaient en même temps". A croire que celui qui les a tuées voulait composer une sorte de tableau vivant.

— C'est-à-dire ? demanda Dean.

Kenny vint à son secours :

— C'était une sorte de jeu de société, autrefois. Les gens se déguisaient et prenaient la pose pour reconstituer une scène connue, tirée de la mythologie ou de la Bible. Personne ne bougeait, il n'y avait pas de dialogue. C'était juste une image fixe. Les spectateurs devaient deviner ce qu'ils représentaient.

— Les photos m'ont fait penser exactement à ça. Comme si tout avait été disposé pour des spectateurs. Kenny, est-ce que ça tient debout ?

— Du point de vue juridique ? Aucune idée, je ne me suis jamais occupé d'homicide. Je ne sais rien que tu pourrais utiliser pour le journal.

— Oh, arrête ! Si c'était pour le boulot, je te demanderais une recette de souvlaki.

Il écarquilla les yeux.

— Oui, ou bien de lasagnes, ou de n'importe quoi, poursuivis-je en baissant la voix. Tu vois ce que je veux dire. Au journal, je ne fais pas les crimes. C'est juste… une histoire de *famille.*

Son visage se détendit et je me rendis compte que, par le plus grand des hasards, j'avais prononcé le mot magique.

A l'autre bout du comptoir, quelqu'un commanda deux bières supplémentaires, mais quand Kenny revint il se pencha entre Dean et moi.

— Tout le monde en a parlé, à l'époque. C'était une affaire tellement bizarre. On n'est pas dans le Bronx, mais on n'est pas non plus des péquenauds complets ! On a des cadavres ici aussi, de temps en temps, de sales affaires.

J'attendis, sans toucher ma bière.

— Allez, je te fais confiance, Maddie. Ton truc de conte de fées, ça pourrait coller. Le type qui a fait ça avait une idée derrière la tête. En général, les tueurs ne pensent qu'à foutre le camp après le crime. Bon, d'accord, il y a les nécrophiles pour qui l'essentiel vient après. Mais, là, le type a pris tout son temps. Il les a lavées, rhabillées… Pas une goutte de sang sur leurs vêtements.

— Tout ça dans le noir ? demanda Dean.

Kenny haussa les épaules.

— Il avait peut-être une lampe de poche. Il a peut-être attendu que le soleil se lève.

Un client hurla pour qu'on lui apporte deux bourbons, et Kenny continua tout en remplissant les verres :

— C'est ce qu'on appelle la mise en scène. Les parents font ça quand ils tuent leur enfant, souvent… ils mettent une couverture sur le corps, ils placent sa peluche préférée dans les bras du gosse. Une façon de s'excuser, de consoler le gamin après coup. Mais ce type-là… il y a autre chose. Ça va beaucoup plus loin.

— C'était pour exprimer sa culpabilité, ou pour épater la galerie ? suggéra Dean.

— Il y a eu toutes sortes de théories. A mon avis il faisait le malin, mais ça devait aussi le faire bander. Ça n'était pas un débutant. Tu peux être le pire des dingues, mais la première fois que tu tues quelqu'un, c'est jamais propre. Ce type-là, il savait ce qu'il faisait. Comme s'il y avait un rituel.

— Tu as vu d'autres crimes du même style, dans les parages ? demandai-je.

— Jamais. Ni avant, ni après. Beaucoup de gens étaient aux aguets, et le sont encore. On l'attendait au tournant, le bonhomme.

— Mais justement, on dit bien qu'il y avait deux soldats. Comment un seul type aurait pu tuer deux femmes ?

— Je ne dis pas qu'il n'avait pas un complice, mais plusieurs indices renvoient à un tueur solitaire. D'abord, les blessures des deux filles étaient pratiquement identiques. Elles avaient été frappées par-derrière, par un gaucher.

L'idée de cette proximité, de cette étreinte criminelle, me fit frémir.

— Le couteau avait été planté sur le côté du cou et ramené sur le devant. Ça demande beaucoup de force, mais ça empêche la victime de crier. C'est le genre de détail que connaissent les pros, des trucs comme en font les Forces spéciales en mission... On était déjà quelques-uns à être revenus du Viêtnam. On avait vu ça.

Dean émit un sifflement admiratif :

— Il doit falloir une sacrée lame.

— Un couteau de combat. Il existe toutes sortes de poignards, et même des modèles personnalisés. Les types qui faisaient ce genre de saloperies n'attendaient pas que l'armée leur distribue des armes...

Kenny s'interrompit pour me prendre le menton dans la main.

— Ça va ? T'es toute pâle.

— C'est à cause des photos...

Il pencha la tête sur le côté pour m'examiner.

— Moi, je n'ai jamais voulu trop me mêler de toutes ces histoires. Quand j'entends quelqu'un raconter un meurtre en détail, comme si c'était un beau spectacle, je file à l'autre bout du comptoir. C'est peut-être pour ça que je ne suis plus flic.

Je le regardai :

— Tu sais très bien que ce n'est pas pour m'amuser que j'enquête sur ce crime, non ?

Il hocha la tête et j'inspirai profondément.

— Alors je voudrais encore te poser une question.

— Pas de problème.

— Tu as dit qu'il y avait *plusieurs* indices renvoyant à un *serial killer*. Le couteau, la blessure, ça reste des détails. Qu'est-ce qu'il y avait d'autre ?

Il renversa la tête en arrière, les yeux au plafond.

— Il y avait surtout les uniformes... Les deux garçons étaient des bleus, c'était évident d'après la déposition des témoins. Ils ne s'étaient jamais battus. L'armée forme des hommes, mais pour ces deux-là elle n'avait pas encore eu le temps. C'étaient des appelés de dix-huit ou dix-neuf ans, de vrais gamins.

Lapthorne devait avoir cet âge. Et il n'y avait pas d'entraînement au combat à mains nues au Junior Club, entre les régates. Dans le pire des cas, les garçons se partageaient les cigarettes de maman, cachés dans les buissons, ou bien ils obligeaient un plus petit à grimper le mât en caleçon, jusqu'au drapeau... *Mon Dieu, je vous en prie, faites que ce soit la faute de quelqu'un d'autre, d'un marine tordu qui en voulait à la terre entière.*

— Maddie, reprit Kenny, tout ce que je peux te répéter, ce sont des rumeurs, des bruits qui circulaient parmi les flics. Il y a un type qui a suivi toute l'affaire : Jack Schneider. Il habite près de la réserve, maintenant. Il est à la retraite, mais c'est lui qui menait l'enquête.

— Schneider ? je le connais, dit Dean. C'est un sale con. Il se pointe à tous les concerts des Kingsnakes, il se bourre la gueule et il cherche la bagarre.

Juste avant de quitter mon bureau, j'avais relu la liste des événements culturels prévus pour la quinzaine à venir.

— Les Kingsnakes sont en concert à Jamesville, samedi en huit.

Dean me fit signe qu'il ne pourrait pas m'y accompagner :

— Je serai au Canada, ce soir-là.

— Encore ! m'exclamai-je en décomptant mentalement les jours. Si tu pars mercredi, c'est bien que…

— La semaine prochaine, j'y serai de mercredi à dimanche. Je rentrerai pour quelques jours, avant de repartir le mardi suivant, je pense. Et je resterai parti un bon moment. Deux semaines, peut-être trois. Ils ne sont pas sûrs.

— C'est dégueulasse de me laisser toute seule.

— Le travail, c'est le travail. Tant que ça dure…

— D'accord, génial. Tu fais ton travail génialement. Mais quand tu t'en vas, j'ai une vie de merde, tu sais.

Il haussa les épaules, puis un petit bonhomme aux cheveux blancs, jusque-là tranquillement assis à l'autre bout du bar, se mit à pousser des cris en agitant ses cannes.

— Fred, boucle-la ! hurla Kenny en frappant du poing. Combien de fois je vais devoir te répéter qu'on n'est plus en Corée ?

Bouche bée, Fred baissa la tête, tout penaud, avant de remonter tant bien que mal dans sa chambre. Le silence était tel qu'on entendait le bout en caoutchouc des cannes couiner sur le lino.

— Le pauvre vieux, tous les soirs il me refait son débarquement en Corée. J'ai pourtant pas l'air d'un Chinetoque !

Une fois à la maison, après avoir terminé notre reste de taboulé, Dean s'endormit la fourchette à la main. Je le propulsai jusqu'au lit puis je revins m'asseoir sous le porche, en me renversant en arrière jusqu'à ce que le fauteuil en osier tremble et craque.

Les chiens du quartier formaient un quatuor atroce.

Je repensai à ce que Kenny avait dit, en essayant d'y glaner quelques bribes d'espoir. Les plaques d'identité de Lapthorne étaient peut-être son seul lien avec les mortes, il s'était peut-être fait des ennemis à Camp Drum. Y était-il d'ailleurs allé ? Maintenant, ça s'appelait Fort Drum, de toute façon… ce qui montrait bien que de l'eau était passée sous les ponts, comme si j'avais besoin qu'on me le rappelle.

Je fermai les yeux et je tentai de me le représenter tel que je l'avais vu pour la dernière fois, à Locust Valley, ses manières presque efféminées, son smoking. Un garçon dans son genre aurait très bien pu exaspérer un adjudant ou un vétéran revenu du Viêtnam, mais tout de même pas au point qu'on veuille le faire accuser de meurtre !

Comme disait Scott Fitzgerald, les riches ne sont pas comme vous et moi. En dehors de leur milieu, ils sont complètement inconscients des réalités. Pendant la crise de 1929, mon grand-père Dare donnait à son chauffeur un billet de cent dollars afin de pouvoir emprunter les autoroutes gratuitement parce que les péages n'avaient jamais de quoi rendre la monnaie.

Lapthorne n'était pas comme moi parce qu'il venait d'une partie de la famille qui avait su conserver sa fortune grâce à une méthode éprouvée : les mariages d'argent. La vue que j'avais sur Green Street suffisait amplement à me rappeler que, de mon côté, on ne faisait que des mariages d'amour.

Les vraies fortunes familiales naissent presque partout autour d'un individu isolé. Un homme pauvre, méchant, petit et brutal. C'est vrai, quand on a plein d'amis et de maîtresses, on n'a pas le temps d'inventer l'épingle de nourrice ou d'appliquer des stratégies byzantines au marché obligataire.

Ce type, l'ancêtre X, remplit son bas de laine, grâce auquel il épouse une femme très jolie et très sympathique, qui est généralement stupide. Avec une petite fortune américaine, on obtient au bout de trois générations de grands blonds qui doivent faire un gros effort pour obtenir des notes médiocres à l'école, mais qui sont aussi calmes qu'une meute de vieux labradors flatulents.

Avec une très grande fortune, vous pouvez mettre le grappin sur au moins une Européenne fin de race et, à la quatrième génération, cela donne des dobermans dotés d'une lèvre de Habsbourg, c'est pourquoi je n'ai jamais aimé Southampton.

Dans mon cas, l'ancêtre X fut mon arrière-grand-père Jacob Townsend. Un beau jour, il décida qu'il détestait l'agriculture, et c'est ainsi qu'a démarré plus d'une fortune américaine. A dix-sept ans, il partit pour "la ville" et devint employé d'une compagnie maritime qui partageait son activité entre le fret et les passagers. Il s'éleva dans la hiérarchie de l'entreprise à une vitesse stupéfiante et eut bientôt assez de puissance pour influencer le gouvernement. J'ai entendu murmurer qu'il avait personnellement veillé à ce que le *Lusitania* soit coulé parce que la Première Guerre mondiale lui paraissait une bonne idée.

A trente-deux ans, il rencontra mon arrière-grand-mère, Dodie Lapthorne. Elle avait dix-neuf ans et une forte personnalité : chaque été, elle traversait à la nage le lac familial dans les Adirondacks et elle passait le reste de l'année à monter des chevaux fougueux.

C'est à bord de son paquebot *Agassiz*, à la table du capitaine, que Jake Townsend vit pour la première fois Dodie, qui se rendait à Cuba avec sa famille.

De nature peu romantique, Jake alla chercher une pêche dans les cuisines de l'*Agassiz*, la dénoyauta et y déposa l'énorme bague de fiançailles qu'il avait achetée à La Havane, et emballa le tout dans du papier journal. A la table du capitaine, pour leur dernier soir à bord, il la lança sur les genoux de Dodie en disant : "Une pêche pour la fille à la peau de pêche."

Je n'ai jamais pu admettre que l'arrière-grand-mère que j'avais connue était cette femme dont l'immense portrait était accroché au-dessus de la desserte de sa salle à manger.

En peinture, Dodie nous regardait par-dessus une épaule parfaitement blanche, comme si, alors qu'elle s'apprêtait à sortir du cadre, elle s'était souvenue à la dernière seconde d'une chose amusante à confier à l'artiste, avant d'écarter sa main de la grossière colonne de pierre placée à côté d'elle.

Elle portait une robe "années folles" en velours d'un vert profond, décolletée jusque dans le bas du dos. Une broche d'émeraudes et de diamants brillait sur la hanche encore tournée vers le peintre, vers le public.

Un invité venu passer un week-end avait surnommé cette toile : "Ah quel dos, dis donc, Dodie." Je me disais toujours qu'il aurait dû y avoir sur le cadre une petite plaque en cuivre portant le mot "Avant".

"Après" était une femme grise, silencieuse et intimidante, qui me prenait toujours pour ma cousine Skippy.

Ce n'est pas seulement qu'elle était beaucoup plus âgée. Alors qu'elle était enceinte de deux semaines de son dernier enfant, Dodie vit Jake mourir dans l'explosion de son tout nouveau paquebot, le *Glamis Castle.* Elle fut renversée par la déflagration suivante.

Un incendie en mer est un événement terrible car le carburant continue à brûler alors qu'il se répand à la surface de l'eau. Dodie passa plus d'un mois à l'hôpital. Je me rappelle avoir entendu dire, enfant, que c'est là qu'elle avait succombé à la drogue et que depuis des décennies elle s'approvisionnait auprès de Jimmy, son chauffeur.

J'avais toujours imaginé une grande boîte remplie de seringues et de flacons de morphine, dans une armoire de sa chambre, rangée avec son millier de paires d'escarpins.

Il était tard et je tentai de m'obliger à me sentir fatiguée. Pendant le dîner, j'avais supplié Dean de m'emmener à la vente aux enchères de la ferme Johnston, pour m'éviter d'y aller seule le lendemain matin et de me retrouver en tête à tête avec son oncle Furet.

— D'accord, si on se lève à 3 heures du matin. Sinon, tu iras seule.

9

— Putain de saloperie de bordel de merde, c'est vraiment n'importe quoi, cette ferme ! s'exclama Dean furieux, en ouvrant le capot d'un troisième tracteur.

La scène se passait mardi, juste avant l'aube, dans Collamer Road. Dean et son oncle Furet essayaient de comprendre quel véhicule contenait la seule batterie en état de marche.

Et moi j'essayais de ne pas être dans leurs jambes.

— C'est pas moi qui ai sorti le camion, d'abord, gémit Furet.

Il passa la main dans ses cheveux blancs coupés en brosse, en se mangeant la lèvre inférieure comme un bouledogue.

— Pour une fois, tu pourrais peut-être te bouger le cul et m'aider, cria Dean.

— On t'a pas vu beaucoup emballer le foin, cet été, répliqua Furet.

— L'an dernier, je n'ai pas vu la couleur de mon salaire.

Furet chercha une répartie et finit par gémir :

— Eh ben... l'autre jour, quand j'ai utilisé la batterie, moi je l'ai laissée dans ce camion-là.

— La dernière fois que tu as levé le petit doigt, tu avais encore tes putains de dents, marmonna Dean.

Il referma le capot du tracteur et se dirigea vers la masse jaune canari d'un chariot élévateur d'avant-guerre.

Furet plaça une cigarette au coin de ses lèvres et sortit en traînant les pieds, puis frotta une allumette contre l'encadrement de la porte.

Il n'y avait pas un souffle de vent mais il protégea la flamme avec sa main, ce qui donna un éclat cuivré à son visage, dans la pénombre bleue.

— Bunny, ça va ? me demanda Dean. Tes yeux ressemblent à deux trous brûlés dans une couverture.

— La dernière fois qu'il m'est arrivé d'être debout à une heure pareille, je ne m'étais pas encore couchée. Tu veux du café ?

— Non.

— On peut pas prendre la batterie de ma voiture ?

— Non.

— Tu veux que j'aille t'en acheter une chez *Sears* ?

— Houuu, tu t'en vas sûrement pas faire ça, fit-il en souriant, en imitant les voyelles aplaties et interminables de la prononciation locale. La petite-cousine de la femme de Furet elle pourrait te refiler une batterie qu'est encore toute bonne, tu sais, celle qu'elle a un séchoir cassé, pourvu que tu lui trouves une demi-courroie pour la tondeuse du frère de son mari.

— Comme ça, son frère pourrait réparer le séchoir ?

— Ouais, quand il aura fini avec la motoneige qu'est garée sur la pelouse, dit-il en abandonnant le chariot élévateur.

— Je ne voudrais pas le bousculer.

— Houu, mon Dieu, nan. Les motoneiges, c'est pas de la tarte.

— Pour sûr, acquiesçai-je en prenant une gorgée de café.

Il s'avança vers un petit tracteur rouge.

— Elle ne doit pas être là-dedans non plus, plutôt dans cette putain de grange.

— Un tracteur entre dans un bar, s'approche du comptoir et s'y accoude sur les roues avant, en pleurant. Le barman lui dit : Vous avez vraiment l'air mal en point. Qu'est-ce qui vous arrive ?

Dean hocha la tête et rabattit le capot.

— Le tracteur lève la tête et répond : Elle me trompe avec Massey Ferguson.

— Gagné ! s'écria Dean.

Il sourit et détacha les câbles du bout des doigts, brandissant la batterie comme le Graal.

Nous parcourions lentement des routes perdues en rase campagne quand le soleil se leva. J'étais assise au milieu et, chaque fois que Dean devait changer de vitesse, il me cognait le genou en attrapant le levier.

Furet se mit dans la bouche un carré de chewing-gum à la nicotine et alluma une Marlboro. Il n'y avait pas d'autoradio, et je savais qu'ils auraient pu tous les deux rouler en silence pendant des jours entiers. Je voulais me rendormir, mais à chaque virage j'avais peur de finir sur les genoux de Furet.

— Quel âge a Johnston ? demandai-je à Dean.

— Dans les quatre-vingts ans. Sa fille a l'âge de maman, je crois. J'ai joué au foot avec ses petits-fils. De grands cons, mais sympas. Il y en a un qui m'a dit un jour que, si je soulevais mon veau tous les jours, je pourrais le soulever quand ce serait devenu une vache.

— Et ça marche ?

— Je n'ai jamais pu le savoir. On finit toujours par sauter un jour et, quand on reprend, la bête est déjà trop grosse.

J'éclatai de rire. Je l'imaginais faisant le tour de la grange en titubant, mince comme un haricot vert, ses cheveux blonds coupés court, avec un bébé vache dans les bras, tâchant de devenir assez fort pour que son grand frère arrête de l'emmerder.

Il n'avait pas encore digéré le droit d'aînesse mais, si la ferme avait été destinée à Dean plutôt qu'à son frère, cela nous aurait définitivement fermé toutes les portes de sortie.

Il prétendait n'avoir aucune envie de fuir. Il me disait que Syracuse, c'était la Vraie Vie, que je m'y habituerais, que j'avais grandi chez les riches dans des villes en carton-pâte à jamais dénuées de toute substance. C'était forcément mieux chez lui.

Mais Dean était encore le gamin qui s'était cassé le bras en essayant de s'envoler du toit de la grange à vélo. Le désir de fuir ce trou existait en lui bien avant que je n'entre dans sa vie, il avait simplement besoin qu'on le soutienne un peu.

Je nouai mes doigts aux siens et laissai ma tête reposer sur son épaule. Il me frotta la main avec son pouce. Je finirais bien par avoir gain de cause.

— Johnston a plus jamais été le même après qu'il a retrouvé les deux filles, remarqua soudain Furet.

Je me tournai vers lui, entièrement prise au dépourvu.

Il ne bougea pas la tête.

Il se mit à jouer avec le verrou de la portière. L'ongle de son pouce, semblable à une fleur d'un noir violacé, avait récemment servi à arrêter un marteau.

— Il a laissé la ferme partir à vau-l'eau. C'est surtout le mari de sa fille qui dirigeait, jusqu'au jour qu'il s'est coincé la main dans la vieille ramasseuse-presse. Et Johnston a eu comme un genre d'attaque. Ils étaient plus bons à grand-chose après ça. Les garçons sont partis en ville, ils travaillent pour d'autres.

Travailler pour d'autres : la pire insulte pour un fermier, que le père de Dean nous adressait souvent.

— Il vous a raconté comment il avait retrouvé les filles ? demandai-je.

Furet balança lentement la tête vers la gauche et me regarda d'un air bovin.

— Pourquoi que tu veux savoir ça ? finit-il par dire.

Je vis Dean se mordre la lèvre pour s'empêcher de rire et je dus moi-même contempler le plafond de la cabine sinon nous aurions tous les deux perdu notre sang-froid.

J'appuyai ma cuisse contre la sienne aussi fort que possible et il se mit à me pousser aussi.

— "Elle me trompe avec Massey Ferguson", lâcha-t-il en gloussant. Elle est bien bonne !

— Un peu lent à la détente, répondis-je et il me serra la main.

— Vous êtes un malin, Wendell, il faut que vous le sachiez, dit l'illustre Fleischmann, l'œil pétillant, tout en prenant le coude de Furet.

Nous nous trouvions sur une dalle de béton mouchetée de bouse, au bord d'un enclos à bétail bordant l'une des étables de Johnston. Derrière nous, des camionnettes arrivaient péniblement dans la cour en terre battue et libéraient leurs passagers en salopette ou en jean luisant à taille haute. Le silence régnait : pas de salutations joviales, pas de retrouvailles bruyantes, simplement de petits groupes d'hommes à la mine sévère, repoussant leur casquette en arrière, se grattant la tête et se plaignant mutuellement du blé, du soja et de la boue. Du prix de l'atrazine. De ce fichu gouvernement.

— Alors, Wendell, vous êtes prêt à vous remettre à la laiterie ? chantonna le commissaire-priseur. Il était un peu bossu, avec une auréole de cheveux blancs.

Furet haussa les épaules en mâchant son chewing-gum.

— J'ai ici pour vous des bêtes magnifiques... Grandes, bien foutues...

— Bon rendement, murmurai-je entre mes dents.

Fleischmann sourit jusqu'aux oreilles et me lança un clin d'œil complice par-dessus son épaule semblable à une carapace de tortue.

Il portait un coupe-vent vert fluo, la fermeture remontée jusqu'au cou. Des manches longues, malgré la chaleur.

— Alors comme ça, c'est elle, la nouvelle madame Bauer ? demanda-t-il en lâchant Furet pour me prendre la main dans les siennes. Je suis Izzy Fleischmann.

— Madeline Dare, répondis-je. C'est un plaisir de vous rencontrer, monsieur Fleischmann. Dean m'a dit que vous étiez le meilleur.

— Elle n'a qu'à m'appeler Izzy. Pas de cérémonies dans un endroit pareil !

Il me jaugea de la tête aux pieds, en s'arrêtant un instant sur ma poitrine.

— Elle a tout ce qu'il faut où il faut. *Gezinta shiksa.* Dis donc, mon petit Dean, comment ça se fait que tu te débrouilles si bien avec les filles ? lança-t-il en pointant le menton vers mon mari, sans me lâcher la main.

— Je lui fais découvrir la vraie Amérique, celle du bronzage paysan, du pain blanc et du bleu aux yeux, répondit Dean en plaçant un bras musclé autour de mes épaules et en désignant d'un geste large tout l'enclos à bétail devant mes yeux ébahis. C'est tout un monde nouveau pour elle.

— Une vraie révélation, dis-je en roulant des yeux.

— J'ai conquis son cœur, poursuivit mon intrépide conjoint. Je l'ai entraînée au pays des bouseux.

— Je préfère dire “péquenauds”.

— Comme tu voudras, chérie.

— Je vous prie d'excuser mon mari, monsieur Fleischmann. Il a étudié l'allemand à l'école et, après des années de travail assidu, il n'a qu'à ouvrir la bouche pour en faire sortir des pierres.

Izzy me pinça la joue.

— Elle me plaît bien, la petite femme.

Furet, laissé trop longtemps à part, cracha son chewing-gum à terre.

— E' veut parler à Johnston des deux filles qu'ont été tuées dans son champ. E' travaille pour le journal.

Il donna un coup de pied dans une motte de terre et y écrasa son petit bout de Nicorette, puis s'éloigna en longeant la clôture.

— Nom de Dieu ! lâcha Dean en partant à sa poursuite.

Izzy les regarda disparaître, puis se tourna vers moi.

— Le journal ? demanda-t-il.

Je frissonnai comme si j'avais vu un fantôme.

— Ce n'est pas pour le journal.

Il croisa les bras.

— C'est pour quoi, alors ?

Je détournai les yeux.

— C'est juste par curiosité.

— Ah, madame est curieuse, dit Izzy.

Il attendit que je sois assez à l'aise pour soutenir son regard et je le vis me dévisager, les yeux plissés.

— Il est dans l'étable, là-bas, le père Johnston. Dans un fauteuil roulant. A mon avis, il n'est plus en état de vous apprendre grand-chose. Je pense qu'il ne sait même pas quel jour on est, alors qu'on vend tous ses biens aujourd'hui.

— Oh, ça ne devrait pas être un problème...

— Bon, alors si la petite dame n'a pas envie de savoir, pourquoi elle est venue jusqu'ici ? demanda-t-il, le sourcil froncé. C'est un peu bizarroïde, non ?

— En effet.

— Sérieusement, ça me rend curieux moi aussi. Elle me fascine, madame Dean.

Je lui souris.

Il pencha légèrement la tête sur le côté.

— Elle ne veut pas me répondre ? Elle a le droit.

Je restai muette. Nous restâmes face à face jusqu'à ce que le silence me rende nerveuse. Il était très doué.

Comme je n'en pouvais plus, je bafouillai :

— Euh... Izzy, c'est le diminutif d'Isaac ?

Il hocha la tête. Je lui devins un peu plus sympathique.

— J'ai un arrière-arrière-grand-père qui s'appelait Isaac. J'ai toujours aimé ce prénom. Ça me rappelle les capitaines de baleiniers, tous ces Yankees...

— Moi, ça me rappelle les petits vieux de Brooklyn, ou bien de Vilnius, répliqua-t-il avec un sourire qui dérangea ses pattes-d'oie. Ces vieux qui se disputent tout le temps, qui ont encore du hareng dans leur barbe et qui secouent le doigt sous le nez de leur adversaire.

Il leva les deux mains, les index pliés.

Ce geste fit se retrousser ses manches, dévoilant les premiers chiffres d'un matricule tatoué sur son avant-bras gauche.

1436…

Je tressaillis.

— Le quatre, dis-je.

Je posai le bout de mon doigt sur son bras, juste en dessous de l'endroit où se terminait la barre de ce second chiffre.

Le tatoueur avait pris le temps de tracer un joli petit trait perpendiculaire. Décoratif.

— Comment a-t-on pu…

Fleischmann s'éclaircit la gorge.

— C'était il y a bien longtemps.

Ma main retomba et il ramena le poignet élastique sur son avant-bras.

— Je vous demande pardon, j'ai parlé sans réfléchir.

— Mais non. Pas "sans réfléchir". Je ne pense pas que votre cerveau pourrait s'arrêter. Ce n'est pas votre style. Je ne vous en crois pas capable.

Fleischmann fit lentement passer son bras à travers mon champ de vision.

— Regardez, dit-il. Suivez…

Ses doigts prirent une posture étrange et, d'un geste théâtral, il retint mon attention jusqu'à ce qu'il eût ramené son index plié au coin de son œil.

— Regardez ici, dit-il en souriant à nouveau. Si vous voulez, je vous prédis votre avenir.

— Tout de suite ?

— Vous ne me croyez pas ? C'est que je suis très bon, vous savez. C'est comme ça que je gagnais ma vie, pendant ma première année en Amérique. La dame qui m'a appris me l'avait promis : "Si tu peux dire aux gens *une partie* de la vérité, tu n'auras plus jamais faim."

— Mais si vous leur en dites davantage ?

— C'est la question que je lui ai posée. Elle a répondu : "La plupart du temps, ils te tuent. Je te conseille d'en garder un peu pour toi."

— Elle était pleine de sagesse.

— Bien sûr ! Elle était vieille comme je ne sais quoi. Tellement vieille qu'elle rapetissait. Tout rétrécissait, même sa tête. Son nez touchait presque son menton. Les Roms, on a souvent du mal à leur donner un âge, mais cette dame…

— Les Roms ?

— Les Gitans, expliqua-t-il.

— Je croyais qu'ils détestaient ceux qui ne sont pas comme eux…

— Cette dame et moi, pendant la guerre, on s'est retrouvés coincés dans le même train. Un voyage de plusieurs jours, dont nous ne connaissions pas vraiment la destination…

Je déglutis.

— Elle était accompagnée de son plus jeune fils, qui était tout de même plus âgé que moi à l'époque, il avait peut-être l'âge que j'ai maintenant.

Un petit groupe de fermiers passa près de nous. Fleischmann leur jeta un coup d'œil et garda le silence en attendant qu'ils se soient éloignés.

— Il était très malade, cet homme, et j'ai pu lui rendre un petit service avant sa mort. Sa mère était reconnaissante, elle voulait m'offrir quelque chose à son tour. Nous n'avions rien, vous comprenez ? On ne nous avait rien laissé, pour ce voyage. "Une autre fois, je t'aurais donné un cheval ou un beau manteau. Mais je n'ai même pas de pain, alors je vais t'offrir un secret. Je vais t'apprendre à connaître l'avenir."

— En lisant dans les cartes ?

— Nous n'avions pas de cartes. Je vous l'ai dit, nous n'avions rien.

Je n'osai plus l'interrompre.

Il se tut un moment, en détournant les yeux avant de reprendre la parole.

— Elle m'a appris à étudier les visages. "Ce n'est pas difficile, mais tu dois regarder longtemps, jusqu'à ce que les secrets sortent. Ils ne peuvent pas rester cachés, si tu te tiens tranquille assez longtemps, parce que les secrets sont bêtes, ils n'ont pas de patience."

Il se tut à nouveau, en me regardant.

— Elle m'a dit de m'entraîner sur elle. Je me suis plaint qu'il faisait trop noir pour voir son visage. "Pour ça tu n'as pas besoin de lumière. Tu n'as qu'à regarder. Qu'à attendre."

Il soupira.

— Qu'avez-vous vu ?

— Tout. J'ai tout vu.

— Et vous en avez gardé une partie pour vous ?

— Je ne lui ai rien dit.

— Pourquoi ?

— Parce qu'elle est morte pendant que je la regardais. Le vrai secret. Le cadeau qu'elle me faisait. Elle a emporté ma peur avec elle.

Je le croyais.

— Quant à vous, madame la curieuse, vous avez une bonne tête. Plus que jolie…

Je sentis mes joues s'empourprer et je me mis à contempler mes chaussures.

— Alors vous n'y croyez pas ? dit-il en me soulevant le menton du bout de son doigt. Regardez-moi. Sans cligner des yeux. Essayez de me regarder aussi longtemps que vous le pouvez. Ne bougez pas la tête.

J'étais incapable de me détendre, soumise à un examen aussi intense. Le seul moyen de résister était de laisser mes yeux partir dans le vague.

Il rit.

— Evidemment que vous n'y croyez pas. Ou bien vous pensez que vous ne méritez pas ça, mais les gens vous regardent toujours quand vous entrez dans une pièce. Les hommes. Vous n'avez pas un visage ordinaire. Trop triste, trop sérieux, et peut-être un peu effrayé maintenant, comme si vous vous étiez lancée dans un grand projet, dont vous n'êtes pas sûre…

L'air songeur, il se pencha vers moi, en relevant encore ma tête de un centimètre.

— Vous croyez n'avoir aucune protection. Mais je vois de la force ici, de la détermination.

Il tapota deux fois le milieu de mon menton, puis retira son doigt.

— Qu'est-ce que vous foutez ici, c'est une autre question. Vous n'êtes pas dans votre milieu. Je sais de quoi je parle quand je dis que je m'y connais en races…

Je fus obligée de le dévisager.

— Voilà, vous êtes venue ici parce que vous n'êtes chez vous nulle part… pour le moment. Vous trouverez peut-être…

Fleischmann s'interrompit et détourna les yeux pour regarder par-dessus mon épaule.

— Attendez, protestai-je, quand vous dites que je trouverai peut-être…

— Je ne vous dirai pas tout. J'en ai déjà assez…

— Seulement ça. Pas tout. Seulement si "pour le moment" signifie que je trouverai un jour.

Fleischmann m'observa d'un air sévère.

— La vérité ?

Je déglutis à nouveau. Je hochai la tête.

Il plaça une main autour de mon poignet, le serrant par en dessous. La gravité de son geste me donna des picotements dans la nuque.

— Quand on veut trouver une destination, il faut prendre une route. Commencer à marcher.

Il continua à parler, avec un débit plus précipité.

— Il y a des gens qui choisissent la route la plus facile, la plus droite. Vous, vous allez prendre la route la plus dure. Vous ne pouvez rien faire d'autre.

Je fermai les yeux et, cette fois, il ne me dit pas de ne pas cligner.

— Mais quand vous partirez, vous ne reviendrez peut-être pas.

— Je ne reviendrai pas ici ? demandai-je, pleine d'espoir.

Fleischmann secoua la tête et se mit à chuchoter sur le ton de la confidence :

— *Zei gesund.* Portez-vous bien. Survivez.

Dans sa bouche, cela devenait une bénédiction.

— Merci.

— Et voilà votre mari qui revient, dit-il d'une voix forte, en retrouvant sa bonhomie professionnelle.

Il mit la main sur mon épaule et me fit pivoter pour que je me retrouve face à Dean et Furet qui arrivaient.

— Maintenant, au travail, allons vendre les vaches, me glissa-t-il à l'oreille. Prédire l'avenir, ça ne nourrit plus son homme. Pas ici.

— Alors ne lâchez pas Furet, c'est le client idéal.

— Bien sûr, et c'est une sacrée nouvelle. Vous trouverez le gros titre pour moi.

Dean fut le premier à nous rejoindre.

— Ecoutez, Izzy, lui confia-t-il, si vous voulez fourguer une vache à Furet, ça ne me pose aucun problème. Mais ne le laissez pas vous l'échanger contre des haricots magiques.

Toujours bon public, Izzy rejeta la tête en arrière et éclata d'un rire magnifique.

Je partis avec Dean, abandonnant Furet à son sort.

— Dis donc, tu as fait une conquête. Je n'ai jamais vu Izzy parler aussi longtemps à quelqu'un sans qu'une de ses bêtes miteuses finisse par changer de mains.

La chaleur montante donnait une intensité piquante à l'ammoniaque contenue dans les bouses de vache. Le sol semblait miroiter, et j'entendais les cigales se mettre à chanter au loin.

— Il n'essayait pas de me vendre quoi que ce soit. En fait… je ne sais pas. Je pense que je dégage des vibrations d'orpheline. Les hommes plus âgés se font du souci pour moi dès que je leur suis présentée. Enfin, les gentils.

Il se rapprocha et plaça sa bouche contre mon oreille.

— Je pense que c'est parce que tu les troubles, murmura-t-il.

Chatouillée par son haleine, je me mis à rire.

— Il m'a prédit mon avenir.

— Alors, ça donne quoi ?

— Aucune idée. Allons chercher Johnston.

— Tu sais au moins ce que tu veux lui demander ?

— Je n'en sais strictement rien.

Je m'attendais à réentendre ce que j'avais déjà appris en lisant le journal ; peut-être même pas autant, étant donné l'état de santé de l'individu.

Nous franchîmes un immense portail et nous nous retrouvâmes dans l'obscurité fraîche de l'étable.

Des larmes me vinrent aux yeux.

— Il ne pourrait pas y avoir au moins quelques chevaux ? Leur crottin sent meilleur.

Dean se remplit les poumons en inspirant par le nez et écarta les bras.

— Meilleur que ça ? Ça sent très bon, ici. Et les chevaux sont tellement bêtes.

— Bien sûr, les vaches sont toutes titulaires d'un doctorat. *Je t'adore, mon amour, mais rends-moi mes faubourgs.*

— Madame fait sa snob, dit-il en me pointant le doigt dans le cou.

— Snob toi-même, connard, répliquai-je en repoussant sa main.

Après être passés entre les box à vaches, nous débouchâmes dans une pièce haute de plafond où les bêtes étaient examinées avant les enchères. Les gens tournaient en rond et j'aperçus dans un coin un fauteuil roulant dans lequel était recroquevillé un vieillard.

Il avait les genoux relevés, les revers raides des jambes de sa salopette neuve avaient été baissés, et des bottines à lacets luisantes gisaient sur le repose-pied en acier. Je m'inquiétais toujours pour les pieds des personnes en fauteuil roulant, craignant qu'ils ne glissent de la petite marche et ne traînent sans que personne ne le remarque. Je me sentis tout à coup honteuse d'être jeune, de pouvoir marcher.

A côté de lui se tenait une femme massive aux cheveux courts et frisés, d'un blanc bleuté. Elle portait des lunettes, une robe à fleurs et un pantalon en stretch foncé. Une de ses mains était fermement accrochée au fauteuil, près de la tête penchée du vieillard. C'était visiblement une forte personnalité.

— Voilà ton homme, dit Dean. Vas-y en douceur.

10

Dean n'avait pas besoin de me mettre en garde. J'étais à peine capable de faire un pas de plus dans l'étable. Il n'y avait pas de danger que je tombe à bras raccourcis sur un vieillard invalide et que je le prenne par la peau du cou pour l'interroger sur un double meurtre remontant à une vingtaine d'années, crime dont il avait eu le malheur de découvrir les victimes, d'autant plus que ce matin-là il allait voir des voisins cupides se partager sans vergogne l'œuvre de toute sa vie.

— C'est bien triste, dis-je.

— Je parie que les garçons sont bien contents que ce soit fini, répondit Dean. Ils pourront aller habiter un joli pavillon dans une résidence, avec une belle Buick flambant neuve garée devant. Plus de vaches à traire à 4 heures du matin, plus besoin de se décrotter de fond en comble à la fin de la journée pour faire partir l'odeur.

— C'est ce dont tu rêves ?

— Je me vois bien emmener ma petite femme dans une Buick.

Je souris.

— Je pense que ça la laisserait parfaitement indifférente. Mais tu ne trouves pas ça un peu dur pour le grand-père, de devoir abandonner la ferme ?

Dean se tourna pour me regarder bien en face. Il ne me connaissait que trop.

— Le vieux Johnston ? Qu'est-ce qui t'arrive, tu capitules ?

— C'est juste que le moment paraît mal choisi pour lui poser des questions.

— Ecoute, si tu veux tout laisser tomber, je ne te reprocherai pas de m'avoir traîné jusqu'ici. Mais si tu veux continuer, je ne vois pas quand tu auras une meilleure occasion de discuter avec lui.

Evidemment. Mais aurais-je le cran d'entreprendre l'enquête ? Serais-je assez intelligente pour la mener jusqu'à son terme ?

Je visualisai de nouveau les jeunes filles aux roses. Comme elles avaient l'air animées sur les dernières photos prises de leur vivant. A quoi elles ressemblaient, mortes.

Vous, vous allez prendre la route la plus dure. Vous ne pouvez rien faire d'autre.

— Non, tu as raison. Ce n'est pas le moment de renoncer.

— Alors dépêche-toi. Tu perds du temps.

Il me prit par la main et m'entraîna dans la pièce.

Mon estomac, comprimé, n'était plus qu'une boulette d'acidité.

— Oh, George, parle-moi de Bambi et de son ami le petit lapin...

Cela le fit rire.

— Bunny, c'est toi, le petit lapin !

En m'approchant de Johnston, je distinguai le mince tuyau à oxygène qui serpentait en travers de son visage, avec les deux petits conduits de plastique transparent qui envoyaient de l'air enrichi dans chaque narine. J'entendais le râle et le sifflement de ses poumons en ruine. Il me dévisagea, comme si Dean n'existait pas.

Dean me présenta à la fille, Mme Ulene, avec qui il se mit à bavarder. Elle ne prit pas la peine d'inclure son père dans la conversation.

Johnston continuait à me dévisager. Je lui rendis la pareille. Il avait l'air apeuré d'une fouine prise au piège.

— Voulez quoi ? finit-il par me demander d'une voix sifflante.

— Je voulais vous poser quelques questions sur les jeunes filles aux roses.

— Entends rien, cria-t-il avant de tousser pendant une minute. En bas !

D'une main tremblante, il désigna le sol, à côté de son pied gauche. Je m'accroupis, en me penchant en arrière sur mes talons.

— Je n'étais pas sûre que vous soyez encore en état de parler.

— Mourant, pas débile.

— Les jeunes filles aux roses. C'est d'elles que je voulais qu'on discute.

— Dehors.

— Vous les avez trouvées dehors... suggérai-je.

Il plissa les yeux d'un air exaspéré, puis agita la main vers les portes de l'étable.

— M'emmener.

Ses yeux se rouvrirent. Il tendit une patte griffue vers la main de sa fille, en me montrant du doigt lorsqu'elle se retourna vers lui.

— Dehors, dit-il.

— Oh, ça, c'est gentil, s'exclama Mme Ulene. Papa ne s'entend pas avec n'importe qui. Bien sûr que vous pouvez l'emmener faire une promenade, ma petite.

Elle lui posa sur la tête un chapeau trop large, offert par une marque de machines agricoles.

Je me plaçai derrière sa chaise et me saisis des poignées noires, en caoutchouc tiède. Le fauteuil roulait correctement, Johnston ne devait guère peser plus de quarante-cinq kilos. Impossible de croire qu'il pouvait être le père de son énorme fille.

Dès que nous nous fûmes éloignés des portes et que nous eûmes fait le tour de l'étable, il commença à me racler la main avec ses ongles jaunes. Je mis le frein et je vins m'accroupir à côté de lui.

— Fumer, dit-il.

— Pardon ?

— Veux une.

— Une cigarette ?

Il hocha la tête d'un air farouche.

— Vous allez éclater, avec l'oxygène.

— Jamais arrivé ! répliqua-t-il en dévoilant la perfection factice de son dentier.

Où allais-je donc dégoter une cigarette ? La cour était déserte… L'oncle Furet serait l'homme de la situation.

— Et du feu.

Je trouvai Furet de l'autre côté de l'étable. Il me regarda, étonné, mais finit par consentir à me céder une Marlboro et une allumette. Je revins en trottinant vers Johnston, lui insérai la cigarette dans la bouche puis frottai l'allumette contre le mur en ciment. Le vieillard avait à peine assez de souffle pour en tirer une bouffée lorsque j'eus rapproché la flamme du bout de la Marlboro, mais ses yeux se rétrécirent de plaisir lorsqu'il se mit à la mâchouiller.

— Mieux, dit-il.

J'étais certaine qu'une étincelle allait s'introduire dans ses tuyaux et dans le petit réservoir d'oxygène pur. Bien fait pour ma gueule.

— Vous voulez savoir quoi ? demanda-t-il.

La nicotine parut lui faire du bien. Il arrivait à prononcer une phrase entière.

— C'est vous qui les avez découvertes. Dites-moi ce dont vous vous souvenez. Il y a peut-être quelque chose que vous n'aviez pas pensé à dire à la police ?

— Vous êtes de la famille ?

— Non.

Enfin, non, pas de leur famille à elles.

— Alors vous êtes qui, la fiancée de Superman ?

— Exactement. Je suis la fiancée de Superman, si ça vous chante.

Il fut pris d'une brève quinte de toux, puis tira une nouvelle bouffée. J'attendis.

— Ça fait un moment que j'y vois plus trop clair. Je sais même pas si je voyais encore clair à l'époque.

— Vous me faites l'effet d'avoir encore toute votre tête. Surtout pour quelqu'un qui a eu un infarctus.

— J'ai pas eu d'infarctus.

— Pourtant, tous les gens ici sont persuadés que vous ne savez même pas quel jour on est. A commencer par Fleischmann.

— Le juif ? Ça compte pas.

— Ça a l'air de compter pour vous.

— Quoi ?

— Sinon, pourquoi auriez-vous accepté de me parler ?

— Voulais une cigarette.

— Sinon, pourquoi laisseriez-vous entendre que vous savez des choses ?

— En voudrai encore une après.

— Dans ce cas-là, il faudra peut-être me dire quelque chose qui en vaille la peine.

— M'en doutais, dit-il avec un ricanement sec. J'ai vu un homme.

— Ce matin-là ?

— Non. Vers le soir, le même jour. Je suis retourné là-bas à pied avec un bocal…

Le vieillard pâlit, l'haleine sifflante. Il ferma la bouche et les yeux, puis inspira l'oxygène pur dans son nez jusqu'à ce que ses joues retrouvent un peu de couleur.

— Un bocal ? demandai-je lorsqu'il parut prêt à survivre.

— D'eau bénite, gémit-il. De l'église catholique de West Yates… Jamais mis les pieds dans ces endroits-là. Suis méthodiste, moi.

Je compris parfaitement. Comment résister au désir de purifier ce sol grâce auquel il nourrissait sa famille ? Du jus de raisin dans de petits gobelets en papier suffisait pour la communion dominicale de sa secte austère et dénuée de toute mystique, mais pour ôter la souillure de tant de sang et de perversité il fallait employer les grands moyens.

— Donc vous sortez du bois ?

Il hocha la tête, en se renfonçant dans son fauteuil. Il n'allait pas ajouter de fioritures.

— Et vous voyez un type.

Nouveau hochement de tête.

— Vous le reconnaissez ?

Rien.

Johnston ferma les yeux.

— C'était peut-être un flic venu enquêter ?

Je n'avais pas envie d'employer le mot "soldat" tant qu'il ne l'aurait pas lui-même prononcé.

— Il portait une sorte d'uniforme ?

Ses paupières tressaillirent à peine.

— Habillé normalement, dit-il d'un air songeur, comme s'il était en train de se représenter la scène.

Ce n'était donc pas un policier. Ni un soldat, ou du moins pas un soldat qui pouvait prendre le risque d'être identifié.

— A quoi ressemble-t-il ?

— Cheveux noirs. En brosse.

— Il est grand ?

La cigarette brûlait entre ses doigts, la cendre longue de plus de deux centimètres.

— Je le vois pas trop bien. Fait presque nuit.

— Que fait-il ?

— Cherche quelque chose.

— Où ?

— Dans le bois, derrière l'endroit où il y avait les filles, et puis devant dans les sillons. Jure comme un charretier.

Il renifla un peu plus d'oxygène.

— Que cherchait-il ?

Il ouvrit les yeux et m'adressa un sourire narquois.

Les cendres tremblèrent et s'écroulèrent entre ses doigts, révélant un point orange brûlant. Johnston hissa la cigarette jusqu'à ses lèvres, tira dessus de toutes ses forces, puis la jeta à mes pieds. Il avait fumé assez loin pour roussir le papier brun moucheté du filtre.

— Marchez dessus.

J'écrasai le mégot sous mon pied, en frottant d'avant en arrière jusqu'à ce qu'il n'en reste plus qu'un pêle-mêle de fibres.

— Maintenant ramassez vos saletés.

Je refusai de lui obéir.

— Vous avez peur que ça vous morde ?

Je levai les yeux vers lui.

— Nous avions conclu un marché, tous les deux. Vous avez eu votre cigarette, alors maintenant répondez à ma question.

Il ricana. Il fit le geste de se verrouiller la bouche avec une clef imaginaire, qu'il jeta ensuite vers moi.

— Monsieur Johnston ? Vous avez juré de me faire chier, c'est ça ?

Le vieillard ne s'était pas attendu à cette remarque, qu'il n'apprécia guère.

Je croisai les bras et j'attendis.

Il se mit à siffler un peu plus fort.

Je regardai autour de moi. Je pris le temps d'inspecter toute la cour, centimètre par centimètre, comme si nous avions toute la journée devant nous.

— Les gens commencent à se diriger vers l'étable. Je parie que ce sera bruyant, quand les choses sérieuses auront démarré. Vous aurez du mal à attirer leur attention, tout seul ici.

Johnston ferma la bouche et leva la main pour serrer le tuyau contre son nez.

— Vous ne m'avez pas l'air en trop bonne santé, monsieur. Si vous permettez, je pense que vous ne devriez pas fumer…

Il me dévisagea. Il ne voulait pas cligner des yeux.

— Je peux faire quelque chose pour vous ? demandai-je d'une voix charmeuse et attentionnée.

Il fit signe que non.

Je contemplai le gros bouton noir sur son réservoir à oxygène.

— Ce ne serait vraiment pas difficile, et votre fille en a déjà tellement sur les bras !

— Pas besoin, murmura-t-il.

— Très bien… Mais si vous avez besoin d'aide, vous n'avez qu'à m'appeler.

Johnston inhalait maintenant avec vigueur, tirant à un rythme soutenu sur sa ligne de sauvetage en plastique.

Il me regardait. Je voyais les acheteurs pénétrer dans l'étable.

Personne ne se pressait, pour le moment. Les gens entraient par petits groupes, peut-être pour se mettre à l'ombre tandis que le soleil commençait à devenir écrasant.

Au bout d'un moment, je me retournai vers Johnston.

— Vous avez repris des couleurs.

Il acquiesça avec méfiance.

Je regardai l'étable.

— Vous voulez que j'aille voir si ça démarre ? Je suis prête à le faire, sauf si vous préférez bavarder…

— Je veux bien bavarder.

— Parfait, dis-je en souriant. Où en étions-nous restés ? Ah oui, je me demandais si vous saviez ce que ce type cherchait.

Johnston lâcha le tuyau et posa la main sur les genoux, tout en réfléchissant.

— Il cherchait peut-être les plaques d'identité.

Je tressaillis et ses lèvres minces esquissèrent un rapide sourire.

— Eh, tu crois que ton beau-père a pu se taire quand il a mis la main dessus ? Et puis j'ai entendu parler de toi aussi, dès que tu es arrivée par ici.

Autrement dit, il me menait en bateau depuis tout à l'heure et me faisait mendier des cigarettes pour le plaisir.

Et en plus, c'était *Furet* que j'avais dû supplier.

— Cal, il a dit que t'étais une belle pouliche, poursuivit-il en plissant les yeux pour m'examiner de plus près. Et il sait de quoi il parle !

S'il y avait eu une falaise dans les parages, je me serais mise à siffloter *Dans la ferme à Mathurin* et je l'aurais poussé par-dessus bord, avec son fauteuil roulant.

— Maintenant, cours me chercher une autre cigarette.

Il agita la main pour me faire partir.

Je m'éloignai d'un pas lourd, en murmurant "connard" jusqu'au moment où je faillis me cogner dans Fleischmann.

— Non, me corrigea-t-il en regardant dans la direction de Johnston. Moi, je l'appelle un *mensch*.

La façon dont il prononçait ce mot montrait bien que ce n'était pas un compliment.

— Je dirais plutôt *mamzer*.

— Alors la *gezinta shiksa* sait comment on dit “saligaud” en yiddish ?

— La *gezinta shiksa* en a marre.

Il sourit jusqu'aux oreilles.

— Rentrez donc. Venez vous rafraîchir un peu.

— Vous pensez que la fille de Johnston se rendra compte que je reviens seule ?

— Je vais le ramener. Allez plutôt retrouver votre gentil mari.

— C'est très généreux de votre part, monsieur Fleischmann.

— Tout le plaisir est pour moi, madame Bauer.

— Vous êtes trop aimable.

— Pas le moins du monde. En fait, je suis tout à fait sincère. Vous voudriez savoir pourquoi ?

— Mais oui.

Il se pencha vers moi et baissa la voix.

— Parce que dans dix minutes environ Johnston perdra tout. Et que ce vieux corniaud mérite d'être aux premières loges.

Pendant le dîner, je me demandai tout haut qui était revenu se promener dans le champ de Johnston, par cette nuit lointaine.

Dean me tapota la tête en disant qu'il était certain que je le découvrirais. Il avait l'air rêveur et, quand je voulus savoir ce qu'il avait en tête, il répondit qu'il avait peut-être enfin résolu cette vieille énigme : comment construire la meuleuse idéale.

— Avec des trapézoïdes !

Et je sus que je serais seule pendant toute la soirée.

Je débarrassai la table et il partit s'asseoir à notre grand bureau, pour découper au cutter des morceaux de balsa minuscules, avec une précision teutonne, morceaux qu'il collait ensuite sur d'étranges formes découpées dans du carton. Si j'avais essayé d'en faire autant, je me serais retrouvée avec de la colle dans les cheveux pendant une semaine, mais je savais qu'il pouvait s'occuper ainsi pendant des heures. Il fallait le laisser expérimenter ses théories en paix, en ce dernier soir avant qu'il reparte avec son équipe.

Cette nuit-là, je ne pus m'endormir, craignant d'en avoir trop révélé sans en savoir assez, craignant d'avoir parlé à trop de gens. Izzy, Johnston, Kenny… et même à Furet, rendez-vous compte.

Chez Johnston, je n'avais accompli aucun progrès significatif, mais quelque chose au fond de mes entrailles me disait que j'avais causé un déplacement infinitésimal, que j'avais délogé le premier grain de sable dans un engrenage d'une complexité dépassant l'entendement.

Profondément endormi, Dean roula vers moi en marmonnant. L'éclairage de la rue découpait sur son bras musclé des bracelets de lumière.

J'avais déjà l'impression d'avoir mis en danger l'un de mes biens les plus précieux.

11

Dean partit le lendemain matin et le reste de la semaine se traîna lamentablement. La nuit, je déambulais à travers l'appartement en parlant toute seule, je lisais jusqu'à des heures impossibles, puis je me jetais avec rage sur mon ordinateur, complètement vaseuse.

Maman débarqua samedi matin, ayant quitté Centre Island avant l'aube.

Elle se tenait maintenant au sommet de notre escabeau, une demi-douzaine de clous au coin de la bouche, pour fixer des rideaux en soie moirée, couleur pêche, autour de la principale fenêtre du salon. De profil, maman ressemble comme deux gouttes d'eau à Elisabeth II sur les pièces canadiennes, mais de face elle a plutôt l'air d'un gros bébé.

— Je suis au milieu ? demanda-t-elle en pinçant un drapé, le marteau suspendu dans les airs.

— Décale-toi de cinq centimètres vers la droite…

Maman posa le tissu et le plaqua contre le mur en trois coups rapides.

Elle descendit de l'escabeau.

— Ça marche, non ? demanda-t-elle, les mains sur les hanches.

— Super.

J'étais assise en tailleur par terre, une tasse de café sur les genoux.

Maman remonta bientôt, munie de deux lambrequins froncés.

— Passe-moi ce qui est sur la table, dit-elle en me tournant le dos.

Je parcourus la pièce des yeux. Il y avait quatre tables, toutes couvertes de froufrous. Ma sœur aurait immédiatement identifié le tissu en question, mais, moi, je n'avais jamais maîtrisé le langage de Constance (seuls les vendeurs manifestant une excessive familiarité l'appelaient "Connie").

— Enfin, Madeline, l'agrafeuse !

— Maman, c'est une agrafeuse, et pas simplement "ce qui est sur la table".

Elle tendit la main vers moi sans regarder, du haut de la fenêtre, un pied élégamment chaussé posé sur la galette rouge du tabouret. Je trouvai l'agrafeuse enfouie sous une masse de soie et la lui remis.

— Je crois que ça devrait faire son effet ici, non ? dit-elle en fixant un lambrequin pour dissimuler une couture. Ah oui, ta mère est une fée.

— Un vrai génie !

Je partis à la cuisine et sortis du frigo du céleri et des poivrons, pensant que c'était le jour idéal pour un gaspacho. J'ai toujours conçu la gastronomie comme une forme d'autodéfense.

— Parle-moi un peu de Lapthorne.

J'avais parlé à maman des plaques d'identité, en lui faisant jurer le secret. Je pris un bon couteau et la planche à découper pour m'installer sur la grande table de cuisine, afin de pouvoir continuer à discuter avec elle.

— Lappy était un garçon sans problème. On ne l'a jamais vu arracher les ailes des mouches. Il était très calme. Ça valait mieux, avec un père comme Kit. Après avoir été élevé par oncle June, Kit voulait que l'ordre règne autour de lui. Avec June, c'était toujours la pagaille, tout le temps en train de chercher la petite bête... On ne savait jamais quand il avait bu, sauf qu'il était toujours ivre.

Elle se mit à tenter diverses façons de disposer les rideaux sur les côtés de la fenêtre, en plaçant les embrasses à des hauteurs variables.

— Ce fut une bénédiction pour Kit d'être envoyé à l'école de Lawrenceville. Ça lui a permis de fuir tout ça. Et puis il a rencontré Binty, une de ces filles de Westbury, toujours en robe d'organdi, prenant des cours de danse, dynamiquc, parfaite. Nous, nous portions du velours terne... Et c'était une sacrée fortune, Binty. Idéal pour Kit.

— Ils ont combien d'enfants, trois ?

— Lappy est le benjamin. Toujours en train de courir pour rattraper les autres, parce qu'il avait du mal à marcher au pas. Kit aime que tout soit précis. On l'appelait "Lit au Carré".

Elle vint dans la cuisine chercher un verre de thé glacé.

— Kit tremblait toujours quand il me voyait, poursuivit-elle en souriant. Je crois que les femmes le mettent mal à l'aise. Il ne sortait qu'avec des filles plates comme des limandes. Des planches à pain. D'ailleurs, regarde qui il a épousé : Binty, qui n'a jamais un cheveu de travers et qui ne mange jamais en public. Tu sais ce qu'elle m'a dit un jour : "Les femmes vraiment chic fument une cigarette au lieu de déjeuner." Je me rappelle être venue sur la côte est pour le mariage d'Aldrich, et ensuite être allée dîner chez Rothman. Nous sommes partis pour East Norwich à plusieurs voitures, et je me suis retrouvée à la table de Kit et Binty... avec ses collègues de travail et leurs épouses. J'étais assise à un bout, près de Lappy et du fils d'un des collègues, ils devaient avoir dix-sept ans. C'était juste après mon mariage avec Michael, je crois, en 1967 ou en 1968. Ils parlaient de prendre un semestre de congé pour aller soutenir Eugene McCarthy...

— Le candidat de l'ordre moral ? demandai-je en débitant trois belles tomates que j'avais prises dans une assiette sur le plan de travail.

— Exactement, et je trouvais ça beaucoup plus intéressant que la conversation qui avait lieu du côté de la table où on buvait des martinis. Je commençais à les interroger quand le collègue de Kit s'est levé et m'a montrée du doigt en disant : "Laisse mon fils tranquille, espèce de gauchiste !"

— Il avait bien choisi son moment. Comment a réagi Binty ?

Je jetai mes tomates dans le saladier et je pressai quelques citrons. J'aime bien mettre un peu de zeste dans mon gaspacho, et de la coriandre quand j'en trouve de la fraîche, c'est-à-dire pratiquement jamais dans ce coin perdu.

— Oh, tu connais Binty. Elle m'avait déjà regardée de travers parce que ma jupe était trop courte.

— Le bon vieux temps…

— Je suis la mode, moi, répliqua maman.

Je me mis à faire rissoler des croûtons pour accompagner la soupe, en tentant de donner un aspect raisonnablement roussi à la molle baguette locale.

— Avec tout le fric qu'elle avait, Binty aurait bien pu…

— Quoi ?

— Je ne sais pas… être heureuse ? Arrêter d'en vouloir à la terre entière ? A Kit, à ses fils…

— A nous ?

Elle éclata de rire.

Je vérifiai le degré de cuisson de mes croûtons.

— Tu connais des gens que l'argent rend heureux ?

— Non. En tout cas, pas dans notre milieu. Les gens qui ont gagné leur fortune eux-mêmes sont peut-être plus heureux, les nouveaux riches ? Quand l'argent est encore frais et luisant, au lieu d'être un héritage qu'on risque de perdre si on ne se montre pas à la hauteur… Cette morale puritaine, ces conneries de protestants…

Tout ce qu'elle avait essayé de fuir en partant vivre sur la côte ouest. Tout ce vers quoi elle était revenue.

— Maman, je voulais dire… D'accord, on est tous dingues, dans la famille. On est tous tordus. Mais tu vois Lapthorne faire un truc pareil ? Même avec une mère comme Binty. Elle ne passait pas son temps à le piquer avec des fourchettes quand il était petit…

— Bien sûr que non. Elle payait une nourrice pour ça. Une bonne femme atroce.

— Gerdie ? Je me souviens qu'un jour elle m'a donné un biscuit. J'avais dans les quatre ans. Elle m'a regardée le manger et après elle m'a dit qu'il était empoisonné, quand j'ai eu avalé la dernière bouchée.

— Quelle horreur !

Je déposai les croûtons dans un panier.

— Mais quand même…

— Quand même, répéta maman en prenant les bols, les assiettes, les serviettes et les cuillers, je ne peux pas imaginer Lapthorne cirant ses propres chaussures. Et encore moins poignardant quelqu'un.

— Je sais. En plus, je le trouve sympa.

J'emportai la nourriture sous le porche.

— Eh bien, dit maman en me suivant, il va falloir organiser un cocktail.

C'était sa réponse à tous les problèmes. Je servis la soupe dans les bols.

— "Prends ta guitare, chante avec moi", conclut ma mère pour la énième fois, en souvenir de ses années hippies.

12

C'était lundi, jour d'ouverture de la fête foraine de l'Etat de New York. Dean était de retour pour quelques jours à peine et Ted voulait que je lui rende pour le lendemain un article sur ce que les gens mangent dans les fêtes foraines. Il m'avait cédé à contrecœur deux billets gratuits pour le concert de Jerry Lee Lewis au Budweiser Pavilion.

J'étais dans tous mes états, mais le programme s'était avéré n'inclure que des ballades mollassonnes, d'une musiquette à deux balles qui me donnait envie de balancer un des spots à la tête de la star. Où étaient passées ses fanfaronnades et son énergie flamboyante ? Même la fameuse mèche de Jerry bougeait à peine.

J'étais furieuse et je mourais d'envie d'entendre *Breathless*, mais Dieu sait que je ne me vois pas obligée de jouer jusqu'à la fin de mes jours un truc que j'aurais écrit trente ans auparavant, pour faire plaisir à des ploucs revivant leur jeunesse gominée. La seule fois où je m'étais mêlée de musique, c'est quand j'avais dupliqué des cassettes en sachant que je ne voulais pas qu'on me refile une place à l'arrière d'un petit charter, même si la seule alternative était un autocar bondé pour traverser l'Arkansas en pleine nuit.

Le concert parut fini, jusqu'à ce que Lewis revienne sur scène en bondissant, poussé à offrir un bis par nos applaudissements peu enthousiastes. Il se lança dans une interprétation fulgurante, à tout casser, de *Great Balls of Fire.* Il martela les premiers accords tout en chantant d'une voix brûlante. Le piano vibrait, prêt à entrer en lévitation.

Avant qu'il n'ait eu le temps de reprendre sa respiration, tous les spectateurs s'étaient mis debout et hurlaient comme si les Beatles venaient d'atterrir.

Les longs cheveux de Jerry lui tombèrent devant les yeux et il se mit à plaquer les notes sur le clavier avec les poings, avec les pieds... Il fit demi-tour et joua quelques notes avec ses fesses, puis se retourna et se pencha par-dessus le clavier pour interpréter toute une série d'accords avec les coudes.

Nous étions tous complètement enroués lorsqu'il termina, et il se contenta de nous toiser en souriant, d'un air de dire : “Voilà, vous en avez eu pour vos sept dollars”, avant de disparaître de la scène en contreplaqué.

Cinq minutes auparavant, j'étais sur le point de m'endormir, mais j'avais maintenant l'impression que mon sang était passé de l'état liquide à l'état gazeux.

— Il a encore le feu au corps, dis-je à Dean, mais quelle drôle de façon de nous le montrer !

— Euh… je ne sais pas, j'ai toujours préféré Tom Jones.

— C'est de la daube.

— Tu dis ça parce que tu as grandi en écoutant les conneries de Joni Mitchell, de Joan Baez et de toute la bande de drogués. Si tu avais passé tes étés assis à l'arrière d'une remorque, les cheveux coupés en brosse, tu y verrais plus clair.

— D'accord… et j'aurais le plaisir d'entendre Chialeur te poser une question du genre : “Dis donc, ta femme, elle est de la jaquette, avec son allure de camionneuse ?”

Dean éclata de rire.

— Tu veux une pizza-frites ?

Je grognai. Nous avions mangé des *spiedies*, sandwiches sans goût à la viande marinée, spécialité de Binghamton. Nous avions pris quelques souvlakis, des boulettes au homard, et des sandwiches saucisse-oignon-poivron. Nous pûmes à peine avaler une demi-bouchée de *beef burger* tiède avant de placer notre plateau en équilibre sur une poubelle débordante et de filer discrètement.

En nous dandinant comme de vieux rats, nous nous étions traînés entre les marchands de barbe à papa, de pop-corn, de gaufres et de glaces, mais nous avions succombé à la tentation devant le stand de la Ligue antiraciste, qui proposait des légumes sublimes, de voluptueuses côtes de porc et une tarte à la patate douce idéale. Deux heures de Jerry Lee Lewis et de bière éventée n'avaient cependant pas ranimé mon appétit.

— Et si on faisait plutôt un tour de manège ? Les montagnes russes, ou la grande roue ? proposai-je en guidant Dean vers la sciure et les lumières clignotantes. En secouant bien tout ce qu'on a déjà mangé, on trouvera peut-être de la place pour un petit beignet…

Il acquiesça et nous partîmes vers les manèges, mais je fus arrêtée par la vue de l'un de ces stands où l'on donne des coups de marteau dans l'espoir d'aller frapper la cloche placée en haut d'un poteau.

— Je n'en reviens pas. On se croirait dans *Popeye.*

Nous vîmes une file de gaillards du cru manier vigoureusement le marteau afin d'essayer de gagner une peluche pour leur belle, mais aucun n'y réussit. Le gérant du stand descendait de son tabouret tous les cinq clients et, d'une main, parvenait à faire sonner la cloche sans que son visage trahisse le moindre changement d'expression. Dean l'observa jusqu'à ce qu'il ait compris à quel angle il fallait frapper pour provoquer une sonnerie.

Il s'avança et gagna aussitôt un petit ours bleu cobalt, mais lorsqu'il me le donna je frissonnai en repensant tout à coup aux jeunes filles aux roses qui étaient venues ici avec leurs deux soldats, devant ce même forain tatoué vêtu d'un tee-shirt crasseux.

Les montagnes russes déployaient leur circuit ovale, *Whole Lotta Love* de Led Zeppelin accompagnait le crissement des chariots, et je sentis qu'il me suffirait de plisser les yeux un peu plus pour que toutes ces chevelures permanentées et crêpées se transforment en choucroutes laquées, pour que je me retrouve en 1969.

Je me retournai lentement et vis une petite caravane coincée entre la grande roue et les autos tamponneuses. Elle avait été peinte de manière à ressembler à une roulotte de Gitan, avec des roues à essieux rouges et un toit pointu couvert de tuiles. Au-dessus de la porte, un écriteau annonçait "Silhouettes classiques, découpées par le professeur Archibald Sembles".

De petites ampoules électriques étaient vissées tout autour du panneau, comme sur un miroir dans une loge d'artiste. Les globes lumineux clignotaient en alternance, à l'exception de trois ampoules grillées dans un coin.

— Bunny, ça va ? Tu es blanche comme un linge. Tu as l'air pétrifiée.

— C'est lui !

— Qui, lui ?

— Archie Sembles. C'est lui qui a fait leur portrait le soir du meurtre. Les jeunes filles aux roses et les soldats. C'était dans l'article de Wilt.

— Tu veux lui parler ?

— Il le faut.

— Alors demande-lui de découper ta silhouette.

— Ben voyons ! Je suis morte de trouille.

Dean haussa les épaules.

— Alors n'y va pas.

— Mais il faut que j'y aille.

— Alors vas-y.

— Tu crois ?

Il secoua la tête, puis me prit par la main et me traîna jusqu'à la caravane.

Je baissai les yeux et vis que la peinture turquoise des marches était tout écaillée. Je ne pouvais plus avancer.

Dean me donna un coup de coude et je posai un pied sur la première marche. Il me donna un second coup de coude.

— Arrête, murmurai-je en levant les yeux vers le seuil.

Le sol en lino blanc et or s'était gondolé là où la porte avait laissé la pluie s'infiltrer.

— Ecoute, tu n'as aucune envie d'y aller, alors partons.

— Très bien. Ça te va bien de jouer l'impatient, monsieur "Je serai au Canada"...

— Comme tu voudras, répondit-il sans mordre à l'hameçon. Vas-y, ou allons-nous-en.

Je montai donc les marches, puis je me retournai vers lui.

— Tu viens avec moi ?

Il fit signe que non.

— Tu n'as pas besoin de moi pour ça.

— Mais bien sûr que j'ai besoin de toi.

— Non. Ce sont tes affaires.

— Dean... qu'est-ce qui se passe ?

— Ecoute, je ne suis pas d'accord avec tout ça, mais je respecte tes décisions. Simplement, ne me demande pas de te pousser.

Il parlait d'un ton calme et raisonnable, sans le moindre sarcasme.

— Mais je ne te demande pas de...

— Bunny, si tu veux vraiment parler à ce type, tu n'as pas besoin que je t'y encourage. Je vais m'acheter une limonade. Pour le reste, tu te débrouilles. Je serai de retour dans une minute, mais je resterai à l'extérieur.

Je le regardai partir, ce salaud. Il disparut dans la foule.

J'inspirai profondément, puis je glissai la tête et un orteil à l'intérieur.

Archie Sembles somnolait dans une bergère. La lumière d'un lampadaire faisait briller le morceau de brocart usé jusqu'à la corde qu'il portait en turban et les cheveux blancs graisseux qu'il ratissait sur son crâne comme les graviers d'un jardin zen.

Sur la table, à côté de lui, se trouvaient un cendrier, des sachets de sucre utilisés et des morceaux de papier aluminium, vestiges d'une barre chocolatée.

Dans l'air chaud, je perçus un effluve sucré qui m'était familier. J'aperçus un fil de fumée parfumée monter de l'une de ces spirales vertes que l'on fait brûler sous les tropiques pour se protéger des moustiques.

Sembles n'avait pas bougé. A part les taches brunes de ses mains, il avait une peau totalement opaque, comme une statue de cire que l'on n'avait pas encore peinte pour lui donner l'aspect de la chair.

Je m'éclaircis la gorge.

Aucun résultat. Il était peut-être mort, et comme ça je n'aurais pas à lui parler.

— Monsieur ? dis-je d'une voix toute tremblante.

Sembles cligna des yeux d'un bleu de chicorée. Ses pupilles étaient aussi petites que la ponctuation d'un texte imprimé en petits caractères. Il leva la tête et la tourna lentement vers moi.

— Veuillez vous donner la peine d'entrer, répondit-il d'une voix de contralto pleine de mesure.

Puis il sourit, les dents aussi noires que celles d'une courtisane japonaise.

13

— Sept dollars, mademoiselle, dit Sembles. Ou dix pour la version encadrée sous verre.

Il désigna le mur derrière moi, entièrement couvert d'exemples de son travail. Il y avait là des silhouettes d'enfants, de couples, d'hommes à lunettes, de femmes en chapeaux, toutes noires sur fond blanc.

Je comptai mes derniers billets froissés.

— J'ai huit dollars. Pas assez pour le cadre.

— Les affaires ne marchent pas très bien, ce soir. Je vous offre l'encadrée pour huit dollars.

Il me fit asseoir sur un tabouret de piano garni de passementerie, puis me fit monter en appuyant trois fois sur une pédale. Je pensai à Bugs Bunny dans le fauteuil du barbier.

Sembles me fit pivoter d'un quart de tour, en centrant ma tête contre un morceau de feutre noir attaché à un grand meuble à tiroirs.

Il alluma une vieille lampe de bureau qu'il orienta pour en braquer toute la lumière sur moi.

— Je pensais que vous auriez utilisé la lampe pour projeter mon ombre sur un écran. La silhouette, c'est l'ombre du profil, non ?

— L'ombre, c'est uniquement pour les amateurs, ma petite... Pour les femmes au foyer, pour les gens sans formation.

Je jetai un coup d'œil dans sa direction. Il recula d'un demi-pas en louchant.

— Le mot "silhouette" n'a rien à voir avec les ombres.

Satisfait de la position de ma tête, il se réinstalla dans la bergère sale.

— Que signifie-t-il, alors ?

Il cligna des yeux deux fois.

— Pardon ?

— Silhouette, qu'est-ce que ça veut dire ?

— Silhouette, répondit-il en reniflant, c'est le nom de celui qui fut le premier à pratiquer le portrait découpé... Etienne de Silhouette, contrôleur général des Finances sous Louis XV.

— Fascinant ! dis-je d'un air aussi convaincu que possible.

Il renifla de nouveau, sans formuler le moindre commentaire.

— Et puis-je vous demander de qui vous tenez votre formation ?

— De ma grand-mère, qui avait reçu les cours du maître : Augustin Amant Constant Fidèle Edouart, celui qui a fait revivre cet art, qui l'a amené à la perfection.

— Comment l'avait-elle rencontré ?

— Il venait souvent à Saratoga quand ma grand-mère était enfant. Edouart faisait la tournée de tous les grands lieux de villégiature, en saison.

Il bâilla et des larmes lui vinrent aux yeux.

— Et votre grand-mère était de Saratoga ?

— De Ballston Spa.

Sembles m'examina, puis rajusta la lampe.

— C'est mieux. Maintenant nous pouvons commencer.

Il fouilla dans un tiroir de son petit bureau pour en tirer un morceau de papier noir mat qu'il plia exactement en deux, de manière qu'on n'en voie plus que le verso blanc.

Il releva la tête et me surprit à l'observer.

— Vous devez rester im-mo-bile ! dit-il en se penchant pour repositionner mon menton, du bout de son doigt osseux.

— Pourquoi pliez-vous la feuille ? demandai-je en essayant de le regarder sans bouger la tête.

Il prit ses ciseaux.

— On découpe avec plus de précision dans du blanc que dans du noir.

— Etonnant.

— Un simple profil peut être découpé en quinze coups de ciseaux. Un véritable portrait exige précision et nuances. Je n'utilise que des ciseaux allemands et du papier bicolore, denrées devenues pratiquement introuvables à notre triste époque.

— C'est tout un art qui s'est perdu.

— Je préfère voir la chose autrement.

— Je vous présente toutes mes excuses, dis-je en contemplant les profils affichés devant moi. Vous êtes extrêmement doué. Vous avez été obligé de voyager beaucoup pour votre travail ?

— Non. Je suis un gars d'ici. Autrefois, je faisais les fêtes et les comités d'entreprise, mais maintenant je suis à moitié en retraite. J'aime bien la fête foraine, malgré tout. On y rencontre tellement de visages différents.

Ses yeux allaient et venaient entre le papier et moi, et il accomplissait de petits gestes précis avec ses ciseaux minuscules. Il tenait la lame entre son pouce et son majeur.

J'essayais de trouver un bon moyen d'en arriver à la question des meurtres, mais l'absence de Dean me rendait plus empruntée encore.

— Les portraits qui sont accrochés sont ceux de gens que vous connaissez ? Des membres de votre famille ?

— Non, simplement des silhouettes dont j'étais particulièrement satisfait.

— Des clients ?

— Tout à fait.

— Et ils n'ont pas voulu les garder ? Je veux dire, ce que vous faites est magnifique, vous avez dû avoir du mal à les persuader de s'en séparer.

— Ce sont des doubles. C'est l'autre avantage du papier plié : on fabrique deux silhouettes à la fois.

Je me sentis me crisper, et je pris mon pouls à la gorge.

— Que deviennent tous ces doubles ?

Mon Dieu, faites qu'il les ait tous gardés… qu'il ait encore le portrait des jeunes filles aux roses et des soldats…

— Ce sont les seuls que vous ayez conservés ?

Il éclata de rire, en me laissant une nouvelle fois entrevoir ses dents noires.

— Je les ai tous. Même mes lamentables essais, grand-mère y a veillé.

Tu n'as qu'à lui poser la question...

Dean était peut-être revenu. Il changerait peut-être d'avis et il entrerait, ce qui serait formidable parce que si c'était lui qui posait la question, ça viendrait de façon tout à fait naturelle et charmante, comme si le sujet méritait qu'on s'y arrête mais sans s'y intéresser vraiment... parce qu'il ne s'y intéressait réellement pas et parce qu'il était très doué pour caresser les gens dans le sens du poil.

Moi, je n'étais pas douée pour ça. J'étais nulle, surtout quand c'était important.

Je tâchai de prendre une voix détendue, insouciante.

— Alors, tous ces doubles... vous les gardez ici ?

— Dans ces tiroirs, derrière vous. J'accumule les albums, année après année. J'espère égaler les archives d'Augustin Edouart : trois mille huit cents découpages, qu'il perdit malheureusement presque tous en mer. J'en suis déjà à deux mille sept cents.

J'avais envie d'arracher le rideau de feutre et d'ouvrir tous les tiroirs en même temps, de me mettre à feuilleter ces albums jusqu'à ce que je trouve la bonne année. Mais je glissai mes mains sous mes cuisses, en les écrasant contre le tabouret de piano.

Sembles avait terminé. Je le vis attraper un morceau de carton. Il y fixa la feuille noire, après avoir posé le double sur le bras de son fauteuil.

— Monsieur Sembles...

J'étais complètement enrouée. La nervosité me goudronnait la gorge. Je tentai de tousser avant de poursuivre.

— … Si vous aviez un peu de temps à m'accorder… j'aimerais voir d'autres exemples de votre travail.

Il leva la tête, ravi.

— Bien sûr, mais je ne voudrais pas vous ennuyer.

— Pas du tout, je serais enchantée… et si… si je pouvais vous demander…

— Allez-y !

— Vous avez dit que vous aviez tous les portraits… Vous avez gardé un double des jeunes filles aux roses ?

La main de Sembles frémit et fit s'envoler le double qui tomba à terre.

Il tenta de sourire, mais son effort n'était guère convaincant.

— De qui, ma petite ?

— Des jeunes filles aux roses.

Il regarda en direction de la porte, comme pour vérifier si l'on pouvait nous entendre.

— Dans ma profession, vous savez… dit-il, les yeux baissés vers le carton où était fixé mon profil. Vraiment, se souvenir d'une personne en particulier… on en rencontre tant…

Génial. J'étais en train de tout foutre en l'air… En étant plus énergique, peut-être ?

— Vous avez découpé leur silhouette en 1969, dis-je en optant pour une certaine fermeté, ainsi que des deux soldats qui les accompagnaient.

Ses yeux balayèrent l'ensemble de la pièce, en se posant partout sauf sur moi.

— Je ne connais pas…

— Monsieur Sembles, votre nom était cité dans les journaux. En fait, vous avez fourni une description précise de chaque personne et de chaque silhouette.

Sembles reposa ses mains sur ses genoux. Il les contempla, puis ferma les poings, les pouces repliés à l'intérieur.

— Je vous l'ai dit. Plus de deux mille sept cents personnes. Ça fait énormément de monde…

— Combien d'entre eux ont été assassinés le soir où vous aviez découpé leur portrait ?

Il ne répondit rien. Et je me reprochai aussitôt de lui avoir lancé une horreur pareille.

— Je suis désolée, dis-je en me penchant vers lui. Mais je n'arrive pas à croire que vous ayez pu oublier. Même si vous n'habitiez pas ici… même si vous faisiez la tournée des fêtes foraines tout l'été et même si ce n'était qu'une étape de votre parcours, je n'arrive pas à le croire… Et vous êtes un gars d'ici. Tous les gens qui habitaient ici et qui sont en âge de se souvenir, tous connaissent l'histoire de ces filles.

Il ouvrit la bouche, puis la referma.

— Monsieur, ce n'est pas simplement ce que vous avez dit aux journalistes. La police a dû vous interroger, sûrement plus d'une fois…

Ses jambes se mirent à trembler au moment où je prononçais le mot “police”.

— Je vous en prie, si vous aviez encore ces doubles… si vous pouvez m'apprendre quoi que ce soit…

Sembles secoua la tête. Il ouvrit les poings et appuya fermement ses paumes sur ses genoux, comme pour les stabiliser. Au contraire : le tremblement se propagea au reste de son corps fragile.

Génial. J'avais réussi à terroriser un vieux drogué. C'était la pire connerie que j'aurais pu faire. Et maintenant, je ne savais vraiment plus quoi ajouter.

— Monsieur Sembles… je suis vraiment désolée. Ce que j'ai dit vous a bouleversé, je le vois bien, et ce n'était absolument pas mon intention.

Il regarda de nouveau vers la porte.

Je n'arrivais pas à attirer son attention.

— Vous avez dû ressentir un choc terrible, et je m'en veux de vous imposer de revivre des moments qui sont visiblement restés très douloureux…

Je tentai de prendre une voix plus douce.

— C'est simplement que vous êtes la seule personne à qui je puisse poser la question. Vous devez avoir été l'un des derniers à les voir vivantes et je ne comprends pas pourquoi vous êtes si…

Il se retourna vers moi, les jambes sautant en cadence.

— Excusez-moi mais je sens bien que je vous ai fait peur en évoquant cette affaire, mais je ne sais pas pourquoi.

Il se mit à transpirer à grosses gouttes. Sur la lèvre supérieure, puis sur le front. Ses mains glissèrent de ses jambes, révélant des empreintes de sueur.

— Parce que, apparemment, vous avez accepté de parler aux journalistes, à l'époque. J'ai lu les articles… Vous avez même expliqué que vous aviez demandé aux victimes de se coiffer différemment avant de découper leur silhouette. Vous leur avez donné une mantille et un peigne…

Je descendis du tabouret de piano et m'approchai très lentement de lui.

— Monsieur Sembles ?

Je me penchai pour lui toucher la main, dans le but de le rassurer, mais il la retira avec une telle énergie que mes doigts ne purent qu'effleurer son pouce.

A ce contact, il se détourna vivement, comme s'il s'apprêtait à bondir hors de la caravane.

Il referma les poings sur ses pouces.

— Je suis désolée, je ne voulais pas vous effrayer.

Silence. Sembles fit une grimace, comme s'il s'efforçait de retenir ses larmes.

— Vous savez quelque chose. Je vous en prie…

Je m'accroupis près du bras du fauteuil.

— Vous devriez m'en parler.

Je cherchais à le rassurer… Je tentai de nouveau d'atteindre sa main. Il croisa les bras, les poings bien coincés sous les aisselles.

— Ne me touchez pas, dit-il tout bas.

— Monsieur Sembles…

Il me tourna le dos.

— Pourquoi refusez-vous d'en parler ? Cela ne vous posait aucun problème, à l'époque. Vous n'aviez pas peur d'en parler. Qu'est-ce qui a changé ? Qu'est-ce qui s'est passé ensuite ?

— Il ne s'est rien passé.

— Il y a eu quelque chose. Quelqu'un.

— Je ne me rappelle pas. Je suis vieux. Vous n'avez pas le droit de me menacer…

— Je ne vous menace pas…

Je m'en voulus, car c'était évidemment ainsi qu'il avait perçu mon attitude, et c'était tout ce qui comptait.

— Je suis désolée, je n'avais nullement l'intention… Je vous demande uniquement de m'aider. Vous gagnez votre vie à étudier le visage des gens, à reproduire leur profil sur le papier. Vous êtes un homme sensible, un observateur pénétrant…

Il ferma les yeux. Je ne faisais qu'aggraver mon cas.

Je commençais à avoir des crampes, à force de rester accroupie. Je m'assis par terre, avec précaution.

— Mais tout ce que vous avez dit alors… c'est dans le domaine public. Depuis plusieurs dizaines d'années. Et puis ça n'a mené à aucune arrestation, à aucune solution. Donc tous ces détails, tous vos propos qui ont été cités… Vous n'avez fait de mal à personne. Ça n'a rien changé, ça n'a eu aucun effet. Aucune force.

— Alors à quoi bon revenir sur ces détails ? Que je m'en souvienne ou non.

Très bien, j'avais tout raté et il s'était remis à contempler la porte, en se tordant le cou pour mieux voir, comme s'il craignait de voir surgir quelqu'un.

— Je vous en prie, je ne suis pas une menace pour vous. Si vous avez ces doubles… s'il y a quoi que ce soit que vous pouvez me dire…

Sembles revint vers moi.

— Allez-vous-en.

Nous nous dévisageâmes et je finis par lâcher :

— Pourquoi ?

Il secoua la tête.

C'était foutu. Ce n'était plus la peine d'insister, et j'étais tellement en colère après moi que je ne pus contrôler la suite de la conversation.

— Vous voyez, ça reste la question centrale, "pourquoi ?". Quelle est la raison mystérieuse qui vous pousse à vouloir que je m'en aille ?

Sembles se redressa dans son fauteuil.

— Vous vous trompez. La question centrale n'est pas de savoir pourquoi je veux que vous partiez. La question centrale, c'est : pourquoi êtes-vous venue ?

— Je suis venue à cause des filles.

— Et pour quelle autre raison ?

— Aucune autre.

— Je ne vous crois pas.

— C'est la vérité.

— Elles sont mortes il y a vingt ans. Vous n'avez pas pu les connaître, vous étiez trop jeune. Alors qui vous en a parlé ? Qui vous a envoyée ici ?

— Personne ne m'a envoyée ici. Je vous jure… si je savais comment vous en convaincre…

Nous nous regardâmes fixement, une fois de plus. Je cherchais désespérément une parole à ajouter, un appât pour l'attirer, un moyen de ne pas repartir Gros-Jean comme devant… Puis je me rendis compte qu'il n'avait pas vu Dean.

— Je suis toute seule. Vous n'arrêtez pas de regarder la porte. Il n'y a personne dehors. Personne n'écoute. Personne ne sait même que je suis ici. Et personne ne le saura. Je suis seule sur cette affaire.

— Alors renoncez.

— Monsieur Sembles, je vous en prie, croyez-moi… J'aimerais pouvoir renoncer. J'aimerais n'avoir jamais entendu parler de vous, de ces filles, ou de toute l'histoire.

— Ce que je pourrais vous dire ne compte pas. Ça ne changera rien.

— Mais si, ça compte… Ce que vous savez compte beaucoup. Pour moi.

— Ces filles… C'est fini. Vous ne les ferez pas revenir.

— Je vous en prie, montrez-moi les doubles. C'est tout ce que je vous demande. Ça ne se retournera pas contre vous.

Sembles secoua la tête.

— Je ne peux pas.

— Pourquoi ?

Il baissa les yeux, se mit à gratter le dos de sa main tachetée, tout en jetant des coups d'œil en biais vers la table.

Ses ongles étaient rongés. Il fit sauter une petite croûte qu'il avait sur la main, puis se gratta ailleurs, en s'attaquant à un autre morceau de peau. Le sang monta dans le petit cratère.

— Mais pourquoi, à la fin ? Vous supportez de rester là sans rien dire, sans que le salaud qui a fait le coup soit puni pour avoir tué deux femmes ? Ces filles n'ont même plus de nom. Et leur famille ? Et les proches qu'elles n'ont jamais retrouvés ? Comment osez-vous me répondre que vous ne voulez pas me montrer leur portrait ?

— Je n'ai pas dit que je ne *voulais* pas, mais que je ne *pouvais* pas. C'est impossible.

Il soupira tout en se grattant toujours, ses yeux allant de mon visage à la porte avant de revenir vers la table.

— Ces portraits n'existent plus. J'ai été obligé de les brûler. Il y a très, très longtemps.

— Vous les avez brûlés. Vous les avez simplement...

— La silhouette noire et le carton blanc. Tout. Je n'ai pas eu le choix. On me l'a fait comprendre très clairement.

Ses ongles repartirent vers le centre de sa main, à l'endroit de la croûte. Il en tira comme un fil de sang, en y revenant à plusieurs reprises, agrandissant chaque fois la marque rouge.

— Vous saignez !

Il cessa de se gratter, mais sans regarder ni ses mains ni moi.

— Vous n'avez donc plus rien à voir ici, plus rien à apprendre. Plus rien qui doive retarder votre départ.

— Pourquoi est-ce que vous n'avez pas eu le choix ? Dites-moi ça et je partirai.

Il se pencha en avant et se mit à examiner le plancher. Lorsqu'il eut localisé le petit carton où était fixée ma silhouette, il la jeta vers moi d'un coup de pied.

Le carton glissa, tournoya et vint s'arrêter à côté de mon genou.

Je ne le ramassai pas.

— Qui vous l'a fait comprendre ? Dites-le-moi. Répondez à cette seule question et vous ne me verrez plus.

— Struwwelpeter.

— Qui ? Monsieur Sembles ? Qui est Struwwelpeter… Un des flics ? Un des soldats ?

— J'ai répondu à votre seule question.

— Je vous en prie… Je voudrais…

Sembles ouvrit un tiroir de son petit bureau.

— Partez. Tout de suite.

— S'il vous plaît.

— Je suis vieux, mais je peux vous forcer à sortir.

Je me levai.

Dans le tiroir, j'aperçus une cuiller. Un morceau de bougie. La pointe d'une seringue.

— Très bien, dis-je en me dirigeant vers la porte. Je suis désolée.

Je descendis les marches et me cognai à Dean.

14

La porte de la caravane claqua bruyamment et nous entendîmes tourner le verrou. Les ampoules clignotant autour de l'enseigne de Sembles s'éteignirent.

— Il ferme boutique pour ce soir ?

Je restai immobile, sans répondre.

Dean me mit la main sur l'épaule.

— Tout va bien ?

— Plus ou moins.

— Plutôt plus ou plutôt moins ?

— Plutôt moins.

— Tu veux une limonade ?

— Non. Allons-nous-en.

— Tu as trouvé quelque chose ?

— Si on veut.

— Quoi ?

— Je ne sais même pas.

— Dis-moi.

— Allons-nous-en. Viens.

Je me mis en marche.

Le vent se leva, lourd de sucre et de graisse. De fumée. De bière rance.

— Bunny ?

Je tendis la tête dans sa direction. Dean n'avait pas bougé.

Il s'avança vers moi à grands pas.

— Enfin, qu'est-ce qui s'est passé ?

Je repartis en avant, en lui tournant le dos.

Les montagnes russes avaient fait le plein de passagers, et un type blasé passait le long du serpent de chariots pour rabattre les barres de sécurité une par une. Puis il appuya sur un gros interrupteur et la machine s'ébranla, tournant de plus en plus vite, *Freebird* hurlant dans les haut-parleurs.

Dean me rattrapa rapidement.

Je pressai le pas. Sans pouvoir le semer.

Nous finîmes par arriver au parking où ma Rabbit était restée garée. Je partis côté conducteur, Dean côté passager. Tout en cherchant les clefs dans ma poche, je continuais à me demander qui pouvait bien être Struwwelpeter.

— Bunny, tu trembles.

J'inspirai profondément avant de me tourner vers Dean et de le regarder fixement par-dessus le toit orange de la voiture.

Il paraissait inquiet.

— De quoi a-t-il parlé ? Il t'a dit que c'était Lapthorne ? Qu'est-ce qui s'est passé ?

Ce qui s'était passé ? J'avais eu la preuve que j'étais aussi terrorisée, aussi stupide, aussi nulle, aussi inutile que je le soupçonnais.

Ce qui s'était passé ? Je n'avais pas la moindre idée de ce que je faisais, et c'était exactement pour cela que j'aurais voulu que Dean m'accompagne, mais toute cette histoire était tellement débile qu'il avait eu tout à fait raison de me laisser y aller seule.

J'ouvris la bouche afin de lui dire ça. Tout ça.

Mais ce qui sortit fut :

— Tu es vraiment un sale con de m'avoir laissée toute seule. Un sale con.

— Ecoute, Bunny… il serait temps de mettre les autorités sur le coup.

Nous étions dans la voiture, sur le parking.

Je lui racontai mon entrevue avec Sembles. Mauvaise idée.

— Tu veux que j'appelle *les flics* ?

Il ne répondit rien.

Je voyais le sommet de la grande roue, à l'arrêt, les sièges se balançant dans le vide.

— C'est débile.

Il croisa les bras.

— Non, je te jure. Je t'explique que ce nom est peut-être celui d'un flic et, toi, tout ce que trouves, c'est qu'il faudrait que j'en parle à la police ?

— C'est n'importe quoi, dit mon mari.

— Non, c'est pas n'importe quoi !

— Ne t'énerve pas comme ça. Moi, je n'ai tué personne, merde !

— C'est toi qui t'énerves ! Moi, tout va très bien.

Après cet échange, nous restâmes immobiles, à contempler des points opposés du pare-brise, pour prouver à quel point nous étions sereins.

Ce qui me donna hélas l'occasion de réfléchir à mon attitude parfaitement hystérique. J'adore aboyer et mordre mais, en temps normal, je me vante de ne jamais me conduire en garce, sauf quand on m'y oblige. Je me sentais coupable, de m'en être prise à Dean.

Et puis, cela n'allait pas contribuer à me rendre plus crédible.

— Bon, je suis désolée. Enfin, si tu…

Je m'interrompis, n'ayant aucune idée de ce que j'aurais pu ajouter.

Je me passai la main dans les cheveux puis je fermai les poings, des mèches jaillissant de partout entre mes doigts serrés. J'aperçus mon reflet dans le pare-brise : Portrait de l'artiste pétant les plombs. Je grognai.

— Quoi ? demanda Dean.

— Je ne sais pas. Pas. La. Moindre. Idée. J'ai juste comme un tourbillon de conneries dans ma tête…

Je mis les mains sur les genoux. En essayant d'avoir l'air à peu près saine d'esprit.

— Et si… et si ça voulait dire que Lapthorne…

— Tu ne sais *rien* de ce que ça peut vouloir dire. Tu n'as *aucun moyen* de le savoir. C'est bien le problème. C'est le vrai problème.

— Donc, d'après toi, je devrais laisser tomber et donner les plaques d'identité à la police ?

— Tu as dit que tu le ferais. Dès que tu aurais découvert…

— Mais je n'ai rien découvert ! La situation n'a pas évolué, les choses ne sont pas devenues plus claires. Au contraire.

— D'accord, si tu reviens sur tes promesses…

Je fus particulièrement agacée par cette façon de laisser la phrase en suspens, entre le faussement désinvolte et le raisonnable.

Je résistai à l'envie de me cogner le front contre le volant.

— Et si c'était quelqu'un d'autre ? C'est peut-être le fameux Struwel-machin, mais ça remonte peut-être jusqu'à Lapthorne. Toi, tu dénoncerais ton cousin aux flics même si tu n'étais pas complètement sûr ?

— Mes cousins et cousines sont trop occupés à bricoler leur bagnole, à préparer des salades de pommes de terre ou à fabriquer des châles affreux au crochet. Autrement dit, ce sont des gens *normaux*.

Il était si grand, même assis, que la proximité de la toiture rendait ses cheveux électriques : ils se dressaient sur sa tête, attirés par le plafond.

Je mis une main sur son coude.

— Et si c'était Charlie le Pourri ?

— Charlie ?

Un cousin germain, ainsi surnommé pour le distinguer du père de Dean, Charlie tout court.

— Si c'était Charlie le Pourri, répéta-t-il à contrecœur... Oui, dans ce cas-là, j'attendrais sans doute de savoir pour de bon.

— Evidemment ! Tu irais fumer de l'herbe avec lui dans la grange chez ses parents, vous joueriez de la guitare électrique ensemble en vous prenant pour les New York Dolls et tu essaierais même de lui faire passer la frontière mexicaine...

Dean ferma les yeux et se mit à se masser les tempes.

— Et moi, ta fidèle épouse, continuai-je en le sentant faiblir, je respecterais entièrement ton choix. Je vous préparerais même des sandwiches pour ce putain de voyage. Du thé glacé. Peut-être même que c'est moi qui conduirais.

— C'est très probable.

Il tenta de s'empêcher de sourire à cette idée. En vain.

— Alors fous-moi la paix une minute, le temps que je fasse le tri dans ma tête.

Dean jeta un coup d'œil résigné vers le plafond, puis se détourna en hochant la tête d'un air de capitulation.

Il me fallut une seconde pour comprendre que j'aurais préféré qu'il me désobéisse.

Mon ventre ressemblait à l'un de ces distributeurs de punch qu'on voyait jadis dans les cafétérias, comme un grand aquarium sur les parois duquel on voyait la pluie incessante de liquide glacé et coloré retomber en cascade.

15

Le lendemain matin, j'étais en train de pondre laborieusement mon article pour Ted : "L'appétit vient en mangeant à la fête foraine de l'Etat : le guide des gourmands et gloutons."

Je n'écrivais rien de bon. J'étais obsédée par Sembles. Et je me demandais qui pouvait bien être ce Struwwelpeter.

Ce nom m'intriguait. Je l'avais déjà rencontré. Il me rappelait très vaguement quelque chose, mais chaque fois que j'essayais de le replacer dans un contexte il filait vers la périphérie de mes souvenirs et disparaissait.

Je continuai à taper mon article.

> Vous croyez peut-être que l'on va à la fête foraine pour gagner un ours en peluche, pour tirer sur des canards en plastique, pour hurler dans les montagnes russes ou pour admirer Muffin, le plus petit cheval au monde. Mais soyons réalistes : quand vous rentrez à la maison après une longue journée à la fête foraine, vous avez surtout dépensé votre argent pour acheter de quoi manger, et de quoi manger beaucoup.

Beurk. Il me fallait encore du café. Je me levais, prête à saisir ma tasse pour aller la remplir, quand brusquement je restai figée sur place, la main sur le dossier de ma chaise.

Struwwelpeter. La solution était toute proche, je l'avais à portée de main dans mon cerveau. Quelqu'un dont avait parlé Kenny ? Mais si on m'avait parlé de lui au *Crown*, cela voulait dire qu'il était du coin, et que Dean le connaissait également.

Je regardai le téléphone. Dean travaillait à la ferme, ce jour-là. J'aurais pu appeler, j'aurais pu de nouveau faire appel à lui.

Le simple fait de penser à la voix de Dean me rappela qu'il devait bientôt repartir, si tôt que je me sentais déjà seule, face à cet article qui n'avançait pas. J'aurais voulu pouvoir passer du temps avec lui, même si c'était simplement pour le regarder souder ses trapézoïdes ensemble.

Je pourrais peut-être faire un saut à l'heure du déjeuner, pour lui apporter un sandwich. Et l'interroger sur ce nom stupide.

Mais qui ça pouvait bien être ? Je fermai les yeux en tâchant de repenser à mon entrevue avec Sembles. La manière dont il avait réagi n'avait rien de logique. Il aurait été tellement plus facile d'avouer qu'il se souvenait des deux filles, et d'en rester là.

Dans ce cas, j'aurais pensé qu'il n'en savait pas plus, que cette source d'information avait déjà été exploitée au maximum de ses possibilités. Mais il avait cru que je l'interrogeais à propos de quelqu'un d'autre, que je venais vérifier s'il tenait bien les promesses qu'on lui avait extorquées sous la menace. Je voulais croire qu'en identifiant l'auteur de cette menace, le fameux Struwwelpeter, je pourrais disculper Lapthorne. Je voulais croire que je détenais le nom de l'assassin.

J'aurais pu demander à Kenny ou à n'importe qui au journal si ce nom leur disait quelque chose. Mais si Struwwelpeter n'était pas l'assassin ? Sembles était devenu fou quand j'avais évoqué la police. Et si c'était un flic qui avait cherché à étouffer l'affaire ? Et si Struwwelpeter était l'autre soldat ? Et si je finissais par découvrir que Lapthorne était bel et bien impliqué ? Qu'il était au cœur de toute cette histoire…

Et puis merde. Si c'était vrai, il ne méritait pas qu'on le protège. Il aurait mérité tout ce qui pourrait arriver, même le pire, et je veillerais personnellement à ce qu'il soit dûment châtié.

Mais s'il n'avait rien à voir avec tout ça ?

Tant que je ne saurais pas qui était ce Struwwelpeter, tant que je ne saurais pas si cet élément suffirait à laver de toute accusation le pauvre Lapthorne toujours présumé innocent, rien ne changerait à mes yeux.

J'aurais pu demander à Dean. Mentionner le nom devant Kenny. Le chercher dans l'annuaire. Je ne voulais pas en parler à Wilt ni à personne d'autre au bureau. Pas directement. Pas encore.

Je me traînai vers la machine à café.

Wilt regardait l'élixir brun se déverser goutte à goutte dans le récipient en verre. Il portait une cravate large de cinquante centimètres, couverte de symboles pacifistes.

— L'économie reaganienne coule beaucoup plus vite, dit-il en guise de salutation. C'était comment, la fête foraine ? Tu as vu Jerry Lee Lewis ?

— La fête était égale à elle-même. Jerry Lee a été complètement minable jusqu'à la dernière minute, et après il a été génial.

Wilt hocha la tête, les yeux toujours rivés sur la machine.

J'hésitai, prise de l'envie subite de dévoiler ma petite pépite de merde, de savoir s'il avait déjà entendu le nom de ce type.

Entre deux maux…

Mais je pouvais peut-être rester dans le flou, sans évoquer nommément Struwwelpeter ?

Je jouai avec ma tasse. Je m'éclaircis la gorge.

Wilt me regarda.

— Alors, tu sais… dis-je en penchant ma tasse pour en contempler le fond. Euh… je l'ai vu, le… le type.

Je levai les yeux.

Il souriait, attendant que je poursuive.

On n'entendait que le goutte-à-goutte du café.

J'examinai à nouveau le fond de ma tasse vide, espérant trouver le réconfort dans le marc.

— Celui que tu citais dans ton article sur les jeunes filles aux roses.

— Ah ouais ?

— Tu te rappelles, un certain Archie Sembles, qui découpe des silhouettes ?

— Tout à fait. Je le croise tous les deux ou trois ans dans des fêtes, des galas. Pour le 1er janvier. Il vient toujours avec sa camelote. Il s'installe dans un coin. Un drôle de bonhomme.

— Oui, dans le genre nerveux.

Wilt hocha la tête.

— Alors tu lui as parlé ?

— Un peu, pendant qu'il découpait ma silhouette.

— Tu lui as posé des questions sur les filles aux roses ?

— Oui.

— C'est une histoire qui t'intéresse drôlement !

Je haussai les épaules.

— Mon beau-père en parlait il n'y a pas longtemps, et c'est resté dans un coin de ma mémoire. Pure curiosité morbide.

— Oui, c'est un truc qu'on n'arrive pas à oublier, qu'on rumine pendant des jours et des jours.

— Exactement.

— Tu devrais faire un papier là-dessus. Tu relancerais l'affaire : dix-neuf ans après, on est toujours sans réponse…

— Wilt, j'écris des articles sur les gens qui collectionnent les enjoliveurs, sur les mille manières de cuisiner les ailes de poulet et sur les boissons chaudes pour l'hiver…

Wilt me caressa la tête.

— Arrête, tu te sous-estimes.

— En fait, je n'aime pas vraiment interviewer les gens. Téléphoner, tourner autour du pot, mener l'enquête, c'est toi qui es bon pour tout ça. Moi, je tremble à l'idée de commander une pizza, alors…

— Ça s'apprend, Maddie. Un peu d'entraînement et tu te débrouillerais très bien. Tu finirais par aimer ça.

— Ça me donne des ulcères rien que d'y penser. Tu te rappelles le jour où Ted a voulu que je fasse un papier sur les couples qui se rencontrent grâce aux petites annonces ? C'était censé être un joli petit article bien nunuche pour la Saint-Valentin.

Il hocha la tête.

— Pendant des mois après, je n'ai pas arrêté de recevoir des appels de dingues, comme le type qui était devenu travesti en prison et qui voulait que j'écrive sa biographie en racontant qu'il se faisait friser les cheveux, qu'il portait des petites culottes en satin rose et du vernis à ongles. Il voulait que je l'appelle Betty Lou et il se mettait à respirer très fort…

Le café était prêt. Wilt remplit sa tasse.

— On s'habitue. Au bout de deux ou trois fois, tu ne t'en étonnerais même plus.

— Wilt, tu crois que je m'habituerais à recevoir toutes ces grosses enveloppes remplies d'articles découpés dans le *National Enquirer* et de bons d'achat pour du papier-toilette ? Avec des petits mots griffonnés pour me demander si j'ai remarqué que quand une femme joue au tennis pendant une heure le sein le plus proche de la raquette devient plus gros…

— C'est différent, avoua-t-il en me remplissant ma tasse.

Je fis signe que non. Il n'y avait aucune différence. Comme le prouvait mon lamentable échec avec Sembles la veille au soir.

Il éclata de rire, remit le café au chaud puis promena un long doigt sur sa tempe.

— Fais confiance à un vieil hippie.

— Je suis bien trop nulle.

— Cette histoire ne te lâchera plus, Madeline. Je reconnais les signes de l'obsession naissante.

— Non, tu te trompes.

Je serrai la tasse plus fort, pour qu'il ne voie pas mes mains trembler.

— Je ne me trompe pas. C'est un virus, tu n'as pas le choix. Tu as été infectée par l'histoire des jeunes filles aux roses… Elles te harcèleront jusqu'à ce que tu prennes fait et cause pour elles, elles ne te lâcheront plus, elles s'introduiront dans tes pensées quand tu t'y attendras le moins. Ça ira de mal en pis. Sinon, pourquoi serais-tu allée interroger ce bonhomme à la fête foraine, enfin ?

— Interroger qui ? demanda une petite voix derrière moi. Je sursautai en couinant.

Je me retournai.

— Bon sang, Simon, j'ai failli avoir une crise cardiaque.

— Tu es tout à fait prête, Maddie, et je vais dire à Ted de te mettre sur le coup.

— Non, Wilt, je t'en prie, ne fais pas ça.

— Quel coup ? demanda Simon.

— Les jeunes filles aux roses. Le retour.

— Ah, c'est une excellente idée, approuva Simon avec un timide sourire d'encouragement. C'est toujours bien de se forcer à aller de l'avant, Madeline.

Ça lui allait bien de dire ça, lui qui restait caché derrière son appareil photo.

Lorsque j'eus fini mon article sur la fête foraine, Wilt avait eu le temps d'aller dire deux mots à Ted, qui me lança un regard de lézard terrible en me déclarant que cela lui paraissait une idée formidable. *Ouais, une sacrément bonne idée.* Je voulais rentrer tôt à la maison, puisque Dean partait le lendemain matin, mais Ted m'appela dans son bureau pour régler les détails.

— Tu as du pain sur la planche... les critiques de livres, la fête de la Pomme et ton papier sur les Adirondacks... alors je te laisse jusqu'en novembre pour ce truc. J'aurais bien aimé le publier pour l'anniversaire du crime, mais ça attendra jusqu'à Thanksgiving. En période de corvées familiales, les gens apprécient toujours qu'on joue sur leur fibre sentimentale avec un petit papier bien macabre. Deux ou trois filles assassinées, et le tour est joué.

Trou du cul.

— Tu ne préférerais pas un article court sur les plats farcis ? Une histoire de ragoût de haricots aux champignons avec des oignons frits par-dessus ? Un petit encadré pince-sans-rire... Enfin, Ted, ce n'est vraiment pas mon style, tu sais ?

— Bien sûr que je le sais, dit-il en se renfonçant dans son fauteuil et en croisant les bras derrière la tête, en tendant presque la langue dans son enthousiasme de reptile. Mais qu'est-ce que tu as fait pour moi dernièrement ?

Je regagnai mon bureau. J'aurais pu vomir tout mon petit-déjeuner dessus, franchement.

Pourquoi avais-je donc parlé de Sembles avec Wilt, pour commencer ? Pure connerie.

Je composai le numéro de la ferme. J'avais encore le temps d'y aller avec un sandwich pour Dean, même si pour ma part je n'avais aucune envie de manger.

Le téléphone sonna, sonna, sonna.

Vaincue, l'écouteur à la main, je me mis à repenser à Struwwelpeter.

L'inspiration. Eurêka. *Youpi.*

J'ouvris le dernier tiroir de mon bureau et j'en sortis l'annuaire.

Il n'était peut-être pas sur liste rouge, auquel cas il me suffirait d'appeler en disant : "Ecoute, sale débile revanchard, je veux savoir ce que tu as fichu pour foutre la trouille au mec des silhouettes, et puis je veux que tu me dises que mon cousin n'avait rien à voir avec ce crime."

Et naturellement, il obéirait, j'aurais la conscience tranquille et je pourrais consacrer mon article aux gants de cuisine et non aux meurtres, puisque ma vie s'arrange toujours exactement comme ça, puisque je suis la reine de l'optimisme. Naturellement.

J'ouvris l'annuaire et me mis à le feuilleter... Sargent, Siemanski, Smith, Smith, Smith... mais sur la page allant de Stokely à Suma je ne trouvai absolument rien. Pas un seul meurtrier capable de résoudre tous mes problèmes entre Strunk, Larry et Stryker, Patrick.

C'est seulement alors que je compris combien il était étonnant que je sois même capable d'épeler "Struwwelpeter".

Malgré le chuintement teuton de ses premières lettres, je n'avais pas cherché à SH ou même à CH. Je savais parfaitement qu'il y avait deux *w*, et que la première syllabe ne s'écrivait pas "Strew".

Parce que ce nom, je l'avais vu, pas entendu. Je l'avais vu, mais où ?

Fichue mémoire photographique...

Ce soir-là, Dean était épuisé. Je voulais lui parler de l'article qu'on m'avait commandé sur les filles aux roses, mais pendant le dîner il se mit à raconter qu'il était allé travailler à l'atelier Speer-O-Matic et que les types du syndicat avaient essayé de le tuer.

Pendant qu'il était couché sous une voiture, occupé à souder, quelqu'un avait versé de l'essence dans l'un des rails métalliques fixés au sol de béton, de sorte que le liquide s'était répandu à travers toute la pièce, jusqu'à sa tête. Une étincelle de la lampe à souder y avait mis le feu, mais il s'était vite dégagé de sous la voiture et avait pu attraper un extincteur.

Mes mains se mirent à trembler.

— Tu as vu quelqu'un ?

— Je pense que j'ai entendu un camion démarrer, mais une fois l'incendie éteint il n'y avait plus personne… Rien que le vent qui soufflait sur le parking désert. J'ai eu la peur de ma vie.

— Est-ce que ça en vaut la peine ? La dernière fois, ils avaient tagué "jaune" partout, et maintenant ils veulent te brûler vif. Tu es sûr de vouloir continuer ?

— Mon contrat précise que des extérieurs ont le droit d'intervenir. C'est un travail qu'ils ne savent pas faire, alors ils essaient de me priver de mon gagne-pain. Au syndicat, ils peuvent aller se faire foutre.

J'aurais voulu parler de César Chávez, l'ouvrier qui avait fait la grève de la faim, parler des émeutes du 1er Mai, pour lui prouver que nous bénéficiions tous de l'action des syndicats. Mais je savais que ma véhémence n'exprimait que ma culpabilité, parce que je venais d'une famille "d'exploiteurs du peuple", alors que j'avais face à moi un ouvrier en chair et en os, qui avait sa propre opinion et qui n'avait pas besoin qu'on lui fasse la leçon.

Et puis nous avions déjà eu la même discussion je ne sais combien de fois, depuis une première conversation un peu animée lors de notre troisième dîner ensemble.

Je me contentai donc de porter les assiettes jusqu'à l'évier, sans même allumer la lumière dans la cuisine. Puis je me mis à pleurer en me rendant compte que je lui cherchais des poux dans la tête au lieu de remercier le ciel qu'il soit encore vivant, ce sale jaune, ce facho de mes deux qui me brisait le cœur.

C'était affreux. La simple idée qu'il coure un danger, qu'il risque d'être blessé... Je me demandais si c'était le même sentiment qui le poussait à se montrer aussi peu coopératif, à me dissuader de poursuivre l'enquête sur Lapthorne. Et je pleurai de plus belle, me sentant coupable mais aussi profondément aimée, le visage baigné de larmes et de morve.

Dean vint se planter derrière moi dans le noir. Il passa les bras autour de mes épaules et appuya son menton au sommet de mon crâne.

— S'il t'arrivait un jour quoi que ce soit... dis-je d'une voix bizarre et pâteuse, s'il t'arrivait du mal... je me roulerais en boule et je me laisserais mourir.

— Quoi que ce soit ? Même un ongle incarné ?

— Si c'était un ongle incarné, je commencerais par te casser la gueule. Avant de me rouler en boule et de me laisser mourir.

— Tu pourrais juste me casser la gueule et laisser tomber la suite. Ça me conviendrait.

— Ah ouais ?

Je crus qu'il allait continuer, me dire des mots gentils, mais il poursuivit dans la même veine.

— Snif…

— Quoi, snif ? Tu ne pourrais pas être un peu romantique, cinq minutes dans ta vie ?

— Si, mais tu es en train de te moucher sur mon bras.

— Oh ! Désolée.

— Pas de problème. Chez les Esquimaux, les préliminaires doivent ressembler à ça.

— Seulement chez des Esquimaux très déprimés.

— Ce sont les meilleurs.

— Oui, ils sont connus pour leur sexualité débridée.

— Exactement.

— Dean, tu veux bien me promettre de ne pas mourir ? De ne laisser personne te brûler vif, etc.

— Promets la première.

— D'accord.

— D'accord, dit-il en enfonçant un peu plus son menton dans ma tête. Après, je voudrais te dire un truc. Je n'en étais pas sûr, mais puisque tu as promis de ne pas mourir je crois pouvoir t'en parler.

— C'est au sujet des Esquimaux ?

— Non.

— A quel sujet, alors ?
— C'est au sujet de Struwwelpeter.
— Tu as découvert qui c'est ?
— Je le savais.
— Tu le savais hier soir ?
— A peu près.
— Salaud !
— J'étais inquiet. Je suis encore inquiet. Toute cette affaire... Je ne veux pas qu'il t'arrive quelque chose.
— D'accord, je regrette. Tu n'es pas complètement un salaud.
— Merci.
— Mais il faut que tu me dises qui c'est.
Il soupira.
— Ce n'est pas vraiment quelqu'un.
— N'importe quoi ! Vraiment, n'importe quoi !
— C'est un livre.
Un livre qu'on nous avait donné, avec d'autres livres d'occasion, quand j'étais gamine.
— *Pierre l'ébouriffé !* Cette histoire allemande qui fait peur, avec tous les poèmes qui racontent comment sont punis les enfants désobéissants, dis-je.
— Oui.
— Je suis complètement idiote. Les pouces...
Dean baissa le menton à nouveau, tout en me serrant dans ses bras.
— Dans l'un des poèmes, la mère d'un garçon lui dit de ne pas sucer son pouce. Il recommence dès qu'elle a le dos tourné, alors un tailleur fou avec ses ciseaux géants vient lui couper le pouce gauche et le pouce droit.

— *Die Daumenlutscher*, confirma Dean. Je pense que c'est traduit comme "L'histoire du suceur de pouces", mais je ne vois pas le rapport.

— Sembles gagne sa vie grâce à ses ciseaux. Il se cache les pouces chaque fois qu'il a peur, il les fait disparaître dans ses poings, il se les glisse sous les bras. Cette histoire est une menace idéale pour l'obliger à se taire. J'aurais dû y penser, mais je voulais tellement que ce soit le nom du criminel. Un remplaçant pour Lapthorne.

— Il est temps d'en parler aux flics.

— Non.

— Bunny, la question ne se pose même plus. C'est forcément ton cousin. L'histoire des roses est aussi un conte allemand, tiré des frères Grimm.

— Selon moi, c'est le flic qui l'a menacé. Pas Lapthorne.

— Tu refuses de regarder la vérité en face.

— Si tu avais été là, avec Sembles… tout allait bien jusqu'à ce que je parle de la police. C'est là qu'il a perdu la boule. Avant, il niait calmement, il prétendait avoir tout oublié. A la minute où j'ai prononcé le mot "police", il a disjoncté.

— Et tu connais un connard de flic suffisamment fou de littérature allemande pour tuer les gens qui ressemblent aux personnages de *Pierre l'ébouriffé* ?

— Un connard de flic qui s'appellerait quelque chose comme Schneider ? Pourquoi pas ?

Dean tressaillit.

— Quoi ?

— Schneider.

— Eh bien ?

— C'est comme ça qu'on dit "tailleur" en allemand.

— Et alors ?

— Bunny…

— On est bien avancés, maintenant !

Il baissa les bras et fit un pas en arrière.

— Mais, Bunny, enfin…

— Eh voilà. Ça t'emmerde que j'aie raison.

Il alluma la lumière dans la cuisine.

— Il ne s'agit pas d'avoir raison ou tort.

Je me protégeai les yeux avec la main.

— Tu ne vois pas que…

— Il faut que tu en parles à la police. Dès demain. Je t'accompagnerai. Nous irons leur donner ces fichues plaques d'identité.

— Tu es dingue ?

— C'est vraiment trop dangereux. Peu importe qui a fait le coup. Je me fous de ce qui arrivera à ton cousin. Tout ça nous dépasse. Il est temps d'en parler aux flics.

— Mais Schneider est flic !

— Il ne l'est plus.

— Comme si ça faisait une différence…

— Laisse tomber. C'est aux flics de tirer ça au clair.

Ça doit être là que je lui ai dit d'aller se faire voir.

Il partit se coucher.

Pas moi.

16

Le lendemain, j'étais encore furieuse, je faisais la gueule, je voyais tout en noir, j'en avais marre. Trop peu de sommeil. Trop de café. J'étais dans un fameux pétrin.

Et puis j'entendais mentalement cette voix de commentateur sportif qui me disait en stéréo que j'étais complètement débile de me croire débile. De toute la matinée, je ne pus m'en débarrasser, même quand maman m'appela au bureau pour m'annoncer qu'elle avait lancé ses invitations, que Lapthorne avait déjà confirmé sa venue et que, prise d'une inspiration soudaine, elle avait décidé à la dernière minute que ce serait une fête costumée.

Ce serait ma dernière soirée avec Dean qui devait rester absent plusieurs semaines. J'étais tellement catastrophée à la perspective de ce qui m'attendait que je quittai le travail plus tôt que d'habitude. Je revins à la maison en larmes, la gorge nouée, en jurant que je lui dirais au revoir avec une parole aimable et le sourire aux lèvres, même si son départ me tuait.

Quand j'arrivai, il terminait sa valise et je l'invitai à venir avec moi acheter de quoi préparer un petit repas maison avant qu'il soit temps de partir pour l'aéroport. Comme cela risquait d'être un peu juste, je lui proposai d'aller faire les courses dans Butternut Street, dans ce supermarché qui ressemblait à une clinique. Pas vraiment réjouissant, mais c'était ce qu'il y avait de plus proche.

Sachant que la plupart des habitants du quartier n'avaient pas les moyens d'aller en voiture dans les magasins plus chic mais plus éloignés, dans ces grandes surfaces impeccables, avec leurs rayons “épicerie exotique”, les gérants de la supérette en question ne stockaient que des marchandises de seconde zone, vendues à des prix qui auraient paru injustifiés même pour une colonie lunaire.

Je jouai des coudes pour me frayer un passage jusqu'à l'entrée du magasin et m'emparai d'un caddie aux roues particulièrement sonores. La barre collait aux mains et le siège pour enfants était tellement rouillé qu'il ne s'ouvrait plus, mais ce véhicule faisait un excellent bélier. Je fonçai à travers les portes automatiques en panne permanente pour m'introduire dans cet espace qui sentait le mauvais détergent, le poisson mal réfrigéré, où tout semblait dire “Vous n'aurez que ce que vous méritez, salauds de pauvres !”.

En Amérique, tous les supermarchés sont conçus pour vous faire tourner à droite une fois franchie la porte principale. Mon caddie dérivait vers la gauche et se cabrait quand j'essayais de le manœuvrer sur le sol marron, gluant et criblé de nids-de-poule.

De tout mon poids, je tâchai de lutter contre ces roues voilées car je voulais me diriger vers le rayon alimentation.

Dean me précédait, les mains dans les poches. Lorsqu'il eut environ trois mètres d'avance, il fit demi-tour pour m'attendre, la hanche reposant contre un bac rempli de melons.

C'est alors que mon mari m'annonça d'un air dégagé qu'il ne serait pas revenu du Canada pour la fête de maman, ce qui l'arrangeait beaucoup car il trouvait l'idée stupide.

Je répondis simplement : "Ah ?" et lui souris, en continuant à me battre avec le caddie pour obliquer vers les salades.

— Oui, Bernie de chez Speer-O-Matic m'a appris ça hier et j'ai oublié de t'en parler.

J'étais résolue à ne pas laisser mon humeur purulente gâcher les quelques dernières heures de félicité conjugale qu'il nous restait.

— Hmm.

Je jure avoir formulé ce commentaire avec calme, sans la moindre inflexion qui aurait pu être interprétée comme négative.

J'abandonnai le caddie, préférant finir le trajet à pied.

— Evidemment, ils n'ont plus que des laitues iceberg, dis-je en frappant l'une des lamentables petites boules brunâtres. La romaine, ils ne connaissent pas, ici. Quant aux endives... De toute façon, il faudrait te menacer de mort pour que tu acceptes d'en manger !

Je désignai l'étalage d'oranges dégonflées, de navets ratatinés et de betteraves qui avaient vu des jours meilleurs.

— C'est avec ça qu'ils préparent les repas trois étoiles qu'on nous sert dans les avions, lançai-je en jouant toujours le rôle de l'épouse spirituelle et désinvolte. Même ma mère ne ferait pas ses courses ici.

— Evidemment, répliqua Dean, ils ne font pas d'offre spéciale sur les produits abîmés.

De toutes mes forces, je lui jetai une laitue iceberg à la figure.

Il l'arrêta d'une main.

— J'en ai tellement marre de cette ville ! C'est vraiment un trou rempli de gens qui n'ont pas le courage de monter dans leur camion pour foutre le camp une fois pour toutes, avec mamie et la cage aux poulets attachée sur le toit. Qu'est-ce qu'on fait ici ? Qu'est-ce qu'on pourra jamais faire de bon ici ?

— Ici, c'est la vraie vie. Tu ne t'en rends pas compte parce que tu as grandi dans de jolis petits Disneyland. Même si la vraie vie te tombait sur la tête, tu ne la reconnaîtrais pas.

— Tu entends comment tu me...

— Ecoute, m'interrompit-il calmement, je n'ai pas envie qu'on s'engueule. Tu perds ton temps avec cette histoire de meurtre.

Il avait raison, mais cette vérité m'inspirait un tel sentiment de défaite que je ne pouvais l'admettre. Je ne pouvais lâcher prise. Je le dévisageai et glapis :

— C'est censé vouloir dire quoi ?

— Ton cousin, cette fête chez ta mère... Je ne veux même pas essayer de t'expliquer à quel point tout ça est débile, et même dangereux.

— Très bien, alors tais-toi.

— Et tout le reste… Tu planes complètement depuis que mon père t'a montré les plaques d'identité. La maison est une porcherie, tu es incapable de te concentrer sur ton boulot, tout part en vrille et je ne sais pas ce qui va t'arriver si jamais tu découvres qui a tué ces deux filles.

Ces accusations me passèrent au-dessus de la tête car je n'étais pas en état d'y réagir. Je n'étais qu'une grosse minable, tout juste bonne à faire le malheur de mon conjoint et de moi-même. La seule solution était de capituler et de faire mon *mea culpa*, mais j'étais déjà trop malheureuse pour ça.

— C'est grâce à cette enquête que je pourrais peut-être partir d'ici.

— Bunny, ne pleure pas…

— Si je fais un article qui compte, je trouverai peut-être un emploi ailleurs que dans ce patelin paumé.

Et voilà, je pleurais… en plein milieu de ce supermarché dégueulasse.

— Avant, j'étais bonne, dis-je en m'essuyant le nez dans ma manche. Au lycée, à la fac, tout le monde me trouvait spirituelle et douée. Maintenant, je ne suis plus qu'une pauvre merde perdue au milieu de nulle part et tout ce qui compte pour toi, c'est que je ne mette pas de tablier amidonné quand je passe mes journées à récurer les planchers.

Ces reproches étaient d'autant plus injustes que c'était toujours lui qui faisait le ménage, torse nu, en chantant à tue-tête *La Chevauchée des Walkyries.*

— Tu me fais dire ce que je n'ai pas dit.

— Mais c'est ce que tes propos voulaient dire ! Je ne suis pas heureuse ici. Je te le répète depuis deux ans et, à cause de ça, tu me prends pour une idiote. Je ne suis pas une idiote, et Syracuse est vraiment un trou pourri. Reconnais-le, tu sais que c'est vrai.

— L'ennui, avec toi, c'est que ta vie n'a plus de sens si on ne voit pas de photos de ton intérieur dans les magazines de déco. Maintenant, tu te déchaînes sur cette histoire avec Lapthorne simplement pour avoir quelque chose à raconter dans les cocktails.

— Des cocktails, à Syracuse ? Avec des saucisses servies dans leur boîte et de la bière tiède, le tout dans un garage ?

J'eus honte d'avoir prononcé ces mots dès qu'ils furent sortis de ma bouche. Mais qu'étais-je donc en train de faire ?

— Je pense, reprit-il en ignorant charitablement ce dernier coup bas, que tu as désespérément besoin de quelque chose qui redonnerait un peu de piquant à ta vie. Pourtant, ce n'est pas cette histoire de double meurtre qui suffira. Cette affaire est horrible et dangereuse.

— Tu es sourd ou tu ne veux pas m'écouter ? J'étais sincère quand j'ai dit que j'attendais simplement d'en savoir un peu plus avant d'aller porter les plaques d'identité à la police. Allons à la fête de maman et voyons si Lapthorne a un rapport avec tout ça… Je n'en demande pas plus. Il n'y a là rien de dangereux…

— Je ne reprendrai pas l'avion pour venir à cette connerie de fête.

— Mais ça ne te dérange pas d'aller au Canada ?

— C'est pour mon travail.

— Oui, je sais, tu n'as pas une seconde à perdre.

— Et toi, tu voudrais habiter ailleurs parce que tu crois que ça t'aiderait à résoudre tes problèmes d'ego. Mais que tu vives n'importe où, tu seras toujours la même.

— Formidable. Magnifique.

Et entièrement vrai.

Un motard en blouson de cuir poussant deux enfants dans son caddie jeta un coup d'œil dans notre direction et partit, horrifié, vers un autre rayon.

— Si tu as tellement envie d'enquêter sur cette histoire, pourquoi ne leur en as-tu pas parlé, au journal ?

— Je leur en ai parlé. Hier, on m'a officiellement commandé un article.

— Alors pourquoi tu ne me l'as pas dit ?

— Parce que tu ne me l'as pas demandé ! Parce que ce que je fais ne compte pas pour toi.

— Tout ce que tu fais compte pour moi, Bunny. C'est pour ça que je ne comprends pas. Je veux juste que tu sois heureuse. Nous vivons bien, et nous vivrons encore mieux grâce à mon travail…

— Je t'en prie, reste. Quelques jours, pas plus. On pourrait sortir ce week-end et rencontrer Schneider… Il y a un concert des Kingsnakes.

— Impossible. Tu le sais bien.

Je le savais. Et je savais aussi que j'étais mariée, que j'avais fait mon choix, et que je passerais le reste de ma vie à lutter contre une réalité que j'aurais acceptée si j'avais été meilleure, moins superficielle.

Je ne voulais pas ressembler à mes parents, tout laisser tomber parce que je ne m'amusais plus, rechercher constamment la griserie de la nouveauté. Mais rester à Syracuse, jusqu'à la fin de mes jours ?

Face à ce ridicule étalage de laitues, je songeai qu'il ne restait qu'une heure avant que je doive emmener Dean à l'aéroport.

Je décidai donc de lui demander pardon. J'étais entièrement sincère, mais je le méprisais quand même.

A la fin du week-end, je m'étais calmée. J'étais simplement épuisée, hagarde, seule. Dean ne m'avait pas téléphoné en cours de route.

Evidemment. J'étais tellement conne que je ne me serais pas téléphoné non plus, même pour un million de dollars.

Samedi soir, je gisais sur le canapé, à lire *Le Grand Sommeil* tout en faisant un repas particulièrement reconstituant et équilibré : des chips que je tirais de leur paquet pour les tremper dans un mélange crème fraîche et soupe à l'oignon versé dans un bol ébréché.

J'écoutais une cassette où j'avais entrelardé du Puccini de chansons de The Beat, du Kingston Trio, et de *Viva Las Vegas* par Jello Biafra. Lou Reed chantait *Wild Side* mais était interrompu au beau milieu par le cours de l'or à la bourse de Londres parce que, ayant oublié que j'enregistrais, j'étais passée par inadvertance du magnéto à la radio.

Le but était de m'empêcher d'écouter Joni Mitchell, parce que j'étais déjà assez déprimée comme ça. Ma vieille version de *Blue* m'adressait des clins d'œil depuis le panier rempli de cassettes près de la chaîne hi-fi, me disant “Tu sais que tu as envie de moi”, et je me sentais de plus en plus sujette à la tentation, même si les premières mesures de sa lamentation pour la Californie lointaine risquaient de me faire tomber plus bas encore.

A Syracuse, essayez de regarder par la fenêtre sans perdre la tête quand quelqu'un se met à chanter *Avril à Paris*. Vous aurez l'impression de boire des litres de Pernod rien qu'en l'écoutant.

Je n'écoutais jamais Joni Mitchell quand Dean était à la maison, parce qu'il disait que ça lui faisait dresser les poils de la poitrine. C'était une sorte de pacte entre nous : elle et Judy Collins pour moi, Captain Beefheart et les Stooges pour lui, à écouter exclusivement en l'absence du conjoint.

J'avais peut-être mérité une bonne dose de folk bien larmoyant, pourtant, puisque j'étais échouée sur mon canapé en vinyle, dans Green Street, manquant l'occasion d'interroger Schneider.

Ou plutôt, manquant l'occasion d'être incapable d'interroger correctement Schneider.

Si j'avais été quelqu'un de bien, j'aurais eu plus de relations au sein de la population locale, sur lesquelles j'aurais pu compter en cas d'urgence, ou bien j'aurais peu à peu acquis le courage de me traîner toute seule jusque dans un bar.

A cet instant précis, quelqu'un vint frapper frénétiquement à ma porte d'entrée.

— Eh, Foldingue ! Ouvre-moi !

— Ellis ! m'exclamai-je en me levant du canapé.

A part Ellis, personne ne m'appelle jamais Foldingue.

17

Ellis entra à toute allure. Elle avait gardé son allure de gavroche aux yeux verts et aux cheveux noirs, sous l'uniforme estival des petites filles de riches dans les années 1980 : short en lin blanc, tee-shirt blanc, gilet de designer en coton noir, mocassins noirs.

Elle aurait pu être un personnage de Salinger, ou de John Cheever. On l'imaginait revenant d'un week-end automnal à New Haven, vêtue d'un long manteau en écureuil, ou envisageant une idylle sur la terrasse d'un club au clair de lune.

— Alors, quel bon vent t'amène à Syracuse, la ville-lumière ?

— J'étais en train de rompre avec Alec, chez son père, à Utica. Je me suis dit : pourquoi ne pas me payer une heure d'autoroute de plus, tant qu'à faire d'être en rase campagne. Tu m'offres quelque chose à boire ? J'ai les dents laineuses.

Alec, le maçon qui était aussi dealer de coke et membre de la secte Eckankar. Je sortis deux bières du frigo pendant qu'Ellis attrapait l'ouvre-bouteille sous l'évier, dans un tiroir qu'elle connaissait bien.

— C'est vraiment le trou du cul du monde, ici. Attends, tu es à quoi, trois heures de Williamstown, à six heures de New York ?

— Donc, Alec, c'est de l'histoire ancienne ?

Ils étaient ensemble depuis plus d'un an, ils avaient déjà rompu quatre fois mais elle revenait toujours dans son orbite, par inertie, par solitude, ou parce qu'elle avait trop de dettes. On aurait cru un petit oiseau superbe qui revenait constamment se heurter à une baie vitrée.

Dans les intervalles, elle se pointait avec des fils à papa joueurs de tennis. Dean et moi, nous classions ces amants interchangeables en fonction de leur employeur : Goldman Sachs, Crédit suisse, etc. Il ne s'agissait que de passades, mais le monde manquait cruellement d'hommes dignes de figurer dans une nouvelle de Cheever ou de Salinger.

Ellis regarda le plafond.

— De l'histoire ancienne, c'est un grand mot pour un type aussi minuscule. Disons simplement qu'il est fini.

— Alec était déjà fini avant que toi ou moi nous couchions avec lui.

— Eh bien, au moins, tu as eu la perspicacité d'être la première à entrer dans son lit, et pour une seule nuit.

— Si j'avais été perspicace, je ne me serais pas déshabillée.

— Tu étais jeune et ivre.

— Je n'avais plus de pièces pour jouer au flipper. Et toi, quelle est ton excuse ?

— Il me plaisait, et je pouvais habiter chez lui.

Et elle venait de perdre son père lorsqu'elle s'était installée chez Alec. Je lui tendis les bières.

Ellis les décapsula, m'en donna une et, d'un bond, s'assit sur le plan de travail. Elle croisa ses jolies jambes bronzées et se mit à balancer un de ses mocassins.

Nous avions le même tatouage sur la cheville droite, un C comme sur les pièces d'un cent. Je l'avais eu la première, après que ma sœur s'était fait tatouer un $.

Celui d'Ellis était dessiné à l'envers, car elle n'avait pas fait confiance à la tatoueuse et l'avait obligée à recommencer son dessin avant de mettre l'encre. Elle avait trouvé la meilleure explication : nous n'étions que "de la petite monnaie".

— Il n'était pas si mal, ton Alec. Ça aurait pu coller.

— Je t'en prie, fit-elle avec une moue explicite de sa bouche pulpeuse. Dire qu'Alec était un mec nul, c'est comme dire qu'un cure-dent fait une mauvaise épée.

— Alors buvons à la santé des mecs géniaux, dis-je en levant ma cannette.

Elle trinqua.

— A la santé des épées.

Nous n'avions pas de port d'attache, pas d'alliés permanents, nous n'avions que le don des vagabonds involontaires pour se créer un abri à chaque pause dans la trajectoire de nos parents.

Ils nous avaient envoyées sans un sou dans des écoles huppées, sans nous pourvoir de chaussettes en quantité suffisante ou de manteaux assez chauds pour l'hiver. Nous buvions trop, nous ne disions jamais non, nous étions deux jolies filles sans père qui considéraient une érection comme un applaudimètre.

Puis j'avais rencontré Dean : le meilleur des hommes, la pire des villes. Et voilà que le monde m'attirait de nouveau, et qu'Ellis entrevoyait l'espoir d'un havre de paix. Nous aurions toutes deux bien voulu avoir franchi le pas.

Le téléphone sonna. Je coinçai l'écouteur sous mon menton.

— Allô ?

— Salut, Bunny, dit Dean à travers les parasites. J'appelais pour te dire que j'étais bien arrivé.

— Salut. Ellis vient d'arriver.

J'enroulai le fil torsadé autour de mon index. Nous ne voulions ni lui ni moi mentionner notre dispute, alors nous changions sans cesse de sujet de conversation.

— Formidable… Tu sais, quand vous vous retrouvez, toutes les deux, on croirait deux copains de régiment, les seins en plus.

— En un peu moins baraqués et un peu plus spirituels, j'espère.

Dean ne répondit rien.

— Il nous a encore traitées de copains de régiment avec des seins ? demanda Ellis en m'arrachant ma canette des mains. Coucou, Dean !

Il fit semblant de ne pas l'avoir entendue.

— Ecoute, je ne veux pas que vous alliez toutes les deux à ce concert.

— Promis, mon chéri.

Et j'aurais tenu ma promesse, si la présence d'Ellis n'avait pas rendu ce projet faisable. Carrément possible.

— Bunny…

— Oh, puisqu'elle est là, ce serait sympa d'aller écouter les Kingsnakes.

— Tu détestes les Kingsnakes.

— J'adore les Kingsnakes. Je suis absolument fan de blues depuis ma plus tendre enfance.

— Au mariage de Tom et Maripat, tu les as qualifiés de "petits Blancs prétentieux et sans personnalité".

— Uniquement parce qu'ils ont refusé de baisser la sono et que ça faisait peur à ta grand-mère. En plus, ils étaient onze dans leur groupe. Et je leur avais demandé très poliment.

Dean soupira.

— Il faut que je te laisse, dis-je.

— Surtout, pas de bêtises, hein ? Ne fais rien de dangereux.

— Je t'aime.

— D'accord, conclut-il en raccrochant.

— J'imagine que tu as une idée derrière la tête ? demanda Ellis.

— Coincer un ex-flic ripou dans un relais routier minable pour résoudre le mystère d'un double meurtre qui aurait pu être commis il y a vingt ans par mon cousin issu de germain.

— Génial. On s'habille comment ?

18

Ellis faillit casser un essieu sur un des plots du parking. Mes dents se refermèrent sur ma langue, envoyant dans tous mes nerfs et dans toutes mes synapses des ondes de douleur glaciale.

Je n'aurais pas dû la laisser conduire, d'autant qu'elle était venue au volant d'un pick-up Toyota emprunté.

Ellis fit brusquement tourner le volant vers la gauche, s'arrêtant entre une camionnette et une Ford Pinto rouillée.

— Tu es un danger public, dis-je avec un goût de sang dans la bouche.

Elle haussa les épaules. Je me penchai pour attraper la clef de contact.

De l'extérieur de la salle, on entendait les Kingsnakes marteler le rythme d'une chanson de John Lee Hooker. *Boom boom boom boom.*

Ellis désigna l'enseigne lumineuse, placée au-dessus de l'unique fenêtre visible : "Budweiser" inscrit au milieu d'un trèfle en néon.

— Regarde, c'est le symbole international qui signifie bière pas chère et bouffe dégueulasse.

— Alors Dieu existe, finalement, dis-je en empochant la clef.

— Bien sûr, et il est malfaisant, répliqua-t-elle en balançant ses longues jambes hors du véhicule.

Sur le bâtiment, une lanterne était accrochée au mur côté rue. Des moucherons dansaient paresseusement dans le cône de lumière, en montant vers le chapeau chinois en tôle. On se serait cru dans une fournaise mais ces bestioles en redemandaient.

Je levai un bras et m'essuyai le front sur la manche de mon tee-shirt en tirant dessus. J'étais venue avec ma fidèle acolyte mais tout à coup l'entreprise entière me parut plus que ridicule.

Ellis s'adossa à l'arrière du pick-up, les bras étendus contre le hayon.

— OK, redis-moi un peu où tu m'emmènes.

Je lui avais résumé en chemin l'essentiel de ce que je savais : les deux filles assassinées, les plaques d'identité, Lapthorne, les roses… toute l'affaire.

— Kenny m'a raconté que la police locale attribuait le crime à un tueur expérimenté, revenu de la guerre. Ça pourrait disculper Lapthorne s'il est vraiment l'un des deux soldats. Ces types étaient très jeunes, apparemment, ils venaient à peine d'être mobilisés.

— Quel âge il avait en 1969 ? demanda Ellis.

— Dix-neuf ans.

Elle hocha la tête.

Je regardai la bâtisse à toit plat qui se trouvait de l'autre côté du parking, entourée de buissons épais.

— C'est ce Schneider qui menait l'enquête. Kenny m'a conseillé de le rencontrer parce qu'il connaît cette histoire mieux que personne.

Trois filles aux cheveux volumineux sortirent et la musique prit tout à coup une autre dimension ; on entendit la batterie et la guitare dialoguer avec la basse pendant tout le temps que la porte resta ouverte. Vêtues de jean délavé des pieds à la tête, les trois pétasses traversèrent le parking en faisant claquer leurs talons.

— Les Kingsnakes sont un groupe local, dont Schneider est fan. D'après Dean, il ne manque aucun de leurs concerts.

Je gardai le silence pendant une minute.

— OK, donc… suggéra Ellis.

— Donc… Donc, en fait… Kenny ne sait pas ce que m'a appris le type des silhouettes.

— Le truc des pouces ?

— Oui.

— Et c'est un problème parce que…

— Parce que maintenant je sais que Schneider est dans le coup.

— Donc tu es à peu près certaine que Kenny reviendrait sur sa déclaration, s'il était au courant.

Je hochai la tête.

Ellis attendit que je poursuive, mais il n'y avait rien à ajouter.

— Hmm… C'est quoi exactement ton programme, Maddie ?

— Je veux juste le faire parler… de tout et de rien. Ça dépendra.

Ellis sourit.

— Et on fait comment pour engager la conversation ?

Je détournai les yeux.
— Aucune idée.
— On verra bien.
— Je suis vraiment idiote.
— Eh, si tu savais déjà ce que tu veux savoir, on ne serait pas venues ici.
— Donc tu es pour qu'on continue ?
Elle me regarda.
— La dernière fois que j'ai dit non, je n'avais pas entendu la question.
— Ma mère dit toujours ça.
— Je sais.
— Tu me fais peur.
— Je sais.
— Avec un peu de chance, Schneider ne viendra pas.
Ellis me frappa l'épaule.
— Trouillarde.
Je la frappai à mon tour.
— Tu sais à quoi il ressemble ?
— J'ai vu des photos. Des vieilles, mais il a un certain physique.
Elle haussa un sourcil interrogateur.
Je secouai la tête.
— Un physique plutôt ingrat.
— Alors c'est toi qui invites.
— J'ai six dollars. Après, il faudra qu'on se fasse des amis.
Ellis se redressa et frotta le fond de son short pour en enlever les gravillons.
— Brancher les mecs dans un bar, ça ne nous a jamais posé de problème, à nous deux.

L'intérieur présentait des murs lambrissés de pin noueux et un faux plafond en polystyrène. Après nous être commandé chacune deux bières, nous nous frayâmes un chemin jusqu'à la fenêtre où se trouvait l'enseigne lumineuse et nous grimpâmes sur un flipper.

Les Kingsnakes commençaient une chanson bruyante mais lugubre. Je parcourus des yeux la foule et je fus soulagée de ne pas y découvrir le visage dur et la coupe en brosse de Schneider.

Le videur se tourna vers nous, prêt à nous ordonner de quitter notre perchoir.

Ellis lui envoya un baiser auquel il répondit par un clin d'œil.

— Ellis, arrête !

— Il serait baisable s'il avait un cou.

— Non.

Son pied vint heurter le mien.

— Je t'ai vue ramener pire à la maison.

— Et mieux, aussi.

— Oui, *tellement souvent*...

Les musiciens s'étant lancés dans un crescendo assourdissant, je me contentai de grimacer, en me baissant pour déposer sous le flipper ma première canette vide.

Les Kingsnakes plaquèrent un dernier accord plein d'une fureur qui se voulait équivalente à celle des *bluesmen* noirs.

Je levai les yeux et j'aperçus Schneider.

Il était là depuis le début. Je ne l'avais pas repéré parce qu'il avait les cheveux plus longs, dressés sur la tête par une quantité industrielle de gel, avec une mèche visqueuse retombant par-devant.

Et il s'était laissé pousser la barbe pour dissimuler sa vilaine bouche.

A présent, je voyais ses yeux. J'aurais dû me rappeler à quel point les photos de Simon étaient toujours exactes, j'aurais dû savoir que le regard de requin qu'avait Schneider sur les images ne venait pas d'un effet de lumière ou d'un problème d'impression.

Il se tenait les mains sur les hanches pour bien mettre en évidence ses biceps. Tee-shirt moulant, jean raide aux revers très hauts. Il aurait voulu être Marlon Brando, mais il ressemblait seulement à un culturiste à deux balles.

— C'est lui, dis-je, avec la rousse, au bar.

La fille était un peu plus grande que lui, pas jolie mais plus jeune.

Je le vis inspecter la foule. Ses yeux d'un noir insondable passaient d'un visage à un autre aussi lentement que la grande aiguille d'une horloge d'école.

Ellis leva le menton.

— On dirait Fonzie, le rocker dans *Happy Days*. Il ferait mieux d'arrêter la teinture. Les Mongols n'ont pas les cheveux aussi noirs.

Quand les fans des Kingsnakes se ruèrent vers la scène, je vis Schneider mettre la main sur les fesses de sa rouquine pour les pincer. Elle prit un air offusqué et le menaça de son doigt malpropre.

Lorsqu'il répéta l'opération, elle tenta de le repousser mais ne réussit qu'à perdre l'équilibre. Elle se rattrapa à son bras pour lutter contre la force de gravité, ses chevilles vacillaient au-dessus des talons aiguilles blancs, ainsi que ses jambes gainées dans des bas couleur bronzage. Pour le reste, sa peau était si pâle qu'elle présentait la nuance bleutée du lait écrémé.

Comme le groupe s'était remis à jouer, Ellis me mit la main sur l'épaule et hurla dans mon oreille.

— Tu crois qu'ils se connaissent ?

Il fit remonter sa main du postérieur jusqu'à la taille de la fille qui vint se frotter contre son entrejambe. Elle baissa la tête pour le regarder dans les yeux, et murmura quelques mots d'un air boudeur.

— On dirait bien que oui, répondis-je.

Schneider enfonça une main dans la poche de son jean et en tira un petit objet qu'il fit disparaître dans sa chemise.

La rousse lui caressa la joue, écrasant sa bouche contre sa mâchoire pendant une seconde, puis se tourna vers nous.

Les toilettes des femmes se trouvaient juste à côté du flipper. La poule de Schneider déploya des trésors de concentration pour les atteindre. Avec ses hauts talons, chaque pas faisait rebondir contre sa hanche son sac à main éléphantesque.

Si lente que fût sa progression, elle eut presque le temps d'arriver à la porte avant de vomir.

Ellis fit discrètement tinter sa bière contre la mienne.

— Madeline, les dieux nous sourient.

La rousse frissonna et cracha une seconde giclée colorée.

Schneider observait la scène en sirotant son verre.

— La pauvre Dégueulette ! s'exclama Ellis. Elle est vraiment seule au monde.

Nous descendîmes du flipper pour la saisir par les coudes et l'entraîner directement dans les toilettes.

— Ça va, gémit-elle à plusieurs reprises, sans pouvoir nous dissuader de la mener jusqu'au cabinet destiné aux handicapés.

Notre chorégraphie était très étudiée. D'un orteil rapide, Ellis ouvrit toute grande la porte pour me laisser passer. Je relevai la lunette et nous conduisîmes Dégueulette à bon port.

Il n'était pas facile de lui faire conserver la position verticale, surtout en la tenant d'une seule main. Cela allait mieux quand elle vomissait, car tout son corps se cambrait dans l'effort et nous n'avions qu'à la maintenir en équilibre.

Au repos, en revanche, cette garce retombait lamentablement.

Dès que le rythme des vomissements ralentit, nous la laissâmes s'affaisser. Dégueulette serra la cuvette dans ses bras, la tête penchée sur le côté.

Je lui remis une dernière mèche derrière l'oreille et je lui frottai le dos. Elle gardait les yeux fermés, respirant par petites saccades, comme prête à accoucher.

— Vous êtes rudement sympas, les filles, finit-elle par dire, sa voix résonnant dans la cuvette.

Ayant reconnu son accent, Ellis me consulta du regard.

— T'es de Boston ? lui demanda-t-elle.

— De Hyannis, croassa Dégueulette.

Elle leva la tête et ouvrit les yeux en passant une main sur ses lèvres luisantes.

Je pus enfin examiner son visage : nez en trompette et menton fuyant, cils cimentés par du mascara trop noir. Elle était fatiguée et loin d'être sobre, mais on voyait bien que ça allait mieux.

— Putain, qu'est-ce que j'ai gerbé !

Elle ramena ses genoux contre sa poitrine, passa son bras blanc lavabo devant ses jambes orange pour attraper son sac à main et en sortit un paquet de cigarettes.

Dégueulette en plaça une dans sa bouche et alluma un briquet métallique. Sa main tremblait et elle dut fermer un œil avant de pouvoir faire coïncider la flamme avec le bout de la cigarette, mais au bout de trois bouffées elle réussit à faire ressortir la fumée par les narines.

Elle jeta le briquet par terre et se mit à contempler ses doigts.

— Et merde, je me suis pété un ongle.

— A part ça, tu tiens le coup ? demanda Ellis.

Notre protégée nous sourit, la tête renversée contre le mur.

— Ouais, c'est super cool.

Son chemisier déboutonné révélait des veines bleues longeant le renflement des seins. Elle devait être plus âgée que nous, mais je n'en étais pas sûre. Elle avait l'air d'avoir seize ans et cinquante ans à la fois.

Dégueulette tira encore une bouffée de sa cigarette qu'elle jeta dans la cuvette après n'en avoir fumé qu'un tiers. Le bout fumant siffla et noircit instantanément jusqu'au filtre.

Je la regardai glisser un pouce dans son soutien-gorge, puis en extraire un flacon en verre brun fermé par un bouchon en plastique.

— Alors, vous vous sentez en forme pour une ligne de coke ? nous proposa-t-elle.

19

La cocaïne circulait si librement dans le Massachusetts que je me représentais toujours l'autoroute New York-Boston comme constamment embouteillée par les convois d'approvisionnement. Le seul avantage pour Ellis et moi, c'est que nous n'avions jamais dû la payer, si on ne compte pas cette année entière que nous avions perdue.

Rétrospectivement, il était toujours 5 heures du matin, en février, dans un immeuble affreux où tout le monde répétait : "D'accord, d'accord, mais attends... il y a une fois où j'ai..." tandis qu'une lame de rasoir cliquetait contre un miroir. A la télé, des filles androïdes aux cheveux en cuir verni paradaient autour des chanteurs de variétés.

Pas exactement l'apogée de la civilisation occidentale.

Je baissai les yeux, à moitié dégoûtée par le flacon de Dégueulette. Puis je songeai au plaisir que me procurerait ce petit goût d'aspirine au fond de ma gorge si... si nous nous prenions une petite ligne en vitesse.

— Volontiers, me devança Ellis. Est-ce qu'il faut aller dire à ton mec que tout va bien ?

— Schneider ? renifla Dégueulette. S'il m'a pas déjà plaquée, ce salaud.

— Je vais aller voir, dis-je.

Je vidai ma bière et jetai la canette dans la poubelle à serviettes hygiéniques.

Ellis sortit une carte de crédit.

Dégueulette lui passa le flacon.

J'ouvris le verrou de la porte.

— Eh, me héla Dégueulette, tu peux lui filer ça ?

Ses ongles tintèrent sur le carrelage et je me retournai. Lorsqu'elle tendit le bras pour me donner son briquet, un vieux Zippo, son chemisier se retroussa jusqu'à son biceps.

Elle remonta la manche en hâte mais j'eus le temps de discerner la marque noire et verte d'un coup de poing, à l'articulation de la clavicule et de l'épaule. Schneider devait porter une bague énorme pour laisser une entaille pareille.

— Merci, ma poule. Il me tuerait si je perdais son truc… Il l'a depuis des siècles.

Ellis souleva sa carte American Express, un petit monticule blanc en équilibre dans un coin.

— Tu veux quelque chose pour l'étaler ? demanda Dégueulette, en fouillant déjà dans son sac à main.

Ellis fit signe que non.

— Ouvre la bouche.

La rouquine obéit, tendant le bec comme un petit oiseau, et fut récompensée par une brusque bouffée de poudre, directement au fond de la gorge.

C'est un petit tour que j'avais inculqué à Ellis il n'y a pas si longtemps. Je ne vous ennuierai pas en vous racontant dans quelles circonstances peu ragoûtantes je l'avais moi-même appris.

J'envoyai le Zippo en l'air et le rattrapai.

— A tout de suite, les filles.

Comme je m'y attendais, ni l'une ni l'autre ne releva la tête.

— C'est pas comme si c'était la première fois, me confia Schneider au bar. L'ennui, c'est qu'on est venus sur ma moto. Elle est tellement bourrée que j'ai aucune envie de la raccompagner chez elle.

Les glaçons fondaient dans sa liqueur brune devenue plus pâle que du thé. Il leva son verre pour le faire tourner. Il portait effectivement une bague énorme. Et très moche. Une sorte de pépite informe entourée de petits diamants.

— Je pourrais presque écrire dans le dos de mon blouson : "Si vous pouvez lire ça, c'est que la connasse est tombée." Tu vois ce que je veux dire ?

Je m'efforçai de sourire et pris une nouvelle rasade de bière.

— Elle doit être remise, maintenant.

Je n'étais venue ici que pour faire connaissance avec lui et le faire parler, mais j'étais incapable d'oublier le coup de poing qu'il avait dû assener à Dégueulette.

Les musiciens quittèrent la scène et tout le monde vint se masser autour de nous au bar.

Quelqu'un me poussa brutalement, me rapprochant ainsi de Schneider.

Il sourit.

Puis il vida entre ses dents le peu de bourbon qui restait dans son verre. Il avala même les glaçons, qu'il mâcha la bouche ouverte.

Il reprit, tout en croquant la glace :

— Vous avez une voiture, toi et ta copine ?

J'attendis qu'il ait avalé.

— Un pick-up.

Il plaça un doigt contre son nez puis se frotta la narine.

— Si vous la ramenez au bercail, je vous dédommagerai.

Il contempla son verre, puis me regarda.

— Je t'en paie un autre ?

— Ça va, merci.

— Un dernier, pour la route ?

Il claqua des doigts et le barman s'approcha. Un grand type avec une coupe à la Bon Jovi, cheveux longs derrière, courts et hérissés devant.

— Un autre Jack Daniels, lui dit Schneider, et la même chose pour la demoiselle.

Il se tourna à moitié vers moi pour m'adresser un clin d'œil.

— C'est gentil, mais je vais devoir conduire.

— T'en fais pas, répliqua-t-il. Je connais tous les coins où les flics se planquent. J'étais flic, avant.

Deux verres apparurent. Il laissa tomber une pièce de vingt cents sur le comptoir, puis glissa la main dans la manche droite de son tee-shirt pour en extraire ses cigarettes.

Schneider secoua le paquet contre son poing et deux Camel en jaillirent comme des tiges de bambou. Il en saisit une avec les dents avant de faire pencher l'autre vers moi. Voyant que je refusai, il haussa les épaules et remit le paquet dans sa manche.

Quand il se mit à fouiller ses poches, je lui présentai son briquet.

— C'est ça que vous cherchez ?

J'avais placé le Zippo au centre de ma paume et l'inscription gravée était éclairée par un rai de lumière. On y lisait : "HUÉ. DOUBLE VÉTÉRAN."

Hué, la cité impériale sur la rivière des Parfums, l'équivalent vietnamien de Dresde. Je me souvins d'avoir lu un article sur tous ces palais de bois, délicats comme de la dentelle, réduits en cendres après avoir été bombardés lors de l'offensive du Têt.

— Qu'est-ce que ça signifie "double vétéran" ? demandai-je.

Schneider sourit mais ne répondit pas. Il mit un doigt sur le bord du Zippo et retourna l'objet.

Sur l'autre face, on voyait une fille nue avec la légende : "1964, l'année de la chatte." Hélas, les talents limités du graveur ne lui avaient pas permis de donner au pubis de la jeune personne un aspect plus éloigné de la fourrure du rat musqué.

Et il y avait cinq entailles au bas du briquet.

Je levai les yeux et le surpris en train de savourer mon dégoût.

— Les entailles… ça représente quoi, des villages ? Je me rappelle avoir vu des soldats comme vous pendant le journal télévisé, quand j'étais petite. Vous mettiez le feu aux cabanes, en faisant un grand sourire pour la caméra…

Schneider caressa le Zippo du bout des doigts. Il le reprit en parcourant lentement ma paume ouverte, ce qui produisit en moi une sensation si délicieusement atroce que j'eus envie de me fendre la peau avec un couteau pour en extraire le venin.

Il brandit le briquet pour que je le voie bien frotter l'entrejambe de la fille avec son pouce.

— Elles me manquent, ces petites salopes, dit-il alors qu'il n'avait pas encore allumé la cigarette qu'il avait au coin des lèvres. Putain, ça durait toute la nuit et ça vous allait comme un gant.

La flamme du Zippo était bleue et l'essence sentait fort.

Quand Schneider se fut bien rempli les poumons de fumée, il la souffla sur mon épaule.

— Si on savait s'y prendre, on laissait toujours un peu de sang sur les draps… en souvenir.

Je le regardai ranger le briquet dans sa poche. De la main gauche.

Il sourit, sa bouche s'ouvrant toute grande tandis que se plissait la peau autour de ses yeux.

— Jolis seins. Je parie qu'après la première fois tu me supplierais à genoux.

Je souris à mon tour.

— Il est temps que j'aille voir comment elles se débrouillent toutes les deux.

Schneider fit claquer ses talons. Il me congédia en silence, les deux mains en l'air comme un matador agitant sa cape.

Je m'enfonçai dans la foule. Je ne me mis à trembler qu'à la moitié de mon trajet sur le sol poisseux, en priant pour qu'il y ait une fenêtre dans ces satanées toilettes.

Derrière moi, Schneider n'en finissait plus de rire.

20

Il y avait bien une fenêtre, mais le public était là aussi : une femme qui remettait en forme sa crinière permanentée, du bout de ses doigts mouillés.

Je m'avançai vers le lavabo libre. Le cabinet réservé aux handicapés était verrouillé et je ne voulus pas attirer l'attention sur les activités de groupe qui pouvaient alors s'y dérouler. J'envisageai de m'y faufiler en passant par le cabinet voisin, mais celui-là aussi était *ocupado*.

En regardant la fenêtre dans le miroir, je préparai ma technique de défenestration. Si on montait sur le réservoir de la chasse d'eau la plus proche, on devait pouvoir se hisser sur la cloison, puis pivoter sur le ventre afin de sortir les pieds. L'ouverture était tellement rikiki qu'un enfant de cinq ans n'aurait pas pu s'y retourner, et la perspective de s'y glisser la tête la première n'avait rien d'engageant, à une hauteur pareille.

Ça pouvait marcher, à condition qu'on nous laisse seules pendant cinq minutes. A condition de ligoter Dégueulette à une cuvette et de la bâillonner avec du sparadrap.

— Hou là là, Arlene, s'écria la Lionne, qu'est-ce que tu fous ? Tu nous la sculptes, ta crotte ?

— C'est à cause de ces putains de tacos, gémit Arlene.

— T'aurais dû prendre le poulet, gloussa la Lionne en retouchant son maquillage en trompe l'œil : une balafre brune sous chaque joue.

Arlene tira la chasse, sortit du cabinet en claquant la porte et vint se planter devant la glace.

— On n'a plus qu'à espérer que Mike et Courtney dorment encore, dans la bagnole, dit la Lionne.

— Je t'avais prévenue, riposta Arlene en quittant les lieux. Dès qu'ils sont en pyjama, on les entend plus avant le lendemain matin.

La porte battante se referma derrière elles.

— Jolies chaussures, lança Ellis de l'intérieur du cabinet pour handicapés.

— Comment va notre copine ? demandai-je.

— Elle ronfle.

— Très bien. Il faut qu'on sorte par la fenêtre.

— Ta petite conversation a porté ses fruits, alors ?

— Schneider croit qu'il va me ramener en voiture. Personnellement, j'aimerais mieux pas. Vous vous êtes enfilé tout le flacon à deux ?

— Je t'en prie. J'en ai marre de la coke, répondit Ellis en ouvrant la porte. C'est devenu tellement bon marché depuis la "guerre à la drogue" que ça fait peuple…

— Je te dis qu'il faut qu'on dégage.

Elle jeta un coup d'œil vers la fenêtre.

— Génial, dit-elle en entrant dans le cabinet voisin.

Ellis bondit sur la chasse d'eau. Après avoir pris son élan, elle passa une jambe par-dessus la cloison et poussa contre la vitre.

— Elle est bloquée par la peinture. Tu n'aurais pas un couteau suisse, par hasard ?

— Sur mon bureau.

— Alors fouille dans son sac.

Je soulevai la tête de Dégueulette avec les gestes délicats d'un cambrioleur sur le point d'ouvrir un coffre-fort, puis j'ouvris la fermeture Eclair de son sac à main.

Elle n'était pas du genre à voyager léger : pastilles à la menthe, gel pour les cheveux, cure-dents emballés dans de la cellophane... une lime à ongles en carton, un flacon de Clearasil... Je commençais à avoir des crampes dans le bras. La tête de cette fille pesait plus lourd qu'une boule de bowling.

— Bon sang, avec tout ce qu'elle trimballe, elle pourrait partir escalader l'Everest !

... la photo de classe d'une petite fille rousse dans une belle pochette en plastique, une boîte de cirage blanc avec une infirmière sur l'étiquette...

— Tu trouves ? demanda Ellis.

— Une aiguille pour faire du crochet, un fume-cigarette, du déodorant...

Quelqu'un entrouvrit la porte des toilettes, puis changea d'avis.

— C'est pas vrai ! s'exclama Ellis. Débrouille-toi pour trouver quelque chose, sinon je la démolis à coups de pied, cette saleté de fenêtre.

Je souris.

— Bingo !

— C'est quoi ?

— Une lame de rasoir.

Je la plaçai entre mes dents puis refourrai tous les autres trucs dans le sac.

Je baissai la tête de Dégueulette avec d'infinies précautions, et sentis des démangeaisons dans mon poignet à mesure que le sang y affluait de nouveau. Elle leva le poing jusqu'à sa bouche, mais sans ouvrir les yeux.

Je me mis debout et donnai la lame de rasoir à Ellis.

Elle la fit glisser le long de la vitre, en bas, puis à droite et à gauche.

— Du caoutchouc. C'est notre jour de chance !

Ellis martela le bas à deux mains. La vitre s'ouvrit comme un vasistas.

— Et voilà !

Elle se recula puis balança les jambes en l'air, les orteils en avant, pour se rétablir sur le ventre.

— La classe ! dis-je, admirative.

— *Of course, baby.*

Ellis se propulsa rapidement puis s'arrêta, les coudes sur l'appui de la fenêtre.

— Tu sais quoi ? murmura-t-elle en souriant jusqu'aux oreilles.

— Dis-moi.

— Tu es plus jolie que moi, mais je suis plus mince !

Puis elle se laissa tomber comme une pierre dans un puits.

J'avais déjà un pied sur la cuvette lorsque des mains m'agrippèrent la cheville restée à terre.

— Putain, vous allez où ? croassa Dégueulette.

— On rentre. Je suis fatiguée.

Elle se servit de moi comme d'un levier pour glisser sous la cloison.

— Y a intérêt à ce qu'il manque rien dans mon sac.

— Ta lame de rasoir. Tu la retrouveras dans le montant de la fenêtre.

Elle m'enfonça ses ongles dans la chair. Celui qu'elle s'était cassé me fit particulièrement mal.

— Mais pourquoi vous vous barrez comme des voleuses ?

Je haussai les épaules.

— Ton mec me fout la trouille.

Elle ferma presque les yeux, en me labourant le mollet avec son ongle abîmé.

— Ah ouais ?

— C'est pas contre toi.

— Fallait lui dire d'aller se faire voir. Moi, j'aurais fait ça.

J'envisageai de me dégager d'un coup de pied, de hurler à Ellis de faire démarrer le pick-up pendant que je m'extirperais par la fenêtre.

Puis je me rappelai que j'avais les clefs dans ma poche et que ma solution ne valait rien à moins que je ne les lui lance à travers le parking obscur situé derrière le bar.

Puis je me dis que, avec ces clefs, nous n'aurions pas même eu besoin de la lame de rasoir.

Ensuite, je fus prise de remords.

Je baissai les yeux vers Dégueulette.

— Tu vis avec ce type ?

Elle se raidit.

— C'est pas tes oignons.

— C'est juste que…

Je m'interrompis, cherchant le mot juste.

— Accouche, dit-elle.

— La photo qui est dans ton sac, la jolie petite rouquine toute frisée ?

— C'est Tiffy, acquiesça-t-elle d'un air attendri.

Sa fille, mais pas celle de Schneider. Le père de Tiffy était noir.

— Il m'a dit des trucs, tout à l'heure, ça m'a rappelé mon beau-père qui…

Dégueulette fixa aussitôt ses yeux sur moi.

Elle ferait peut-être pour sa fille ce qu'elle n'avait pas fait pour elle-même.

— Ecoute, dis-je, tu me promets une chose ?

Elle déglutit. Sans ciller.

— Jure-moi que tu ne laisseras jamais Tiffy seule avec lui.

Sa gorge s'empourpra, puis son visage.

Je continuai à la dévisager.

— Jamais, répétai-je.

Je mourais d'envie de l'emmener avec nous pour aller chercher sa fille, histoire de les mettre toutes les deux à l'abri.

Dégueulette secoua la tête.

— Il l'aime comme si c'était la sienne. Il lui achète plein de trucs, des fringues, tous les livres qu'il avait quand il était gosse. Il lui lit des histoires tous les soirs. Il la coiffe, il nous adore…

Les livres. Les histoires.

— Et il attend toujours qu'elle soit endormie avant de te cogner ?

Elle me lâcha la jambe et se toucha l'épaule, pour couvrir l'endroit où j'avais aperçu un bleu.

— T'y connais rien, dit-elle.

— Oh si. Je connais ça par cœur. C'est même ce que je connais le mieux.

— T'es jalouse parce qu'il t'a pas regardée.

Quelqu'un donna un coup de pied dans la porte, puis j'entendis Schneider hurler :

— Hé, pourquoi tu mets si longtemps ?

Je m'échappai et m'élançai par la fenêtre, la tête la première.

Ellis, telle la providence, arrêta ma chute.

— Nom de Dieu, s'écria-t-elle en courant vers le pick-up, j'ai dit que j'étais plus mince mais t'étais pas obligée de me le prouver !

Au démarrage, l'arrière du camion s'ouvrit, mais je sortis le refermer d'un coup de poing et nous reprîmes notre route.

Combien de temps faudrait-il pour que Dégueulette pète un câble ? Je n'aurais pas dû me la mettre à dos.

Je consultai le rétroviseur. La route était déserte, et tout était noir au-delà de la surface éclairée par les feux arrière.

J'avais hâte d'être loin, d'arriver dans une zone plus anonyme que cette vieille route minable. Il nous restait encore plusieurs kilomètres à travers la forêt, sans aucune voie latérale où nous cacher.

En regardant de nouveau derrière nous, je distinguai une vague lueur, très loin, avant de plonger dans un creux.

Une fois remontées, la lueur était encore là. Plus proche. Mais le rétroviseur vibrait. Impossible de déterminer ce que je tenais à savoir.

— Regarde derrière, dis-je.
— Quoi ?
— Il y a un phare ou deux ?
— Attends, c'est un motard, ton Schneider ?
— Combien de phares ?
— Je ne le vois plus, répondit-elle.

Nous montions une pente. J'appuyai sur le frein, puis accélérai de nouveau.

— Si tu te doutais qu'il allait nous suivre, pourquoi as-tu discuté si longtemps avec Dégueulette ?
— Elle a une gamine, et elles vivent toutes les deux avec lui.
— Et alors ?
— Je pense que c'est lui qui a tué les deux filles.

Ellis garda le silence.

— Et tu vois, à l'idée qu'une gamine…
— D'accord, j'ai compris.

Ellis restait tournée vers l'arrière. Je me dis que si j'arrivais à ne pas regarder dans le rétroviseur cela me porterait bonheur. Je retins ma respiration tout le long de l'autoroute, en comptant mentalement jusqu'à trois mille comme si j'attendais que l'orage éclate.

— Ça y est, dit-elle.
— Quoi ?
— Je le vois. Il n'y a qu'un phare.

21

Ellis avait encore les yeux braqués vers la vitre arrière de la cabine.

— Il ne s'est pas rapproché, mais nous ne l'avons pas semé non plus.

Je me contentai de fixer la route, en tâchant de nous propulser en avant à force de volonté. Je distinguai des lumières. La civilisation, pour ainsi dire.

— Ah merde ! s'exclama Ellis.

— Qu'est-ce qui se passe ?

— C'est une camionnette, dit-elle en rebondissant sur le bord de son siège. Avec un phare cassé.

Elle se retourna, éclata de rire et s'écroula contre la portière.

Nous restâmes muettes jusqu'au moment où nous atteignîmes la partie surélevée de la 81, après la colline sur laquelle se dressait l'université de Syracuse.

Le ciel était couvert, rougi par les lueurs de la ville en contrebas. Je m'insérai dans un convoi serré composé de voitures immatriculées dans l'Ontario : pour aller vite, rien de tel que de coller au train d'un Canadien qui rentre chez lui.

— Eh, Ellis ?
— Quoi ?
— Je suis désolée de t'avoir entraînée là-dedans.
— Et moi, je suis désolée d'avoir dit que tu étais moins que svelte. Ce qui est faux dans tous les sens du terme.
— Je t'en prie. J'ai compris que ce n'était qu'un sous-entendu.
— Ouais, tu as raison. Les copines, c'est fait pour ça.
— Pour t'aider à te faire moins mal quand tu te casses la gueule ?
— Exactement.
Je consultai le rétroviseur.
— Tu le vois ? demanda Ellis en se retournant vers l'arrière.
Je fis signe que non. Nous étions toutes les deux shootées à l'adrénaline.
Elle croisa les jambes, se mit à agiter un pied.
— Alors tu crois vraiment que c'est lui qui a fait le coup ?
— Je n'en suis pas certaine, mais ça me paraît très vraisemblable.
— Tu n'étais pas de cet avis-là avant. A l'aller.
— Je te l'aurais dit.
— Alors maintenant ça te paraît vraisemblable parce que quoi ?
Un bref coup d'œil vers le rétroviseur.
— J'ai peur de ne pouvoir convaincre personne…
— Mais si, moi, tu me convaincras.
— Bon, d'accord. Il est gaucher. Il a été envoyé au Viêtnam très tôt, dès 1964…

— C'est lui qui te l'a dit ?

— C'était sur le briquet que Dégueulette m'a demandé de lui rapporter. D'un côté, il y avait le nom d'une ville, Hué, avec l'inscription "Double vétéran" en dessous. De l'autre côté, il y avait "1964, l'année de la chatte" avec une fille à…

— Et puis ça te ferait tellement plaisir si c'était lui le coupable, pas vrai ? C'est ce qu'on espère. On veut que ça finisse comme ça.

— C'est sûr que ça me plairait bien…

Ellis hocha la tête.

— Donc, il était à Hué au tout début de la guerre. C'était *Apocalypse Now*, là-bas, alors pour avoir survécu, il devait avoir une sacrée personnalité, le bonhomme. La patrouille de la jungle. La figure peinturlurée couleur camouflage. Ils faisaient griller des rats au barbecue…

Nous arrivions aux "Tours jumelles" de Syracuse, au sommet desquelles brillaient des lumières dont la couleur correspondait censément au temps qu'il faisait. Elles étaient alors orangées, mais j'ignorais ce que cela signifiait. Personne n'avait jamais pu m'expliquer le code des couleurs.

Je freinai en voyant s'allumer des feux arrière juste devant.

— Donc Schneider connaît peut-être le genre de techniques que, selon Kenny, le tueur a utilisées, la façon dont les deux filles avaient eu la gorge tranchée, etc.

— Et ça t'arrange parce que tu l'aimes bien, ton cousin.

— Oui, enfin, c'est très relatif…

Je regardai droit devant moi. Je devais avoir les joues en feu.

Ellis secoua la tête d'un air sceptique.

— Taratata ! Ça crève les yeux, ma pauvre fille.

— C'est juste qu'il était tellement gentil avec moi… quand j'étais petite.

— Arrête !

— Je te jure.

— Tu es en train de te rouler une mèche de cheveux avec le doigt.

Je posai aussitôt les deux mains sur le volant.

— Pas du tout !

— Mais si. Je le connais par cœur, ce geste. Ton petit geste qui m'agace toujours.

— Je t'ai parlé du conte de fées, et de ce que m'avait raconté le type qui découpe des silhouettes ? Le vieux poème allemand qui parle de pouces ?

— *Struwwelpeter*. Oui, tu m'en as parlé.

— Bon, alors d'après Dégueulette, Schneider achète plein de livres pour la gamine, les histoires qu'il aimait bien et qu'il lui lit chaque soir pour l'endormir.

— Il doit être sacrément mignon, ton cousin.

— Ellis, je t'en prie…

— C'est vrai, tu ne t'intéresses tellement pas à lui.

— Ta gueule !

Elle se tourna vers moi, arborant un sourire carnassier à la lueur du tableau de bord.

— Je conduis et il est hors de question que je te regarde. Je te vois du coin de l'œil et tu m'emmerdes.

Elle croisa les bras.

Tout en continuant à balancer un pied.

Je poussai un soupir.

— Il a un bandeau sur l'œil, dis-je. Il est grand, brun, frisé, et il m'a appris à danser.

— Tu as dû avoir envie de te le faire.

J'ignorai cette remarque et, escortée de mes amis canadiens, je doublai une Ford “Crown Victoria” qui roulait beaucoup trop lentement. Carrosserie bleu méthodiste, comme aurait dit Dean.

— Tu avais quoi, douze ans ?

— Toi aussi, tu te roules les cheveux avec tes doigts, parfois.

— C'est un geste universel. Quand on voit un mec pour qui on baisserait sa culotte, on joue avec ses cheveux. Ça se passe au niveau des ovaires. Il suffit même de penser à un mec.

Je m'accrochai au volant.

— Bravo, bel effort, commenta Ellis. Mais tu as les articulations toutes blanches.

Un premier panneau annonçait la sortie vers Adams and Harrison Street. Je mis mon clignotant.

Ellis soupira.

— Je voulais simplement te rappeler que tu manques peut-être un peu d'objectivité.

— Peuh !

— Et que tu ferais bien de m'emmener si tu veux aller lui parler.

— Il y a une fête chez Bonwit, le week-end prochain. Lapthorne a déjà répondu au RSVP.

— Parfait, répondit Ellis. Comment on s'habille ?

— Soirée costumée.

Je m'engageai sur la rampe qui menait à l'*Holiday Inn*, puis traversai un carrefour à l'instant où les feux passaient à l'orange.

— Tu es sûre de vouloir continuer ? Après ce qu'on a vécu ce soir ?

— Il est hétéro ?

Je m'arrêtai à un feu rouge et la dévisageai. Je haussai un sourcil parfaitement circonflexe.

Ellis fixa le plafond.

— Oh pardon, madame est mariée !

— Tu oserais dénigrer mon béguin d'enfance, cette passion restée tragiquement platonique ?

Ellis s'éclaircit la gorge, les bras toujours croisés, et se mit à tambouriner à un rythme rapide sur son avant-bras.

Sans me regarder. Ce n'était pas la peine.

— Ah, dis-je. Très bien.

Un prêté pour un rendu. Il y avait d'abord eu Pete Schiller. Mais ce n'était pas moi qui avais dit du mal de lui… Et ensuite Gary… euh… Gary quelque chose. Dans le Vermont. Alec ne comptait pas.

— La seule chose… Et je m'interrompis.

Elle me regarda, les lèvres serrées.

— C'est quand même ses plaques d'identité qu'on a retrouvées près des filles, dis-je.

Elle s'efforça de rester impassible mais gloussa une première fois, puis perdit complètement son sérieux, riant au point de ne plus pouvoir respirer.

— S'il te plaît, Ellis !

— Je t'ai bien eue, hein ?

Le feu passa au vert.

— D'accord, répondis-je en passant en première. D'accord, tu m'as bien eue.

Je mis les gaz avant de filer sous l'autoroute 690. En passant devant le magasin *Kleen-Food* à l'entrée de Green Street, nous pleurions de rire, aveuglées par les larmes.

— Eh ! cria-t-elle quelques heures plus tard, confortablement installée sur le canapé où je lui avais fait son lit.

— Tu veux un autre oreiller ?

J'avançai d'une lampe à l'autre, tâtonnant sous les abat-jour pour y trouver les cordons, tous munis d'un gland ancestral.

Ellis fit signe que non, tout en bâillant.

— Ça veut dire quoi, "Double vétéran", sur le briquet ?

— Je lui ai posé la question. Il ne m'a pas répondu.

— Il faudrait tirer ça au clair.

— Ouais. C'est peut-être un indice.

— Peut-être.

Elle referma les yeux.

— Tu veux de l'eau glacée ? Autre chose ?

— Va te coucher.

J'éteignis les dernières ampoules.

— Fais de beaux rêves.

— Tu l'as dit, bouffie.

Le lendemain matin, elle avait disparu. Je m'y attendais, car je connaissais bien ses habitudes : arriver sans prévenir et partir sans un mot. Ellis s'impatientait très vite, où qu'elle soit, et je ne l'avais jamais vue dormir plus de cinq heures d'affilée, ce qui avait rendu difficile la cohabitation dans la chambre d'étudiante que nous partagions jadis.

Plus rien sur la banquette violette. Elle avait replié tous les draps et les avait remis dans le placard. La seule trace de son passage était une serviette en papier déchirée en deux, fixée à la machine à café avec un morceau de scotch :

4 h 30…

Je n'arrive pas à dormir, alors je préfère rentrer chez moi. On s'appelle pour la fête. Il faut que je te persuade de quitter au plus vite ce trou pourri. Cette ville ne te mérite pas.

Bisous, EBC

P.-S. *Fais la vaisselle ! On se croirait chez ma mère.*

Elle avait gardé mes boucles d'oreilles, et la fin du week-end fut lamentable.

22

Lundi soir, j'étais au plus noir de la déprime.

Sur le trottoir, devant le journal, je traînais, bonne à rien. Toute l'équipe de rédaction était sortie avant moi, mais il faisait encore jour. Je ne pouvais accepter la perspective d'une nouvelle soirée à la maison sans Dean. La visite éclair d'Ellis rendait la situation plus pénible encore.

Pendant tout le week-end, j'avais tenté de prendre mon courage à deux mains pour aller en ville afin de consulter Kenny à propos de Schneider. En vain. J'étais comme qui dirait collée à ce foutu canapé.

J'avais feuilleté les vieux livres de poche que j'avais gardés du temps où je suivais les cours d'histoire américaine dispensés à Dobbs par Mme Laupheimer. Il y était à plusieurs reprises question de Hué.

En 1964, les Américains y étaient encore uniquement en tant que "conseillers militaires" (en théorie), et patrouillaient avec l'armée sud-vietnamienne. Lyndon B. Johnson avait déclaré : "Nous n'allons pas envoyer de jeunes Américains à quinze mille kilomètres de chez eux pour faire ce que les jeunes Asiatiques devraient faire eux-mêmes." C'est alors que le destroyer USS *Maddox* fut attaqué par trois lance-torpilles dans le golfe du Tonkin, selon la version officielle du moins.

J'avais dû m'arrêter de lire. Pas à cause de ce que j'en déduisais pour Schneider, mais parce que j'étais toujours révoltée par cette guerre. Tellement accablante. Tellement inutile. Je restai assise sur le canapé, les yeux dans le vide, et j'aurais voulu gifler Kissinger et tous les adultes qui avaient renoncé à la colère vertueuse au profit du lobbying et du chardonnay.

J'avais été incapable d'atteindre la laverie automatique qui ne se trouvait qu'à une centaine de mètres. Chaque fois que je tournais mes regards vers la porte, je songeais que Dean pourrait appeler d'un instant à l'autre.

Et nous étions maintenant lundi.

Je m'obligeai à rentrer à la maison... Ma voiture était l'une des trois dernières sur le parking. Je la contemplai un moment, puis je préférai partir vers le *Crown*.

Kenny commença à s'énerver avant même que je lui aie raconté quoi que ce soit de sérieux. Je n'eus qu'à dire "Schneider m'a foutu la trouille et on a dû se sauver par la fenêtre" pour qu'il se mette à me faire la leçon.

— Il est temps que tu laisses tomber, Maddie, dit-il en refusant de me servir ma bière. Tu as dû t'enfuir par les toilettes ? Et ensuite ? Dean est loin d'ici, je me sens responsable de toi.

— Schneider ne sait pas comment je m'appelle. Même s'il nous avait vues partir, nous étions dans un pick-up d'emprunt immatriculé dans le Massachusetts.

Il remplit une cruche pour deux clients accoudés au bout du comptoir.

— Tout ça, c'est à cause d'Ellis. Dès le premier jour où tu l'as amenée ici, je t'ai dit que tu n'aurais que des emmerdes avec celle-là.

— Il se trouve que "celle-là", c'est mon amie, alors boucle-la.

— Des amies comme ça...

Il haussa les épaules et alla porter la cruche, puis revint un billet de dix dollars à la main.

— Tu es un sale con, quand tu veux.

Il me tourna le dos et pianota sur sa caisse enregistreuse.

— C'est pas beau, de dire des gros mots.

— T'as raison, pépé !

Kenny appuya sur une dernière touche avec son gros doigt et le tiroir-caisse s'ouvrit. Il se lécha le pouce pour faire de la monnaie, puis porta une poignée de pièces à ses clients avec lesquels il bavarda pendant cinq bonnes minutes.

Il revint et s'amarra devant moi, larguant un coude en guise d'ancre. Il se pencha par-dessus un avant-bras gros comme un gigot d'agneau et regarda par-dessus ma tête. Il tenta même de siffloter un petit air.

— C'est toi qui m'as conseillé de le rencontrer, fis-je remarquer.

Le sifflement s'évanouit.

— Je t'ai conseillé d'y aller seule ?

— Je n'étais pas seule.

— Ça revient au même.

Nous échangeâmes des regards noirs.

— Deux filles qui entrent dans un bar. De quoi ça a l'air ? demanda-t-il en levant l'index. Surtout quand ton mari n'est pas dans les parages.

— Tu plaisantes, j'espère ?

Il baissa la main et détourna les yeux en soufflant par le nez comme un taureau.

— Kenny, il y avait deux cents personnes dans ce bar. Il y avait un groupe qui donnait un concert. Ce n'est pas comme si nous avions fait le tour de South Salina en petite culotte pour aborder les mecs en nous penchant à la vitre de la voiture !

Il eut un mouvement imperceptible de la tête. Un déplacement de deux centimètres à peine, mais lourd de signification. Un geste d'une éloquence indépassable.

Je mis le poing contre sa main.

— Tous ceux qui nous ont vues entrer, Ellis et moi, ont dû croire que nous formions un couple.

Pas de réponse.

— Ou bien qu'on était… je ne sais pas, moi, canadiennes !

Voilà, il esquissa un sourire, au coin des lèvres.

Je tentai d'entrer dans son champ de vision.

— En tout cas, ici, je suis seule, pas vrai ?

— Et tu crois que ça me fait plaisir ?

Je n'y avais pas pensé, mais, de fait, c'était la première fois que je venais seule au *Crown*.

— Ici, tu es chaperonnée, poursuivit Kenny. S'il y a un type qui s'approche à moins de trois mètres…

Je regardai à ma gauche : huit tabourets vides entre les habitués et moi. Je me sentis mal, de les voir tous s'entasser ainsi au bout du comptoir.

— Et en dehors des questions de convenances, reprit-il, Dean me tuerait s'il savait que je t'ai laissée mener ta petite enquête. Ce serait sacrément dangereux même si tu savais vraiment ce que tu es en train de faire.

Je pris mon verre à deux mains pour le faire tourner lentement sur lui-même... Dans le sens des aiguilles d'une montre... En sens inverse.

— Tu vas me dénoncer ?

Le mouvement de mes mains était si lent que la bière remontait à peine sur les parois du verre. Les minces rubans de bulles continuaient à s'élever, imperturbables.

— Enfin, dis-je tout en fixant des yeux le liquide doré, ce n'est pas comme si tu n'avais qu'à lui téléphoner. Il est avec son équipe, en route pour Whitehorse ou Yellowknife. Ou Saskatoon.

Dans un sens... Puis dans l'autre...

— La dernière fois qu'il m'a appelée, ils venaient de faire plus de cent kilomètres pour aller boire un café. Leur boulot avait été interrompu par un caribou mort ou je ne sais quoi, alors ils avaient du temps à perdre. Ils étaient partis en camion, à quelques-uns. Rien que des arbres pendant une heure, à l'aller comme au retour.

Je levai les yeux.

— C'était vendredi. Je lui ai dit qu'Ellis était là, que nous allions écouter les Kingsnakes. C'est Dean qui m'a appris que Schneider en était fan, non ?

— Il connaît la suite de l'histoire ?

— Il la connaîtrait s'il m'avait rappelée depuis. Il ne doit pas trop s'inquiéter, j'imagine.

Je haussai les épaules, puis examinai le fond de mon verre avant de le vider.

Il ne me proposa pas de le reremplir.

— S'il vous plaît, monsieur, dis-je en baissant la tête d'un air suppliant, je peux en avoir un autre ?

— Va te faire voir, riposta Kenny.

Il posa mon verre dans l'évier et tendit la main pour en attraper un nouveau.

J'y vis un signe encourageant.

— Alors est-ce que je peux te raconter ce qui s'est vraiment passé ?

Kenny ne put s'empêcher de suspendre son geste pour me répondre d'un air condescendant.

— Quoi, tu les as tous réunis dans la bibliothèque et il y en a un qui a avoué, comme les communistes à la radio ?

Il eut le culot de me prendre par le menton. J'envisageai un instant de le mordre.

— Je suis sérieuse.

Il sourit, les mains en l'air (avec mon verre pas encore rempli) comme en signe de capitulation :

— Pas la peine de t'énerver.

Il actionna la pompe, le verre incliné pour limiter le faux col.

— Allez, vas-y, fit-il avec une feinte bonhomie, demande-moi n'importe quoi !

— D'accord. Qu'est-ce qu'un double vétéran ?

Il braqua la tête dans ma direction alors que la bière continuait à couler. Le liquide forma un dôme par-dessus le bord du verre, puis finit par se répandre sur ses doigts.

Kenny ferma le robinet d'un coup sec et répandit encore un peu de mousse sur le plancher. N'y prêtant aucune attention, il vint se planter juste devant moi et se pencha tout contre mon visage, sa main libre s'agrippant au comptoir.

— Où est-ce que tu as entendu ça ? demanda-t-il très doucement.

— Je l'ai lu, répondis-je à voix tout aussi basse. Pourquoi ?

— Où l'as-tu lu ?

— Sur le briquet de Schneider.

La peau de Kenny passa du doré au gris-vert. Je lui touchai la main.

— Ça va ?

— C'est de la blague, ce truc. Des conneries à la Jane Fonda, qui sont jamais arrivées. Un truc que les hippies ont inventé pour nous salir.

— Si ce n'est jamais arrivé, comment se fait-il que Schneider l'ait fait graver sur son Zippo ?

Kenny contempla le verre qu'il avait à la main. Il le posa avec d'excessives précautions.

— D'après le briquet, il était à Hué. En 1964. La même année que les histoires dans le golfe du Tonkin. A l'époque où on ne faisait que "conseiller" l'armée de la république du Viêtnam…

Kenny fuyait mon regard.

— Donc il faisait partie des bérets verts ou d'un commando quelconque, hein ? Tu m'as dit que tous les flics avaient soupçonné un ancien du Viêtnam, quand les deux filles ont été tuées.

J'attendis qu'il réponde. Il ne respirait même plus.

— Bon sang, tu pourrais être sympa avec moi. Qu'est-ce que ça veut dire ?

Il leva les yeux.

— Double vétéran ?

Je hochai la tête.

— Si tu décides de croire la propagande des chevelus, ça veut dire qu'il a tué une femme au Viêtnam juste après avoir fini de la baiser. Ça te va, comme réponse ?

Les types accoudés au comptoir continuaient à bavarder. Le compresseur de l'une des pompes à bière émit un cliquetis. Je le sentis frémir avant d'adopter un bourdonnement régulier.

— Ce briquet portait cinq encoches, dis-je. Schneider est gaucher, et il achète tous ces livres pour enfants…

J'attendis ses commentaires, dans un silence qui se prolongeait.

— Je sais bien que ce n'est pas une preuve, mais ce n'est quand même pas rien ?

Il me tourna le dos. Ramassa un torchon. Le passa autour du goulot large du bocal contenant les œufs au vinaigre.

Je voyais son visage dans le miroir.

— Kenny ?

Dès qu'il eut remarqué que je l'observais, il détourna les yeux.

— Apparemment, c'était quelqu'un du coin. Ça, tu l'oublies ?

— Comment, je l'oublie ? Je suis venue t'en parler. Comme pour les plaques d'identité.

Kenny se retourna.

— Il a du fric, ton cousin ?

Je fis le dos rond, en enveloppant mon ventre dans mes bras.

Il se pencha, la main juste sous mon nez, le gras de son pouce parcourant le bout de ses doigts.

— Il a du fric, non ?

Je penchai la tête en arrière. Ma gorge me faisait mal.

— Un gosse de riche. Avec un accent prout-prout. Comme toi.

Couic. Le bruit habituel. Isolés du troupeau.

— Alors si Schneider a tout l'air d'avoir tué les deux filles, ton cher cousin est blanc comme neige.

— C'est pas...

Kenny leva une main en secouant la tête.

— Tu as trouvé ton bouc émissaire. Tu veux un bon conseil, Madeline ? Evite soigneusement d'être *touchée* par quoi que ce soit à Syracuse !

Je me levai.

— Tu crois vraiment que c'est ça qui compte pour moi ? demandai-je à voix tellement basse que je m'entendais à peine.

— La seule chose qui compte pour toi, c'est de trouver une raison de foutre le camp. Tu te fiches pas mal du genre de prétexte ou du mal que ça fera autour de toi, pourvu que tu puisses aller retrouver tes potes.

— J'avais espéré que tu faisais partie de "mes potes", Kenny.

Je laissai quelques billets sur le comptoir et fis mine de partir, mais il n'en avait pas encore terminé.

— Quand tu seras rentrée chez toi, n'oublie pas de leur dire qu'à mon avis ils ont parfaitement réussi ton éducation !

Je me retournai pour le regarder droit dans les yeux.

— Chez moi ? C'est où, ça ? Tu crois que je viendrais ici, au *Crown*, si j'avais un chez-moi quelque part ?

Il perdit son sourire. Son assurance.

— Tu l'as regardé, ton bar ? poursuivis-je. Il faut vraiment être désespéré pour échouer ici…

— Bon Dieu, Madeline… ne pleure pas, je t'en prie.

Kenny tendit une main en direction de mon épaule mais je me dégageai pour échapper à tout réconfort. Après avoir poussé vers lui mes billets froissés, je posai mon verre par-dessus, comme pour éviter qu'ils ne s'envolent.

Deuxième partie

CENTRE ISLAND

Ralph appelait parfois sa mère et son grand-père "les aborigènes" et il les comparait à la population première du continent américain, condamnée à une extinction rapide à mesure que s'avançait la race des envahisseurs. Il aimait parler de Washington Square comme d'une "réserve", et prophétiser qu'avant longtemps ses habitants seraient présentés dans les expositions ethnologiques, pratiquant leur artisanat primitif, occupation bien touchante.

EDITH WHARTON,
Les Beaux Mariages.

23

Vendredi, je jetai mon sac à dos dans ma Volkswagen de si bonne heure que le ciel était encore noir. Les étoiles brillantes scintillaient dans le froid matinal. En arrivant à Ithaca, il tombait des cordes.

Dans les monts Catskill, d'une cabine téléphonique puant la pisse, j'appelai le *Weekly* pour prévenir que j'étais malade, afin qu'ils n'essaient surtout pas de me contacter à la maison ; j'avais en effet laissé sur notre répondeur le numéro de Bonwit, au cas où Dean chercherait à me joindre.

Au cas où il aurait oublié le numéro, ou l'adresse de Bonwit, ou comment appeler les renseignements. Si jamais il était couché, seul et malade, le long de la voie ferrée, quelque part dans le Yukon. Si jamais il avait réellement voulu appeler sa femme depuis le début, mais qu'il avait été capturé par des ours polaires maoïstes.

A la rédaction, c'est Wilt qui décrocha, et il ne me crut pas une seconde.

— Maddie, il n'y a rien de tel pour foutre en l'air une bonne histoire de grippe que le bruit des trente-huit tonnes qui filent sous la pluie.

— Tu n'en parles pas à Ted, d'accord ? Tu seras un vrai pote ?

Il me promit de jurer que j'étais clouée au lit. Je raccrochai le combiné dans son réceptacle crasseux et je me hâtai de sortir prendre l'air.

Quand je repartis, mes essuie-glaces recommencèrent à découper un V de pluie sur mon pare-brise. Il tomba des hallebardes jusqu'au pont Tappan Zee. Il y eut alors une soudaine éclaircie, l'Hudson et le ciel semblaient tous deux saturés de ce bleu automnal si émouvant, formant un portique idéal pour ma descente dans la verdoyante région de Westchester. J'accélérai pour atteindre la presqu'île de Throgs Neck et l'autoroute de Long Island : je roulais depuis cinq heures, il me restait une heure de route.

On sent Oyster Bay avant de la voir, l'air prend un goût salé dans la courbe qui précède Mill Hill Road, puis à votre droite tout disparaît pour ne laisser que la rambarde métallique de la vieille digue, la plage herbeuse en contrebas, avec West Harbor et Centre Island dans le lointain.

Cette île était jadis la ferme familiale. J'étais la dixième génération, en ligne maternelle. Son principal charme était désormais l'art avec lequel elle masquait aux yeux indiscrets notre "embarras de richesses". Depuis la route surmontée d'une voûte d'arbres, on ne voit qu'une poignée de maisons.

Chez Bonwit, l'allée de gravier descendant jusqu'au rivage mesurait près de un kilomètre. La maison avait été entièrement aménagée grâce aux fournitures proposées dans le catalogue Abercrombie & Fitch, à l'ancienne, du temps où la firme équipait les Roosevelt pour leurs safaris plutôt que les rentiers de Fire Island. Ce n'était que stuc crème et volets blancs, sous un toit d'ardoise bleue.

Aucune voiture garée devant. Personne à la maison.

Je pénétrai dans le vestiaire aux murs verts, passant devant des montagnes de bottes en caoutchouc, de crosses de hockey, de casquettes en tweed, de maillets de polo à bicyclette, sans oublier un porte-parapluies rempli de raquettes de tennis déformées par la pluie.

Au-dessus de la porte donnant dans la maison était accrochée une tête de sanglier empaillée, avec un anneau d'or à une oreille. Je saluai ce trophée puis traversai la *Bierstube*, une petite salle à manger d'aspect tellement bavarois qu'on s'attendait presque à y voir Frida Oumpapa se faire les ongles au bout de la table. Je montai mon sac au deuxième étage. Bonwit avait suggéré aux enfants de s'établir dans la partie nord des chambres de bonnes. Les domestiques occupaient la moitié de la maison qu'il chauffait, l'hiver venu.

Je me lavai les cheveux, puis regagnai la cuisine pour un café glacé et les mots croisés du *New York Times*.

J'étais coincée par le 13 horizontal lorsque apparut Egon, le jardinier nazi. Il avait les cheveux blancs, le corps musclé et près de soixante-quinze ans. Bonwit l'avait rencontré dans un chantier naval allemand où il travaillait après la guerre. Il l'avait ramené aux Etats-Unis et lâché au milieu des camélias.

— Salut, Egon. Tu aurais une idée pour "Capitale d'Amérique latine", en sept lettres ?

Ses yeux bleus se rétrécirent.

— Le problème, en Amérique latine, c'est les banquiers juifs.

— J'aime les juifs, Egon. Ils sont gentils avec moi. Et puis ils ne dînent pas de charcuterie et de biscottes, contrairement à certaines personnes que je connais.

— *Ja*, OK, dit-il en oscillant sur ses talons. Quand je travaille comme barman, c'est toujours les juifs qu'ils sont généreux, tu sais ? Un jour, il y a un type qu'il m'a dit : "Egon, vous donnez seulement un glaçon par cocktail, ou c'est la porte." Jamais un juif dit des trucs comme ça.

Egon était un trou du cul. Par exemple, il enchantait Bonwit, le copain de ma mère, en nous appelant *die Lumpen*, mes demi-frères et sœurs et moi, "la couche la plus vile du prolétariat".

Mais il adorait les ragots. Si Lapthorne avait eu des secrets, Egon les aurait propagés plus vite qu'il ne levait le bras pour exécuter le salut hitlérien.

— Tu dois en voir de belles, en travaillant ici, dis-je.

— Oh *ja*, je vois plein de choses, répondit-il, les narines enflées par la satisfaction.

— Des choses que les gens voudraient cacher…

Il sourit.

— *Ja*, des choses pas belles.

— Certains sont vraiment des porcs, hein ?

— Ils salissent tout. Et quelquefois ils demandent que moi je nettoie derrière.

Je hochai la tête.

— *Ja, ja*, confirma-t-il en parcourant la pièce des yeux pour y trouver d'autres auditeurs.

Je hochai de nouveau la tête et il s'approcha de la table.

— C'est l'argent, me confia-t-il. Toi et moi, si on fait du mal, on n'est pas protégés. Pour eux, tout s'arrange après. Si c'est un suicide, la police dit juste "accident". Si la police dit "suicide", alors il doit y avoir deux personnes dans l'histoire, tu sais ? Tu connais des gens qui tombent en avant quand ils se tuent ? Moi, pendant la guerre, j'ai vu des gens fusillés. La seule fois qu'ils tombent en avant, c'est quand le fusil est derrière, d'accord ? Et se tuer dans le dos, c'est pas possible...

Je fis signe que non. Puis je hochai la tête tout en haussant les épaules... choquée par ces révélations. Positivement choquée.

Egon parut touché par cet étalage d'incrédulité terrifiée et poursuivit.

— C'est parce qu'ils aiment pas leurs enfants. Une grande maison, trop de serviteurs. Les mères... *inutiles*.

— Comme mes cousins, Lapthorne et les autres. On les laissait toujours avec la nounou, Gerdie.

Le visage d'Egon se pinça de dégoût.

— Elle, elle dit toujours du mal des nazis...

Bonwit entra, coiffé d'une casquette grise à oreillettes, vêtu de son habituel pantalon en velours côtelé usé jusqu'à la corde, taille baleine, et de sa veste de serveur en coton gaufré "libérée" des poubelles d'un restaurant des années 1930 à La Havane. Celle-ci s'ornait désormais de boutons aux armoiries des Hohenzollern. Vingt-quatre carats. C'était le genre de pied de nez vestimentaire qui lui avait un jour valu de figurer entre

Gandhi et Howard Hughes sur la liste des “hommes les plus mal habillés” dans la rubrique mondaine du *New York Journal American.*

Bonwit examina mes cheveux mouillés.

— Tu t’es encore baignée ? Evidemment, mademoiselle n’a pas la moindre idée de ce que coûte l’eau chaude…

Je regardai par-delà l’immense pelouse, jusqu’à l’embarcadère privé où était amarré son tout nouveau yacht, puis je lui donnai une pièce de vingt-cinq cents.

— Tiens, oncle Bonny. Ne dépense pas tout d’un seul coup.

24

Maman arriva ensuite, chargée de sacs à commissions, et me déposa un rapide baiser sur la joue.

— Je pensais qu'on pourrait déjeuner sur la terrasse, dit-elle. Le cuisinier est parti à un mariage, alors je vais faire du porc aux haricots, avec le reste de *coleslaw* du jeudi d'avant jeudi dernier. Tu peux sortir les assiettes, Madeline.

Les haricots en conserve mélangés à la salade de chou cru vieille d'une semaine et demie exigeaient un peu de mise en scène. J'ouvris les placards contenant les assiettes à déjeuner et j'hésitai entre la porcelaine d'Imari aux motifs rouille et bleu, les grosses feuilles de chou en faïence, les baleines de bande dessinée achetées chez "cette petite bonne femme du Cap"… une quinzaine de services différents.

Mon choix se porta sur le Lunéville parce qu'il appartenait à maman, parce que je regrettais l'époque où nous déjeunions dans notre cuisine en Californie. J'adorais le superbe bouquet centré sur fond blanc, la mince bande framboise tracée sur le bord découpé de chaque assiette.

Bonwit sortit pendant que je dressais la table sur la terrasse. Il jeta sa casquette à côté de son assiette et écarta une chaise. Maman suivit avec la table roulante, le porc tiède servi dans une énorme soupière anglaise.

— Lapthorne a téléphoné, dit-elle en s'asseyant. Pour nous informer qu'il arriverait en bateau, vers huit heures et demie... Tu devrais peut-être l'accueillir sur l'embarcadère ?

Le soleil faisait danser des pièces d'or dans le feuillage des vieux arbres. Maman servit Bonwit en premier.

Il sonda la nourriture avec sa fourchette et fit la moue.

— Lundi, du porc aux haricots. Mardi, du porc aux haricots. Tous les jours du porc aux haricots ! On ne mange plus que ça, en ce moment.

— Il y en avait une palette entière en offre spéciale chez *Foodtown*, pépia maman.

— Eh bien alors, dit-il avec un sourire, c'est ça qu'on devrait offrir à nos invités pour la fête. Ça ferait un joli petit pâté.

Je tendis mon assiette à maman, sans vouloir prendre parti. Ici, les conversations à table ressemblaient toujours aux dialogues d'un film de Fellini dont les personnages auraient fumé la moquette.

— Alors, Madeline, reprit Bonwit, ta sœur me dit que les pauvres mangent des rats...

— Ne recommence pas, Bonwit, dit maman en me rendant mon assiette. Pour l'amour du ciel, combien de fois as-tu déjà...

— Je me demandais, poursuivit-il, s'ils enlèvent la fourrure avant de les faire cuire, ou s'ils la laissent pour la manger avec ?

— Ils gardent la fourrure, répondis-je. Pour les fibres.

Egon mit sa tronçonneuse en marche. Béni soit le ciel.

Ellis arriva sur ces entrefaites.

— Quel plaisir de vous revoir, ma chère, dit Bonwit par-dessus le vacarme.

Il se pencha par-dessus la table pour lui serrer chaleureusement la main. Il me donnait toujours l'impression de se mettre en quatre pour bien montrer combien il préférait mon amie Ellis à ma personne. Mais comme je savais toute la douleur qu'elle avait ressentie à la mort de son père, je la laissais généralement profiter de ces attentions. Je souffrais de la voir radieuse au moindre signe d'approbation, de la voir se nourrir goulûment de l'affection aride de Bonwit.

La tronçonneuse s'arrêta.

— Voudriez-vous bien vous donner la peine de goûter ce succulent porc aux haricots, très chère ? demanda Bonwit à Ellis.

— *Ach*, vous sentez ? cria Egon de l'autre bout de la pelouse. Le tilleul est en fleur ! Dans les Jeunesses hitlériennes, on faisait du thé avec les boutons…

J'aidai Egon à remonter de la cave quelques tables pliantes, puis il me confia la tâche de débiter les citrons en tranches.

— Je repensais à ce que tu m'as dit tout à l'heure. Cette Gerdie…

— Pas une femme pour garder des enfants !

Il lança en l'air une nappe blanche qui plana quelques instants, parfaitement horizontale, avant de retomber en froufroutant.

— Pourquoi, d'après toi ?

Egon haussa les épaules.

— La guerre.

— Elle était suédoise ?

— Danoise. Du Jutland.

— Il s'est passé des choses affreuses, là-bas, pendant la guerre ?

Nouveau haussement d'épaules.

— On l'a vite annexé. *Weserübung* totale. Pas de vrai combat… deux heures et ils ont capitulé. Et puis on est vite partis pour la Norvège.

— Donc s'il ne s'est rien passé d'affreux… Enfin, c'était quand même la guerre, il y a sûrement eu des heures difficiles, évidemment. Mais, toi, tu en es sorti intact, cela a fait de toi un homme solide, droit… avec un solide sens de l'honneur… généreux…

Qui aime les défilés aux flambeaux, qui a l'habitude de siffloter des chants nazis tout en taillant les buissons d'hortensia…

— Pour elle, c'est différent. Pendant la guerre, elle a…

Il s'interrompit, comblant le silence en hissant sur la table une caisse d'eau gazeuse. Puis il se mit à compter les bouteilles d'alcool.

— Elle a… quoi ?

Le pauvre Egon, pris entre deux feux ! Les lèvres serrées afin de garder pour lui le reste de l'histoire, les yeux savourant déjà un plaisir coupable en sachant qu'il allait la raconter. Ça devait être une anecdote particulièrement déplaisante. Et personnelle.

Il frappa la caisse posée au sommet d'un tas vacillant.

— Il faudra plus de gin, déclara-t-il.

— J'irai en chercher quand j'aurai fini les citrons, proposai-je en feignant de me concentrer religieusement sur le découpage de mes rondelles.

Il soupira en se tortillant, désormais incapable de ne pas lâcher le morceau.

— Elle a…

Il tambourina sur une caisse en détournant les yeux.

— Elle a… beaucoup servi, tu sais ?

Il se mit à parler très bas, dans un murmure.

— En rentrant chez elle, un soir. Elle avait peut-être quatorze ans ? Treize ? Vraiment jeune, quoi. Personne lui avait dit qu'est-ce qui arrive, avec les bébés… ni le reste. C'était une grosse blague, pour eux.

— Pour les Allemands ?

Il secoua la tête.

— Pour les gars de sa ville… C'est pour ça qu'elle est venue ici, après.

— Elle t'en a parlé ?

— Pas à moi. A Louisa.

Sa femme. Je ne l'avais jamais rencontrée, même si elle habitait avec Egon une chaumière dans la propriété de Bonwit. Je n'avais jamais vu la chaumière non plus. Cachée quelque part dans les bois.

— A Louisa ?

— Une fois, continua-t-il, elles avaient peut-être trop bu toutes les deux, pour le Nouvel An.

Dans la cuisine, pendant une fête pour les Townsend. Elles ont parlé pendant que j'étais au bar. Un grand bal, peut-être cinq cents personnes. L'ancien temps.

A minuit, Louisa s'était mise à pleurer, m'expliqua-t-il, parce qu'elle n'arrivait pas à tomber enceinte. Elle avait essayé pendant cinq ans après leur mariage.

— Elle était encore très jeune alors, Louisa. Le cœur tendre. Gerdie lui a dit qu'elle devait adopter un enfant…

Gerdie avoua qu'elle avait été violée et qu'elle avait eu un bébé. Elle l'avait abandonné et avait toujours espéré que ses parents adoptifs étaient de braves gens. Des gens comme Egon et Louisa, peut-être. Et peut-être qu'à présent une autre fille se demandait s'il n'existait pas quelque part des gens honnêtes et bons qui aimeraient son enfant.

Puis le schnaps avait coulé, Gerdie avait trouvé une bouteille de brandy, que Louisa avait refusée parce qu'elle était déjà un peu saoule.

Gerdie s'en était versé un grand verre, en admettant que parfois elle avait l'impression que les fils Townsend étaient ses propres enfants.

C'était une bonne chose que M. et Mme Townsend soient si rarement chez eux. Elle se sentait libre. Plus tard, les garçons respecteraient les femmes. Elle y veillait.

Finalement, Egon et Louisa avaient dû la porter jusqu'à son lit en passant par l'escalier de service. Louisa avait même dû lui maintenir une main sur la bouche parce que Gerdie n'arrêtait pas de sangloter.

— C'était une grosse femme. Lourde à porter, surtout dans l'escalier. On croirait pas quand on la voit aujourd'hui.

Je hochai la tête, en pensant à la petite vieille minuscule dont j'avais le souvenir, avec son chignon blanc de cheveux clairsemés et ses petits yeux méfiants, pareils à des raisins trempés.

— C'était en 1951, quand le plus jeune est né, celui que tu disais.

— Lapthorne ?

— Pour sûr.

— Tu l'as vue quelquefois avec les enfants ? demandai-je.

— Une fois, je me préparais pour une autre fête. Lapthorne, peut-être il avait six ans. Gerdie le tenait, comme ça, dit-il en me serrant l'avant-bras si fort que je sentis mon sang cesser de circuler. Elle parlait mal…

— Qu'est-ce qu'elle lui disait ?

— Elle l'appelait "sale gamin qui fait pipi au lit", siffla-t-il. Comme quoi elle allait le dire à toutes les filles. La mère sort dehors sur la terrasse et elle les voit, avec Gerdie qui le tenait encore mais maintenant comme ça, poursuivit-il en me tordant le bras. Elle dit pas stop, la Mme Townsend. Elle dit rien. Elle regarde seulement.

Il me torturait mais je voulais tellement qu'il continue à parler que je luttai contre le désir de me dégager de l'étau de son étreinte.

— Quelquefois tu sais qu'il y a des gens derrière toi, tu as pas besoin de les voir ? On les sent, juste ? Pareil avec Gerdie. Mme Townsend sort dehors, elle sent… elle arrête de parler…

Il eut un frisson théâtral et, Dieu merci, relâcha son emprise sur mon bras.

Je frottai mon biceps enfin mis en liberté conditionnelle.

— Oncle Hunt prétend que la température ambiante chute dès que Binty entre dans une pièce.

Egon acquiesça. Son petit sourire montrait qu'il était tout à fait au courant du surnom de la dame.

— Alors... Gerdie se tourne.

Il se redressa pour adopter la posture raide mais absolument servile qu'on voit rarement atteindre ce degré de perfection ailleurs qu'à l'académie militaire de West Point.

— La mère, quand elle sait qu'on fait attention à elle... alors seulement elle dit : "Mais qu'est-ce *donc* qu'a *encore* fait Lappy ?"

Egon imitait admirablement Binty, dans le moindre détail, jusqu'à ce gonflement des narines d'une condescendance impeccable dont elle avait coutume d'accompagner tout mot accentué. Des italiques nasales, en quelque sorte.

Je frémis.

— Gerdie, toute douce, elle dit : "Je lui rappelle qu'il doit se tenir à carreau, madame", et Mme Townsend elle répond : "C'est *merveilleux*, nous approuvons ce genre de fermeté."

Egon jeta un coup d'œil en direction de mon bras endolori, que je consolais encore.

— Le petit garçon il avait beaucoup plus mal que ça, après qu'est-ce qu'elle avait fait. Il tenait son bras, il essayait de pas pleurer, mais sa mère se tourne pour partir sans même regarder. Dans son dos, son fils envoie une grimace magnifique...

Mais à Gerdie il veut faire plaisir. Obéissant. Sage. Un vrai petit chien.

Il pencha la tête sur le côté d'un air rusé et leva les mains comme des pattes.

— Louisa et toi, vous avez suivi le conseil de Gerdie, d'adopter un bébé ?

— *Ja*, on a adopté cette année-là Helen. Et puis Louisa est tombée enceinte, après, de Julia. Ça arrive souvent comme ça. On a élevé les deux filles exactement pareil. On les aimait exactement pareil, jusqu'au moment que Helen est morte.

— Je suis désolée…

— Pendant qu'elle était à l'université, dit-il en détournant les yeux vers l'eau. Noyée. J'ai dû prendre l'avion… leur dire : "Oui, c'est ma fille." Pendant deux jours j'ai pleuré, après. La seule fois de ma vie, tu sais ? Depuis que j'étais tout petit.

— Oh, Egon…

Il inspira bruyamment, entre ses dents.

— Tu coupes les citrons verts trop épais.

De retour de la cave, quand j'eus placé la caisse de gin Gilbey au sommet de la pile, Bonwit apparut sur le pas de la porte. Les mains dans les poches, il s'adossa au chambranle en sifflotant.

— Vous voulez quelque chose ? demanda Egon.

— Hmm ? dit Bonwit en levant les yeux et en battant des paupières.

Il claqua des doigts à plusieurs reprises, comme s'il essayait de se rappeler pourquoi il était venu jusque-là.

— Ah oui… c'était ça… Quelqu'un te demande au téléphone, Madeline, finit-il par lâcher. Un emmerdeur, dans le genre impatient.

Je fonçai vers la buanderie, mais pas assez vite pour ne pas entendre le commentaire formulé dans mon dos par Bonwit :

— Celle-là, on se demande qui peut bien avoir envie de se la farcir, hein ?

Je m'emparai comme une folle de l'écouteur, pleine d'espoir et hors d'haleine.

— Dean ?

— Non. C'est, euh…

A l'autre bout du fil, un homme s'éclaircit la gorge.

En bruit de fond, un brouhaha de conversations et des verres entrechoqués.

— Kenny ?

— Ouais, ouais.

Je l'entendis tripoter son téléphone.

— Tu es encore là, Maddie ? demanda-t-il d'un air anxieux. Je me suis conduit avec toi comme un… Putain, j'ai vraiment été trop…

— Absolument.

— Mais… Euh… Je m'en veux. Je te présente mes excuses. Tout, quoi.

— Comment m'as-tu trouvée ?

— Ton répondeur. Tu as dû laisser ton numéro pour Dean, je suppose, au cas où ?

Au cas où. C'est ça.

Kenny toussa.

— Alors, euh… pour me faire pardonner, j'ai appelé deux ou trois types qui me devaient un service. J'ai peut-être découvert quelque chose.

25

— Quoi ? Kenny t'a dit que Lapthorne était en prison ? demanda Ellis. Et pourquoi ce serait une bonne nouvelle ?

Nous étions au deuxième étage, en train d'enfiler nos déguisements de fortune.

— Parce que c'était le soir où les deux filles ont été tuées. Kenny a convaincu un vieux copain flic de fouiller les dossiers, et le gars lui a dit que Lapthorne avait été arrêté pour conduite en état d'ivresse ou un truc dans ce genre. Quelle que soit l'heure exacte, d'après Kenny, ça signifie que Lapthorne est innocent. Il a passé toute la nuit dans une cellule de détention avant que la police militaire le ramène à Camp Drum.

— Kenny n'a pas été plus précis ?

— Bonwit n'arrêtait pas de nous interrompre.

Ellis pouffa.

— Il se faisait encore passer pour la standardiste de l'école des décorateurs aveugles ?

— Je t'interdis de trouver ça drôle ! Le pauvre Kenny…

N'y tenant plus, elle continuait à ricaner.

— Je suis désolée, il m'a fait son numéro ce matin. Pour me proposer des rabais sur le papier peint en braille…

— Quel connard !

Ellis haussa les épaules, en rentrant dans son pantalon les pans d'une chemise empesée que nous avions exhumée d'une malle pleine de vieux smokings. Le plastron plissé était encore raidi par l'amidon. Elle avait décidé de se déguiser en Scott Fitzgerald, avec carnet à spirale et crayon pour noter les scores au minigolf dans la poche poitrine de sa veste.

Pour ma part, j'avais revêtu la robe de débutante de maman pour me transformer en survivante du *Titanic* : poult-de-soie jauni, avec la poitrine formant deux obus, typique des années 1950. Je l'avais déjà mise en pièces en la portant une première fois pour mon propre premier bal, au *Plaza Hotel*, où les gens n'arrêtaient pas de me marcher sur la traîne.

Ellis observa mon costume en lambeaux et fronça les sourcils.

— Ta mère t'a obligée à mettre ça ? Pour ton bal de débutante ?

— Cette robe n'était pas si moche quand je suis entrée dans la salle.

— Et c'est là que tes deux méchantes sœurs te sont tombées dessus, et que…

Je manifestai ma désapprobation en secouant la tête et je tirai sur un long gant de chevreau en remuant les doigts pour les faire pénétrer dans leurs étuis respectifs. Je mis le second, puis m'engageai dans la lutte avec les trois minuscules boutons cousus sur le poignet gauche.

— Enfin, quand même, j'ai réussi à aller... Et merde ! m'exclamai-je lorsque mes doigts gantés de chevreau laissèrent échapper la première rondelle, à l'instant précis où j'avais presque réussi à la faire entrer dans sa boutonnière microscopique.

Ellis se pencha vers moi et écarta doucement ma main droite.

— Laisse-moi faire.

— J'ai réussi à aller jusqu'à l'organisatrice du bal avant que ce truc ne commence à se désintégrer.

— L'autre main, demanda Ellis.

Je lui tendis mon poignet.

— Ensuite il y a eu tous ces gens qui marchaient dessus. Tout en dansant, je l'entendais se déchirer...

— Tourne-toi... Je vais te boutonner le dos.

— Merci.

Cinquante-sept boutons garnis de soie remontaient tout le long du corsage, à peine plus grands que des cachets d'aspirine, et chacun devait être délicatement poussé à l'intérieur d'une petite boucle de soie. Le genre de robe qu'on ne peut ni mettre ni enlever toute seule.

— Une robe pareille, dis-je, c'est pratiquement une garantie de chasteté.

— S'il te plaît ! répliqua Ellis à genoux derrière moi. Relève un peu la jupe par-dessus ta tête et va te promener en ville, pour voir.

— Non, mais dans les années 1950, avec leurs jarretelles et tout ça ?

Elle tira sur le tissu à la hauteur de mes hanches.

— Donc, avec ce que t'a appris Kenny, tu penses que c'est bon, pour ton cousin ?

— Puisque c'est l'avis de Kenny, j'en suis convaincue, répondis-je en souriant.

Je pourrais maintenant profiter de la fête sans aucune arrière-pensée.

— Retiens ta respiration, m'ordonna Ellis. J'arrive dans la partie difficile.

Je me vidai les poumons avant de rentrer le ventre.

— Encore, exigea-t-elle.

— Salope ! marmonnai-je.

— Encore !

J'expulsai un ultime souffle d'air alors que la tête me tournait déjà.

Ellis se releva et je sentis sur ma nuque son haleine chaude.

Ses doigts grimpaient lentement. J'eus l'impression qu'il lui fallut plusieurs décennies pour atteindre mes omoplates.

— C'est bon, tu peux respirer.

J'obéis et, pendant une seconde, je ne vis que du noir avec des étoiles sur le bord.

— Presque fini, dit-elle, mais alors qu'elle attachait le dernier bouton elle prit en même temps quelques cheveux qui avaient échappé aux épingles en os qui retenaient mon chignon.

Je secouai brusquement la tête pour mettre fin à la sensation de pincement et je sentis les petits cheveux s'arracher de mon crâne. Cette réaction stupide me causa d'atroces souffrances.

Mon visage se crispa et je levai la main jusqu'à l'endroit douloureux.

— Désolée, dit Ellis.

— C'est ma faute.

Elle se recula pour mieux juger mon apparence.

— Il te faut des perles. Beaucoup de perles.

Je me passai autour du cou une demi-douzaine de colliers, de longueurs différentes, de diamètres différents, tous aussi faux que possibles, puis je me retournai pour en apprécier l'effet dans le long miroir de la porte du placard.

Dans le reflet, je tentai de croiser le regard d'Ellis.

— Tu crois que je devrais mettre un rouge à lèvres plus foncé ?

Elle ne répondit pas immédiatement, préférant contempler d'un air songeur mon cou où était suspendu tout un attirail de carnaval en plastique laiteux.

— L'autre truc, ça ne te tracasse pas ? demanda-t-elle.

— Quel autre truc ?

— Les plaques d'identité. S'il était en prison, comment ses plaques d'identité sont-elles arrivées dans ce champ ?

26

Les Bancroft avaient endossé cape et béret, les Holling portaient tous deux des lunettes à la Groucho Marx, et Louis Tooney, frais émoulu d'une prison des Caraïbes après un regrettable malentendu concernant les caisses d'armes automatiques qu'il transportait dans la cale de son ketch, avait affirmé que ses vêtements ordinaires constituaient un fameux déguisement en soi.

Tantôt montant, tantôt baissant, le brouhaha général se mit à former des ondes percées de hurlements de rire.

Avec Ellis, nous partîmes vers le bar, laissant Bonwit tenir sa cour, drapé dans une nappe Porthault en guise de toge et coiffé d'un bonnet de bain couleur chair orné d'une frange de boucles brunes. Maman était restée à la porte pour accueillir les invités. Pour les soirées costumées, elle s'habillait toujours en sorcière, les cheveux dressés sur la tête comme une mer déchaînée et saupoudrés de talc.

Bobby Millhammer se leva de son canapé bondé en déclarant :

— Eh, les copains, je vais me rechercher un verre, qu'est-ce que je peux vous rapporter ?

Ses compagnons de siège répondirent l'un après l'autre :

— Un scotch *on the rocks.*

— Un scotch *on the rocks.*

— Un bourbon *on the rocks.*

— Un scotch *on the rocks.*

— Un gin tonic... Je conduis.

Cette dernière réflexion suscita divers braiments étouffés tout autour.

Ellis la nota sur son petit carnet pendant que nous faisions la queue au bar.

Egon nous mélangea deux Southsides, un cocktail à base de rhum-soda, de limonade et de menthe.

Après l'avoir remercié et avoir levé le coude, nous en demandâmes deux autres.

Ellis consulta sa montre. Huit heures et quart : il était temps d'aller réceptionner Lapthorne sur l'embarcadère.

Nous traversâmes la foule en dansant le limbo et en nous tortillant, afin de gagner la terrasse au plus vite.

Dealie Van Couvering et sa bande bouchaient les portes-fenêtres.

— Vous ne croyez pas, disait-il, qu'on devrait tous aller se pinter à Piping Rock ?

Poppy Cochran cligna des yeux trois fois, en tâchant de surmonter son bégaiement.

— Il vaudrait pas mieux se pinter et laisser tomber Piping ? Hein ? Hein ?

A ces mots, Edwardia Crow émit un caquètement, les dents maculées de rouge à lèvres orange, tout comme le bord de son verre et le filtre entier de la cigarette qu'elle tenait dans sa main tachetée.

— Bon Dieu ! s'exclama-t-elle en regardant Ellis d'un air offusqué. Ce n'est pas une coupe de cheveux, c'est une méthode de contrôle des naissances.

Ellis sourit et marmonna, alors que nous franchissions le dernier massif d'ivrognes :

— J'ai tellement hâte d'aller chier sur sa tombe.

— Prends un ticket pour la file d'attente, répliquai-je.

Nous finîmes par rejoindre cet au-delà où régnait la calme fraîcheur du soir. La lune des moissons éclairait Cooper's Bluff, dispersant des joyaux à la surface de la baie. La pelouse était jonchée de vers luisants, et les cigales jouaient de la guitare dans les arbres environnants.

Nous foulâmes l'herbe parfumée, récemment tondue, passant devant les canons à poudre noire, jusqu'au vieil escalier de bois descendant vers l'embarcadère. Tout était silencieux, même si nous entendions derrière nous le bourdonnement, le tintement de la fête, comme un orchestre qui s'échauffe. Cela me rappelait les étés passés chez mes grands-parents, quand je dormais dans l'ancienne chambre de ma mère et que j'entendais le bruit des conversations et les mélodies satinées dirigées par Lester Lanin provenant des soirées données dans des tentes sur la plage.

Nous nous avançâmes sur l'embarcadère, qui vacillait et plongeait au rythme de nos pas, et nous nous assîmes toutes deux en tailleur, une fois à l'extrémité. Le bateau de Bonwit était amarré sous le vent et la vue s'offrait à nous tout entière jusqu'à la ville d'Oyster Bay.

— Gatsby croyait au rayon vert… dit Ellis en trinquant à la santé de la grosse bosse noire que formait Long Island.

Je levai mon verre, mais ne pus m'empêcher d'ajouter :

— En bon petit nouveau riche qu'il était.

— Eh, il vaut mieux un nouveau riche qu'un ex-riche.

Je la remerciai de ce bon mot en faisant tinter mon cocktail contre le sien. Quand nous les eûmes vidés, nous jetâmes nos verres au large, de toutes nos forces, dans cette eau illuminée par la pleine lune.

Pendant un moment, les seuls sons audibles furent ceux des vaguelettes s'effondrant en cadence sur la plage, le carillon intermittent d'une drisse contre le mât d'aluminium. Le train de 20 h 21 à destination de New York, Pennsylvania Station, poussa un gémissement d'amoureux transi en quittant Oyster Bay. J'entendis un moteur de hors-bord au loin.

Malgré la brume apaisante provoquée par le Southside que je venais de boire, je sentis des picotements de peur me tirailler la peau. Le bruit de moteur se rapprocha et, quelques instants plus tard, nous attachions les amarres du beau vieux Chris-Craft de Lapthorne aux taquets du ponton.

Il posa un pied sur le rebord et, d'un bond élégant, nous rejoignit.

— Chêêêre cousine, dit Lapthorne en se baissant pour pouvoir m'effleurer la joue avec sa bouche superbe.

Il se redressa, prit le temps de nous regarder de haut en bas, comme s'il avait voulu savourer le spectacle.

Et mon Dieu, il était là, tout espiègle et détendu, portant d'antiques culottes de whipcord et des bottes de polo dont la boucle luisante soulignait la longueur de ses mollets. Son bronzage estival offrait un tel contraste avec la blancheur de sa chemise qu'on aurait voulu mordre dedans.

Irrésistible. Sa présence seule engendrait son propre pizzicato, d'un ordre tout autre. Tout le reste était absolument effacé, Kenny, Dean et même ma peur. Cet instant se raccrochait irrévocablement à la dernière fois que je l'avais vu, annihilant tout ce qui était arrivé entre ces deux rencontres.

Il sourit.

— Qu'est-ce qui me vaut cet honneur ? Etre accueilli par deux aussi jolies femmes…

— Nous sommes deux sœurs jumelles, fredonna Ellis avec une désinvolture soyeuse.

Mais elle avait les yeux qui brillaient, admirant chaque détail de son anatomie. Ellis était trahie par la position de sa mâchoire : un pour tous et tout pour moi !

J'étais tellement réduite à mes émotions primitives que je la détestais de se laisser ainsi séduire.

— Permets-moi de te présenter mon amie Ellis Clark, dis-je.

Il prit la main qu'elle lui tendait et se pencha par-dessus, tandis qu'Ellis se léchait les babines.

— Joli costume, commentai-je.

Il sourit, découvrant ses dents blanches au clair de lune.

— Oui, mais ce que j'ai aux pieds n'est pas idéal pour le bateau.

— Ces bottes vous rendent charmant... ce qui vaut bien quelques ennuis en contrepartie, dit Ellis, plaçant sa main au creux du bras de Lapthorne pour le ramener vers la maison.

La fête avait pris son essor, depuis notre départ. En remontant la pelouse, nous entendions déjà l'écho d'éclats de rire et de cris imbibés de gin. Les invités s'étaient répandus sur la terrasse et plusieurs personnes vinrent saluer Lapthorne. Nous étions les trois seuls à avoir moins de soixante ans.

Trip Harcourt annonça :

— Je prends de la pénicilline, voyez-vous, et comme l'alcool en annule l'effet, ou quelque chose comme ça, je bois *légèrement.*

Pour souligner l'importance de ses propos, il brandit son verre, dont le contenu se répandit par-dessus bord.

— Légèrement ? répéta sa compagne en remontant les manches de sa robe d'empereur de Chine.

— Je bois du rhum *léger*, lui assura-t-il. Je ne dois pas toucher au rhum plus foncé. C'est le rhum noir qui vous tue.

Nous poursuivîmes notre chemin avec Lapthorne en éclaireur. Une fois au bar, il se pencha et dit :

— Je vois qu'on ne te laisse pas le temps de t'ennuyer, Egon.

— *Guten Abend*, *Herr* Townsend, répondit Egon en baissant la tête.

Cela me rappela la remarque de Peter De Vries, selon laquelle la langue allemande ressemblait à quelques dizaines de malles dégringolant des escaliers.

— Six Southsides, s'il te plaît, mon brave, commanda Lapthorne, et servis en "comité des courses", si possible.

Egon acquiesça et compléta chaque verre d'une mesure de rhum Myers.

Quand nous eûmes chacun deux verres, Lapthorne demanda :

— Où pourrions-nous aller pour échapper à notre manque ancestral de culture, afin de boire en paix ?

— Dans la chambre verte, répondis-je en ouvrant la marche.

Nous dûmes nous battre pour quitter le salon, franchir les dalles de marbre de la grande porte et passer devant l'escalier le plus élégant de tout le bâtiment. Un buffet avait été disposé de l'autre côté. La foule y était nettement moins abondante, personne ne s'intéressant à la nourriture dans ce genre de fête. Maman aurait pu y proposer des rats avec leur fourrure sans que cela suscite la moindre plainte.

Notre périple nous entraîna ensuite à l'office, devant un deuxième escalier, puis à travers la cuisine et la *Bierstube* désertes. La chambre verte se trouvait juste après le troisième escalier, mais en ouvrant la porte nous fûmes salués par des glapissements de cornemuses.

Bonwit nous avait devancés.

27

Bonwit était assis seul sur le canapé, nous tournant le dos, et agitait une bouteille d'ouzo pour battre la mesure de son disque favori, *Rondes et quadrilles des hautes terres écossaises.*

— Il le met toujours quand il veut que les gens s'en aillent, expliquai-je aussi fort que je le pouvais sans me mettre à hurler, mais évidemment ils n'entendent rien à l'autre bout de la maison, donc ça ne marche pas pour les grandes réceptions.

— J'imagine en revanche que c'est efficace en petit comité, non ? dit Lapthorne en tâchant d'être audible.

Je refermai la porte.

— Bientôt, ce sera *Sifflets de trains du monde entier* et *Harry Lauder, le roi du biniou*, renchérit Ellis. Là, les invités prendront leurs jambes à leur cou.

Lapthorne lui sourit.

— Vous avez déjà bénéficié de l'hospitalité de Bonwit ?

— Ellis et moi, c'est une vieille histoire. Mais je ne crois pas que ce soit une bonne idée de nous attarder ici.

Tout en faisant bien attention aux Southsides, Lapthorne nous prit bras dessus, bras dessous pour nous guider vers la terrasse.

— Et pourquoi ne pas vous emmener sur mon bateau ? J'ai laissé mon vieux sloop au large de Seawanhaka, je pensais y dormir.

— Excellente idée, approuva Ellis et nous partîmes dans le crépuscule.

C'est alors que me revint en tête la dernière question que m'avait posée Ellis tandis que nous nous habillions, le problème des plaques d'identité. Elle riait avec Lapthorne, tout allait pour le mieux, l'eau scintillante nous conviait à la promenade, mais un curieux petit frisson glacé me parcourut.

Nous descendîmes dans l'herbe et je tentai de m'obliger à me détendre, puisque même Kenny attribuait désormais le crime au seul Schneider.

Mais Bonwit ne nous avait pas vus tous les trois ensemble. Maman non plus. Seul Egon savait que nous étions en compagnie de Lapthorne, et il ne pourrait deviner ni quand nous étions partis, ni où nous allions.

Je ralentis mon allure et Lapthorne tourna vers moi un regard étonné.

— Je voudrais simplement… euh… m'assurer que maman n'a besoin de rien, dis-je.

Je dégageai mon bras et m'éloignai. Ellis se rapprocha un peu plus de lui.

— Je vous retrouverai à l'embarcadère, lançai-je par-dessus mon épaule. J'en ai pour une minute…

— Madeline, tu tombes bien, je te cherchais ! s'écria ma mère.

— Ta fête est géniale, maman. Ecoute… Ellis et moi, on part faire un tour en bateau avec Lapthorne.

— Très bien. Comme ça tu pourras savoir si c'est lui, le coupable. L'un de vous trois aurait un joint ? demanda-t-elle gaiement.

Je fis signe que non.

— Je regrette, je…

— Tu sais, reprit-elle, si nous n'avions pas été là dans les années 1960, la vie serait complètement différente, aujourd'hui…

— Tu veux autre chose ? Parce qu'il faut que…

— Les *nuggets* de poulet n'existeraient pas, par exemple. Il fallait être défoncé pour inventer toutes ces petites sauces…

— Tu as tout à fait raison, maman, mais ils m'attendent à l'embarcadère. Merci encore pour cette soirée, dis-je en lui tapotant le dos avant de prendre discrètement la tangente, non sans me demander pourquoi j'avais pris la peine de la prévenir. De toute façon, elle n'aurait rien remarqué avant qu'on nous retrouve étripées et découpées en escalopes.

Maman agita les doigts dans ma direction, puis m'adressa le signe de paix. Alors que je sortais de la maison, je l'entendis me lancer sa formule d'adieu traditionnelle :

— Parle aux inconnus !

Lapthorne s'éloigna sans heurts du ponton dès que j'eus sauté à bord. Quelques minutes plus tard, en arrivant à son poste d'amarrage, nous l'aidâmes à s'agripper au garde-corps arrière de son bateau.

Superbe. Un vieux Herreshoff, rien que ça, dont le nom *(Brebis Egarée)* apparaissait en lettres d'or dans un arc de cercle, au-dessus de nos têtes.

Nous grimpâmes à bord et je vis l'autre bateau, plus petit, tirer sur sa bouline comme un éléphanteau sur la queue de sa mère.

— Allons dans la cabine chercher des glaçons, proposa Lapthorne. Je vous offre la promenade à cinq cents.

Ellis fut la première à descendre l'escalier pour gagner le salon.

— Oh, mon Dieu, s'exclama-t-elle en découvrant le désordre. Madeline, nous avons trouvé notre patrie spirituelle !

Sur la table centrale, une bouteille de rhum servait de presse-papiers à des cartes mal repliées, tout comme la coupe en argent contenant un cigare consumé. Des dizaines de livres s'empilaient de guingois sur un banc, à côté d'une éruption de linge sale.

Pourtant, Lapthorne était exactement mon genre de malpropre. Tous les cuivres étaient briqués à fond, le sol était jonché de petits canevas brodés en guise de tapis et deux esquisses de Sargent dans d'étroits cadres dorés (mes ancêtres Dodie et Jake) étaient accrochées de part et d'autre de l'entrée de la cuisine.

Le maître des lieux tira du frigo un bloc de glace dont il détacha quelques fragments pour en remplir un seau en argent, puis nous entraîna vers la proue. Dans le grand lit installé à l'avant, les draps défaits avaient été fournis par la maison Porthault, comme la toge de Bonwit.

Ellis se planta devant un petit paysage tropical suspendu au-dessus du lit et commenta, sur son ton de diplômée en histoire de l'art :

— Splendide. C'est un Winslow Homer ?

Nous sortîmes de la cabine, mais Lapthorne redescendit en cuisine préparer nos verres et choisir un disque. Toutes les deux, nous nous étendîmes sur le pont comme des princesses égyptiennes un peu ivres remontant le Nil.

— Je me verrais bien habiter ici, déclara Ellis, tout en dessinant avec la main une longue ondulation gracieuse devant la mer éclairée par la lune.

On voyait quelques silhouettes sombres se promener dans les vérandas de Seawanhaka, se découpant en ombres chinoises sur la vive lumière d'une autre fête qui avait lieu dans le vieux clubhouse en bois. Toutes les deux minutes, quelqu'un soufflait dans une corne de brume afin d'inciter les plaisanciers à rentrer pour la nuit.

— Le fruit du péché, dis-je.

— Arrête !

— N'oublie pas pourquoi nous sommes ici.

Ellis se redressa pour s'asseoir.

— Quoi, à cause de ta chère enquête ? Tu ne lui as posé aucune question. Alors que les occasions se bousculent littéralement…

Je détournai le regard.

— Enfin, réfléchis… poursuivit-elle. Moi aussi, j'ai vu Schneider. J'y étais avec toi. Tu ne vas pas me dire que tu le crois impliqué… même si tu me le disais, nous saurions l'une comme l'autre que tu mens.

Il y eut un peu de bruit en dessous de nous.

Je me mis à parler tout bas :

— C'est toi qui disais…

— Tu lui aurais déjà sauté dessus si ce n'était pas ton cousin.

Je ne répondis rien.

— Regarde-toi, ajouta Ellis. Tu le ferais même malgré ça, si je n'étais pas là. Voilà pourquoi madame est tellement contrariée.

Je fermai les yeux.

— Pour l'amour du ciel, arrête tout de suite de prendre tes airs à la Grace Kelly ou à la Ingrid Bergman. Pas avec moi, Madeline, je te connais trop bien. Dans tout ton squelette, il n'y a pas un seul os qui soit chaste. Tu n'as pas une rognure d'ongle de sens moral.

— Tais-toi, dis-je en tentant (en vain) de paraître furieuse.

— Tu serais déjà dans la cabine, en train de chiffonner ces jolis draps…

— Ouais, et Dean serait entièrement d'accord.

Elle éclata de rire.

— Il faudrait d'abord qu'il le sache. Les hommes ne savent jamais ces choses-là.

— Moi, je le saurais.

Elle plissa les yeux et sourit.

— Mais c'est justement ce qui apporterait un délicieux piquant…

Elle s'interrompit en entendant les pas de Lapthorne.

Elle secoua la tête.

— Comment as-tu bien pu te marier ? C'est un crime contre la nature, si tu veux mon avis.

— Qu'est-ce qui est un crime contre la nature ? demanda Lapthorne en passant la tête en haut de l'escalier.

— Le fait que Madeline soit monogame. Je trouve ça très perturbant, la rédemption de mon ancienne partenaire de débauche grâce à un séduisant jeune homme. Ça me brise le cœur. Les Berkshire sont encore en deuil. Toutes les voitures ont la roue arrière gauche peinte en noir, etc.

— Je comprends ça, dit-il en prenant place entre nous, désormais pieds nus.

Je rougis, dans l'obscurité, fort heureusement. La voix d'Ella Fitzgerald jaillit des haut-parleurs dissimulés autour de nous.

— Elle chante *Never a Dull Moment*. "On ne s'ennuie jamais", c'est la malédiction de la famille.

— En effet, acquiesçai-je.

— De ton côté, dit-il, vous avez de la chance, vous avez fui vers l'exotique Californie. Je vous envie souvent.

— Eh bien, moi, je vous enviais votre luxe, mais grandir ici m'a toujours paru un tel calvaire. Tu vois, vous n'aviez jamais le temps de faire du vélo, tout simplement. Tiens-toi droit sur ta chaise, écris une lettre pour remercier ta grand-mère, Dieu veuille que ton coude n'entre jamais en contact avec la table parce que quelqu'un pourrait y planter une fourchette…

Lapthorne gloussa.

— Quand même, ce serait stupide de me lamenter sur mon enfance. Pauvre petit garçon, avec sa nourrice, son bateau et sa grande maison…

Pendant ce temps, Ella Fitzgerald chantait : *Sponges they say do it, oysters down in Oyster Bay do it…* “On dit que les éponges tombent amoureuses, que les huîtres d’Oyster Bay tombent amoureuses.”

— Quelle synchronisation ! dis-je.

Nous nous tûmes alors, pour écouter la voix d’Ella et les petites vagues glisser le long de la coque.

— Il doit être affreusement tard, dit Lapthorne quand la chanson fut terminée. Il faut que je vous ramène chez Bonwit. Vous y passez le week-end, toutes les deux ? Demain, on pourrait dîner en ville tous les trois…

— Nous serions ravies, répondit Ellis avant que j’aie pu ouvrir la bouche.

Tandis que le bateau de Lapthorne s’éloignait, je remontai l’embarcadère avec Ellis.

— Dîner avec lui ? Tu es complètement dingue !

— Eh bien ! Moi qui m’attendais au moins à un “merci”, grommela Ellis.

— En plus, je devrais te remercier ?

Elle s’arrêta et mit les mains sur les hanches.

— Si tu veux tirer quoi que ce soit de ce type, il faut l’appâter. Et puis bien sûr, s’il s’avère qu’il n’est pas “ton cousin, le psychopathe et prédateur sexuel”, mais simplement “ton cousin, le beau célibataire hétéro qui possède un bateau, des toiles de maître et un appartement sans doute arrangé avec goût dans l'Upper East Side"...

— Tu ne trouves pas ça un peu curieux, comme façon de te trouver un compagnon ?

Elle roula des yeux.

— Et toi, c'est le mariage qui t'a ramolli le cerveau ?

28

Je ne pus fermer l'œil de la nuit. Je restai allongée sur mon vieux lit plein de bosses, sous la toiture de la maison de Bonwit, à me tourmenter dans le noir. Je me levai vers 2 heures du matin, prise d'un soudain désir d'appeler Kenny ; il devait encore être au *Crown* et il pourrait me conseiller sur la marche à suivre quand nous irions chez Lapthorne.

Je gagnai le salon sur la pointe des pieds mais l'ancien téléphone mural avait disparu, et il ne restait qu'un trou tordu d'où sortaient des fils enveloppés dans du tissu.

Je me représentai Egon ricanant en arrachant le combiné à l'aide d'une pince à levier, dans son rôle de fier lieutenant d'oncle Bonny dans la grande campagne visant à nous rendre affreusement malheureux.

Je remontai l'escalier en ronchonnant. Je m'apprêtais à redescendre ces marches bleuies par la lune pour atteindre l'office et son deuxième poste, lorsque je m'immobilisai en entendant un grincement de protestation métallique.

Les ressorts d'un lit.

Ellis se retournait et murmurait dans son sommeil.

— Promis, dit-elle d'une petite voix infiniment triste dans l'obscurité.

Elle s'agita de nouveau.

— S'il te plaît ?

Et elle se tut, la respiration régulière.

Je regardai encore une fois l'escalier. La lune éclairait d'une pâle lueur les petits carreaux des vieilles fenêtres.

Kenny ne ferait que me dissuader d'y aller.

Le ciel vira au gris, puis au rose, avant que je m'endorme.

Après avoir quitté Centre Island, je me garai devant le cimetière.

Ellis soupira.

— On n'est pas encore assez en retard ?

Cette après-midi-là, j'avais exigé d'attendre le retour de maman, pour que je puisse informer quelqu'un de nos projets, en précisant que nous prendrions le dernier train pour revenir.

— Je voudrais simplement apporter une bricole pour Lapthorne, répondis-je. Tu n'es pas obligée de venir avec moi.

Elle me suivit quand même.

C'était un demi-hectare de terrain entouré de murs de brique, ombragé de hêtres pourpres, calme et frais même par les journées les plus chaudes. Les grilles en fer forgé luisaient toujours d'un noir éclatant, les innombrables rosiers plantés par Dodie étaient toujours entretenus avec soin, taillés, arrosés et habilement nourris en été, puis méticuleusement enveloppés dans de la paille et de la toile à sac pour hiverner.

Aux yeux de beaucoup, c'était la sagacité financière de Jake Townsend qui donnait un "sens" à ces racines, mais c'est aussi là qu'avait vécu Joseph, le véritable patriarche de la famille, près de deux cents ans auparavant. Il était enterré sous un gros rocher, en référence à la tradition de Gethsémani. Quand on montait dessus, on voyait de l'eau d'un côté comme de l'autre, ce qui correspondait aux instructions de son testament.

Au sommet du rocher, une plaque de bronze indiquait "Joseph Townsend, 1698", l'année de sa naissance en Angleterre étant inconnue.

Ma pierre tombale préférée était pourtant celle de mon arrière-arrière-grand-mère et homonyme, Madeline Ludlam Townsend. Elle arborait un crâne ailé exceptionnellement macabre, symbolisant "l'âme s'envolant loin de l'enveloppe mortelle", selon un guide d'iconographie funéraire que j'avais lu un jour. L'inscription n'était pas moins abominable :

Passant, suspends ton pas pressé :
Je fus un jour ce que tu es
Ce que je suis, tu le seras
Quand dans la mort tu me suivras.

Un vrai rayon de soleil, cette Madeline première du nom.

— Alors c'est à cause d'elle qu'ils ont choisi ton prénom ? demanda Ellis.

— Affirmatif, répondis-je tout en cherchant du regard mes rosiers favoris, en laissant de côté les Fairy, Cécile Brunner et autres Souvenir de Malmaison.

Les Baron Girod de l'Ain et les Félicité Perpétue offraient encore une ultime floraison. Je cueillis rapidement un bouquet.

— Tu veux lui offrir des roses ? s'exclama Ellis.

— Toi, ça t'emmerde de n'avoir rien à lui donner.

— Mais si, j'ai un cadeau pour lui : moi !

Nous prîmes le train de 17 h 11 pour New York. Quand le vieux diesel quitta poussivement la gare, le contrôleur entra dans notre compartiment.

— Oyster Bay, z'êtes à bord du train d'Oyster Bay, psalmodia-t-il comme un commissaire-priseur. Y s'arrête à Locust Valley, Glen Cove, Glen Street, Sea Cliff, Glen Head, Greenvale, Roslyn, East Williston, Mineola, Jamaica et Woodside. Terminus : Pennsylvania Station. Correspondance à Jamaica pour Rockaway, Long Beach, Montauk et Babylon.

Il poinçonna nos billets et les glissa dans le dossier rond et brun de nos sièges, puis s'avança dans le couloir vers le compartiment suivant.

Nous vîmes passer de l'eau, des arbres, des jardins. A Woodside, nous sortîmes pour prendre le métro.

Ellis était intarissable mais je n'arrivais pas à me concentrer assez longtemps pour lui offrir davantage qu'un hochement de tête ou un “Ah bon ?” de temps à autre. Des idées parasites me venaient sans cesse et je relisais constamment les messages publicitaires disposés le long des courbes du plafond de notre rame.

"Fissures anales ? Verrues génitales ? Le docteur Suleiman guérit tout ! Opérations ultra-rapides au laser."

Et puis celle pour qui j'avais toujours eu un faible, la publicité espagnole des pièges anticafards : *Las cucarachas entran, pero no pueden salir !* qui était devenue une sorte de devise pendant mes années à la fac : "Les cafards entrent, mais ne peuvent sortir."

Le métro couina dans un virage et, quand le bruit se fut évanoui, j'entendis Ellis terminer sa phrase :

— … jour où Rizzo est revenu du Cap et où il a finalement compris que ce garagiste avait cassé des trucs dans ta voiture, parce qu'il savait qu'il allait être payé en coke ?

Je hochai la tête et regardai par la fenêtre en songeant à toutes les fois où j'avais pris ce métro sans argent pour me payer un ticket, à tous ces épisodes lamentables où j'avais pleuré sur commande pour attendrir le contrôleur, où j'avais promis de tout mon cœur d'envoyer un chèque ou un mandat à la Régie des transports de Long Island.

— Vraiment, poursuivit-elle, qu'est-ce qu'on avait dans le crâne ? En plein Spring Street, devant le magasin *King's Liquors…*

Je lui souris, en hochant de nouveau la tête. Je pensai à Lapthorne, en me demandant s'il reconnaîtrait les roses étiolées que je tenais dans ma main égratignée par les épines… si c'étaient ses doigts élégants qui avaient enlacé des roses exactement semblables, rouges et blanches, dans les cheveux de ces deux filles assassinées vingt ans auparavant. Il faudrait que je me concentre, que j'observe son visage lorsque je lui remettrais le bouquet.

— Et puis ce manteau immonde que tu avais à l'époque, reprit Ellis, cette cochonnerie en tweed, tellement minable qu'on aurait cru que tu l'avais volé à un vieux clodo ivre mort en Irlande...

— Ce n'est pas très sympa de te rappeler une chose pareille.

Les gloussements par lesquels elle me répondit furent étouffés par le tintamarre assommant d'une ribambelle de wagons argentés fonçant en sens inverse.

Je réfléchis à toutes les questions que je n'avais pas eu l'à-propos de formuler, ou les couilles de poser à Lapthorne, le soir précédent. Une fois de plus, je m'étais laissé impressionner par sa beauté, par la splendeur de mon héritage perdu. Et puis, évidemment, j'étais désespérée en voyant qu'il n'existait pour moi pratiquement aucune possibilité de reconquête du moindre de ces luxes. Et même si j'avais pu remettre la main dessus, je me serais montrée indigne d'en jouir.

Le métro se mit à descendre, vers les ténèbres.

La voix d'Ellis me ramena à la réalité :

— ... en train de taper à la machine un article du genre "Ma vie, par quelqu'un d'autre", mais que tu avais intitulé...

Les lumières s'éteignirent. Elles se rallumèrent brièvement, rendant l'obscurité plus totale et plus creuse… Elles s'efforcèrent de revenir, reprenant vigueur à chaque clignotement.

— Et Mimi, avec ce sale oiseau qui avait tout dégueulassé la porte de sa chambre…

Je pensai à Schneider. Il me suffirait peut-être de découvrir la vérité au sujet des plaques d'identité. Il suffirait de demander à Lapthorne comment elles avaient atterri dans ce champ, à côté des deux corps.

Kenny l'avait dit, et Kenny était un pro.

— … serres qui déchiquetaient le perchoir. Tout blanc, avec un gros cul, le genre de sale bête qui répète tout ce qu'on dit…

Dès que je serais rassurée sur ce point, me dis-je, je me sentirais libérée. Ce serait du gâteau. Même moi, je ne pourrais pas me planter sur ce coup-là, tellement c'était facile ! Il suffirait d'y aller au culot… d'ouvrir la bouche et de laisser sortir une phrase, trente secondes à peine, pendant les cocktails, ou à table.

Je ne desserrai pas les poings, sauf pour faire passer mon bouquet pathétique dans ma main restée intacte, jusqu'au moment où le métro freina bruyamment dans les entrailles de Grand Central Station.

— Tu es bavarde comme une pie, m'envoya Ellis en se levant alors que tout le monde nous marchait sur les pieds. Qu'est-ce qui t'arrive ? Tu pensais à Dean ?

Dean.

Le bonheur que je méritais le moins, encore moins que tous les autres dont je ne serais jamais digne.

— Ouais, mentis-je en baissant les yeux vers le sol crasseux. Exactement. Je pensais à la dispute qu'on avait eue, juste avant son départ…

Quand je relevai la tête, Ellis avait disparu. Comme elle était déjà sur le quai, je dus lui courir après. En gravissant à pied un escalator en panne, puis un escalier caverneux, j'aperçus ses cheveux bruns impeccablement coupés. Je la suivis dans des couloirs carrelés, à travers mille mètres de marbre beige, jusqu'à ce que nous débouchions dans le hall de la gare, où la foule se fit moins dense, répartie à travers un plus grand espace, sous l'immense voûte en berceau décorée de constellations, la moitié des ampoules étant grillées. Je ne parvins cependant à la rattraper que juste avant d'atteindre la puanteur et le vacarme de la rue.

Ellis me toucha le bras.

— T'en fais pas. Il va t'appeler. Peut-être qu'il est en train d'essayer et que Bonwit lui raconte un tas de conneries…

— Bien sûr, dis-je.

— Dean t'aime.

— On se demande bien pourquoi.

Elle secoua la tête en riant à nouveau et nous nous mîmes en route à travers les blocs d'immeubles, tantôt vers le nord, tantôt vers l'est, en direction de l'eau et du paisible petit morceau d'East End Avenue qui donne sur ce parc admirable où se situe la résidence du maire.

Devant chez Lapthorne, je ralentis pour laisser Ellis monter la première l'escalier de pierre à chaux usée qui menait à la porte, m'arrêtant à vingt centimètres de la dernière marche pour ne pas trop la coller.

Au centre de la porte noire et luisante était fixée la gueule d'un lion de bronze doré, un heurtoir gros comme un phare de voiture.

La hanche contre la rambarde de fer forgé, je la vis soulever le marteau pris entre les crocs dénudés de la bête. Pas pour annoncer notre arrivée en le laissant retomber bruyamment, mais simplement pour mieux vérifier l'état de son rouge à lèvres en faisant la révérence devant le miroir qu'offrait la platine dorée.

Satisfaite, elle croisa mon regard dans le reflet et m'adressa un clin d'œil avant de se redresser de toute sa hauteur. Puis elle prit sa respiration, rejeta les épaules en arrière et frappa deux fois contre le métal sonore.

Comme s'il s'était tenu à notre disposition, Lapthorne ouvrit toute grande la porte et je vis le coin de ses yeux se retrousser de plaisir à la vue d'Ellis. En un geste ample associant baiser et compliment, il la fit entrer sans même faire passer son poids d'une jambe sur l'autre.

Il ne restait donc plus que moi, qui hésitais encore, à vingt centimètres de la première marche, cachant derrière mon dos ma poignée de roses, la tête en bas.

Je le voyais maintenant tout entier : chemise rose de chez Brooks Brothers à laquelle manquaient quelques boutons, pantalon de toile élimé qui tombait parfaitement de ses hanches étroites, dévoilant deux centimètres de cheville (sans chaussette) au-dessus de ses chaussures de cérémonie en cuir verni, des chaussures si étranges que le vernis en était veiné et craquelé sur le dessus, au bout.

Je m'avançai en lui tendant les roses et ma joue dans l'espoir d'un baiser. Il préféra ma bouche qu'il accapara pendant une seconde, ce qui faillit me tuer. Je dus m'accrocher à la rambarde pour ne pas me blottir contre lui.

Lorsqu'il me relâcha, je m'obligeai à garder les yeux sur son visage, en quête d'une réaction au bouquet.

Le regard toujours fixé sur moi, il prit les tiges des fleurs dans sa main, juste au-dessus de la mienne, en laissant mes doigts se détacher avant de resserrer son emprise.

Je sentais encore la piqûre de chaque épine dans ma paume, mais Lapthorne ne cilla pas. Il se contenta de sourire en voyant les boutons rouges et blancs dodeliner lourdement sur sa main. Il glissa une phalange sous une fleur d'un écarlate boudeur pour la redresser, puis la laissa retomber contre ses consœurs avant de les porter toutes jusqu'à son visage.

Il ferma les yeux en inhalant leur parfum.

— Magnifiques, dit-il en relevant finalement la tête. Merci infiniment.

Lapthorne et Ellis avaient déjà gagné les profondeurs de la demeure, mais j'étais restée indécise devant un miroir accroché dans le vestibule aux murs rouge terne. Mon attention avait été attirée non par mon propre reflet, mais par les points noirs qui mangeaient le fond argenté de la glace. Je n'avais pas le souvenir d'être jamais venue dans cette maison, mais on devait un jour m'avoir fait attendre à cet endroit précis, assez longtemps pour que je décide que la tache sombre près du coin inférieur gauche ressemblait à un remorqueur.

Il était là, ce petit navire trapu fendant les ondes, avec son panache de fumée montant de sa cheminée tordue, comme dans une bande dessinée. Pendant que j'en examinais la forme, un autre fragment de souvenir refit surface : la vision fugitive de mon petit museau sérieux, reflété dans le miroir à un âge où j'étais assez petite pour me retrouver nez à nez avec le bas du cadre. Comme aujourd'hui, j'avais retenu ma respiration pour ne pas embuer la glace.

Sous le miroir, une table aux pieds fins avait initialement été placée pour accueillir les cartes de visite. J'ouvris son unique tiroir, sachant qu'il contiendrait des tees de golf, une médaille en bronze grande comme la main commémorant l'investiture de Hoover ("Ingénieur, Erudit, Homme d'Etat, Humaniste...") et une vieille boîte d'allumettes du *Stork Club*.

Puis je dus m'interroger : qui diable avait bien pu me laisser, haute comme trois pommes, seule dans ce vestibule new-yorkais, assez longtemps pour que je puisse non seulement fouiller les tiroirs mais aussi en mémoriser le contenu ?

Le seul objet nouveau pour moi était un rouge à lèvres fossilisé, que sa nuance corail me permit de dater : fin des années 1960 après J.-C. La présence de cet objet me parut insultante, contraire à l'ordre des choses, et je le jetai dans un porte-parapluies voisin.

A l'instant où je me dirigeai vers la porte par laquelle Ellis et Lapthorne avaient disparu, celui-ci passa la tête dans le vestibule.

— Tout va bien ? demanda-t-il.

— Oui, je… Je ne pense pas être jamais venue ici, mais je me rappelle toute cette…

Ne sachant comment terminer, je me contentai de hausser les épaules pour tenter de désigner vaguement le vestibule.

Lapthorne enfonça ses mains dans ses poches.

— Dodie habitait ici.

— Oui, d'accord…

Dodie, la matriarche droguée, grâce à qui nous étions cousins germains.

Il eut soudain l'air tout penaud.

— Elle n'avait plus les moyens… Tu sais, les impôts… J'en ai donné le prix que le marché…

— Je suis venue ici quand j'étais petite ?

Il sourit.

— Madeline, tu es née à trois cents mètres d'ici.

— Ah !

— Au Doctors' Hospital.

Je hochai la tête, embarrassée.

— Bon, alors… C'était à elle, tout ça ? dis-je en jetant encore un coup d'œil au miroir, avec son mince cadre d'or brillant sur le mur couleur soupe à la tomate. Tant d'années s'étaient écoulées et voilà que je me retrouvais ici, toute seule. A attendre.

— Tu es sûre que tout va bien ? demanda-t-il sur un ton authentiquement inquiet. Viens donc dans la bibliothèque… Viens prendre un verre.

Mon cousin était adossé au chambranle et me tendait la main comme pour m'aider à gagner le rivage.

— Alors, bienvenue de retour !

— Qu'est-ce que je peux t'offrir ? J'ai tout l'assortiment habituel d'alcools forts, si tu ne veux pas de vin…

Dans la bibliothèque, Lapthorne se tenait devant un petit évier en cuivre et un bar caché derrière une porte pleine de faux livres. Des bouteilles déguisées en littérature, c'était absolument exquis.

— Mais si, du vin, ce serait parfait. Je prendrai la même chose que vous deux.

Il tendit la main vers l'étagère située au-dessus de sa tête pour y prendre un troisième verre.

— Pour la suite de la soirée, j'ai un beau cuissot de chevreuil.

Ellis était en train de contempler une vieille photo noir et blanc dans un cadre argenté.

— C'est toi, Maddie ? demanda-t-elle en désignant le cliché.

Je m'avançai pour voir l'image en question : un grand portrait de famille de Dodie avec sa progéniture, sur la pelouse devant sa maison de Centre Island… deux générations d'hommes superbes avec leurs épouses sveltes, puis tous les petits-enfants, adolescents magnifiques en veste madras ou jupe plissée, les plus jeunes en chaussures à boutons et robes à smock ou short en flanelle grise et grand col plat.

Lapthorne à treize ans, et même moi, juste au-dessus du doigt d'Ellis. J'avais presque un an, j'étais assise sur les genoux de ma mère, mon père debout derrière elle, la main affectueusement posée sur son épaule, tous deux radieux. C'est l'époque où j'étais la plus jeune de toute la famille. Il n'existait aucun autre portrait nous réunissant ainsi.

— On voit la retouche faite pour nous rajouter au groupe, dit Lapthorne. Le jour de la photo, nous étions bloqués à Nantucket par le brouillard.

En y regardant de plus près, je remarquai qu'une ligne séparait en effet Kit, Binty et leurs quatre enfants de tous les autres, et qu'une branche d'arbre paraissait se répéter au-dessus de leurs têtes.

Binty semblait en rogne.

Lapthorne me donna mon verre de vin.

— J'ai préparé un plateau de fromage mais je l'ai laissé à la cuisine, qui se trouve évidemment à la cave. On descend et comme ça je pourrai mettre la dernière touche au dîner ?

Nous le suivîmes dans un escalier étroit. L'architecte n'avait voulu perdre aucun espace et ne s'était permis aucune fantaisie dans une partie du bâtiment qui serait exclusivement utilisée par les domestiques.

La cuisine était vaste et basse, le plafond traversé de poutres sombres. Lapthorne mit quelque chose à mijoter au bain-marie sur une vieille gazinière.

Par les portes-fenêtres du fond, j'aperçus un petit jardin assombri par le crépuscule.

Un doux parfum vint se superposer à l'odeur forte de la viande rôtissant au four.

— Goûtez-moi ça, proposa Lapthorne en nous tendant une cuiller enrobée de sauce claire, d'un rouge doré. Un peu de porto pour le gibier.

Ellis souffla d'abord avant d'y tremper la langue.

— Oh mon Dieu, fit-elle en souriant.

Lapthorne déposa le cuissot de chevreuil dans une grande assiette et y versa la sauce, puis plaça le tout dans un monte-plat.

— Je pense que nous pouvons passer à table. Pourquoi n'iriez-vous pas vous installer toutes les deux dans la salle à manger ? Je vous envoie la viande…

Quand nous nous fûmes éloignées, Ellis m'avoua :

— Je voudrais vraiment que ce ne soit pas lui, Madeline. Je le trouve trop cool.

— Et moi, ça me ferait plaisir, à ton avis ? Je ne le crois même plus, après ce que Kenny m'a raconté. La seule chose qui me tracasse, ce sont les plaques d'identité.

— Brave petite !

Arrivées devant une nouvelle volée de marches, nous poursuivîmes notre ascension.

Je pris une bouchée de gibier. Cuisson parfaite, avec cette sauce sucrée et goûteuse formant un contrepoint admirable. Les murs de la salle à manger étaient d'un gris très doux et Lapthorne avait allumé des bougies un peu partout, les flammes vacillaient sur des bobèches et sur les branches de lourds chandeliers datant du XVIIIe siècle.

Comment aborder le sujet ? En disant simplement : *A propos, ces deux filles assassinées... tu étais en prison, mais pas tes plaques d'identité ?*

Ellis ne m'aidait nullement car elle était pratiquement couchée sur les genoux de Lapthorne pour lui demander s'il voulait qu'elle lui pèle ses raisins.

Bon sang, je suis vraiment nulle.

Lapthorne n'arrêtait pas de remplir nos verres et quand le vin commença à me monter à la tête j'en vins à trouver toute l'affaire un peu ridicule.

— Vous semblez songeuse, madame, me dit-il avec un soupçon de préoccupation dans la voix.

— Je pensais simplement qu'il est bien agréable de pouvoir dîner sans que Bonwit me cherche des poux dans la tête.

— Ce type est vraiment pénible, me répondit-il en souriant. Je me rappelle, il m'a affirmé un jour que sa fille lui avait servi au petit-déjeuner les croûtes de ses cicatrices sur du pain grillé. Et que tout bien réfléchi il avait trouvé ça plutôt savoureux.

— C'est tout lui.

— Ta mère, en revanche, je l'adore... C'est l'une des rares personnes que j'aie jamais voulu imiter à Centre Island.

Je pris une gorgée de vin.

— Que devient ton père ? Ça fait des années que je ne l'ai pas revu...

J'expliquai qu'il vivait derrière une raffinerie de pétrole, qu'il croyait que le KGB lisait son courrier et qu'il était étrange pour moi de tellement lui ressembler physiquement sans le connaître.

— Je suis Hamlet en mieux : au lieu de rencontrer le spectre de mon père, je *suis* son spectre…

Cette réflexion les laissa muets.

— Désolée… Je n'avais pas l'intention de me mettre à pleurer comme une madeleine.

Lapthorne posa la main sur la mienne.

— Pas du tout. En fait… En fait ça doit être absolument terrible pour toi. Mais tu as toujours été pleine d'assurance, Madeline. Ça me sidérait, même quand tu étais gamine. Je me souviens de t'avoir un jour demandé ce que tu voulais faire plus tard. Tu avais sept ans. Tu as réfléchi pendant une minute et tu as dit : Je veux être moi, avec ta petite voix sérieuse. Je n'ai jamais oublié cette réponse.

— C'est le genre de souhait qu'on arrive toujours à réaliser, dis-je.

— Ne sois pas ridicule… Regarde le reste de notre fichue famille. A douze ans, ils n'avaient déjà plus de sang dans les veines, pour la plupart.

J'éclatai de rire.

— Tu fais honneur au genre humain, poursuivit-il, et surtout à ta lignée. Il ne m'arrive pas souvent de me trouver bien en famille, je devrais sabler le champagne.

Je ressentis un brusque élan d'affection pour lui. Simplement parce qu'il y avait si longtemps qu'un membre de ma propre famille n'avait pas été heureux de me voir et parce que mes propres échecs n'avaient pu me couper définitivement de ma maison et de mon clan.

— Merci.

Il versa une fois de plus du vin dans mon verre.

— Oh, je crois que j'en ai déjà assez bu. Où sont les toilettes ?

— Monte encore un étage et traverse mon bureau.

Je me levai, la tête faible. La pénombre régnait dans l'escalier et la rampe sombre parut satinée et fraîche sous ma main lorsque je pris la direction du deuxième étage. Une fois sur le palier, je cherchai à tâtons un interrupteur sur le pas de la porte. Les appliques surplombant une vieille écritoire s'allumèrent et je regardai le mur où toutes sortes de cadres étaient suspendus entre deux bibliothèques.

Le bureau de Lapthorne était tapissé d'une toile verte et blanche, à motifs de paons qui louchaient. Là encore, cette décoration m'était familière. Je promenai la main sur les motifs, mais il fallait vraiment que j'aille aux toilettes.

J'urinai, me lavai les mains, me regardai dans le miroir, jouai un peu avec mes cheveux, me remis du rouge à lèvres. J'avais les joues toutes rouges, à cause du vin.

En sortant, j'entendis de la musique monter d'en dessous. Django jouant *Sweet Georgia Brown.*

— Oh merde ! m'exclamai-je.

Quatre cadres accrochés à côté de la porte. Dans chacun, une silhouette. Deux hommes aux cheveux coupés très court, l'un d'entre eux parfaitement reconnaissable comme étant Lapthorne. Au-dessus, deux femmes : l'une avec ses cheveux relevés en épaisse tresse, l'autre portant un grand peigne espagnol.

J'avais les sphincters paralysés.

29

Je regagnai la salle à manger d'un pas lent, les silhouettes à la main. Lapthorne venait effectivement de sabler le champagne.

— C'est là que j'ai su que je devais rompre avec lui, disait Ellis, en arrivant chez ses parents pour Thanksgiving, quand sa mère a sorti un service de ciseaux à raisin…

Elle leva les yeux et s'interrompit en me voyant.

Je posai les silhouettes sur la table.

— On change de sujet, dis-je.

Le visage de Lapthorne blêmit dans la lumière tamisée.

— J'attendais que tu…

— Quoi ? Tu *attendais* ? Tu *savais* ?

Je tremblais, les poings serrés.

Il baissa les yeux.

— Madeline, tu m'as apporté exactement les mêmes roses ! Tu habites dans la même ville…

Ellis garda le silence.

— Alors tu as cru qu'il suffirait de nous faire un grand numéro de charme pour que je ne te demande pas si tu avais tué les deux filles ?

— Tu penses que c'est moi qui…

— On a retrouvé tes plaques d'identité sur place.

— Parce que je les avais *données* à Delphine, qui de toute façon ne voulait pas venir avec nous… dit-il avant de secouer la tête et de s'arrêter net, comme si ce récit était trop douloureux.

Je vis s'obscurcir la soie noire de son bandeau. Quelques secondes après, une grosse larme roula sur son autre joue.

— Bon, conclut Lapthorne, qu'est-ce qui pourrait bien t'empêcher de me croire responsable ? J'étais tellement un incapable que je les ai laissées partir… Mais si j'avais pu savoir ! Si j'avais pu éviter ça !

Ellis se leva, sérieuse pour une fois.

Elle lui prit l'épaule et diagnostiqua :

— Bourbon.

Nous le soulevâmes pour le propulser dans l'escalier afin de redescendre à la bibliothèque.

Ellis était en train de verser à Lapthorne une quantité scandaleuse de Jim Bean. Nous l'avions installé dans un vieux fauteuil club en cuir. J'occupais celui d'en face, de l'autre côté du guéridon.

— Alors, dis-je, il me manque encore certaines pièces du puzzle. Tu as été appelé sous les drapeaux, en garnison à Fort Drum…

L'homme était brisé, complètement recroquevillé, semblable à une vieille poupée ratatinée dénichée dans une boutique d'occasions à trois sous.

Ellis posa le verre devant lui. Il le serra dans ses deux mains, mais ne tenta pas de le soulever.

— Comment as-tu appris tout ça ? demanda-t-il sans me regarder.

— Grâce aux plaques d'identité. Je les ai eues en main.

— J'imagine que tu connais la date ?

Je hochai la tête.

— Oui, mais je voudrais entendre ta version. Commence par nous dire qui étaient ces filles, puisque personne à Syracuse n'en a jamais eu la moindre idée.

Il retomba dans son fauteuil.

Comme il restait muet, je poussai son verre dans sa direction et dis :

— D'où venaient-elles ?

— De France.

— Que venaient-elles faire à la fête foraine ?

— Elles avaient passé l'été à Buffalo. Jeunes filles au pair. Elles voulaient voir un peu les Etats-Unis avant de rentrer chez elles. Chris et moi, on était en permission…

Ellis vint s'appuyer au dossier de mon fauteuil.

— Chris ?

J'avais déposé les silhouettes sur la table, devant Lapthorne. Il désigna le quatrième profil. En bas à droite.

— Il était dans mon unité. Je le connaissais depuis l'école.

— Parle-moi des filles.

Il but avant de reprendre la parole, puis s'éclaircit la gorge.

— J'avais une petite Porsche, une vieille 356 C… Il faisait beau, alors je l'avais décapotée. Chris a repéré les filles qui se promenaient toutes seules, près de la roseraie dans le centre-ville…

— Le mémorial E. M. Mills, dans Thornden Park.

— C'est ça.

Il se pencha en avant, les coudes sur les genoux, en laissant pendre ses mains dans le vide, par-dessus ses chevilles patriciennes croisées.

— C'est toi qui as tressé les couronnes de fleurs ?

Il hocha la tête.

— Il faisait beau. La lune, les lucioles, le parfum des dernières roses de l'été, avec une petite brise. Je leur ai donné une couronne à chacune. On marchait en se tenant par la main…

— Comment s'appelaient-elles ?

— Sophie et Delphine. Descognets, leur nom de famille. Deux sœurs.

— On ne s'en douterait pas, à voir les photos. Elles ne se ressemblent pas.

— Les photos ? Où as-tu… ?

— Les quatre clichés du photomaton. Qui ont été retrouvés sur les corps.

— Je ne me rappelle pas à quel moment elles se sont fait prendre en photo. Sûrement quand je suis parti acheter des bières avec Chris, et c'est pour ça qu'après elles n'ont pas voulu partir en même temps que nous.

— Pourquoi ? demanda Ellis.

— On était complètement bourrés. Chris et moi, on avait passé l'après-midi à boire. C'était la pleine lune, je l'ai dit ? J'ai éteint les phares en partant pour la fête. Les filles, ça ne leur a pas plu… Après, elles n'ont plus voulu remonter dans la voiture avec nous…

Il attrapa la bouteille de bourbon et but au goulot.

— On était jeunes, quoi… On ne pouvait pas deviner ce qui allait se passer après qu'elles nous ont largués, on était tellement cons, tellement saouls. On avait bien rigolé, mais… C'est la dernière fois que j'ai…

Ellis lui remplit son verre encore une fois.

— J'aurais dû les obliger à monter dans la voiture. On serait restés avec elles… si j'avais été un peu moins…

Il se tut à nouveau.

— Où est ce Chris, à présent ? demanda Ellis.

— Il a été tué environ trois semaines après notre envoi en Asie. Un petit gosse avec une grenade ligotée sur lui est arrivé en courant et Chris savait qu'on serait tous…

Lapthorne prit une lampée de bourbon et se renfonça dans le fauteuil.

— Je me souviens d'avoir couru vers lui, en lui hurlant de s'arrêter, de faire demi-tour. Je me suis pris un éclat, dit-il en touchant l'endroit concerné. Donc j'avais la bouche ouverte quand il… il y a eu…

— Je t'en prie, le coupai-je en sentant un mouvement désagréable dans mon estomac. Parle-nous simplement de la fête foraine.

— On essayait de persuader les filles de partir avec nous, dans un motel ou ailleurs, mais elles ne voulaient pas. Il était encore tôt, on a fini par les supplier, Chris et moi… c'était grotesque. On était complètement ronds. Delphine a dit qu'elle m'embrasserait si je lui donnais mes plaques d'identité, comme souvenir à rapporter en France. Et quand je les lui ai données, elles ont filé en nous riant au nez.

Il se tut une fois encore, en couvrant d'une main son œil bandé.

— Et donc… suggéra Ellis.

— Et donc on leur a crié après, en disant qu'on partait. On était tout près de ma voiture. Je suppose qu'on s'attendait qu'elles nous suivent… on pensait qu'elles seraient intéressées. On voulait rentrer. Juste faire le tour du quartier…

Je faillis lui demander si c'est à ce moment-là qu'il avait été arrêté par les flics, mais je voulais qu'il l'avoue lui-même. C'était un test. Pour voir si sa version recoupait celle de Kenny.

— On a foutu le camp. On voulait faire du bruit pour attirer leur attention. On n'est pas allés bien loin avant de rentrer dans une camionnette, sur le côté. Le conducteur est sorti, Chris lui a gueulé dessus, ils se sont battus, il y avait une voiture de police et nous… on troublait l'ordre public.

— Vous avez retrouvé les filles ? demanda Ellis.

— Si je n'avais pas traité le flic de salaud et de trou du cul en lui ordonnant de retirer ses sales pattes de ma bagnole, on ne nous aurait peut-être pas passé les menottes. Et puis quand je me suis retrouvé plaqué contre la voiture, je lui ai dit de nous laisser partir parce qu'il y avait ces deux petites Françaises avec leurs couronnes de roses qui n'attendaient que ça, qui étaient prêtes à tout et… Des filles qui n'auraient jamais eu envie de sa queue minable à lui, alors il m'a claqué la tête contre la portière deux ou trois fois. Je me suis mis à vomir, et après…

Il retira la main de son visage et me regarda, puis détourna la tête.

— Quand j'ai repris connaissance, j'étais dans une cellule de détention, avec une côte cassée. Je puais le vomi.

— Et les filles avaient été assassinées, ajoutai-je.

— Oui, les filles avaient été assassinées. Et le flic a tenu à me l'apprendre avant de nous relâcher. Il avait fini sa journée et ils venaient de les trouver… de trouver les corps. Il avait reçu un message radio et il nous a tout raconté, qu'elles portaient encore leurs roses sur la tête. Il m'a fait sortir de la cellule…

— Oh mon Dieu, dit Ellis.

— Je ne peux pas expliquer à quel point j'avais envie de… quand il m'a raconté ça, d'un air de bien s'amuser à retourner le couteau dans la plaie… Il a soutenu que je devrais vivre avec cette idée, avec cette culpabilité, comme si je les avais tuées de mes mains.

— Comment as-tu réagi ?

— Je n'ai pas réagi. J'ai simplement… Il nous a laissés sortir et je n'ai même pas pu en parler à Chris, pas avant le lendemain, à la fin de notre perm.

— Mais au commissariat ils ne vous ont jamais demandé… commença Ellis. Enfin, si personne ne savait qui étaient ces filles, il n'a pas essayé…

Je l'interrompis.

— Ce flic, dis-moi comment il s'appelait.

— Peu importe, répondit-il comme s'il allait se remettre à pleurer. Il avait raison. C'est moi qui allais devoir vivre avec cette obsession. C'est seulement en rentrant à la base que je me suis rendu compte que j'avais encore les silhouettes, écrabouillées dans ma poche. Depuis, je les ai toujours gardées...

— Eh, Lapthorne, dis-je en me penchant pardessus le guéridon pour être juste devant lui, arrête de t'apitoyer sur ton sort et dis-moi comment il s'appelait.

Il tressaillit, puis répondit doucement.

— Schneider. Agent Jack Schneider.

— Schneider ? répéta Ellis. On l'a vu et Madeline pense que c'est lui qui...

— Quoi ? cria Lapthorne en remuant en tous sens. Maddie, tu as *vu* Schneider ? Bon sang, mais qu'est-ce que ça signifie ?

— Ça signifie que je ne t'ai jamais cru coupable de ce meurtre.

30

— Alors pendant tout ce temps, tu m'as laissé croire...

Lapthorne était maintenant déchaîné et j'attribuai son animosité envers moi au fait qu'il s'était comporté, en toute franchise, comme un minable.

— Je suis désolée. Je ne te croyais pas coupable, mais je n'en avais pas la certitude. Qu'aurais-tu fait à ma place ? On te parle d'un double meurtre et le nom de ton cousin surgit aussitôt...

Il prit le temps de réfléchir.

— Tu as raison, évidemment. Tu n'avais aucun moyen de savoir si j'étais vraiment... quelqu'un de dangereux.

— Et voilà.

— En fait, dit-il d'un air déconfit, comme je suis ton cousin préféré, je t'interdis de jamais refaire ce genre de chose. Non, mais qu'est-ce que tu as cru ?

— J'ai cru que je devais savoir. Ces filles... J'ai vu les photos. Pas seulement celles du photomaton, mais celles d'après. Elles ont été tuées dans une ville qui leur était totalement inconnue, personne ne sait comment c'est arrivé, personne ne savait même qui elles étaient.

— Mais maintenant nous savons, dit Ellis. Maintenant elles ont un nom, et maintenant tu sais que Lapthorne n'y est pour rien.

— Maintenant je veux savoir qui est coupable.

— Et moi aussi, dit Lapthorne. Toi, Madeline, tu paries sur Schneider ?

— Oui.

— Je ne sais pas trop comment formuler ça mais, si tu as envie de connaître la vérité... ça compterait énormément pour moi.

— Bien sûr que nous avons envie de connaître la vérité, dit Ellis.

Je hochai la tête.

Il contempla les silhouettes.

— Ça fait longtemps que je les garde. Essentiellement parce que je me sentais responsable. Mais aussi parce que je regrette cette époque, avant le Viêtnam, avant que Delphine et Sophie soient... Je voulais me rappeler ce que je ressentais alors.

Il nous regarda toutes les deux.

— Merci.

— Tout le plaisir est pour nous, dit Ellis.

Ils se sourirent bêtement. Je consultai l'horloge.

— Malheureusement, nous avons un train à prendre, Ellis et moi. Alors si nous voulons décider de la marche à suivre...

— Vous ne voulez pas rester ? demanda Lapthorne. Il y a plus de place qu'il n'en faut et je me ferais un plaisir de vous préparer un petit-déjeuner.

— Merci, mais il faut que je sois rentrée à Syracuse demain de bonne heure.

— Alors soit. Allons-y.

— Très bien. Voici ce que j'ai appris pour le moment.

Je racontai à Lapthorne mon entrevue avec Sembles à la fête foraine, notre prise de bec avec Schneider et Dégueulette. Je lui parlai de Kenny, pour qu'il sache que j'avais quelqu'un de formidable avec moi, quelqu'un qui verrait tout de suite si je m'aventurais en terrain dangereux.

— Et maintenant ? demanda Ellis.

— Tu t'es rendue sur… sur les lieux du crime ? demanda Lapthorne.

— Il faudrait. Je pourrais peut-être y aller un jour où je travaille. Je prendrai une heure ou deux.

Je consultai de nouveau l'horloge… Il était temps de partir.

— On ferait mieux d'y aller, dis-je à Ellis.

Elle parut nerveuse.

— Qu'est-ce qu'il y a ?

— Je reste, dit-elle.

Je ne pus que la dévisager.

Lapthorne enlaça ses doigts avec les siens et plaça leurs deux mains sur son genou.

Ellis me regarda avec un petit sourire satisfait au coin de ses lèvres.

— Tu vas rater ton train.

Lapthorne se leva et me raccompagna dans la rue tranquille. Il héla un taxi et ouvrit la porte, en effleurant le bas de ma colonne vertébrale du bout des doigts lorsqu'il m'aida à monter.

Je me retournai pour lui dire au revoir. Il m'embrassa de nouveau sur la bouche.

Troisième partie

SYRACUSE

Une photographie est un secret qui parle d'un secret. Plus elle vous en dit, moins vous en savez.

DIANE ARBUS

31

Il était plus de 21 heures quand j'atteignis Green Street le dimanche soir. Ces six heures de route ne m'avaient jamais paru aussi épuisantes. Peut-être parce que, cette fois, j'avais passé chaque kilomètre à ressasser chacun des mots prononcés par Lapthorne ces deux derniers soirs. Ou peut-être parce que je ne voulais pas me retrouver dans mon appartement d'où Dean était absent.

Je luttais contre le sommeil depuis Saugerties, en écoutant à fond Jimi Hendrix et la Callas en Carmen, les vitres baissées. A Whitney Point, l'attrait d'une sieste sur la bande d'arrêt d'urgence était devenu si irrésistible qu'il me fallut ingurgiter trois cafés tragiquement mauvais dans une station-service avant de repartir comme un petit soldat.

Et pour quoi, en fin de compte ? J'étais maintenant dans mon allée, et je n'éprouvais qu'un immense sentiment de désolation.

Tout paraissait tellement moche, ici, après mon séjour à Centre Island. Ça me donnait envie de démolir à coups de pierre tous les réverbères du quartier.

Je me contentai de laisser tomber mon front sur le volant avant de dériver dans le sommeil, tandis que les criquets se chamaillaient dans l'herbe morte, à l'arrière de la maison.

J'étais complètement dans le cirage, mais tout à coup des pas firent crisser le gravier.

L'individu s'avança lourdement... puis hésita avant de poursuivre son chemin et de venir se coller contre ma vitre restée ouverte.

Je ne bronchai pas, même lorsqu'il s'appuya au rebord pour trouver l'équilibre avant de s'accroupir, si près que je l'entendais respirer.

Mes clefs étaient encore sur le contact. Je tendis lentement la main vers elles, en me demandant si je pourrais les arracher assez vite pour en foutre un bon coup dans l'œil du type.

C'est alors qu'il s'éclaircit la gorge et dit :

— Eh, Bunny, tu veux que je te porte ton sac ?

— Dean ! m'écriai-je en relevant la tête. Merde, qu'est-ce que tu fous ici au lieu d'être au Canada ?

— Moi aussi, je suis content de te revoir.

— Oh mon Dieu, je suis vraiment désolée. Je te croyais... Bon sang, Dean... J'allais te mettre un coup de poing avec mes clefs.

Il ouvrit ma portière en riant.

— J'aime bien les filles qui en ont, mais là, je trouve que tu pousses un peu.

Je sortis d'un bond et me pendis à son cou, en continuant à lui grommeler dans le cou mes griefs contre le Canada.

— Je n'en pouvais plus, expliqua-t-il. J'avais besoin de savoir que tout allait bien. J'étais sur le point de prendre l'avion pour Long Island, mais quand j'ai appelé Bonwit il m'a répété vingt fois que j'avais fait le numéro d'un cabinet d'obstétricien et il a raccroché. Et puis ta mère a fini par décrocher mais tu étais déjà partie. Alors j'ai préféré revenir ici directement... Ça fait quelques heures que je suis là.

— Tu peux rester jusqu'à quand ?

— J'ai une nuit à passer ici. Si je ne repars pas demain matin à la première heure, je ne rattraperai pas l'équipe. Je prends le vol de 6 heures du matin et Al vient me chercher à l'aéroport. Et puis on file dans les bois.

— Tu ne pourrais pas...

Dean fit signe que non et plongea dans la voiture pour attraper mon sac.

— Je t'ai préparé ton dîner favori. Les inimitables beignets "à la Dean". Tout est prêt dans le four.

Je le suivis dans notre superbe allée, jusqu'au portail majestueux de l'imposante demeure néoclassique où nous résidions.

Tout me plaisait, des boiseries craquelées et fendillées de notre splendide escalier jusqu'à la frise de marques de pieds-de-biche dont un cambrioleur depuis longtemps oublié avait jadis orné notre porte d'entrée.

A l'intérieur, toutes les lumières étaient allumées, et les haut-parleurs de la chaîne hi-fi diffusaient de vieilles ballades communistes susurrées en mon honneur par les Weavers.

Dean sortit deux assiettes et servit ses beignets. Ces tranches de courgettes et de champignons roulées dans de la pâte et frites dans l'huile étaient la seule chose qu'il savait cuisiner, mais je me régalais toujours.

Pourtant, nous ne prîmes ni le temps de les manger, ni le temps de dormir. Nous étions bien trop occupés à faire l'amour, sauf pendant les interludes consacrés à nous présenter mutuellement des excuses pour notre conduite indigne l'un envers l'autre, lors du dernier week-end passé ensemble à la maison.

Quand le ciel commença à manifester des signes de clarté, nous n'étions plus bons à rien, ratatinés, avec les draps entortillés autour de nos jambes.

— Le dernier round a failli me tuer, dit-il. Je crois que tout le venin est sorti.

— J'espère bien. Si on avait continué, j'aurais dû garder mes béquilles jusqu'après Thanksgiving.

Il roula vers moi et se mit à enrouler mes cheveux sur ses doigts.

— Il y a juste assez de lumière pour te voir. Il faut que je fasse des provisions pour la route.

— Pareil pour moi.

Nous nous regardâmes, sans bouger, tandis que la pièce passait du bleu pâle au bleu lavande, puis du rose à l'abricot.

— Bon, dit-il.

— Bon.

— Tu as trouvé ce que tu cherchais, là-bas ?

— Je crois.

— Il est disculpé, ton cousin ? Cette année-là, il était à Zurich ou ailleurs ?

Je fermai les yeux.

— Eh bien ?

— Il a passé une partie de l'année à Camp Drum, répondis-je. Et le reste en Asie.

— Il est allé à la fête foraine, il a rencontré des filles ?

Je hochai la tête.

Dean soupira.

— Ça n'a pas vraiment l'air de te bouleverser…

— Parce que je sais que Lapthorne n'est pas coupable.

— Sérieux ?

Je rouvris les yeux en le dévisageant d'un air aussi convaincu que possible.

— Sérieux. Pas seulement à cause de ce qu'il m'a dit là-bas… Il y a aussi ce que Kenny a découvert.

— Kenny s'est laissé embarquer dans cette histoire ?

— Complètement.

— Merde.

— Tout va bien.

— Et maintenant, tu vas faire quoi ?

— Je ne sais pas.

Il me toucha de nouveau les cheveux.

— Tu as une vague idée ?

— Tu veux toujours que j'en parle aux flics…

— Oui.

— Ce n'est pas si facile. Avec Schneider…

— Il n'y a pas d'urgence, en tout cas. Tu as tout ton temps, non ?

— C'est vrai.

— Vérifie tout dans le moindre détail… Ne prends aucune décision avant que je sois rentré. Ne *fais* rien, d'accord ? Sois très, très prudente.

— Très, très, très prudente. Promis, juré.

— Parce que, sans vouloir te froisser, Bunny, le coup des clefs dans l'œil…

— Ouais ?

— Si un type veut te faire du mal, ce n'est sûrement pas ça qui l'en empêcherait.

— Je sais.

Il plaça ses mains autour de mon visage.

— Ne dis pas simplement "Je sais" pour me faire plaisir. Je ne rigole pas. Je veux que tu me dises que tu as compris et que tu penses ce que tu dis.

— J'ai compris. Je pense ce que je dis.

— Vraiment ?

Je hochai la tête.

— Dans la situation actuelle, est-ce que tu cours le moindre danger ?

— Non. Personne d'autre n'est au courant. Pour les plaques d'identité, et le reste. Ça peut attendre ton retour. Kenny s'en assurera.

— Il n'y a rien avec Schneider ?

— Rien. Il ne sait même pas qui je suis. Il n'a jamais vu ma voiture.

— Tu me le promets ?

— Je promets.

— Parce que, autrement, je ne pars pas. S'il y a le moindre risque pour toi.

— Il n'y en a aucun.

— J'arrêterai tout et je t'accompagnerai au bureau tous les jours. Tu n'as qu'un mot à dire. Peu importe si ça signifie que je travaillerai pour Chialeur jusqu'à la fin de mes jours.

— D'accord. Promis.

Dean frissonna.

— Ça me rend dingue…

— Bon… Tu veux que je réchauffe tes beignets, pour la route ?

Il me sourit et à cet instant son réveil se mit à sonner. 4 h 37.

Lorsqu'il roula sur le côté pour l'éteindre, je lui appliquai une bonne claque sur les fesses.

— Allez, debout, fainéant !

Je le conduisis à l'aéroport, en l'escortant jusqu'au contrôle des passeports.

— Je t'appellerai ce soir, dit-il. Je ne sais pas quand j'aurai accès à un téléphone ensuite, dans le Yukon ou ailleurs…

— Je serai à la maison.

Il m'embrassa et franchit le portique de sécurité.

Je le regardai partir, son gros sac sur l'épaule.

Je restai là bien longtemps après qu'il eut disparu. Juste pour me rappeler à quoi il ressemblait.

Quand je me retournai pour partir, tout était redevenu moche à Syracuse.

Je passai au bureau pour annoncer à Ted que je voulais retourner sur la scène du crime, puis je dus persuader Simon de me donner sa chemise pleine de photos.

Comme la circulation était fluide, je fus très vite hors de la ville. Je pris Collamer Road et je fus bientôt loin de l'alignement propret de ranches aux pelouses bien tondues, devant lesquelles étaient garées des voitures d'un "bleu méthodiste" étincelant. Après, on traversait le carrefour désert où se trouvait le bouge où des filles faisaient du catch dans la boue, puis plus rien que des arbres rabougris et des marécages autour de vieilles baraques pourries qui s'enfonçaient dans la terre, avec des caravanes à l'arrière.

Devant la plupart de ces maisons, on voyait des motoneiges reposant sur des parpaings, à côté d'un panneau de bois découpé en forme de grosse dame se penchant pour exhiber sa petite culotte à pois, ou de Madonna haute d'un mètre, abrité par l'un de ces trucs qui me faisaient toujours l'effet d'être une baignoire en plastique renversée, à moitié enterrée, avec l'intérieur peint en bleu turquoise.

Il n'y avait absolument rien d'écoutable à la radio, rien que Diana Ross et les Supremes ou de mauvais groupes de rock, mais je continuai à tripoter les boutons jusqu'à ce que je m'approche du champ de maïs en question. Je ralentis avant de traverser les voies étroites, puis je quittai l'asphalte pour gagner la route de terre dure et pâle, pleine de nids-de-poule.

Je pris la chemise cartonnée contenant toutes les photos et je l'ouvris précautionneusement sur le toit de la voiture.

Après les avoir feuilletées, je choisis quelques vues d'ensemble où figuraient les deux corps. Puis je lus la photocopie de l'article de Wilt. "… Deux jeunes filles étaient allongées, côte à côte, dans un petit bosquet, en lisière *ouest* du terrain de M. Johnston…"

Je levai les yeux. Le soleil était à son zénith, ce qui ne m'aidait guère. Où pouvait bien être l'ouest ? J'étais incapable de me repérer dans cette région plate, sans océan.

Je me mis à examiner les arbres de chaque photo et je découvris un érable dont les branches formaient une fourche particulière, juste à côté de deux sapins. Quand je relevai la tête, tous les arbres me parurent beaucoup plus grands et plus fournis, mais ces trois-là étaient identifiables. Je m'engageai dans l'intervalle laissé entre deux rangs de maïs. Il était près de midi et le soleil frappait assez fort pour me faire cligner des yeux, entourée de tout ce vert. Comme si la lumière teintait tous les objets pâles de la même nuance soyeuse.

Il n'y avait pas un souffle de vent et les seuls bruits provenaient du passage d'une voiture, de temps à autre, et de mes pas dans le sol meuble. Pourtant, quand je m'arrêtai pendant une seconde, j'entendis un curieux couinement humide tout autour de moi.

J'habitais Syracuse depuis assez longtemps pour reconnaître le son du maïs qui pousse, quand les larges feuilles vertes se frottent l'une contre l'autre en quête de soleil et de hauteur.

J'arrivai enfin au bout de mon imposante rangée de plantes à franges, avec mon bouquet d'arbres à dix mètres. En comparant deux ou trois fois les photos et la vue que j'avais devant moi, je pus retrouver l'emplacement des corps, à environ cinq mètres de l'orée du bois.

Une des photos de Simon montrait les lieux après le passage des flics. Une photo officielle avait été prise sous le même angle, mais avec les deux filles encore à terre.

Je les consultai à nouveau, puis je m'avançai vers les trois arbres, quittant le soleil éclatant pour m'enfoncer dans l'ombre fraîche. Pendant un moment, je ne pus rien voir du tout, jusqu'à ce que mes pupilles soient assez dilatées. Quelque chose me tiraillait dans un coin de ma conscience. Je décrivis un cercle, puis m'arrêtai, en reculant lentement à partir de l'arbre sous lequel les filles avaient été déposées.

Je regardai le sol. Les rayons du soleil perçaient un peu à travers les branches, mais je ne projetais aucune ombre à terre.

Je m'accroupis et déposai les deux photos sur le dossier de Simon.

Elles avaient été prises de l'endroit où je me trouvais, à peu de chose près, mais il y avait un détail qui ne collait pas, sur l'une des deux… sur celle où l'on voyait encore les corps.

Je relus rapidement l'article de Wilt. Il y était clairement précisé à quelle heure la police était arrivée : juste avant 11 heures du matin.

Si c'était vrai – et il lui avait sans doute fallu un peu de temps pour installer son matériel –, le photographe avait dû faire son boulot approximativement à l'heure qu'il était maintenant. Vers midi.

Pourtant, sur le cliché, l'ombre longue du photographe de la police s'étendait au-delà des corps. Il s'était placé presque exactement à l'endroit où j'étais à présent accroupie et d'où je ne projetais aucune ombre. Impossible.

Je fermai les yeux et tâchai de m'orienter... je devais être face à l'ouest, donc les photos policières devaient avoir été prises juste après le lever du soleil, plusieurs heures avant l'arrivée officielle des flics.

Je regardai de nouveau les photos. Les deux filles avaient les yeux ouverts, contemplant le néant.

De retour au journal, j'étalai les clichés sur la grande table ronde, dans le bureau de Ted, et je lui expliquai mon histoire d'ombres, ainsi qu'à Simon et Wilt.

— Mince ! s'exclama le grassouillet Simon, en secouant la tête, les poings enfoncés dans les poches de sa veste, encadrant sa bedaine de moine. Je ne l'avais jamais remarqué ! Bien sûr que celles-là ont dû être prises à l'aube. Je pense avoir fait les miennes le lendemain vers midi, donc c'est le même éclairage que les autres devraient avoir.

— Mais les photos de la police n'ont pas toutes été prises aussi tôt, dit Wilt, perché sur le bord de la table, en dépliant ses longues jambes pour lisser le pantalon froissé de son costume marron. Il n'y a que ces quatre-là, poursuivit-il en séparant les clichés concernés. Les autres me paraissent normales.

— La qualité aussi est différente, dis-je. Ces quatre-là sont presque aussi bonnes que les tiennes, Simon : mise au point parfaite, contraste très fort, avec des noirs vraiment noirs. Les autres sont un peu brumeuses.

— Merde alors ! fit Wilt.

— Mouais… dit Ted.

On voyait qu'il commençait à s'enthousiasmer : il n'arrêtait pas de se passer les mains sur la tête et de faire retomber sur son visage olivâtre de longues mèches de cheveux roux arrachées à l'élastique qui les retenait sur sa nuque.

Il me tourna le dos et passa le bras autour des épaules de Wilt.

— Tu sais, Wilt, tu devrais peut-être t'intéresser à cette affaire…

— Euh… Ted ? dis-je. Je suis sur le coup.

— … parce que ça pourrait faire un vrai scoop, tu sais ? continua-t-il, sans même me regarder, tandis que Wilt acquiesçait.

— Mais enfin, c'est pas vrai !!! D'abord tu m'obliges à prendre ce dossier et dès que je trouve un truc tu refiles tout à Wilt ?

Il tourna brusquement la tête.

— Précisément, Madeline. J'ai dû me battre les flancs pour que tu finisses par accepter. Ce n'est pas comme si tu avais sauté de joie à cette idée, dit-il, les lèvres retroussées par son mépris de lézard angoissant. Le spectaculaire, ce n'est pas ton truc, alors que Wilt a l'expérience qu'il faut pour bien traiter le sujet.

— Ecoute… Simplement… Je pense que ce serait une erreur, balbutiai-je. J'ai d'autres informations sur ce qui s'est passé, en plus de tout ça.

— Très bien, alors vends-moi ton histoire, répliqua Ted. Pourquoi devrais-je te laisser cette affaire ? Pourquoi est-ce maintenant que tu devrais lâcher les… quelle était ton expression ? les “histoires de ragoût de haricots aux champignons avec des oignons frits par-dessus” ? Ce truc pourrait valoir de l’or pour nous et, en toute franchise, je ne suis pas sûr de vouloir t’en confier la responsabilité. Parce qu’on n’est pas en train de parler de recettes d’entremets, tu vois ?

— Sauf que, dis-je, qui a remarqué le détail qui clochait dans ces photos qui dormaient dans les archives depuis vingt ans ? C’est ta petite chroniqueuse spécialisée dans la bouffe et autres conneries qui a repéré un truc qui aurait dû vous sauter aux yeux dès le départ.

Il pinça les lèvres dans ma direction.

— Ensuite, il y a *ça*, poursuivis-je en tirant de ma sacoche le papier sur lequel j’avais décalqué les plaques d’identité. Je le dépliai et l’étalai sur la table, sous leur nez.

— Ah oui ? fit Ted d’un air fort peu impressionné, les lèvres en cul-de-poule.

Derrière lui, Simon blêmit.

— Les deux filles ont été vues pour la dernière fois en compagnie de deux soldats, pas vrai ? lançai-je d’une voix de plus en plus stridente. Voici les plaques d’identité que le père de Dean a trouvées en labourant le champ où les corps ont été découverts.

Sa sale moue méprisante disparut aussitôt.

— Et, en plus, je sais à qui appartiennent ces plaques d’identité. Je viens de passer le weekend avec lui et j’ai retrouvé chez lui les silhouettes achetées à la fête. Je l’ai forcé à me raconter ce qui s’était passé et maintenant je sais que ce n’est pas lui le coupable.

A présent, Ted avait la mine totalement déconfite. Il n'avait sans doute pas relu l'article de Wilt depuis sa publication, et je voyais bien qu'il n'avait pas suivi tout mon exposé, alors que Wilt et Simon me recevaient cinq sur cinq.

— Eh bien, dit timidement Simon, je suppose que tu vas nous révéler qui est ce type… l'homme aux plaques d'identité…

J'hésitai tandis que les trois hommes me dévisageaient.

— Il ne s'agit pas de lui, tranchai-je sur un ton sans réplique.

Wilt écarta ses cheveux de ses yeux et fixa son regard sur moi. Il parla lentement.

— Maddie, à mon avis, tu te rendras compte très vite qu'il s'agit surtout de lui… tôt ou tard…

— Et le plus tôt sera le mieux, bordel de merde, si tu espères que ton nom figure quelque part en relation avec cette affaire, glapit Ted.

— Ce n'est pas une question de signature !

Les mots *Sale reptile de mes deux* restèrent suspendus entre nous.

— *Ce n'est pas une question de signature !* répéta-t-il en m'imitant d'une voix minaudière.

Putain de salopard de reptile.

— Pourquoi vous dirais-je son nom, si ce n'est pas moi qui rédige l'article ?

— Pourquoi te le demanderais-je, dit Ted, si tu n'es plus employée ici ?

Wilt se leva.

— Eh, Ted… fous-lui la paix, dit-il en accrochant ses pouces à sa ceinture et en lui lançant un regard noir. Le grand gourou à la rescousse.

— Il a raison, renchérit Simon qui, en bon Sancho Pança de Wilt, s'approcha de lui et croisa les bras en fixant Ted. Je n'avais jamais vu Simon défier quiconque, et la lumière des néons avait l'air de briller plus vivement sur le sommet de son crâne, tandis qu'au-dessus de ses oreilles les boucles brunes semblaient se hérisser. C'était un hérisson en colère.

Je me tournai vers eux.

— Vous, vous connaissez déjà tous les personnages. J'ai rencontré Archie Sembles, et je sais qu'il a fait l'objet de menaces, qu'on lui a dit de la boucler après l'interview qu'il a accordée à Wilt.

Tous les trois restèrent silencieux pendant une seconde. Je tremblais. Mais au lieu de s'en prendre à nouveau à moi Ted négocia un virage émotionnel à cent quatre-vingts degrés, me donna une claque dans le dos et dit :

— Eh bien, il serait temps de devenir sérieuse, fillette. On peut encore faire quelque chose de toi !

Son geste était destiné à la galerie, plus qu'à moi, mais c'était toujours bon à prendre. Et j'avais réussi à ne pas leur avouer pourquoi je connaissais l'homme dont le nom était inscrit sur les plaques d'identité.

32

Ted déclara finalement qu'il était ravi que je reste sur ce dossier et je lui répondis que je serais très reconnaissante à Wilt de toutes les infos qu'il pourrait me transmettre, si bien que celui-ci m'entraîna vers son bureau.

J'avais en main le dossier de Simon sur les jeunes filles aux roses, mais comme je ne pus trouver un seul endroit libre pour le poser Wilt se pencha pour en extirper latéralement la photocopie de son article.

— Quelle sera ta prochaine démarche, maintenant ? me demanda-t-il.

— Aucune idée. Qu'est-ce que tu ferais à ma place ?

— Alors examinons ça ensemble, Madeline. Voyons à qui tu as parlé parmi mes anciennes sources… Qui était le flic chargé de l'enquête ? Tu l'as rencontré ?

— Il ne s'est pas montré très coopératif. Les autres non plus, pour être franche. Sembles était convaincu qu'il aurait de gros ennuis s'il me révélait quoi que ce soit, donc même quand il n'était pas à moitié endormi, il ne débordait pas d'enthousiasme.

— Je vois. Mais il est d'ici, Sembles, non ? Tu sais où il habite ?

— A Marcellus, à Bridgeport, dans ces coins-là, mais il ne voudra plus jamais me parler.

— Ils parlent tous, Maddie, il suffit de trouver le déclic.

— Quoi, tu veux que je propose de lui offrir un gilet pare-balles ? Je t'assure, Wilt, il était terrorisé. Je pense qu'il n'y a plus rien à en tirer.

— Alors attaque-le carrément. S'il te paraît bizarre, c'est parce qu'il sait les choses que tu voudrais connaître. Tu n'as qu'à le harceler jusqu'à ce qu'il crache le morceau. Il faut trouver un angle d'attaque...

Je dus avoir l'air paniquée, car il me tapota l'épaule en ajoutant :

— Apparemment, dans son cas, il s'agirait plutôt d'incitation négative. Si tu ne sais pas ce qu'il veut, trouve ce qu'il ne veut pas. De quoi a-t-il peur ?

— Il a peur que quelqu'un apprenne qu'il m'a parlé, mais je ne sais pas qui. Je pense que c'est le flic, mais ce n'est peut-être qu'un homme de paille. J'ignore absolument qui se cache derrière cette menace.

— C'est qui, ce flic ? Tu ne l'as pas dit.

Je fis passer mon poids d'une jambe sur l'autre.

Wilt leva un sourcil, puis haussa les épaules et ne chercha pas à en savoir davantage.

Il pensait probablement que je ne voulais pas lâcher mon scoop, mais ce n'était pas du tout ça.

En fait, je ne voulais pas encore dévoiler toutes mes cartes. Je ne voulais pas qu'on puisse me doubler, qu'on me suive sur cette enquête. J'avais trop peur de tout rater si on me mettait plus de pression.

Il se renfonça dans son fauteuil.

— Si Sembles ne veut pas parler parce qu'il a peur que quelqu'un l'apprenne, dis-lui simplement que tu feras savoir partout qu'il t'a fait des révélations, même si ce n'est pas vrai. Dis-lui que tu sais parfaitement qui est ce "quelqu'un". Fais comme s'il s'agissait d'un complot encore plus vaste qu'il ne le soupçonne, qu'est-ce qui t'en empêche ?

— Et si c'était le cas ? Si je le force à parler et qu'il lui arrive vraiment des bricoles ?

— Tu as peur qu'il se fasse abattre par un tireur solitaire planqué dans l'immeuble d'en face ? Les choses sont plus compliquées que ça, Madeline. Les méchants sont comme les cafards, le pire que tu puisses leur faire, c'est d'allumer la lumière. Ils veulent rester dans le noir, où ils sont à l'abri et où ils ont l'air plus gros et plus dangereux qu'ils ne sont vraiment.

Wilt tira un annuaire de sous une pile de vieux sacs à commissions. Il feuilleta les pages.

— Le voilà. Archibald Sembles. Dis-lui que tu veux le voir ce soir.

Il fit pivoter l'annuaire et poussa vers moi son téléphone.

— Je ne peux pas.

— Tu ne peux pas quoi ?

— Ce soir. Dean doit m'appeler du Canada… il risque de ne plus trouver de téléphone avant plusieurs semaines, il n'y a pas moyen de le joindre quand il se déplace…

Wilt roula des yeux.

— N'importe quel autre soir, je pourrai. Je te le jure.

— Fais le numéro, bon sang. Retrouve-le pour le déjeuner. Moi, ça m'est égal.

Mon estomac se noua instantanément en spirale.

— Euh… Wilt, tu veux que je l'appelle devant toi ?

— On a tout notre temps, Madeline. Moi, je n'ai pas de date butoir, mon article de la semaine est déjà rendu.

— C'est pas possible ! dis-je en attrapant le combiné.

— Cause toujours. Allez, fais le numéro.

Vers le milieu de ma conversation téléphonique avec Sembles, pour comble de malheur, Ted vint se pencher par-dessus mon fauteuil afin d'écouter, et Simon se plaça en silence de l'autre côté du bureau. J'étais tellement nerveuse que j'en avais la plante des pieds en sueur. Souffrant le martyre, je remuais les orteils dans mes vieilles chaussures noires à la semelle intérieure trempée.

— Alors je viendrai chez vous à 11 heures demain matin, Archie, et je ne partirai pas avant que vous m'ayez parlé, dis-je en essayant d'avoir l'air moi-même à moitié convaincue par toutes mes salades.

Je compris pourtant au bout d'un moment que j'avais ferré mon poisson, même si je m'exprimais comme le plus nul des méchants dans un épisode raté de *Starsky et Hutch*. Sembles n'arrêtait pas de marmonner : "Mon Dieu mon Dieu mon Dieu" entre deux inspirations d'asthmatique.

Wilt gesticulait et m'adressait de grands signes, les mains tendues vers le plafond, les paumes vers le haut... *Monte encore d'un cran !*

— Ils me connaissent, poursuivis-je en détournant les yeux et en m'efforçant de paraître menaçante. Ils connaissent ma voiture. Il suffit qu'ils me voient dans votre quartier, Archie. Même si vous ne me dites rien, même si vous n'êtes pas chez vous, Archie, vous êtes foutu. Dites-moi ce que vous savez et nous serons les meilleurs amis du monde. Taisez-vous et vous n'aurez plus aucune protection.

Ne voyant rien à ajouter, je raccrochai après une minute de silence de ma part et de geignements de sa part à lui.

— Bravo ! s'exclama Ted en me donnant une claque dans le dos, ce qui fut un soulagement. Malgré tout, je me sentais coupable d'avoir ainsi menacé Sembles, surtout si je le mettais réellement en danger.

— Et toi, tu fais ça à longueur de journée ? demandai-je à Wilt, après que Ted fut reparti dans son bureau. Le pauvre type a la trouille et moi je lui mens comme un arracheur de dents. J'ai l'impression qu'il faudrait que je me récure la bouche avec de l'Ajax.

— Tu as été géniale, répondit Wilt.

Simon se contenta de me sourire timidement.

— Non, je t'assure, Wilt. C'est vrai que je voudrais que vous soyez fière de "Madeline Dare, apprentie reporter", mais ce que je viens de faire avait quelque chose de… *visqueux*.

— A visqueux, visqueux et demi.

Simon soupira.

— Je sais ce que tu ressens, Maddie. Quand je me cache derrière mon appareil photo, je suis toujours plus à l'aise que si je dois parler, mais je crois que tu as fait exactement ce qu'il fallait.

— Ne t'en fais pas, ça ira de mieux en mieux. Et puis, n'oublie pas, tu utilises tes ressources au service du bien. En l'occurrence, la fin justifie les moyens. Rien de dramatique.

Ben voyons ! C'est sûrement ce que Kissinger a dû soutenir à Nixon après avoir bombardé le Cambodge.

Quand je rentrai à la maison, le petit voyant rouge du répondeur clignotait. J'appuyai sur *play* et la mini-cassette émit son petit couinement de souris en se rembobinant sur ses mini-enrouleurs.

— Un… nouveau… message, annonça la petite dame qui vivait à l'intérieur du boîtier en plastique.

Je retins ma respiration en souhaitant que ce soit maman. Ou Kenny.

Pas Dean.

— Salut, Bunny !

La voix enregistrée de Dean sonnait métallique, brutalisée par les ondes parasites, comme s'il se tenait sous un toit en fer-blanc pendant un ouragan. En Finlande.

— Désolé de t'avoir manquée. Si tu étais là, je pourrais te dire à quel point tu me manques déjà. J'en ai tellement marre des lits superposés, tellement marre des steaks aux œufs. Je voudrais du taboulé, je voudrais que tu sois ici avec moi. J'ai envie de toi plus que de taboulé. Si jamais je passe près d'un téléphone demain matin, je réessaierai, mais il y a peu de…

Clic.

J'appuyai sur la touche *rewind.*

J'appuyai encore plusieurs fois sur *rewind* après ça, en contemplant la petite grille du micro sur le plastique beige du répondeur, comme si j'avais pu y voir Dean, avec un peu de volonté. Je m'étais mise à arpenter la pièce en attendant que le téléphone sonne, puis j'avais enfilé un pull et j'étais allée m'asseoir sous la véranda. Je restai là à frissonner, les bras serrés autour des genoux, les jambes encore tout agitées, mais je savais que je risquais de devoir attendre dix mois avant de pouvoir me rasseoir dehors, au rythme où les soirées refroidissaient en cette fin septembre.

La nuit était claire et silencieuse. Il n'y avait aucune circulation dans Green Street et j'entendais un chien gémir dans un jardin, en haut de la colline.

Je me demandai ce que pouvaient bien faire mes copines de fac. Elles participaient sans doute à des fêtes littéraires merveilleusement spirituelles, à New York, où la laitue iceberg n'était admise que dans le cadre de happenings artistiques.

Lapthorne devait se prélasser au milieu de sa collection de pierres précieuses. Ellis baguenaudait probablement dans la prairie d'un sculpteur sur métal des Berkshires avec une bande tapageuse de poètes itinérants et une dame-jeanne de chianti. Et moi, je grelottais dans le noir, je passais à côté de la vie qui filait comme une limousine sur une voie rapide : assez près pour vous décoiffer, mais impossible à toucher.

Je dus avouer que le pire était encore mon habitude de me plaindre. Dean avait peut-être raison : il n'y avait rien à reprocher à la ville de Six Rats Qui Usent, et tout le problème venait de moi, dans ce gruyère ravagé qu'était mon âme. J'avais pratiqué la peur et la haine de soi dans certains des coins les plus réputés de la planète : détruite à Detroit, morose à Manhattan, nauséeuse et négative au Népal. Le seul endroit où j'avais été vraiment heureuse, c'était en pension, sans doute parce que autour de moi toutes les filles étaient aussi malheureuses : pour la première fois, mon état ordinaire semblait normal. Peut-être me faisais-je bel et bien des illusions en croyant qu'il suffirait de quitter cette ville pour que tout soit différent.

Puis je réagis : non, tout était bien différent, ailleurs. La maison de Lapthorne…

Le téléphone sonna.

Je courus dans la cuisine et, hors d'haleine, criai dans le combiné :

— Dean ?

En réponse, j'entendis la voix grave de Lapthorne :

— Chêêêre cousine ?

J'étais déçue. Soulagée. La tête à l'envers.

— Ah… Euh… Salut. J'étais juste en train de me lamenter sur le manque de civilisation dans mon voisinage immédiat.

— Eh bien, et ton fabuleux époux ? Il m'a l'air plus que civilisé.

— Tout à fait, dis-je en regardant le canapé, mais hélas il est encore au Canada, occupé à inventer…

L'horloge indiquait à peine plus de 22 heures.

— Tant mieux pour lui, dit Lapthorne.

— Oui, oui…

Et je me mis à lui raconter l'histoire des ombres sur les photos. Quand j'en vins au rendez-vous avec Sembles, pourtant, il parut inquiet.

— Madeline, ne crois pas que je doute de tes compétences, mais tu comprends bien que je ne suis pas emballé à l'idée de mettre une autre jeune femme en danger, à la lumière de mon incapacité passée à assurer la sécurité de mes amies. Tu es sûre de ne pas vouloir différer cette entrevue ? Je pourrais y aller avec toi…

— L'essentiel est d'aller vite. Sembles croit que nous l'avons piégé, mais si on la joue décontracté, il risque de ne plus nous prendre au sérieux.

— Bien vu, ma chérie. Mais je veux savoir quand tu penses en avoir terminé.

— Ça devrait me prendre une heure, pas plus.

— Et ensuite tu retourneras à ton bureau ?

— Oui, j'ai des milliers de trucs à faire.

— Ellis a ton numéro de poste ? On risque de bouger un peu, alors c'est moi qui t'appellerai. Pour vérifier que tout va bien. Je n'ai aucune envie de perdre ma cousine préférée, au moment précis où je commence à la connaître mieux.

Ellis avait donc tiré le gros lot. Cela aurait peut-être dû m'étonner, ou même me rendre heureuse, mais je n'éprouvais alors que de la fatigue.

— Je suis flattée. Indépendamment du psychodrame du week-end dernier, j'ai beaucoup apprécié ta compagnie. Et Ellis...

— Elle est à côté de moi. Tu voudrais échanger des confidences avec elle ? demanda-t-il en ricanant.

Je me sentais trop seule pour écouter une amie me parler de son bonheur avec son nouveau compagnon.

— Non. Je... En fait, j'attends un coup de fil de Dean. Je l'ai manqué tout à l'heure, mais il a laissé un message pour dire qu'il rappellerait...

— Alors je te laisse, dit Lapthorne. N'oublie pas que je te téléphone demain.

— Je m'en souviendrai.

Je raccrochai. A 1 heure du matin, je dus admettre que le téléphone ne sonnerait plus.

33

Dean appela le lendemain matin. Je croassai un bonjour dans le combiné tout en essayant de débloquer la poignée de la machine à café, que je faillis laisser tomber dans l'évier avec le téléphone.

— Bunny…

— Oh, c'est bon d'entendre ta voix…

Au diable le café. Je ne voulais plus absorber que Dean à travers la ligne téléphonique.

— Je suis désolé de t'avoir ratée hier soir.

— Ne t'en fais pas pour ça. Je pensais à toi mais j'imagine que tu n'étais plus en ville, ensuite ?

Il y eut un grésillement parasite à l'autre bout, puis :

— … essayé de… mais nous étions… putain de Yukon…

Puis un trop long silence.

— Dean ?

— … rien que des arbres… ou non ?

— De quoi veux-tu parler ?

Nouveau grésillement. Par vagues successives.

— … hasard ?…

Sa voix perça les parasites avant de s'y noyer une fois encore.

— Quel hasard ?

— … te trouver ?… prendre l'avion pour rentrer aussitôt… Je ne comprends pas comment j'ai pu repartir, parce que si jamais il t'arrive quelque chose, Bunny…

— Tout ira bien.

— Enfin, je suis au Canada et tu ne peux même pas m'appeler si tu as besoin d'aide, alors que toute cette affaire me fout la trouille de ma vie. J'ai besoin de savoir que tu vas bien. C'est la seule chose qui compte. Tu n'as qu'un mot à dire, je monterai dans le premier camion et je foncerai vers un aéroport aussitôt après t'avoir parlé.

— Dean, je te l'interdis ! Je ne me le pardonnerais jamais. Ta meuleuse… Tout ce travail…

Une nouvelle bagarre d'électrons vociférants lui coupa la parole pendant une seconde. J'appuyai ma hanche contre l'évier de la cuisine, en entremêlant mes doigts au fil du téléphone pour ne pas me mettre à cogner le combiné sur le plan de travail.

— … la nuit dans ces lits superposés, et à chaque repas, et pendant toute… les types déblatèrent sur les bonnes femmes. Leurs ex qui leur empoisonnent l'existence. Leurs copines qui râlent pour un rien et qui font la gueule parce qu'elles voudraient plus de… un endroit plus exotique. La garde des… et moi je ne… une sacrée chance que je doive la boucler, parce qu'ils me foutraient dehors par la…

Silence.

— Dean ?

Je me retournai, le dos contre le bord du plan de travail, dans l'espoir de mieux capter.

— Tu peux… ? dit-il.
— Quoi ?
— Me promettre que tu… Si je sais… sécurité.
— Je te le promets, dis-je en remuant les orteils. Je te promets que je suis en sécurité.

Encore un déferlement de parasites.

— … tellement, Bunny…

Le ton de sa voix me permettait de combler les blancs. Mes genoux se dérobèrent et je glissai jusqu'à terre. Quand mon postérieur heurta le carrelage, je fermai les yeux et dis :

— Dean, si tu savais à quel point tu me manques…

Le téléphone cracha quelques effets sonores dignes d'un signal d'alerte en cas de tornade, puis la voix de Dean revint, parfaitement distincte, pendant une unique seconde.

— … toute nue, murmurait-il, dès que…

Un dernier craquement, deux gargouillis, puis une simple tonalité.

Je restai là, le téléphone contre l'oreille, si longtemps que même la femme qui finit toujours par arriver pour dire “Bip bip bip… veuillez raccrocher et renouveler votre appel ultérieurement” préféra rentrer chez elle.

Evidemment, quelque chose comme trois secondes après que j'eus réussi à me rendormir, le téléphone sonna de nouveau. Je parvins tant bien que mal à retrousser une paupière pour regarder l'heure sur le réveil. Neuf heures moins cinq.

Ce ne pouvait plus être Dean, donc je n'avais aucune raison de me presser. Je décrochai à la cinquième sonnerie, juste avant que le répondeur ne se déclenche.

— Foldingue ! cria Ellis d'une voix bien trop guillerette.

— Ne me dis pas que tu t'es sentie obligée de me réveiller pour me dire à quel point mon cousin est génial au lit, dis-je en bâillant.

— Eh bien, il a fini par descendre à la cuisine pour préparer le petit-déjeuner, donc j'ai une minute pour te livrer tous les détails. Il prend un deuxième jour de congé, ce qui est plutôt bon signe. De toute façon, je n'aurais rien pu te dire hier soir...

Je grognai tout en tirant sur la poignée de la machine à café.

— C'est quoi, ce bruit ? demanda-t-elle. Tu as un chien, maintenant ?

— Excuse.

La poignée céda et tous les grains moulus s'élancèrent d'une giclée pour aller s'écraser sur une porte à l'autre bout de la pièce.

— Putain de bordel de merde d'ordure fasciste ! criai-je à l'ustensile que je tenais en main.

— Tu n'as pas encore pris ton café imbuvable ? demanda Ellis.

— J'essaie. Cette saleté de machine...

— Bien, n'essaie pas de parler pour le moment. Assieds-toi et laisse-moi t'éblouir avec d'infinis détails avant qu'il remonte.

— C'est obligé ? dis-je en essayant de fourrer un kilo de café en grains dans le bac de la machine.

— Arrête ! A quand remonte la dernière fois où je t'ai imposé le compte rendu de mon nouveau béguin ?

— Il y a eu le week-end de Pâques… répondis-je en dosant l'eau pour ce foutu café. Presque tout le mois de juillet… Un mardi après-midi entier, il y a environ six semaines, alors que j'étais au boulot…

— Va te faire foutre !

— Sale ingrate !

— Va te refaire foutre !

— Catin !

— Catin toi-même !

— Vraiment ? Je peux encore être une catin ?

— Pourquoi, on ne peut plus écarter les cuisses quand on est mariée ?

— Non, à l'instant où tu dis oui, tes jambes se soudent. Comme une sirène.

— Bon, tu le bois, ton putain de café ?

J'appuyai sur le bouton. En me demandant si je pourrais encastrer ma tête assez vite dans la machine pour que le jus noir coule directement dans ma bouche. Supprimons les intermédiaires.

— Et maintenant, je peux te parler de ma palpitante vie sexuelle ? reprit Ellis.

— Comme si je pouvais t'en empêcher !

— D'accord, alors c'est un homme extraordinaire et je te remercie infiniment d'être sa cousine et de l'avoir cru innocent parce que, crois-moi, il est tout à fait impossible qu'il soit autre chose qu'innocent de ce crime. Comment pourrait-il être coupable et en même temps être un homme aussi extraordinaire ? Ça ne tient pas debout. Je t'assure.

— Ton cas est plus grave que je ne pensais.

— Pire que jamais, acquiesça-t-elle. Je te serai éternellement reconnaissante. Et puis, ce type est un génie quand il a un glaçon entre les mains…

— Ouhhhhhh.

— Bois ta saloperie de café pour qu'on puisse avoir une vraie conversation. Je déteste t'entendre me répondre par des borborygmes le matin, surtout quand je ne t'ai pas devant moi pour te jeter des trucs à la tête.

— Ce n'était pas un borborygme, c'était un "Ouhhhhh", expliquai-je en versant enfin dans mon verre habituel la splendide mixture à base de caféine.

— Pourquoi Lapthorne et toi, vous n'avez jamais...

J'attrapai le sucre.

— On ne l'a pas fait, voilà tout.

— Tu aurais dû.

— Je l'aurais *probablement* fait si on me l'avait proposé.

— De ton côté, les choses étaient claires...

— Je pense. J'en suis sûre.

Dès que j'eus ajouté le lait, je descendis la moitié du demi-litre de brut.

— Non, je veux dire qu'il est un peu trop... protecteur ? Pas du tout que tu le laisses indifférent.

— Peu importe.

— Je suis sérieuse, insista-t-elle. Tu verrais comme il te mate quand il croit qu'il n'y a pas de témoins ! De la concupiscence pure. J'étais folle de rage.

— Ah bon ?

— Je t'en prie, il nc rêve que de te coincer...

— Merci. Ça compte beaucoup pour moi.

— Je suis désolée d'avoir... Mais puisqu'il ne s'était jamais rien passé.

— Tu n'as pas à t'excuser. Profite. Je te fais don de mon cousin et je suis ravie pour vous deux.

— Au téléphone, ça ne s'entend pas trop, que tu es ravie.

— Ce n'est pas à cause de toi. Ça n'a aucun rapport avec vous deux.

Elle attendit.

— Dean a appelé tout à l'heure, dis-je. Pour la première fois depuis une éternité, et c'est dur, tu sais. On s'était engueulés juste avant qu'il parte, mais ce matin, au téléphone, il a été merveilleux, et ça rend la situation encore plus pénible. Parce qu'il est loin, parce que je ne lui en veux plus et que je ne me demande plus s'il m'en veut... donc...

Cela la mit mal à l'aise. Ma déclaration dut lui paraître trop sincère, trop personnelle. Ou bien elle crut que j'avais sorti de ma manche l'atout "mari" en réponse à sa carte maîtresse "nouvel amant".

J'avais l'impression de l'entendre tirer sur les draps Porthault de Lapthorne. Et je n'étais pas jalouse. Du tout. Pas le moins du monde.

Parce que j'aurais fait exactement ce que j'avais fait, même si j'avais su que Lapthorne était resté célibataire pendant tout ce temps. Même si j'avais su qu'il ne s'intéressait qu'un tout petit peu à moi, que si je l'avais invité à une fête des années auparavant il aurait décroché son téléphone tout heureux d'entendre le son de ma voix, dans sa maison idéale de la *vraie* ville, avec toute cette argenterie superbe et cette bibliothèque idiote, sans parler de son putain de bateau avec sa putain d'aquarelle de Winslow Homer (pas une repro, non, non, un vrai, garanti authentique) accrochée dans la cabine parce qu'il restait un mur vide, nom de Dieu ! Ils en avaient tellement, des tableaux, qu'ils ne savaient plus quoi en faire !

J'aurais agi exactement comme j'avais agi.

J'aurais épousé Dean, qui valait bien plus que tous les plus sublimes bateaux du monde, que tous les draps magnifiques, que toutes les fourchettes à salade, que toutes les chaussures délicieusement belles, et que tous les cousins exquis réunis, merde !

— J'aime Dean. Il me suffit de l'entendre parler pour… Je suis si heureuse. Seulement, quand je regarde par la fenêtre, je vois que j'habite… Syracuse ! Tu imagines ce que c'est, de vivre ici toute seule ? Enfin, Dean est l'unique raison pour laquelle je suis venue m'enterrer ici… Il me manque.

— Ça, je veux bien le croire, répliqua Ellis.

— Excuse-moi, je suis en train de te casser les pieds avec mes histoires.

— Mais pas du tout, voyons ! protesta-t-elle avec trop de vigueur. Tu me donnes vraiment l'impression d'être… comment dire ? Tu devrais peut-être prendre l'habitude de te coucher plus tôt. Ça change tout. La nuit dernière, j'ai dormi comme un bébé, et je te recommande ce genre de sommeil.

Puis elle soupira, pour manifester son contentement grotesque.

— Tu as *dormi* ? Dégonflée !

— Je n'ai pas dormi tout de suite…

— D'accord. Commence par le glaçon et continue. Les ménagères frustrées aimeraient tout savoir.

Je finis mon café pendant qu'elle poursuivait son compte rendu. Dieu sait qu'elle avait mérité toute mon attention, après avoir supporté quantité de fois le récit de mes premières ardeurs pour un homme, principalement lorsque j'avais rencontré Dean. Et puis, tout en l'écoutant, je pouvais réfléchir à ce que j'allais bien pouvoir raconter à Sembles.

Je savais que la seule solution de ce côté était de me pointer là-bas, d'ouvrir la bouche et d'espérer que tout irait pour le mieux. En guise de mesure palliative, je poussai Ellis dans ses derniers retranchements jusqu'à ce qu'il ne me reste plus que cinq minutes avant de devoir me mettre en route. Je m'étais habillée pendant qu'elle bavassait allègrement. Dieu soit loué pour les longs fils téléphoniques.

34

Un message était punaisé à la porte de Sembles : "Madeline Je reviens dans cinq minutes."

J'étais en retard. Il m'avait fallu un bon moment pour localiser son domicile parmi le dédale de minuscules bungalows bâtis près de la gare de triage.

C'était un quartier propret, avec la verte précision de ses jardinets grands comme autant de mouchoirs de poche et ses alignements de bicyclettes d'enfants. Toutes les rues portaient le nom d'un président des Etats-Unis. Il ne devait pas y avoir un seul drogué dans le voisinage.

Je relus le message.

Alors que j'avais bel et bien déclaré à Sembles que les méchants reconnaîtraient ma voiture, ou peut-être parce que je l'avais fait, je fus prise de peur en voyant mon nom affiché sur sa porte.

J'ôtai le papier et le fourrai dans ma poche, geste qui fit vaciller la porte sur ses gonds. Cette légère entrouverture suffit à laisser échapper une bouffée d'air nauséabond. La maison puait. Le genre d'effluve musqué et envahissant qui se dégage d'un frigo laissé mal fermé pendant plusieurs jours en plein mois de juillet. Je saisis la poignée pour empêcher la porte de s'ouvrir davantage, puis je frappai en criant "Monsieur Sembles ?" deux ou trois fois avant de trouver le courage de franchir le seuil.

L'odeur devint aussitôt plus forte. Je la sentis me tapisser la gorge et les narines, et d'instinct je me mis à respirer par la bouche, mais cette pestilence était telle que j'en avais littéralement le goût sur le palais.

Quand mes yeux se furent adaptés à la pénombre, la première chose que je vis fut une main pâle et couverte de taches brunes balancée pardessus l'accoudoir d'un canapé, dans l'encadrement de la porte située au bout d'un vestibule microscopique. On entendait un vague bruit de fond, comme le bourdonnement d'une télé dont on aurait beaucoup baissé le son.

Je me demandai si, oubliant notre rendez-vous, Sembles s'était endormi devant son poste allumé, mais dans ce cas-là il n'aurait pas laissé de message. Je m'immobilisai et m'éclaircis ostensiblement la gorge dans l'espoir qu'il se réveillerait sans que je doive le secouer.

Comme la main ne bougeait pas, je fis encore un pas en avant et m'écriai "Génial !" en découvrant l'avant-bras et le poignet de chemise mouchetés de sang.

J'inspirai profondément, retenant mon souffle, et m'avançai pour contempler toute la scène. Ce bourdonnement qu'on entendait, c'étaient les mouches bleues. Elles étaient partout : autour de sa tête, au coin de ses yeux, et surtout massées sur son cou.

Ses membres étaient curieusement disposés. Le genou gauche plié et tourné vers l'extérieur, la jambe droite reposant sur le canapé, comme prête à donner un coup de pied. Le bras droit était parallèle, très haut sur le dossier. Les pieds semblaient danser une petite gigue.

Struwwelpeter. J'aurais reconnu cette position même sans les deux pouces tranchés et fourrés dans la bouche de Sembles, même sans les longs ciseaux plantés dans son cou.

Je ravalai ma bile.

Du cou aux genoux, les vêtements de Sembles étaient saturés de sang, maintenant épaissi, pâteux, si bien que le tissu ressemblait à du cuir brun-rouge, mais le châle aux teintes pastel protégeant les coussins du canapé était immaculé.

Tout paraissait trop propre. Ce n'était pas ici qu'il avait été tué.

Je restai plantée là, hébétée, incapable de fermer les yeux mais dans l'impossibilité aussi de concentrer mon regard sur lui.

Par une porte ouverte, j'aperçus la cuisine et je songeai que je n'étais peut-être pas seule avec les vestiges de Sembles.

Je me dirigeai lentement vers le chambranle en tâchant de voir l'ensemble de la pièce : des assiettes et une canette de Coca près de l'évier, une gazinière vert terne incrustée de graisse et de poussière, un néon encore allumé et grésillant au plafond alors que le soleil de midi se répandait dans cette cuisine.

Je levai les yeux. L'une des chaises capitonnées avait été écartée de la petite table et renversée contre le mur, ses pieds chromés dressés comme pour ruer en signe de protestation.

Sur la table, un verre avait roulé, répandant un liquide brun d'aspect poisseux (peut-être le Coca ?) en une tache qui séchait peu à peu.

Une mouche solitaire arpentait le contour de la tache, en quête de sucre, ratant ainsi le festin offert dans le salon.

L'assassin n'était donc pas un invité venu prendre un verre amical avec sa victime, puisque Sembles avait visiblement sursauté, à moins qu'on ne l'ait tiré de sa chaise.

Il y avait deux autres portes derrière la table, toutes deux entrouvertes. Je m'approchai : un placard à balais et une chambre vide. J'étais si nerveuse que lorsque je me remis à respirer normalement je fus prise de vertige et dus m'agripper au plan de travail.

Je fis demi-tour et repartis très lentement vers la pièce où se trouvait Sembles. Encore une porte à ouvrir. Comme dans *Tournez manège*.

A l'intérieur, rien. Une salle de bains des années 1950, grise et rose, comme des sparadraps sur un éléphant. J'arrivai juste à temps près de la cuvette des toilettes pour vomir mon café du matin, puis je regagnai le salon et décrochai le téléphone du mort.

Quand l'opérateur de police secours répondit, je dis :

— Je voudrais signaler un meurtre.

— Où a-t-il eu lieu, madame ?

— Je suis chez la victime. J'avais rendez-vous avec elle mais elle est, comment dire, morte…

— Madame, j'ai besoin de l'adresse précise.

Je baissai les yeux, comme si elle était inscrite au creux de mon poignet.

— 1913, Fillmore Road, près de la gare de triage.

— Je vous envoie les services d'urgence.

— Vous ne pourriez pas simplement m'envoyer les flics ? Il n'y a plus rien à faire pour le sauver, vous savez.

Il aurait pu y avoir quelque chose à faire. Il aurait pu ne jamais être question de sauver Sembles si je n'avais pas foutu la merde en l'obligeant à me parler. C'était bien gentil de croire que je pouvais mener ma petite enquête, fourrer mon nez partout en jouant les Sherlock Holmettes. Sans moi, Sembles n'aurait pas été en train de pourrir dans cette chaleur où il se transformait en flaque de jus de viande à vitesse grand V. J'avais senti que ce que je faisais n'était pas bien mais j'avais préféré considérer que cette petite voix métallique était celle de ma peur et non celle de ma conscience.

J'inhalai un grand coup et m'étranglai de nouveau.

— Madame ? s'inquiéta la voix.

— Euh… oui ?

— Pourquoi n'allez-vous pas vous asseoir dehors ? Respirez un peu d'air, comme ça vous pourrez guider la police et les secours quand ils arriveront.

— Très bien, répondis-je alors que la tête me tournait. D'accord, très bien. Je vais faire ça. Merci beaucoup. Merci de votre aide.

Et comme je l'avais fait la veille en terminant ma conversation avec Sembles, je raccrochai brutalement sans dire au revoir.

D'un pas tremblant, je sortis de la maison et attendis sur le seuil l'arrivée des flics, en me mordant l'intérieur des joues, confrontée à l'énorme et lamentable certitude d'avoir provoqué la mort de quelqu'un.

Je me sentis perdre connaissance et, après avoir titubé un peu, je descendis une marche du perron et laissai mes genoux se dérober, les mains écartées pour garder l'équilibre. Je tombai comme un poids mort. A l'atterrissage, j'entendis mon coccyx frapper violemment le béton.

La douleur était atroce et ne fit qu'empirer, comme le choc d'une eau tellement chaude qu'elle paraît froide, une douleur de plus en plus aiguë jusqu'au moment où tout mon corps se mit à en vibrer, mes fesses, mes dents, mes côtes et les orbites de mes yeux. Je ne pouvais faire rien d'autre que serrer les bras autour de mes genoux et attendre que ça passe.

Une fois le paroxysme atteint, la torture devint peu à peu moins intense, plus lentement qu'elle ne s'était aggravée, mais chaque soulagement était une vraie bénédiction. La douleur refluait, mourant jusqu'à ne plus former qu'un élancement dans le bas du dos.

Tout était de nouveau clair et net. Je respirais. J'étais en vie. Merci.

Je pouvais de nouveau réfléchir.

Je me mis à m'interroger quant au message punaisé à la porte. L'intérieur de la maison était impeccable, sans aucune trace de lutte. Si Sembles n'avait pas été tué chez lui, on l'avait apporté mort et il n'avait donc pas pu laisser lui-même ce billet.

L'assassin connaissait mon nom. Il savait que j'étais attendue.

A combien de personnes en avais-je parlé ? *Réfléchis.*

A Lapthorne, bien sûr, mais Ellis avait passé toute la nuit avec lui à New York.

A Ted. A Wilt. A Simon.

J'avais pris ce rendez-vous avec Sembles la veille au soir, vers 20 heures, donc je savais qu'il vivait encore à ce moment-là. L'horloge de la voiture affichait 11 h 15 quand je m'étais garée.

Nous étions à six heures de New York, donc Lapthorne était heureusement exclu de la liste des suspects. Je lui avais parlé hier soir à 22 heures et le lendemain, vers 9 heures, Ellis m'avait dit qu'il était dans la cuisine, ce qui ne lui laissait pas le temps d'avoir fait l'aller et retour.

Le sang était poisseux et coagulé, donc Sembles devait être mort depuis un bon moment. Pendant combien de temps le sang restait-il liquide ? Les flics pourraient me renseigner.

Mon cerveau balbutiait. Comment avait-on pu faire entrer le corps ? Cela avait dû se passer de nuit. Il n'y avait pas de garage où pénétrer directement en voiture et les maisons étaient trop entassées les unes sur les autres pour qu'on puisse ne pas être repéré en arrivant sur le pas de la porte avec un cadavre sur l'épaule, en plein jour. Et puis c'était un quartier ouvrier, donc les gens se levaient de bonne heure pour aller travailler. Sembles avait dû être ramené ici avant 5 heures du matin, environ.

La première voiture de police se gara bruyamment au bord du trottoir et je tentai de me lever. Quand je compris que mes jambes refusaient de fonctionner, je fondis en larmes.

Deux flics sortirent du véhicule : un vieux trapu, aux cheveux gris coupés en brosse, et un rouquin aux allures de gamin qu'on aurait bien vu en train de bâiller pendant son cours de maths au lieu de se promener armé, en uniforme bleu, avec de grosses godasses noires aux pieds.

Ils claquèrent les portières et s'engagèrent sur le chemin dallé. Le moteur émit un cliquetis causé par son refroidissement progressif.

— Le mort est là-dedans, dis-je en reniflant, toute tremblante. Il s'appelle Archie Sembles. J'étais censée lui parler pour mon journal.

Une deuxième voiture arriva, puis un camion de pompiers et, deux minutes plus tard, une ambulance. Tout le long de la rue, les voisins commencèrent à sortir de chez eux.

J'écartai une mouche de mon visage en pensant aux autres endroits où elle pouvait s'être posée récemment et je me sentis franchement mal.

Le flic plus âgé et les deux hommes de la deuxième voiture discutèrent avec l'équipe médicale avant d'entrer. Le rouquin s'assit à côté de moi, une marche plus bas, et prit son bloc-notes.

— Madame, vous pouvez me donner votre nom et votre adresse ?

Je le regardai. Il était plus jeune que moi. L'air innocent, mignon comme tout.

— Madeline Dare. 206, Green Street. Dans le centre-ville.

Selon la plaque qu'il arborait sur la poche de sa chemise, il se nommait Franklin.

— Très bien, mademoiselle Dare, pouvez-vous me raconter un peu ce qui s'est passé ici aujourd'hui ? Vous avez déclaré que vous deviez parler d'un journal avec la victime ?

— Non, pas *d'un* journal...

La mouche revint tournoyer lentement, en cercles distendus, comme ivre. Rassasiée.

— Je ne venais pas lui proposer un abonnement...

La mouche piqua droit vers mon visage, comme un albatros charognard.

Je tentai de la faire fuir, d'une main faible et nerveuse. Je fermai le gosier pour éviter une nouvelle remontée acide.

— Mademoiselle Dare ?

Franklin semblait très inquiet.

Je plongeai dans ma poche pour y dénicher ma carte de visite du *Weekly*. Je la lui tendis et fermai les yeux.

— Madeline ? Tout va bien ?

Je secouai la tête. Très. Lente. Ment.

J'étais tout en sueur, comme si le mauvais jus que j'avais dans le ventre allait me suinter à travers la peau si je refusais de le laisser inonder ma gorge.

— Vous allez vous évanouir ?

— J'ai envie de vomir.

— Je vais vous dire un secret, murmura-t-il. Moi aussi.

J'ouvris les yeux.

— Merci.

On lui aurait donné dix ans, grand maximum. Je le jure.

— Eh, vous vous appelez comment ? Vous êtes l'agent Franklin, mais c'est quoi, votre prénom ?

— Grant.

— D'accord. Grant.

— Vous voulez vous pencher en avant ? Ça aide, quelquefois, de laisser sa tête pendre entre ses jambes.

— On devrait peut-être essayer tous les deux ?

Il détourna les yeux, un peu gêné.

— Il y a pas de mal, dis-je.

Les flics plus âgés s'avancèrent vers nous, comme un bataillon menaçant.

Il se mit debout.

Je ne voulais pas le laisser partir.

— Grant ?

Il baissa les yeux vers moi.

— N'entrez pas, c'est vraiment immonde.

Ils me chargèrent délicatement dans la voiture. Le siège arrière était entièrement composé de plastique noir et dur.

35

Je dois avouer que les agents Sully et Franklin se montrèrent formidables. Ils s'arrêtèrent à l'instant précis où je leur signifiai que j'allais vomir et Franklin (Grant) m'offrit gentiment une pastille à la menthe après mon ultime giclée de bile jaune vif sur le bord de la route.

Je leur présentai des excuses répétées et Sully répondit qu'il n'y avait absolument pas de quoi faire tant d'histoires, qu'on ne savait jamais à quel moment on pourrait avoir envie. Certains des types les plus solides qu'il connaissait avaient eu l'estomac tout retourné à l'improviste et, personnellement, il était déjà bien content que j'aie eu le temps de sortir de la voiture.

Je me sentais mieux, mais j'avais encore l'impression que tout se passait dans la pièce voisine. Même quand j'avais vomi, je n'avais pas réellement vécu l'incident, je m'en étais plutôt souvenu alors qu'il se déroulait encore. La sensation de déjà-vu, mais à l'envers. C'était bizarre parce que, aussitôt après avoir découvert le cadavre de Sembles, tout m'avait semblé hyper-réel pendant un moment, comme si j'avais été doublement présente sur les lieux, mais à présent tout était flou, tremblotant sur les bords, comme si Dieu avait appuyé sur la pédale ouah-ouah.

Le commissariat ne se trouvait qu'à cinq minutes de chez Sembles et lorsqu'ils m'eurent transportée à l'intérieur ils m'annoncèrent que l'inspecteur voulait simplement me parler de ce que j'avais vu. C'était la procédure normale quand quelque chose de semblable se produisait, ils discutaient avec tout le monde afin de s'y repérer un peu. Si je le désirais, ils pouvaient prévenir quelqu'un pour moi et même me donner du bicarbonate de soude pour me calmer un peu l'estomac.

J'accueillis avec joie cette proposition et répondis qu'il y avait sûrement quelqu'un à prévenir mais que je ne savais pas encore qui. Peut-être un collègue au journal, puisque mon mari était au Canada. Comme ma voiture était restée là-bas, devant la maison, je devrais sans doute leur demander de me reconduire chez moi mais je pourrais peut-être rentrer à pied parce que ce n'était vraiment pas si loin que ça.

Je songeai qu'ils ne m'avaient pas lu les droits Miranda, donc ils ne me considéraient probablement pas comme un suspect.

Ils me traitaient avec amabilité, pitié et sollicitude, pas avec méfiance, mais c'était peut-être l'attitude qu'ils avaient quand ils vous soupçonnaient vraiment ? Je ne savais pas.

Ma seule expérience des flics, à part Schneider et Kenny, se réduisait à quelques procès-verbaux pour excès de vitesse et une réprimande quand j'avais fait une chute de mobylette. Ceux-ci étaient peut-être en train d'adapter à mon cas le numéro classique du bon flic et du méchant flic.

Sully me demanda si je voulais m'asseoir, parce que j'avais de nouveau l'air pâle. Je n'étais pas obligée de décider tout de suite qui il fallait appeler, je pouvais prendre mon temps, personne n'était pressé. De toute façon, je devrais peut-être attendre un peu avant que l'inspecteur revienne de la scène de crime. Franklin quitta la pièce et revint avec mon verre de bicarbonate. Je le remerciai et sirotai avec gratitude, au moins parce que cela me condamnait à me taire.

Malgré mes réticences, le choc m'avait visiblement rendue trop bavarde. Avant de cracher tout le morceau, il était temps que je réfléchisse à ce que j'allais bien pouvoir raconter à l'inspecteur. J'ignorais tout du système local ; j'étais à peu près sûre qu'aucun des membres de la brigade actuelle n'avait jadis traité l'affaire des jeunes filles aux roses, mais ces types étaient peut-être tous de vieux amis ou même de vieux ennemis de Schneider, auquel cas il vaudrait mieux ne pas prononcer son nom.

Après tout, ils invitaient peut-être encore Schneider à leurs barbecues et à leurs parties de crapette. Dieu sait que l'affaire traînait depuis assez longtemps pour qu'ils aient envie de coffrer le premier suspect qui se présentait. Je ne voulais évidemment pas que Lapthorne et même Ellis soient impliqués dans cette histoire, surtout maintenant que son innocence semblait prouvable à la face du monde entier.

Je m'accrochai à l'idée que je ne devrais mentionner aucun élément sur lequel je ne serais pas spécifiquement interrogée, puis je compris que la meilleure personne à contacter serait Wilt. D'abord parce que je voulais lui annoncer que j'avais prévu ce drame, que nous avions précipité Sembles dans la pire des impasses. Ensuite parce qu'il était absolument le seul qui ne pourrait pas me répondre : "Je te l'avais bien dit", réflexion que je ne souhaitais surtout pas entendre à ce moment précis.

Sully me permit d'utiliser le téléphone placé sur son bureau. Quand mon appel lui fut transmis, Wilt s'exclama :

— Salut, Maddie. Ça s'est passé comment, ta première grande interview ?

— Elle n'a pas eu lieu. Sembles est mort.

— Merde ! Merde, alors. Et j'imagine que ce n'est pas juste une gentille crise cardiaque ?

— Il était... Non, ce n'était pas aussi simple.

— Ah merde... Ah ! Et toi, ça va ? Où es-tu ?

— Au commissariat. A Bridgeport. Je dois parler à l'inspecteur dès qu'il sera revenu, mais tout à l'heure j'aurai peut-être besoin qu'on me reconduise chez moi.

— Pas de problème. Je reste à côté du téléphone en attendant que tu rappelles. Conserve ton calme. Sois polie mais, tu sais, *garde la foi.* Tu vois ce que je veux dire ?

— Tout à fait. Il y a eu un moment où je n'étais pas très vaillante mais maintenant je crois que ça va. Ils ont été très gentils avec moi.

J'adressai à Sully et à Franklin le plus beau sourire dont j'étais capable.

— Parfait, dit Wilt. Le peuple au pouvoir ! Les hippies, nom de Dieu.

L'entretien avec l'inspecteur fut vite expédié. Il s'appelait Fritz Huber et ressemblait comme deux gouttes d'eau à Kermit, la grenouille du *Muppet Show*. Il me serra la main avec sa petite patte mouillée avant de m'emmener dans son bureau situé dans un coin de la pièce principale. Les murs étaient peints en vert menthe jusqu'à mi-hauteur, puis en beige fané au-dessus. Quelques vieilles chaises olivâtres attendaient le client ; la sienne était montée sur roulettes.

— Vous connaissiez ce bonhomme en dehors du cadre professionnel ? demanda Huber en remontant la ceinture de son revolver pour mieux caler sur son siège sa bedaine de batracien.

Le bureau, d'un vert sale, assez massif pour supporter le fardeau croissant des forces de l'ordre, semblait sorti de quelque surplus militaire. Kermit s'accouda sur ses bras minces comme des baguettes et se mit à feuilleter un cahier à spirale aux pages vert menthe.

— Je l'ai rencontré à la fête foraine, répondis-je. Ça m'a paru sympa de lui consacrer un article. Il découpait des portraits dans du carton... Il savait tout sur l'art de la silhouette. C'était une personnalité locale, vous voyez ? Le genre de truc que les lecteurs aiment bien.

Huber se renfonça dans sa chaise et pivota lentement vers moi, en m'adressant un regard sceptique par-dessus ses lunettes.

Et voilà, pensai-je. Les crachouillis et les couinements du système de transmission des messages radio vinrent combler le silence tandis qu'il m'observait, mais il baissa les yeux et se contenta de demander quand j'avais parlé à Sembles pour la dernière fois, où j'avais passé la nuit précédente, et si j'avais vu qui que ce soit dans le voisinage avant ou après avoir découvert le corps. Pas "Comment avez-vous fait pour tuer ce type ?" ou "Qu'est-ce qui vous a pris, de vouloir l'assassiner ?".

Il posa son stylo, toussa dans son poing, puis introduisit d'épais formulaires en triple exemplaire dans sa vieille Underwood verte. Tout était vert, de cette couleur qu'on choisit pour les hôpitaux psychiatriques afin d'apaiser les malades.

Je lui indiquai mon adresse, qui lui fit hausser le sourcil (pour habiter le centre-ville, je devais être une dangereuse gauchiste), puis mon métier et mon numéro de téléphone.

— Nous aurons besoin de vos empreintes, si ça ne vous dérange pas. Pour vous exclure de toutes celles qu'on aura relevées dans la maison.

Je songeai aussitôt que cela excluait à peu près toute reconversion dans l'emploi de voleuse internationale de bijoux. J'en fus curieusement peinée puis je me sentis affreusement coupable de n'être pas morte alors que Sembles l'était. Etais-je donc sotte de m'affliger pour si peu !

Franklin l'écolier se vit confier la tâche intime de faire rouler le bout de mes dix doigts sur un tampon encreur puis sur un morceau de carton. Mes mains tremblaient dans la sienne. Etait-ce un test ? Il me tendit une feuille d'essuie-tout, mais cela ne suffit pas pour ôter l'encre.

J'assurai Huber que je ne quitterais pas la ville pendant toute la durée de l'avenir prévisible et que je serais ravie de répondre aux autres questions qu'il voudrait me poser. Il me remit sa carte en me demandant de l'appeler si un détail me revenait à l'esprit, qu'il me semble important ou non.

Je le remerciai, lui serrai la main soigneusement avec mes doigts tout noirs et promis de ne pas oublier.

Je fourrai mes poings dans mes poches dès que je fus sortie, et me rappelai seulement alors que j'avais encore le billet punaisé à la porte de Sembles.

Je restai dehors pour attendre Wilt, en tentant d'anticiper mes prochaines actions. Il était peut-être temps de rentrer dans le commissariat en courant, de leur remettre la pièce à conviction en leur parlant du lien avec les jeunes filles aux roses. Mais avais-je envie qu'ils sachent que le meurtrier me connaissait ? Qu'il savait que je devais venir ?

Puis je me dis que je devrais peut-être me laver de toute cette affaire et me remettre à écrire des articles sur les sujets où je me sentais à l'aise, les haricots verts et les confitures, tant qu'à faire.

Après tout, Lapthorne avait un alibi crédible. Les flics allaient peut-être trouver un kilo de silhouettes découpées de Sembles sous l'évier de la cuisine et croire que je m'étais rendue chez lui pour faire le ménage. Pire encore, ils croiraient peut-être que j'étais venue livrer le paquet.

Ma paranoïa fut redoublée par le parfum d'héroïne que dégageait la fidèle Gremlin bleue de Wilt. Il s'extirpa de derrière le volant, dépliant ses longues jambes pour dominer la voiture de toute sa hauteur.

Il avait desserré le nœud de sa cravate large à motifs cachemire qui pendait maintenant, toute tirebouchonnée, devant le troisième bouton de sa chemise. Son costume semblait avoir passé une semaine entière enveloppé dans une serviette humide. Simon sortit du siège passager et s'installa à l'arrière.

— Tu achètes du désodorisant pour ta bagnole dans les boutiques *peace and love* ? demandai-je.

Je refermai la portière en vitesse, dans l'espoir que ces émanations resteraient limitées, n'attireraient pas une équipe de chiens policiers et ne déclencheraient pas les détecteurs de fumée du commissariat.

— Heureusement que tu ne m'as pas amenée ici, sinon j'aurais dû te supplier de venir payer ma caution.

— Tu veux baisser les vitres ? demanda Wilt en démarrant.

— Pas avant qu'on ait passé la frontière. Merci d'être venu me chercher.

— C'était bien le moins que je puisse faire, puisque c'est moi qui t'avais poussée à agir. Il était comment, l'inspecteur ?

— Il m'a posé des questions de routine, je pense. Où j'étais hier soir, ce que j'étais censée faire avec Sembles aujourd'hui, si j'ai vu quelqu'un sur les lieux. En partant, j'ai eu une soudaine envie de retourner leur dire tout ce que je savais, même si je n'en sais pas tant que ça.

— D'après mon expérience, on peut toujours aller les revoir et leur en raconter davantage, mais on n'a jamais l'occasion de revenir sur ce qu'on a dit. Je pense que tu devrais garder tout ça pour toi et voir où ça te mènera, du moins pendant quelques jours… mais tu risques de ne plus m'écouter avant un bon moment, si tu as deux sous de jugeote.

Wilt se tut pendant une minute, puis reprit.

— Ecoute, Maddie, je m'en veux pour ce qui vient de t'arriver. Je croyais que tu étais paniquée parce que tu étais novice et je n'ai pas su tenir compte des réserves légitimes que tu avais à la perspective de harceler ce type.

— Wilt, je ne me suis pas écoutée non plus. Ted m'avait énervée en suggérant que j'étais incapable de traiter ce dossier, alors que je savais pertinemment que je partais à l'aveuglette. Ne t'en fais pas pour ça. Tu sais où on est censés aller ?

— J'ai l'adresse… Simon l'a cherchée pour moi.

Simon se pencha vers l'avant et passa la tête entre les deux sièges.

— J'ai décidé de vous accompagner, pour prendre des photos au cas où on en aurait besoin plus tard, dit-il. Comment tu te sens, Madeline ? Ça a dû être horrible d'entrer dans cette baraque et de le trouver comme ça.

Je croisai son regard dans le rétroviseur. Il paraissait encore plus pâle, plus hagard et plus soucieux que d'habitude. Ses joues rondes, son crâne chauve et sa tonsure entourée de boucles brunes lui donnaient l'air d'un moine jadis joyeux mais aujourd'hui atteint de dépression clinique, qui passait toutes ses heures de veille dans un scriptorium obscur. Il ne lui manquait qu'une petite robe de bure à capuchon, avec cordelière et sandales. Quant à la chemise de crin pour mortifier le corps, cela allait sans dire.

— J'ai connu de meilleures matinées, répondis-je, mais Sembles aussi, le pauvre.

Nous nous garâmes juste derrière ma voiture, devant la petite maison du mort, et nous sortîmes tous.

36

Les deux hommes me suivirent, si bien que nous arrivâmes au parking du journal à peu près en même temps. Wilt et Simon partirent vers leurs bureaux, mais j'hésitai.

— Vous savez, les gars, finis-je par dire pendant que nous attendions de pouvoir traverser la rue, je ne suis pas sûre de vouloir monter tout de suite. J'aimerais bien discuter avec mon copain Kenny, au *Crown*, si vous êtes d'accord. C'est un ancien flic et il a suivi toute l'affaire. Il faut que j'aille tout lui raconter.

— Une bière te fera du bien, Madeline, me conseilla Wilt. Mais promets-moi de manger quelque chose d'abord, tu veux ? Et évite ces saletés d'œufs au vinaigre !

— Alors je prendrai des pieds de cochon !

Wilt me tapota le dos.

— Ménage-toi, Madeline, dit Simon.

Puis ils se dirigèrent tous deux vers l'étroite porte vitrée du *Weekly*.

Quand j'entrai dans le bar, Kenny était en train de scotcher au-dessus du comptoir une feuille déjà souvent photocopiée. On y voyait comme une guirlande de fesses ailées avec au centre la légende suivante : "Si les trous du cul pouvaient voler, ce bar serait un aéroport !"

— Charmant, commentai-je et il regarda par-dessus son épaule en m'adressant un grand sourire.

— Question charme, tu es une experte, Madeline. Je te sers un Shirley Temple ?

— J'aimerais mieux un whisky-bière-tequila.

— C'est un peu tôt pour ça, tu ne crois pas ?

— Quelqu'un a été tué à cause de moi. Je suis ici pour en finir avec les "Je te l'avais bien dit".

— Je ne dis jamais ce genre de chose. C'est le meilleur moyen d'augmenter mon espérance de vie.

— Ça et éviter ma compagnie.

Il hocha la tête, prit sous le comptoir un long verre étroit et se mit à me préparer un Shirley Temple.

— Elle a quel âge, ta grenadine ? demandai-je avant d'en boire une gorgée.

— Tu ferais mieux de t'inquiéter de la cerise. Le bocal était déjà là quand j'allais à la maternelle.

Je levai le verre et ingurgitai un peu du liquide rose, sucré et onctueux.

— Mais dis donc, c'est bon, en fait !

— Je sais mélanger les cocktails. Ça t'étonne, hein ! Tu as mangé quelque chose depuis que tu as vomi ?

Je rougis.

— Quoi, j'en ai sur ma chemise ?

— Disons simplement que j'ai déjà senti des haleines plus parfumées. Pas aujourd'hui, bien sûr, dit-il en désignant d'un mouvement de la tête les deux vieillards accoudés à l'autre bout du comptoir. Alors, c'était qui ?

— Sembles.

— C'est toi qui l'as trouvé mort ?

Je fis signe que oui.

— C'était moche ?

J'allais lui parler des pouces coupés, des ciseaux et des mouches, mais je sentis tout à coup une acidité dans mon estomac et des picotements dans mes paupières. Comme je ne voulais pas me remettre à pleurer devant Kenny, je haussai les épaules et baissai la tête comme s'il y avait eu quelque chose de fascinant au fond de mon verre.

Kenny garda le silence pendant une minute. Il me prit la main, la tint dans les siennes, la paume levée, et étudia mes doigts encore noircis par l'encre.

— Donc tu as appelé les flics, finit-il par dire. Et ils t'ont emmenée au commissariat. Tu leur as expliqué toute l'histoire, le lien familial et tout, et tout ?

— Je voulais d'abord t'en parler.

Je retirai doucement ma main et agitai mon cocktail de gamine avec la paille, au comble du désespoir.

— Finis de boire et va te laver les mains, m'ordonna-t-il. Après, je t'apporterai tes tartines grillées.

En allant aux toilettes des femmes, je repensai à ma promesse d'appeler Lapthorne. J'aurais préféré pouvoir appeler Dean.

J'aurais dû retourner au boulot pour discuter avec Ted, pour remercier encore Wilt d'être venu à mon secours et Simon d'avoir été aussi rassurant qu'à l'accoutumée. Je me savais incapable de suivre ce programme. L'épuisement succédant à la montée d'adrénaline allait me maintenir le cul rivé au tabouret du bar. J'aurais simplement aimé que Kenny ait un lit dans son bar, du genre de ceux qu'il y a pour la sieste dans les jardins d'enfants.

Dans cette petite pièce dégueulasse, je tentai en vain de me récurer les mains avec des serviettes en papier brun mouillées et du savon rose sirupeux. Puis je pompai encore un peu de savon dans mes mains et j'en mis dans ma bouche, en renversant la tête sous le robinet d'eau chaude afin d'en faire un gargarisme.

Quand je regagnai mon tabouret, les jambes toutes molles, Kenny avait déjà déposé sur le comptoir une assiette de toasts beurrés.

— Merci.

— Ne parle pas, mange.

Il resta planté devant moi, les bras croisés, jusqu'à ce que j'aie englouti la dernière bouchée. Je n'allais pas très vite : pour la première fois de ma vie, j'éprouvais un total manque d'appétit.

— Alors, commença Kenny.

Je hochai la tête en contemplant la surface luisante du comptoir. L'heure du sermon avait sonné.

— Je suppose que tu as une preuve concrète que Lapthorne était ailleurs la nuit dernière ?

— Comment le sais-tu ?

— Parce que, sinon, c'est la première chose que tu m'aurais dite en arrivant ici. Je te connais assez pour savoir ça, Maddie. Tu te crois fragile, gentille, mais avec toi, dans ces cas-là, c'est tout noir ou tout blanc. Si ton cousin n'avait pas eu d'alibi, tu l'aurais dénoncé à la minute où tu entrais dans le commissariat. Malgré ce que je t'ai raconté, son séjour en prison, etc. Alors pourquoi ne pas commencer par ce fameux alibi, en continuant par les événements de la journée ? On verra ensuite ce qu'on décide de faire.

Je lui parlai donc des coups de fil d'Ellis et de Lapthorne, ce matin-là et la veille au soir. Il hocha la tête lorsque j'évoquai la propreté du canapé sous le corps de Sembles et, après m'avoir demandé si j'avais vérifié si la maison avait une cave ou une remise, il admit que le meurtre avait sans doute eu lieu ailleurs.

— Si j'étais encore dans la police, je consulterais la liste des appels téléphoniques pour voir si quelqu'un d'autre lui a parlé hier soir, dit Kenny. Mais l'individu mystère aurait aussi bien pu se pointer directement chez lui, donc ce n'est pas forcément important. Décris-moi bien à quoi il ressemblait quand tu l'as trouvé.

Je brossai un portrait complet du cadavre : les pouces tranchés et fourrés dans la bouche, les ciseaux enfoncés dans le cou, le corps disposé comme pour une exposition. Kenny me questionna sur l'allusion à *Struwwelpeter* et je lui expliquai que Sembles y avait fait référence quand j'étais allée le voir la première fois.

— Donc c'est le deuxième crime associé à une histoire, à un truc de gosses, pas vrai ?

— Exact.

— Quel merdier, dit-il.
— Merdier complet…
— Ouais.
— J'oubliais ! ajoutai-je. Il y avait un message sur la porte. Il n'a pas pu l'écrire, mais il y avait mon nom dessus, c'est pour ça que je suis entrée dans la maison alors qu'il n'était pas venu ouvrir.
Kenny se tut et prit le temps de digérer cette information.
— OK, finit-il par dire. C'est notre principal élément, Maddie.
— Le plus effrayant, en tout cas.
— Madeline, ce billet signifie que l'assassin sait… Il sait que tu avais rendez-vous, que tu t'intéresses à l'affaire. Combien de gens savaient que tu allais voir Sembles ?
— Eh bien, j'en ai parlé hier soir à Lapthorne. A part lui, il n'y a que des collègues du journal… Ted, Wilt et Simon.
Je lui expliquai l'histoire des ombres sur les photos, puis lui racontai toute la séance de discussion au bureau, et mon coup de téléphone visant à harceler Sembles.
— Et il n'y avait personne d'autre dans la pièce avec toi ? Rien que ces trois-là ?
Je hochai la tête.
— Tu leur as parlé des pouces ? Ils savent qu'on avait menacé Sembles de les lui couper ?
Je fermai les yeux pour réfléchir et me projeter mentalement toute cette conversation dans le bureau de Ted, assise à la place de Wilt.
— Non. Je ne leur en ai même pas parlé aujourd'hui, après tout ce qui s'est passé. Je n'en ai pas non plus parlé à Lapthorne.

— Tes trois collègues savent que tu n'avais annoncé à personne d'autre ton intention d'aller voir Sembles ?

— Non.

— Dis-leur que tu en avais parlé à d'autres. Dis-leur que tu en as parlé à absolument tout le monde après être rentrée chez toi hier soir.

— Pourquoi ?

— Parce que c'est forcément l'un de ces trois types qui a raconté que tu avais ce rendez-vous aujourd'hui, Madeline.

— Et si je ne leur ai pas parlé de l'histoire des pouces, c'est que l'un d'eux était déjà au courant, ou qu'il a parlé du rendez-vous avec quelqu'un qui était au courant. Quelqu'un comme Schneider.

Kenny donna à sa main la forme d'un revolver et fit claquer sa langue.

— Alors qu'est-ce que je fais, maintenant ? demandai-je.

— Je pense que tu devrais retourner au travail et prendre bien soin de persuader les trois gugusses que tu ne sais rien. Dis-leur que tu as passé la soirée au téléphone avec toutes tes copines. Si tu as un moyen de connaître leur emploi du temps pour hier soir, tant mieux, mais ne pose pas de question trop précise. Surtout à Simon.

— Simon ?

— Je n'aime pas trop l'idée qu'il ait eu en sa possession des photos "supplémentaires", Maddie. Et pense à ses mains. L'assassin était gaucher, tu te souviens ? Tes collègues, je les ai tous vus défiler au bar après le boulot, depuis le temps. Simon, c'est celui qui a les ongles de sa main gauche tout noirs, hein ? A cause des produits chimiques ?

— A cause de l'Amidol, répondis-je en tâchant de me rappeler laquelle des deux mains de Simon était concernée.

Cette idée m'horrifiait. Kenny soupira.

— Je sais. Ça a l'air d'un très brave type. Mais on ne peut éliminer personne de la liste des complices involontaires ou des suspects...

— Comme *Schneider*, dis-je.

— Ou même comme ton cousin.

— Arrête, Kenny !

— Je te répète...

La porte du bar s'ouvrit brusquement.

— Madeline ! Dieu merci, tout va bien ! dit Lapthorne en courant jusqu'à moi.

— Quand on parle du diable, marmonna Kenny tandis qu'Ellis arrivait sur ses talons.

37

— Lapthorne Townsend. Absolument ravi de vous rencontrer, dit mon cousin en se penchant par-dessus le comptoir pour donner à Kenny une solide poignée de main. C'est bon de savoir que Madeline est avec quelqu'un à qui l'on peut faire confiance.

— Le fameux cousin et la belle Ellis ! répliqua Kenny. *Willkommen.* Bienvenue. *Céad míle fáilte.*

Il recula de quelques pas, prit une Labatt's Blue dans le frigo et la fit glisser vers nous.

Debout à l'angle du L que formait le comptoir, Lapthorne arrêta la bouteille d'un geste rapide de sa main droite.

— Merci, monsieur, dit-il en souriant.

C'était un test pour voir de quelle main il se servirait. Je roulai de gros yeux en direction de Kenny, qui m'adressa un haussement d'épaules infinitésimal avant de s'accouder au comptoir en faisant la moue devant la splendide veste de tweed et le pantalon Gucci que portait Lapthorne.

— Comment m'avez-vous retrouvée ici ? demandai-je.

— J'ai essayé ton bureau. Ils n'arrêtaient pas de me dire que tu devais arriver d'un instant à l'autre, alors j'ai fini par renoncer et nous avons sauté dans la voiture.

— Nous sommes d'abord passés au *Weekly*, dit Ellis. Ils nous ont envoyés ici. Que s'est-il passé ? Tu me pardonneras ma franchise, mais tu as l'air complètement décomposée.

— Qu'est-ce que tu dirais si tu voyais dans quel état était l'autre ! répondis-je.

— Grand Dieu ! s'indigna Lapthorne. Il a proféré des menaces ?

— Il aurait eu du mal, susurra Kenny en tenant à la lumière le verre qu'il frottait, vu qu'il était déjà mort.

— Grand Dieu ! répéta Lapthorne en secouant la tête et en me prenant l'épaule. Si seulement tu avais attendu que je te rejoigne, Madeline. Je ne me le serais jamais pardonné, si quelque chose t'était...

— Elle sait se démerder, notre Maddie, l'interrompit Kenny. C'est pas la peine de vous mettre dans tous vos états...

Quand deux mondes s'affrontent, pensai-je. Je n'aurais pas été étonnée si l'un d'eux avait ouvert sa braguette et m'avait pissé dessus pour marquer son territoire.

Ellis me lança un regard plein de compassion.

— On va te ramener à la maison, dit-elle.

Lapthorne se tourna vers moi.

— Puis-je étendre l'invitation à Kenny ?

— Merci, mais je ne suis qu'un pauvre prolétaire, dit celui-ci en regardant ses piteux clients au bout du comptoir. Quelqu'un doit les avoir à l'œil, ces gars-là.

— Vous nous manquerez, répliqua Lapthorne en essuyant d'un doigt immaculé les gouttes de condensation sur le goulot de sa Labatt's. Madeline m'a parlé de vos nombreux talents.

Les lèvres de Kenny se retroussèrent pour former un rictus de mépris que seul un pilier de bistrot aurait pu confondre avec un sourire.

— Excusez-moi un instant, dit Lapthorne.

Dès que la porte des toilettes des hommes se fut refermée derrière lui, Kenny se pencha pardessus le comptoir et me saisit le coude.

— Maddie, je sais que ce Lappy est ton cousin, et tu m'excuseras pour ta famille, mais on n'a pas idée d'avoir un prénom pareil !

Ellis sourit puis s'approcha du juke-box pour que Kenny puisse insulter son galant en privé.

J'étais furieuse. D'accord, Lapthorne portait l'uniforme de la tribu : une chemise Brooks rose avec le minuscule monogramme brodé sur les poignets, des chaussures aussi éphémères que du papier d'emballage. Des vêtements de la marque "Allez vous faire foutre". Des vêtements de la marque "Je n'ai pas besoin de me salir les mains en travaillant", qui vous annoncent que leur propriétaire touche ses rentes tous les mois et qu'il habite un quartier où vous ne mettrez jamais les pieds.

Mais tout comme la tenue de mon cousin signifiait "Bon à rien" aux yeux d'un barman, de même le col avec baleines intégrées de la chemisette blanche de Kenny le classait pour Lapthorne dans la catégorie des paysans. Le tissu synthétique était assez transparent pour que l'on distingue en dessous les contours du maillot de corps. Les pans de la chemise étaient rentrés dans un pantalon noir un peu trop luisant, un peu trop soigneusement repassé. Pas besoin de rayons X à travers le comptoir pour deviner qu'il avait aux pieds de grosses galoches noires de flic, construites pour résister à l'inondation du prochain siècle, et qu'on faisait briller en crachant dessus.

La veste de Lapthorne avait une bonne vingtaine d'années, ses poignets de chemise étaient effilochés et ses chaussures juste assez déformées pour refléter ce qu'il considérait comme un judicieux dédain masculin pour les diktats de la mode, mais rien de tout cela n'aurait pu remédier à la fracture vestimentaire, pas plus que si on lui avait révélé que Kenny se levait tous les matins à 6 heures pour obtenir sur le devant de son pantalon ce pli parfait digne des marines. Il n'y aurait pas d'autres poignées de main échangées sur l'air de *God Bless America*.

Puis je me dis : *Tu es vraiment dingue. Quelqu'un a été assassiné à cause de toi et tu penses à des chaussures.* Mais Kenny se montrait injuste envers Lapthorne et ça, c'était sérieux.

— Ah, ce que tu peux être doué pour cacher ton mépris ! dis-je.

— Je me fous pas mal de ce qu'il pense de moi, ton gosse de riches… Il faut que je te parle d'un autre… élément d'information. Tu peux revenir ce soir ? Toute seule ?

— Je suis tellement fatiguée, Kenny.

— C'est important.
— Demain matin ? Tu ouvres à 10 heures, non ?
— 8 heures.
— 8 heures ?
Il regarda le comptoir et haussa les épaules. Tout pour faire plaisir à la clientèle.
Lapthorne sortit des toilettes. Kenny jeta un coup d'œil dans sa direction, puis revint vers moi.
— Il ne s'est même pas lavé les mains, grommela-t-il entre ses dents.
— Oh, bon sang, il n'est resté que cinq secondes. Il a dû être trop dégoûté pour faire pipi.
— Pédale ! dit Kenny.

— Quel gentil petit bonhomme ! déclara Lapthorne alors que nous sortions du *Crown*.
Je souris : c'était une réflexion typique de Long Island.
Kenny pesait vingt-cinq kilos de plus que Lapthorne et ils avaient à peu près la même stature, mais "petit" était l'épithète appliquée aux commerçants qui avaient donné satisfaction pour un prix raisonnable, en l'occurrence les dix dollars que Lappy avait déposés sur le comptoir quand nous prenions congé. Les chromosomes Y, quelle plaie !
— Je suis garé juste ici, dit-il en désignant une Porsche Carrera noire à cinquante mètres. Je te suis ?
C'était le nec plus ultra automobile : carrosserie noire, intérieur rouge, une voiture rapide et élancée. Un scarabée parfait.

L'esthétisme de Lapthorne avait une vertu rassurante, comme s'il avait le pouvoir de faire disparaître les choses laides, les choses effrayantes. J'avais besoin d'un point d'ancrage. De n'importe quoi.

Je fermai les yeux et je revis Sembles et toutes ces mouches. J'eus de nouveau envie de vomir. Je fis un pas incertain.

Lapthorne m'étreignit d'un geste protecteur, en posant ma tête sur son épaule.

— Il va falloir te reposer. Tu as vu des choses affreuses aujourd'hui.

— Ne pense à rien, me conseilla Ellis.

Et je sentis sa main sur ma nuque, me caressant les cheveux.

Lapthorne portait un parfum délicieux et j'aurais voulu laisser tout mon poids se liquéfier contre lui. Me détendre un moment et laisser quelqu'un d'autre aux commandes.

Je me raidis et me dégageai brusquement.

— Tout est ma faute. Tout ce qui est arrivé.

Il avait encore les mains sur mes épaules.

— Nous devons te ramener chez toi. J'ai de quoi manger dans la voiture. Un peu de porto. Tu as besoin d'être en sécurité, au chaud, de boire quelque chose et de ne plus penser à tout ça. Je vais te raccompagner. Tout ira bien.

Ellis monta donc à l'arrière et je me blottis en biais sur le siège passager, les genoux sous le menton. Le bruit du moteur et l'odeur des sièges me rappelaient exactement la 911 de mon père quand j'étais gamine, quand tout allait encore bien, quand nous formions encore une famille, avant que je commence les conneries. J'eus envie de pleurer mais je me retins, préférant indiquer la route à suivre. Dieu merci, ils se taisaient tous les deux et je n'eus pas besoin d'ajouter quoi que ce soit.

Dès que j'eus franchi le seuil de l'appartement, l'absence de Dean me frappa si violemment que je me mis à pleurer. Après, je sais qu'ils m'enveloppèrent dans une couverture avec la plus extrême gentillesse et qu'ils m'adossèrent à deux oreillers sur le canapé. Lapthorne me donna un mouchoir d'une virginité irréprochable.

Il discuta à voix basse avec Ellis dans la cuisine tandis que je me reposais dans le salon, les yeux fermés.

J'entendis des bribes de conversation, Lapthorne évoquant "un choc terrible, bien sûr" et Ellis, en contrepoint à la voix de basse de mon cousin, prononçant à plusieurs reprises le terme "souci".

Lorsqu'il sortit chercher le porto et le fromage restés dans sa voiture, elle prit dans un placard trois des petits verres de grand-mère Dare, ceux où était gravé un mince liseré de feuilles minuscules, qui servaient jadis pour le jus d'orange.

Ellis s'assit près de moi et Lapthorne nous servit à boire à tous les trois.

Au lieu du rubis profond auquel je m'attendais, le porto avait une teinte tirant sur le roux.

Au début, je lui trouvai un goût de raisins dorés macérés, qui se réincarna ensuite en caramel au beurre, avant sa métempsycose finale en noisette. J'avalai et ma gorge en fut comme réchauffée par le soleil dans un pays rocheux et sans arbre, au bord de la mer.

— Oh là là…

Ellis avala sa première gorgée.

— Excellent, confirma-t-elle.

— Tu as des pommes ? demanda Lapthorne.

Je désignai deux Granny Smith dans un panier, sur le dessus du frigo. Il sortit de sa poche un couteau suisse et les découpa en quartiers avant d'ôter le trognon de chaque morceau.

— Bon, dit-il en nous tendant une lamelle à toutes les deux, mordez-y une bouchée puis buvez après avoir mangé.

Le porto prit une saveur fumée, de grand air inhalé dans les bois, près de Salzbourg, par une de ces après-midi d'octobre qui, selon John Cheever, "vous font remarquer que votre pull n'est pas épais".

— Comme un goût de truffes, commenta Ellis, ou plutôt comme le goût que les truffes devraient avoir.

Nous goûtâmes le fromage, puis de nouveau le porto désormais nettement caramélisé, avec une pointe de cidre où le fruit s'affirmait avec force.

— Tu te sens un peu mieux ? demanda Lapthorne alors qu'Ellis me tenait toujours la main.

Je frissonnai.

— Je voudrais juste revenir en arrière. Faire en sorte que rien ne soit arrivé.

— Tu n'as pas le droit de parler de ça ce soir, dit-il. Tradition familiale ! Ce soir, on boit et on parle d'autre chose… de mobilier, par exemple.

Lapthorne retira ses chaussures et s'assit en tailleur tout en balayant la pièce du regard.

— Cet endroit est un cadre parfait pour vous deux… totalement imprévisible mais tout à fait juste. Tu as toujours été une petite fille très futée, chêêêre cousine. Je suis ravi que tu sois devenue une jeune femme charmante et, d'après ce que m'a appris cette chère Ellis, j'approuve absolument ton choix en matière d'époux.

Il fit tinter son verre contre les deux nôtres, en nous regardant chaque fois dans les yeux.

Nous passâmes un moment à parler de tout et de rien, apaisés par le porto et le fromage. Je me sentais à l'abri, bien au chaud et bien fatiguée. J'écoutais Lapthorne me questionner sur la meuleuse de Dean, me demander comment nous avions dégoté cet appartement, qui lui plaisait beaucoup. Quand j'étais incapable de lui répondre, Ellis reprenait la parole et enchantait Lappy en lui racontant nos aventures à la fac.

— Vous allez dormir dans notre chambre, tous les deux, finis-je par dire.

Ellis se déclara d'accord.

Lapthorne remplit à nouveau mon verre. En me le tendant, il me demanda :

— Es-tu vraiment heureuse ?

— Aujourd'hui ?

Je bus une grande gorgée.

— Pas aujourd'hui. En général. Tu donnes l'impression d'être heureuse… tu as un mari qui t'adore, paraît-il… tu habites une maison merveilleuse…

— Ici ?

Je contemplai la pièce, en la comparant à l'élégance de son propre domicile.

— Oui, ici. C'est un intérieur superbe, décoré avec esprit. Tu te l'es approprié.

— Tu es devenu fan du vinyle violet ?

— Je suis content que tu n'aies pas succombé à la tyrannie des tissus anglais à fleurs.

— Je n'ai pas les moyens.

— Et pourtant tu as réussi ta déco. Ça fait envie. Je me suis toujours demandé ce que je ferais sans argent. Je crois que je n'y aurais pas survécu avec autant de panache que toi.

— Je crois que si je devenais riche, je n'y survivrais pas, répliquai-je.

Il éclata de rire.

Je mis la main devant ma bouche afin de réprimer un bâillement, les dents serrées.

— Je ne plaisante pas. Je n'ai pas la fibre morale qui permet de supporter la fortune. Je deviendrais totalement adepte du libéralisme et je finirais par imploser avec un gros boum. Je serais trop égocentrique.

Le sourire de Lapthorne faillit dégénérer en rire, et il remplit mon verre une fois de plus.

— Tu vois, dis-je tout en sirotant, tu es bien meilleur dans le rôle du riche. C'est si élégant de veiller à ce que quelqu'un d'autre ait ce dont il a besoin... très japonais. Je ne t'ai rien servi de la soirée.

— Et... euh, ça ne te manque pas ?

— L'argent ?

Il hocha la tête.

— J'ai toujours rêvé d'avoir un poney. Je n'en ai pas eu. J'aimerais bien une Porsche. A part ça, tout va à peu près bien. Tant que j'ai de quoi me payer l'essence... un péage d'autoroute de temps en temps.

— Tu as l'air épuisée.

Il était 23 heures. Ellis m'obligea à me lever afin de me préparer un petit nid sur le vinyle violet. Elle apporta des draps, une pile d'oreillers et un vieux duvet percé.

Ils me bordèrent et éteignirent les lumières.

A l'instant où je fermai les yeux, j'eus la sensation d'être recouverte d'un dais de velours sombre, tandis que je tombais à la renverse en une spirale, noir sur noir.

Je me réveillai toute gaga et me mis lentement debout avant de me traîner jusqu'à la cuisine pour allumer la machine à café. Lapthorne sortit de la chambre, l'air remarquablement alerte. Torse nu, il portait un de ces splendides vieux caleçons de chez Brooks Brothers qui se boutonnent sur le devant, avec le cordon noué à l'arrière.

— Oh mon Dieu, croassai-je, ne me dis pas que tu es l'un de ces salauds qui gazouillent de joie le matin. Ellis est toujours du genre joyeuse le matin. Ça me rend folle.

Après avoir extrait la poignée de la machine et jeté le marc dans la poubelle, je compris qu'il valait mieux opter pour la quantité maximum. Il nous faudrait bien deux ou trois litres de café, ce matin.

— Si ça peut te mettre à l'aise, j'ai la tête complètement dans le pâté, dit-il en s'étirant et en bâillant.

Je jetai un regard furtif en direction de son ventre et m'autorisai un instant de jouissance extraconjugale, puis je m'activai pour le café. Je glissai huit tartines dans le grille-pain et je préparai un plateau avec beurre et marmelade de citrons verts. Je sortis les toasts, pris trois petites assiettes et des couteaux à beurre et je posai le tout sur le table.

Une fois dans la salle de bains, je me mis en quête de dentifrice. Nous avions exploité notre dernier tube au maximum, mais j'aperçus la trousse de toilette de Lapthorne, en cuir de selle avec un minuscule monogramme "LST" en lettres d'or. Il ne m'en voudrait pas de lui emprunter un peu de dentifrice.

J'ouvris la fermeture Eclair et fouillai dans la trousse. Je trouvai d'abord son blaireau et son savon à barbe, son flacon d'après-rasage gainé d'osier rapporté des Bahamas, et plusieurs petites bouteilles goutte-à-goutte garnies d'étiquettes manuscrites. L'une d'elles disait "Fleur de sureau (yeux)", l'autre indiquait "Bain de bouche (HC)", une troisième "Antiseptique" et il y avait aussi de l'huile de menthe poivrée.

Quand je sortis, je vis Lapthorne vêtu de son pantalon de toile, en train de défaire le lit. Il me tournait le dos et, quand il secoua le duvet, de longues chaînes de muscles se raidirent tout le long de sa colonne vertébrale. Ellis avait de la veine.

— Café ?

Ellis revint dans le royaume des vivants.

— Quand je rêve, j'ai l'impression de regarder une émission de télé cubiste, déclara-t-elle.

Je choisis quelques concertos brandebourgeois en fond sonore et nous nous mîmes à table tous les trois. Il nous fallut deux cafetières pleines, tout le pot de marmelade et bien davantage. Quand nous eûmes terminé, je m'habillai pour partir au bureau. Comme il faisait froid, je glissai dans ma poche arrière ma vieille casquette des Red Sox.

Le ciel d'automne était d'un bleu douloureusement limpide, et ils me déposèrent à la porte du *Crown*.

38

La lumière du soleil se répandit dans le bar au moment où j'y entrai. Les trois vieillards déjà au comptoir clignèrent des yeux et Kenny dut interrompre les entrechats de son balai. Je voulais le remercier pour le pain, pour le cocktail et pour toute sa gentillesse de la veille, mais il dégaina le premier.

— Sa Majesté Tapiole a déjà quitté la ville ?

Comment réagit-on à un salut pareil ? Je m'approchai du juke-box sans répondre et je cherchai quelques pièces dans ma poche. Je pus ensuite consulter le catalogue des chansons disponibles.

— Tu as de sacrées merdes sur ta bécane, Kenny. Ça t'arrive d'y mettre des disques qui datent d'après la guerre ?

— Qu'est-ce que tu as contre les chansons patriotiques ?

— Pitié !

— Parce que ça s'y connaît en musique, une communiste comme toi ?

— La communiste a plus de musique à oublier que tu n'en as jamais connu.

Il sourit.

— Allez, boucle-la et mets-nous du Ray Charles. *America the Beautiful.* Ça t'apprendra deux ou trois trucs.

— Je refuse de sacrifier mes deux dernières pièces pour du faux Ray. Si tu veux vraiment écouter M. Charles, tu n'as qu'à acheter un disque correct, où ce n'est pas des mormons qui tiennent la section de cordes.

Il fouilla dans sa poche et en sortit vingt-cinq cents. Il me lança la pièce qui décrivit un si bel arc de cercle qu'elle tournoya sur elle-même, comme suspendue en l'air. Je la saisis d'un poing rapide.

— T'as de bons yeux, concéda-t-il.

Ignorant sa remarque, j'introduisis la pièce dans la fente et continuai à lire la liste des chansons.

— Une nuit, je me faufilerai ici et je te remplirai ta machine de Joni Mitchell et de Jimi Hendrix. Cinquante-cinquante parce que je veux être sûr de t'emmerder et parce que je ne sais pas lequel des deux tu détestes le plus.

— Choisis donc la B 17, dit-il.

— Tu rêves ?

— Allez, c'est ma préférée.

J'appuyai sur les deux touches et des accords de musique country se firent entendre, tandis que Merle Haggard exprimait toute sa lassitude de cette vieille ville sale et sa volonté de quitter son emploi fixe dès aujourd'hui.

— On fait la paix, proposai-je.

Kenny superposa sa voix de baryton léger à celle du chanteur, le temps de quelques paroles : "et votre prétendue Sécurité socia-a-le...", en continuant à balayer la salle.

Je ne me permis aucun commentaire.

— Eh, petite, dit-il en replaçant le balai dans le seau, ton cas n'est pas complètement désespéré.

— Cesse d'insulter mes ancêtres, je serais capable de te jouer de mémoire trois autres chansons de Haggard !

Je sélectionnai quelques tubes country interprétés par Bob Wills et ses Texas Playboys avant d'aller m'asseoir au comptoir.

— Je ne voulais pas te froisser, Maddie.

— Que mon cousin te sorte par les trous de nez, je peux le comprendre, mais je te jure que c'est un bon gars malgré son look. Qu'est-ce que tu voulais me dire ?

Il continua à essuyer le comptoir en silence.

— Ton comptoir est déjà propre, Kenny.

Il se pencha vers moi d'un air de conspirateur, la pointe de son coude posée sur le bois humide.

— La nuit où Sembles a été tué...

J'attendis.

— Je sais où était Schneider, et il a un alibi.

— Ça n'est pas ce que tu voulais me dire. Ce n'est pas pour ça que tu voulais que je revienne, hier soir.

— Ah bon ?

— Ne te fous pas de moi, Kenny. J'ai mentionné son nom combien de fois ? Deux, trois fois ? Si tu le savais déjà, tu aurais pu me le dire hier. Avant que Lapthorne et Ellis se pointent ici.

— Je n'en étais pas sûr. C'est plus tard que j'ai eu confirmation.

— Confirmation de quoi ?

— Il y a eu une grande réception à l'hôtel *Syracuse*... La Société de bienfaisance en organise une chaque année. Schneider y a passé toute la soirée, comme toujours. Et il est resté jusque très tard.

Evidemment, pensai-je, puisqu'il devait se prendre des rails de coke avec Dégueulette toutes les deux secondes. Ils ont dû danser comme des bêtes.

— Donc ce n'est pas lui, dis-je d'un air déçu.

— Ne sois pas désolée, il n'est pas entièrement hors circuit… Je pense qu'il joue un rôle dans l'histoire.

— Lequel ?

— Je me suis renseigné. Ce type n'est pas clair, et ça fait un moment. Il n'est pas marié. Sa famille n'a pas d'argent… Il est trop jeune pour toucher une pension, mais il mène la grande vie, pour quelqu'un qui n'a rien fait de ses dix doigts depuis l'époque où ce connard de Jimmy Carter a foutu ce pays par terre. Il s'achète des motoneiges, des Harley toutes neuves, des télés à grand écran…

— C'est louche !

— Et sa baraque lui appartient, à ce qu'il paraît.

Nous tournions autour du pot depuis assez longtemps. C'était ma faute, mais j'étais déjà en retard et je commençais à m'énerver.

— Bon, il est peut-être dealer. D'après sa copine, il se drogue tellement que c'est un miracle qu'il leur reste encore une narine à tous les deux.

— Ecoute, s'il était dealer, un de mes vieux potes le saurait déjà. Il n'aurait pas pu trafiquer aussi longtemps sans se faire prendre. Les flics d'ici ne sont pas parfaits, mais ils ne protègent pas les dealers. Surtout s'il s'agit d'un ancien flic.

Bob Wills entonna *Twin Guitar Boogie* : *"Ooooooh, take it away, Leon, take it away…"*

— Quel rapport avec les jeunes filles aux roses ?

Je fendis l'air d'un geste large, impatient, comme pour dissiper les banalités.

— Tu as entendu dire qu'il avait été viré, pas vrai ? demanda Kenny en se penchant encore un peu plus. Qu'il avait peut-être été un peu sévère avec... comment dire ? des membres de la communauté afro-américaine ?

— Tu le sais bien. On en a parlé ici avec Dean, au début.

— Eh bien, en fait, il aurait *pris sa retraite.* Il les a tous envoyés balader. Sans donner de raison, officiellement. Un des mes potes l'a vu complètement bourré, un soir, et Schneider lui a expliqué en rigolant qu'il n'avait plus besoin de travailler parce qu'il toucherait des rentes jusqu'à la fin de ses jours. Une vraie sinécure, comme s'il avait gagné au loto.

— Et alors ?

— Alors la belle vie a commencé pour lui environ trois mois après tes jeunes filles, au moment où tout le monde voulait qu'il mette la main sur le coupable, et vite. Il a complètement laissé tomber le dossier...

Je le dévisageai. Je n'appréciais pas du tout le petit sourire narquois qu'il avait au coin des lèvres. Il savourait visiblement le meilleur détail qu'il gardait pour la fin.

— Arrête le supplice, Kenny. Ce n'est pas convenable.

— Hier soir, j'ai mené ma petite enquête, après t'avoir parlé. Mon copain me dit que certaines pièces à conviction avaient peut-être bien disparu lorsque l'affaire fut confiée à un autre flic.

— Quel genre de pièces à conviction ?

— Des photos, Maddie. Les tirages, et les négatifs avec. Il n'en restait aucun dans le dossier. Comme ça, sans aucune explication. Disparues, les photos !

Il plaqua sur le comptoir une nouvelle pièce de vingt-cinq cents et la fit glisser vers moi, en souriant et en battant des cils.

— Maintenant, enlève ton petit cul de ce tabouret et va donc nous mettre un peu de Ray Charles.

Je le regardai, médusée. Qu'est-ce que cela signifiait ?

Les photos conservées par Simon avaient-elles été volées à la police ? Les avait-il subtilisées ? A moins que ce ne soit Schneider ? Ces deux-là étaient-ils complices ?

Je tentai d'imaginer le timide et rondouillard Simon en cerveau criminel, mais cela me parut aussi vraisemblable que Maria Callas rejoignant la Ligue anarchiste révolutionnaire.

D'abord, pourquoi diable m'aurait-il montré ces photos s'il les avait volées ? Pourquoi aurait-il laissé ces photos dans les archives du *Weekly* ? Cela n'avait aucun sens.

Je partis vers le juke-box en traînant les pieds et je choisis la chanson B 17 chère à Kenny. Il y eut un petit roulement de tambour martial, des trompettes stupides, puis la voix râpeuse de Ray par-dessus des accords d'harmonium qui auraient très bien pu servir de musique d'ambiance pour patinoire...

Je revins au comptoir et grimpai sur le tabouret.

— Je ne comprends pas.

Kenny alla porter deux Rock'n Ryes à l'autre bout.

— Qu'est-ce que tu ne comprends pas ?

— Eh bien, le dossier de Simon... il contient en théorie un double de toutes les photos prises par la police sur la scène de crime. D'après lui, il les avait obtenues grâce à un ami et il a pu faire un tirage de tous les négatifs.

— Il t'a peut-être menti.

— Oui, mais alors pourquoi me les avoir montrées ? Parce que c'est un psychopathe pervers qui me met au défi de le coincer ? En plus, il m'a permis de prendre tous les documents qu'il avait à la morgue. Il ne fait jamais ça. C'est un maniaque, il ne laisse jamais rien sortir de cette pièce. Quand il n'est pas là, la porte est fermée à double tour, avec des barreaux aux fenêtres. Personne d'autre n'en a la clef.

— Donc c'est déjà assez invraisemblable qu'il t'ait autorisée à embarquer ses fameux tirages 20 x 25 pour aller enquêter sur les lieux ?

Je pris le temps de réfléchir.

— Et si cet "ami" savait que Simon avait gardé un double des photos, poursuivit Kenny, pourquoi ne les a-t-il pas récupérées quand on s'est aperçu qu'elles avaient disparu du dossier des flics ?

— Tu as raison.

— Ça ne tient pas debout.

— Et ça ne nous entraîne dans aucune direction plausible.

— C'est toujours comme ça. On passe à côté de l'essentiel jusqu'au moment où ça coince. Là, on se réveille, on creuse et à la fin il n'y a plus qu'à repasser sur les pointillés.

— Bon, c'est toi, le flic... Où faut-il que je creuse ?

— Moi, je commencerais par chercher si Simon a du fric.

— Il travaille dans un journal minable, Kenny. Aucun de mes collègues n'a les moyens de se payer du papier-toilette molletonné !

— Alors essaie de savoir combien il gagne... est-ce qu'il fait des boulots à l'extérieur, des photos de mariage, ce genre de truc... Il a peut-être touché un héritage. Cherche s'il a de l'argent dans les mains et comment il le dépense.

— Pourquoi ?

— Parce que quelqu'un paie Schneider pour qu'il se taise, Maddie. Il y a bien quelqu'un qui lui paie sa sinécure et ses motoneiges. Et quand tu sauras qui est ce quelqu'un, tu toucheras du doigt ton assassin. Tu veux savoir pourquoi je ne peux pas blairer ton cousin ? Ce n'est pas parce qu'il a l'air d'une pédale. Il pourrait se pavaner en combinaison mauve à paillettes et chanter des grands airs avec cinq gerboises dans le trou du cul, je m'en fous pas mal.

— L'image est jolie...

Kenny serra ma main dans la sienne. Très fort.

— Je ne rigole pas, Maddie. Tu es en danger, et ce danger vient de quelqu'un qui a du fric. Si ça ne ressemble pas à Lappy Lopette, je ne sais pas ce qu'il te faut.

— Lâche-moi !

Il n'en fit rien.

— D'accord, si je cours un tel danger, pourquoi suis-je encore vivante ?

Il laissa retomber ma main.

— Ecoute, Kenny, je suis la dernière des trouillardes et je n'ai aucune envie de mourir, mais réfléchis. Si celui qui a tué Sembles avait peur de moi, il m'aurait attendue sur place et aurait fini son travail quand je suis venue au rendez-vous, au lieu de s'en aller après avoir punaisé sur la porte un petit billet personnalisé.

Il baissa les yeux et se remit à essuyer le bar.

— Admettons que Lapthorne ait fait le coup, même si je ne vois pas comment il aurait pu faire l'aller et retour New York-Syracuse entre ces deux appels, et même s'il a passé la nuit avec Ellis. Pourquoi il ne me zigouille pas s'il a peur que je le démasque ?

Kenny ne répondit rien.

— Pourquoi même avoir tué Sembles ? Le pauvre type était resté vingt ans sans parler, il n'allait pas commencer maintenant. Tout ce qu'il voulait, à supposer qu'il en ait été conscient, c'était se shooter de temps en temps pour penser à autre chose. Alors pourquoi ne pas me tuer directement ? Lapthorne sait où j'habite, Simon le sait aussi. Tant qu'on y est, Schneider aussi doit connaître mon adresse, s'il a des liens avec un de ces deux-là.

— En te laissant la vie sauve, dit lentement Kenny, il doit penser que tu lui rendras service.

— Mais qu'est-ce que ça signifie, ce délire ?

— Ça signifie que le tueur est à la recherche de quelque chose que tu pourrais découvrir.

Ce fut mon tour de rester coite.

— Quand tu auras fini de creuser, quand tu verras briller une pépite dans la boue… tu te retrouveras dans une situation du genre “tuez celui qui vous a apporté ce message”… Et puis, compte tenu de tout le reste de l’histoire, on te retrouvera déguisée en Boucles d’Or égorgée par les Trois Ours pour avoir mis le nez dans leur putain de baraque !

Il se redressa et croisa ses gros bras devant sa poitrine.

— Alors si tu n’as pas envie qu’on te mette une petite crinoline et qu’on te fasse des anglaises, je te suggère de regarder derrière toi dans la rue.

39

Vu que je n'ai jamais eu belle allure avec les cheveux bouclés, et que j'aurais encore moins belle allure si j'étais morte, je quittai le *Crown* complètement chavirée. Il commençait à faire froid. Je mis la casquette des Red Sox, enfonçai mes poings dans mes poches et pris à grands pas le chemin du journal. Les derniers mots de Kenny m'avaient glacée au point que j'en avais les épaules raides. Je me hérissais chaque fois que j'entendais une voiture arriver derrière moi.

Simon était la clef de l'énigme. Il n'était peut-être pas l'assassin (j'étais incapable de l'imaginer dans ce rôle), mais avec cette nouvelle histoire de photos disparues, il devenait tout au moins inenvisageable de tirer l'affaire au clair sans lui.

Et Kenny avait raison. Il fallait que je voie si je pouvais remonter jusqu'à la source de l'argent que Schneider recevait pour fermer sa gueule depuis tant d'années, depuis qu'il avait quitté son emploi régulier. Je ne pouvais reprocher à mon ami le tenancier de bar d'avoir automatiquement associé les sommes en question à Lapthorne, mais ce n'était pas forcément lui le coupable non plus.

Cela ne devait pas aller chercher bien loin, de payer à Schneider ses motoneiges et ses bières, là-bas près de la réserve. Ce n'était tout de même pas comme s'il passait son existence à jouer au polo et à vider des magnums de veuve-clicquot !

Ce mode de vie pouvait coûter dans les vingt mille dollars par an, grand maximum. Je n'avais pas ça dans le tiroir de ma cuisine, mais c'était une somme qui n'éliminait aucun des suspects possibles en tant que bienfaiteur de ce trou du cul. En fait, même en versant cette rente à Schneider, Ted, Wilt ou Simon auraient encore eu de quoi vivre confortablement.

Moi, je gagnais trois francs six sous, mais au journal j'étais pire qu'un larbin. Eux, ils faisaient partie de la rédaction depuis des lustres. Ils touchaient peut-être le jackpot.

Tout ça dansait dans ma tête comme une dizaine de boules de jonglage qui rebondissaient partout sans que j'arrive à en suivre une seule, sans que je puisse établir aucune cohérence. Je ne voyais vraiment pas par où je commencerais une fois dans mon bureau, et je m'immobilisai donc sur le trottoir pendant une seconde, les yeux fermés et la tête baissée, devant l'entrée du journal.

La porte s'ouvrit et faillit me percuter, mais le bruit hydraulique du bras de fermeture automatique placé au sommet me poussa à m'écarter. La femme qui sortait marchait tellement vite qu'elle ne me vit pas. Son visage était dissimulé par de grandes lunettes de soleil et elle avait aux pieds des chaussures bon marché, blanches, aux talons d'une hauteur absurde, particulièrement mal assorties avec ses collants “bronzage”.

Dégueulette !

Je la vis s'avancer vers le parking d'un pas vacillant, avec son énorme sac (on ne porte pas de blanc après le 1er septembre, voyons) qui se balançait sur une veste en patchwork de fourrure de lapin et rebondissait sur son postérieur carré, moulé dans une minijupe en jean blanchi. Ses cheveux roux étaient encore permanentés et, sur le dessus, les mèches courtes formaient une crête de coq immuable malgré sa précipitation.

Lorsqu'elle se retourna pour ouvrir sa voiture, des boucles d'oreilles en perles artificielles, grosses comme des choux de Bruxelles, se mirent à brinquebaler et à déformer ses lobes, tandis que ses mâchoires se déchaînaient sur un chewing-gum innocent.

Pas de repos pour les grognasses.

Un autre véhicule m'empêchait de voir le siège passager de sa vieille bagnole et, quand elle se mit à parler, je compris enfin qu'elle n'était pas venue seule.

— Il dit qu'il a rien, déclara-t-elle avant qu'une main ne lui prenne l'avant-bras et ne l'entraîne à l'intérieur de la voiture.

Dégueulette grimaça mais tenta de se rétablir sur le siège et, en retirant ses lunettes de soleil, révéla un superbe œil au beurre noir. Elle ferma sa portière, avant de venir s'y adosser dans un mouvement de recul, comme si on l'engueulait.

L'ironie que m'inspirait son apparence prit un goût amer dans ma bouche. C'était intolérable. La peau noircie et enflée autour de son arcade sourcilière, son visage ratatiné comme celui d'un petit enfant qui, venant de faire une mauvaise chute, est encore trop choqué pour pleurer, sa façon de se blottir contre la portière comme si ces quelques centimètres de plus entre elle et son compagnon avaient pu lui procurer la moindre protection.

Elle démarra, puis passa les vitesses avant même d'avoir quitté son emplacement dans le parking. En partant, elle tourna à droite et j'eus le temps d'entrevoir le siège passager. A l'arrière était assise une petite fille rousse. Ce devait être Tiffy.

A l'avant, la vitre encadrait une banane gominée, une barbe trop soigneusement taillée et une sinistre et totale absence de lèvres. Schneider.

Juste avant le virage, ses yeux se fixèrent sur moi.

Je me voûtai et soufflai comme si je venais de prendre un coup de poing dans le ventre.

Il fallait que j'entre, je devais fuir ce trottoir comme si j'y étais mitraillée par un chasseur-bombardier japonais, mais j'étais tout bonnement incapable de bouger un pied.

M'avait-il vue ? M'avait-il reconnue, avec ma grosse doudoune et ma casquette de baseball ? Oui, oui et oui.

Casse-toi, nom de Dieu.

Je plongeai dans le bâtiment et m'enfonçai dans un recoin du hall d'entrée, à trente centimètres de la porte. Allaient-ils revenir ? J'éteignis la lumière dans l'escalier, sachant qu'après le soleil aveuglant du dehors ils ne verraient rien à travers la vitre, alors que derrière les reflets je distinguais une bonne partie de la rue. Je restai pétrifiée, claquant des dents, pendant cinq bonnes minutes.

Une seule voiture tourna dans le parking. La Gremlin de Wilt, l'intérieur tout bleu de fumée. Il s'en extirpa et Ted gicla de l'autre côté. Ce n'était donc aucun de ces deux-là que Dégueulette avait rencontré.

Je montai les marches deux par deux et m'arrêtai devant l'accueil. La nouvelle standardiste était à son poste, une gamine d'Utica prénommée Amy.

— Une femme est venue ici tout à l'heure ? demandai-je. Je voulais la rattraper avant qu'elle s'en aille. Avec une veste en fourrure et une grande tignasse ?

— Pas vue. Les seules personnes qui sont ici pour le moment, c'est Marion, Beth et Lorraine. Et les types de la pub, mais ils sont en réunion depuis deux heures. Ça va ? T'as l'air tout drôle.

— C'est le sport. Ça ne me réussit pas.

Elle acquiesça.

— Simon est à la morgue ?

— Comme toujours, répondit-elle en glissant un formulaire dans sa machine à écrire. Il est venu chercher un café il y a une heure et je lui ai transmis deux ou trois appels. Il ferait mieux de se mettre un peu au soleil avant que l'hiver arrive, non ?

— Tu parles ! Merci…

Je me dirigeai vers le bureau de la rédaction, les jambes encore flageolantes.

— Tu devrais peut-être faire moins de sport, me lança-t-elle. Tu vas attraper du mal.

Dégueulette était donc venue voir Simon. Dans ce bâtiment, il était le seul qu'on pouvait rencontrer sans passer devant Amy, le seul à travailler au sous-sol. Si elle était montée jusqu'ici, Amy n'aurait pas pu la rater.

Il dit qu'il a rien... De quoi parlait-elle ? Qu'est-ce que Schneider voulait obtenir de lui ? Les photos ? De l'argent en plus ? Aucune idée.

Je repensai à tout ce que Kenny m'avait raconté, la veille au soir et le matin même. Oui, malgré les lamentables excuses que je lui avais présentées, dans l'intimité minimale de mon bureau je dus avouer que j'avais peur.

J'aurais pu rappeler cet inspecteur à Bridgeport, lui raconter ce que je savais dans l'espoir qu'il anéantisse tout risque pour moi et pour les autres. Mais même Kenny avait approuvé ma volonté de ne rien confier à la police. Il ne savait pas à qui on pouvait se fier, et si lui ne le savait pas, comment pourrais-je bien me dépêtrer dans ce bourbier sans foutre la merde encore un peu plus ?

Je ne pouvais me concentrer que sur un point : Kenny m'avait dit de chercher si Ted, Wilt et Simon avaient un alibi pour l'heure de la mort de Sembles.

C'est alors que Ted fit son entrée, les yeux plus rouges que ses cheveux, la bouche déformée par un sourire de lézard content de lui. Il se planta à trois mètres de moi et croisa ses bras squelettiques en se tapotant le poignet avec l'index.

— Eh bien, s'exclama-t-il en me toisant, comment va notre petite reporter modèle ? Ah, tu l'as réussie, ton interview ! A l'école de journalisme, on ne t'a jamais appris comment éviter de faire tuer ses sources ?

Sale con.

Comme je ne répondais rien, il émit un bruit extrêmement déplaisant et partit en claquant la porte de son bureau derrière lui.

Wilt apparut ensuite et vint se poster juste devant moi, en plaçant sa grosse main sur mon épaule.

— Tu tiens le coup ? je me suis fait du souci pour toi, hier soir.

Il prit une chaise à côté de moi et repoussa ses cheveux qui lui tombaient dans les yeux, l'air totalement paniqué. Il portait le même costume froissé que la veille, avec une chemise différente, mais une petite plume blanche s'était accrochée à l'épaule de la veste.

— Tu as dormi tout habillé ? demandai-je en tirant sur la plume pour l'enlever.

— Oh, pour le peu que j'ai dormi ! Depuis dimanche, je consacre mes nuits à discuter avec Ted. Sa femme l'a plaqué et il est en morceaux. Il refuse de rentrer chez lui. Il passe son temps à arpenter mon appartement en marmonnant.

— Tu me fends le cœur.

Ils pouvaient donc se servir mutuellement d'alibi, et Simon était le seul qui pouvait avoir été libre la nuit où Sembles avait été tué.

— J'essaie de l'obliger à en parler, poursuivit Wilt. J'ai l'impression qu'il n'a pas une attitude très... euh... très rationnelle avec les membres du beau sexe. Autrement dit, ne le prends pas mal s'il t'agresse, tu comprends ?

— Parce que cette agressivité serait si différente de son attitude habituelle ?

— Ne crois pas ça. En réalité, il a beaucoup d'affection pour toi.

— C'est cela, oui.

La seule différence perceptible dans le comportement de Ted à mon égard, c'était qu'il ne prenait plus la peine d'éviter les témoins pour m'insulter.

— Pourquoi elle s'est barrée, sa grosse ? Une question d'argent ? C'est souvent la raison. Je ne sais pas combien vous gagnez, les gars. Sûrement plus que moi, mais combien ?

— Cette année, Ted touchera environ quarante mille. Il a dit à sa femme que ça ne leur permettait pas d'avoir des enfants. Elle n'était pas d'accord.

Quarante mille ? Moi, j'avais déclaré au fisc un revenu total de 6 382 dollars pour une année de travail à plein temps, sans avantages sociaux. Quel salaud, ce Ted.

— En fait, c'est Simon qui gagne le plus, reprit Wilt. Et je ne connais pas plus pingre que lui. Il a un problème avec le fric. Ça le rendrait malade de payer l'addition au resto, alors il apporte sa petite gamelle tous les jours. Il vit dans un trou de souris. C'est invraisemblable... A moins qu'il ne reverse tout son salaire à l'Unicef.

Un célibataire qui se fait sa gamelle tous les jours et qui habite un studio de deux mètres sur trois à Syracuse... Même s'il ne gagnait "que" quarante mille, il pouvait en mettre de côté trente, et encore, en s'offrant tous les soirs caviar et foie gras.

— Ah ouais ? fis-je. Sans blague…

40

Avec Lapthorne hors circuit et Ted et Wilt se servant d'alibi l'un à l'autre, Simon restait le seul en piste parmi tous ceux qui savaient que j'avais rendez-vous avec Sembles. Kenny m'avait prévenue : il y aurait fatalement un détail qui coincerait. Et pour coincer, Simon coinçait sacrément.

Wilt regarda par-dessus mon épaule et s'écria gaiement : "Simon !"

Je sursautai tellement que mon fauteuil recula de un mètre et vint se cogner dans les tibias de l'objet de mes méditations.

Il hurla et je me levai d'un bond.

— Je suis désolée, Simon ! Je ne t'avais pas entendu arriver !

Mon cœur battait si fort que je le sentais palpiter dans ma gorge. Comme il me demandait pardon pendant que je m'excusais, nos paroles furent incompréhensibles mais même quand nous nous fûmes tus tous deux, il refusa de me regarder dans les yeux.

Je le dévisageai. Il n'était plus que l'ombre de l'ombre qu'il était d'ordinaire. Son petit visage rond avait encore blêmi, ses yeux tout injectés de sang se devinaient à peine entre ses paupières violacées, bouffies par le manque de sommeil.

Il serrait sa bedaine dans ses bras comme pour la protéger et toutes les boucles brunes bordant sa calvitie se hérissaient en une auréole tordue. Une vraie caricature de "l'homme à bout de nerfs".

— Eh, ça va ? lui demanda Wilt. Tu n'as pas bonne mine, ce matin.

— Tout va bien, pas de problème. Je t'assure, répondit Simon.

Ses yeux semblaient perdus dans le vide, quelque part entre Wilt et moi, et un petit muscle tendu se mit à tirailler son œil gauche. Il croisa les doigts, formant un minuscule soufflet avec ses mains et se triturant les articulations.

Wilt lui toucha l'épaule.

— Je suis sérieux, tu sais. Je ne t'ai encore jamais vu dans un état pareil… Tu devrais t'asseoir.

— Hein ?

Simon renversa la tête en arrière pour regarder Wilt, comme s'il remarquait seulement maintenant qu'il n'était pas seul dans la pièce.

Wilt fit pivoter ma chaise vers lui, le visage creusé par l'inquiétude.

— Assieds-toi.

Simon regarda ses mains et obéit. Il semblait fasciné par l'étrange manège de ses doigts mais, après avoir jeté un coup d'œil en direction de Wilt, il sépara ses mains et les plaça sous ses cuisses.

Cela le tint tranquille pendant quelques secondes, jusqu'à ce que le talon d'une de ses chaussures se mette à danser le boogie sur le plancher.

— Mais qu'est-ce qui t'arrive ? lui demanda doucement Wilt, en s'accroupissant à côté de lui. Tu as des soucis en ce moment ?

Apparemment, la sollicitude du ton de Wilt fit réagir Simon. Le petit homme se leva soudain, une montée de sang venant empourprer son visage et même son crâne luisant.

— Garde ta pitié pour toi ! glapit-il en brandissant un doigt boudiné sous le nez de Wilt. Fous-moi la paix, fils de pute !

Et Simon partit brutalement, ses mains crispées en petits poings potelés.

Cela nous laissa bouche bée, Wilt et moi.

Alors comme ça Simon était capable de se mettre en colère ! Pour une surprise...

— Eh bien, dis donc ! s'exclama Wilt en posant ses paumes sur ses cuisses avant de se lever, avec un claquement sonore de ses deux rotules. Qu'est-ce qui peut le rendre comme ça, notre petit gars ?

Oh, je ne sais pas... La culpabilité, peut-être ?

Je haussai les épaules.

— Il a l'air de ne pas avoir beaucoup dormi, ces derniers temps.

Wilt secoua sa tête hirsute.

— Pauvre petit bonhomme.

— Tu le connais depuis longtemps ? demandai-je.

— Depuis toujours. Quand je l'ai rencontré, il avait encore les cheveux coupés en brosse, tu sais ? Au lycée.

— Et tu ne l'as jamais vu dans cet état ?

— Je te l'ai dit, non ? Jamais.

J'envisageai une seconde de lui demander s'il croyait que Simon pouvait être impliqué dans l'affaire des jeunes filles aux roses et avoir provoqué le meurtre de Sembles en prévenant Schneider ou quelqu'un d'autre, mais il me parut préférable de mettre cette idée dans ma poche et mon mouchoir par-dessus.

Le reste de la matinée se déroula avec la lenteur d'un éléphant marchant à genoux sur du verre pilé. Je passai presque tout mon temps avec le livre de Harvey Kaiser, *Camper dans les Adirondacks*, ouvert sur mon bureau, en prenant des notes dont j'espérais qu'elles pourraient sembler pertinentes. En réalité, je me contentai de feuilleter le chapitre sur le camp familial de Dodie, dont le ravissant "étang" avait contribué à polluer le lac Oncas, ici à Syracuse. Puis je me mis à écrire tout ce qui me passait par la tête à propos de Sembles, de Simon, de Schneider et de toute cette histoire.

Mon écriture est tellement illisible que je n'avais même pas besoin d'utiliser un code.

Carrée dans mon fauteuil pour me relire, je vis Ted arriver en rampant et s'adosser au mur, à côté de mon bureau, les lèvres retroussées par sa joie reptilienne.

— Je t'en prie, ne te mets pas au travail parce que je suis là. Ce n'est pas comme si nous étions dans une entreprise à but lucratif, ironisa-t-il en examinant ses ongles. Je me demandais simplement où tu en étais de ton article sur les Adirondacks.

— J'avance bien, dis-je en tapotant le livre de Kaiser.

— Ne te fous pas de moi.

— Même si j'enquêtais sur les jeunes filles aux roses... ce qui n'est plus le cas... je n'en serais à peu près à rien sur les Adirondacks, Ted.

— Tu vas devoir apprendre à jongler avec plus d'une balle à la fois.

Son ton était si exaspérant que je baissai le masque.

— Hier j'ai découvert le cadavre d'un homme, je suis à la recherche de l'assassin, et tu veux que je te ponde une connerie d'article touristique ? Ecoute, je suis désolée que ta femme t'ait quitté, mais ce n'est pas une raison pour me pourrir la vie. Je fais ce que j'ai à faire.

— Tu rigoles ?

— Putain, Ted, dit Wilt depuis l'autre bout de la pièce, lâche-la un peu.

— Tu as le droit de foutre la merde dans l'autre histoire autant que tu voudras, reprit Ted en tournant le dos à Wilt et en martelant le dessus de mon bureau, mais je veux cet article sur les Adirondacks mardi. Tu t'en es chargée, alors tu le finiras dans les délais.

J'interrogeai du regard les dalles du faux plafond et il repartit furieux dans son bureau.

— C'est n'importe quoi, déclara Wilt. On se croirait dans un asile de fous. Il a vraiment pété les plombs.

— Je ne vois pas comment sa femme a pu le supporter aussi longtemps !

— Il souffre, tu sais.

— Et par conséquent on en prend tous plein la gueule ?

— Mais ça ne lui donne pas le droit de se défouler sur toi. Ne te laisse pas impressionner.

— Et surtout je souris quand il me crache à la figure !

Mon téléphone émit un bêlement d'ovin atteint d'une tristesse secrète.

Wilt me fit un signe d'adieu tandis que je décrochais.

— Madeline Dare à l'appareil…

— Comment ça va dans la grande ville, avec tous les autres communistes ?

Chialeur ???

— C'est toi, Scott ?

— Ouais.

Mais qu'est-ce que… Il n'avait jamais appelé Dean à l'appartement, pas plus qu'il ne m'avait téléphoné au bureau.

Il devait avoir une chose affreuse à m'apprendre.

— Tout va bien ? Tes parents ?

— Ça baigne dans l'huile.

— Alors, euh… tu voulais juste bavarder ?

— Il y a un gugusse qui a téléphoné pour toi, à l'atelier.

— Un gugusse ?

— Peut-être un de tes copains youpins.

— Ah oui ?

— Ça se pourrait.

— Tu sais, Scott, j'ai du travail, ici. Avec mes potes communistes.

— Tu te fous de moi ?

— Je n'oserais pas.

— Ouais, conclut-il sans ajouter le moindre détail.

— Eh bien, Scott, je crois que je vais avoir besoin de ton aide.

— Ah bon ?

— Tu vois, j'ai tellement de copains youpins…

Il gloussa.

— … que je me demande si tu pourrais sortir ta tête de ton cul assez longtemps pour me dire lequel c'était.

— Qu'est-ce que t'as dit ?

— Et maintenant, Scott, je pense que tu devrais garder en tête que même si Dean est au Canada il pourra très bien aller te casser toutes tes dents dès qu'il sera revenu. Je n'aurai qu'un mot à lui dire.

Cela lui cloua le bec. Je l'entendis respirer.

— Tu vois, je suis très occupée aujourd'hui. Alors pourquoi ne pas m'indiquer tout de suite qui a appelé et pourquoi ?

— Izzy Fleischmann va venir ici. A 5 heures.

Je l'entendis murmurer "salope" en raccrochant.

41

La porte du bureau de Ted resta fermée toute la journée. Sa voix alternait les descentes dans le grave et les pics suraigus, selon qu'il était au téléphone avec son avocat ou avec sa femme. Wilt était parti manger des spaghettis aux fruits de mer dans l'un de ses derniers QG de campagne ; apparemment, les républicains s'étaient accaparé le marché des palourdes en prévision de leur prochaine victoire triomphale. Simon était introuvable, ce qui me convenait parfaitement.

J'étais épuisée et, entre deux et cinq, il me parut s'écouler plusieurs dizaines d'heures. J'avais tellement mal à la tête que j'avais l'impression d'entendre la fréquence geignarde des néons.

Je me gavai d'aspirine et continuai à faire semblant de travailler jusqu'à 16 h 37, heure à laquelle je me faufilai au parking, la tête basse, avant de foncer vers la ferme Bauer.

Chialeur avait disparu.

J'attendis à l'extérieur de l'atelier en tâchant d'éviter un vent froid qui soufflait depuis les champs de maïs. Je restai cachée derrière l'angle de la bâtisse en parpaings, épiant la route, telle Bécassine transplantée dans l'univers d'*Orange mécanique*.

Il y eut une brusque rafale, chargée de terre et de fragments de feuilles mortes que je reçus dans l'œil. Je frottai avec mon poing pour faire partir la poussière et, quand je relevai la tête, je vis devant moi le large faciès rubicond d'Izzy Fleischmann et ses cheveux conçus pour illustrer la théorie de la relativité.

Il me prit les deux mains et effleura ma joue.

— Elle veut bien que je l'embrasse, hein ? Pour faire plaisir à un vieillard ? précisa-t-il avec un clin d'œil.

— Comment vont les affaires ?

— Les affaires… commença Izzy en agitant les sourcils et en haussant les épaules. Ah, madame Dean, vendre des vaches… En ce moment, on voit trop de belles petites bêtes sans veau, on est obligé de dire : "Repartez avec elle et menez-la à votre taureau favori." J'en vendrai peut-être une à l'oncle du mari de madame, hein ?

— J'espère bien que non ! m'écriai-je, ce qui le fit glousser.

— Et la petite dame, comment vont ses affaires ?

— Mes affaires me font peur.

— Oui, c'est ce qu'on m'a dit.

Je frissonnai.

— Qui vous a dit quoi ?

— Il paraît qu'elle a découvert des choses ? Dans les petites villes, tout se sait très vite…

— Vous savez ce que je cherche à découvrir ?

— Je me souviens de l'histoire des filles. C'était il y a longtemps, maintenant.

Je hochai la tête.

— La police, je crois... dit-il avant de s'interrompre en regardant les arbres dans le lointain. Peut-être que ça ne les intéressait pas tant de trouver la solution, à l'époque ?

— Peut-être que ça ne les intéresse toujours pas, mais peut-être que ça les intéresse. Que ça en intéresse certains.

— Ah, mais lesquels ? C'est toujours ça, la question la plus importante.

— Je dirais que ça n'intéresse pas du tout Schneider. Vous l'avez déjà croisé ?

La bouche d'Izzy se tordit en une moue dégoûtée.

— Oui, je vois que vous le connaissez.

Il se pencha pour vérifier la densité de la circulation sur la route étroite.

— Donc, juste nous deux, dit Izzy en glissant son bras sous le mien, je pense qu'il faut qu'on aie une petite conversation. C'est au sujet de choses que j'ai entendues quand j'étais à la ferme de Johnston hier pour régler les comptes après les enchères. Je ne suis pas sûr de savoir à quoi tout ça fait allusion, vous comprenez, mais je pense qu'il y a peut-être un rapport avec vos mystérieux agissements.

Une vague d'épuisement m'atteignit alors que nous traversions lentement la cour. Bon sang, j'avais besoin de sommeil. Une boîte entière de somnifères extra-forts.

Izzy me guida au-delà de la grange, en un point invisible depuis la route et même depuis la maison des Bauer, au cas où Chialeur ou Furet aurait eu envie de faire un tour à l'atelier.

— Je dois vous avouer que, votre mari, je l'ai revu après notre rencontre. Il m'a dit un peu des choses à votre sujet. Il m'a demandé de faire attention, de voir si j'entendais parler de vous en ville.

— Il a fait ça ?

— Je connais les gens, ici. Avec le temps, je suis devenu… disons "prudent". Je fais attention, des fois qu'il se passerait… des choses. Des fois que ça recommencerait.

— Je comprends.

Izzy soupira.

— *Nu*, fit-il, alors les affaires où vous avez mis le doigt, ça va peut-être bientôt être fini ?

— J'en ai l'impression.

— C'est une histoire pas belle, en tout cas. Schneider, cet *oisvarf*, il est dedans. Et Johnston aussi, ça fait longtemps.

— Johnston ?

Tandis que nous marchions, il contempla le sol pendant un moment puis me regarda de nouveau, en me caressant la main.

— Je pense que vous êtes peut-être en danger.

Je m'immobilisai aussitôt.

— Pourquoi, précisément ?

— Parce que, ma chère, les choses que j'ai entendues, ça parlait de vous.

— Ça parlait de moi ? Qui parlait de moi ?

Je retirai mon bras du coude de Fleischmann.

Au loin, le vent agitait les branches qui formaient dans le ciel des idéogrammes bruyants. Des haïkus changeants. Indéchiffrables.

— Johnston et son beau-fils, au moment où je suis entré dans la grange. Ils discutaient, il faut pas vous fâcher, ils discutaient de "l'enchère à la chérie", et puis ils ont dit "la petite garce qui vient ici fourrer son nez partout". Et puis, pas longtemps après ça, comme quoi "Schneider voudrait pas qu'on cherche comment il gagnait sa vie, sûrement que non". Je vous répète comme j'ai entendu. Bien sûr, c'est pas seulement vous qu'ils insultent. Moi aussi, je suis apparemment "ce foutu petit juif bossu qu'est toujours en retard".

— Je regrette que vous ayez dû entendre tout ça.

Il croisa les bras et se frictionna vigoureusement les biceps, faisant couiner son coupe-vent.

— Ça rafraîchit déjà. Trop tôt dans l'année.

— Ils ont dit autre chose ?

— Rien que j'aie pu comprendre… peut-être que ça aura du sens pour vous. Le père a dit quelque chose comme : "Je lui ai dit quand il a fait venir la fleurette que c'était une connerie. Il en a bien vécu pendant un bon moment mais tout a une fin." Et le fils a dit : "Il y aura pas de fin si Schneider fait taire la fille." Et j'ai peur qu'une fois encore, Madeline, il ne parlât de vous.

— C'est moi, la fleurette ?

— Ils ne parlaient pas de leurs cultures, répondit Izzy. C'est un nommé Simon.

Nous y voilà !

Izzy m'observa d'un air inquiet.

— Apparemment, tout ça confirme vos soupçons.

— On peut le voir comme ça.

— Votre visage a changé depuis la dernière fois. Vous êtes moins… innocente. C'est dans les yeux, je pense. Vous avez vu des choses très douloureuses. Très dérangeantes pour vous. Et peut-être que vous vous sentez un peu responsable ?

— Vous êtes encore en train de me dire la bonne aventure ?

— Mais oui, mais oui, ma chère, et croyez-moi quand je dis que vous devez faire très attention.

— Vos prédictions s'avèrent toujours justes ?

— Justes ? Mais oui. Malheureusement, j'ai reçu le don maudit de prédire juste.

Evidemment, en rentrant à la maison, je trouvai un message de Dean. Si je n'étais pas allée voir Izzy, j'aurais été là à temps, j'aurais pu lui parler de Sembles et de tous les éléments qui commençaient à se recouper.

Je fis le tour de l'appartement, furieuse contre Dean parce qu'il était au Canada et parce qu'il ne rappelait pas, furieuse contre moi parce que j'étais furieuse contre lui. J'avais besoin de parler à quelqu'un. Maman ne répondait pas. Ellis devait être avec Lapthorne, mais ni elle ni lui ne décrocha.

Je finis par composer le numéro du *Crown.*

— Kenny, j'aurais dû te dire tout de suite ce matin combien j'étais reconnaissante pour ta gentillesse d'hier... Je ne veux pas seulement parler des toasts et du cocktail, mais de toutes les recherches que tu as faites, juste pour essayer de m'aider à résoudre cette affaire.

— Tout le plaisir était pour moi. Il y a du nouveau ?

Je me mis à lui raconter les événements de la matinée. Il était désormais évident que Schneider connaissait Simon. Et le doute planait quant à l'usage que Simon faisait de tout l'argent qu'il gagnait.

Je lui expliquai qu'il ne me semblait pas trop tiré par les cheveux de supposer que le photographe et l'ex-flic devaient pour le moins avoir partagé leurs réflexions sur l'infortuné silhouettiste avant son décès inopiné.

— Mais, Kenny, je n'arrive pas à imaginer Simon en tueur. Encore une fois, pourquoi m'aurait-il montré les photos ?

Puis je lui répétai ce qu'Izzy m'avait appris, à la ferme.

— Qu'est-ce que ça signifie, cette histoire de "fleurette" ?

— Je ne sais pas. Peut-être que Simon est gay. Peut-être qu'ils voulaient juste l'insulter.

Kenny soupira.

— Il y a là quelque chose qui… ça fait tic-tac dans un coin. Comme une horloge dans une autre pièce quand on n'arrive pas à dormir, tu sais ? Ça me dit quelque chose mais je n'arrive pas à me rappeler quoi…

— Moi, je n'y comprends rien de rien, me lamentai-je.

— Tu es sûre de vouloir continuer l'enquête ?

— Personne ne le fera à ma place. Je n'arrête pas de revoir le visage de ces pauvres filles, et aussi la tête de Sembles.

En disant cela, j'eus réellement un flash : Sophie et Delphine Descognets, que je n'avais jamais rencontrées.

Pourquoi m'obsédaient-elles ainsi ? Deux jeunes filles raffinées, à peine plus jeunes que moi, perdues à tout jamais dans Syracuse, cette ville qui semblait ne pas s'intéresser à elles le moins du monde, ni s'intéresser à ce que leur présence ici leur avait coûté.

D'accord... J'ai peur d'être dans la même situation qu'elles.

— Houston... dit Kenny. Nous avons perdu le contact...

Le son de sa voix me ramena brusquement à la réalité.

— Qu'est-ce qu'ils ont, dans ta famille ? demanda-t-il. Tu es une bonne petite, mais on dirait qu'ils se moquent éperdument de ce que tu deviens. Mes parents... Quand j'étais flic, ils tremblaient tous les jours. Ils n'avaient tout de même pas quitté notre ancien pays pour que je me fasse tuer dans le nouveau ! Moi, leur fils unique. Ma mère disait : "Tu es déjà allé au Viêtnam. Maintenant tu dois profiter. C'est la Terre promise, ici... Laisse tomber les fusils."

Je regardai par la fenêtre.

Kenny se tut pendant une minute.

— Tu comprends, c'est ça qui m'étonne. Où sont tes parents ? Ton père ? Il ne pense jamais à toi ? Sa fille est ici à traquer les assassins et il ne s'inquiète pas ?

Je consultai ma montre : 18 h 37, et trois heures de moins à Malibu. Papa devait être en train de fumer de l'herbe pour la quatre-vingt-quinzième fois de la journée, tout en faisant du yoga dans sa Volkswagen avec vue sur le Pacifique. Maman devait être en train de servir à la louche du porc aux haricots périmés dans deux magnifiques assiettes à soupe tout en menaçant Bonwit de le rouer de coups avec une batte de cricket.

La routine.

— Je ne sais pas, répondis-je. C'est différent, je suppose. L'Amérique est mon ancien pays. Mes parents ne rêvent pas à la Terre promise. Aucune des vieilles promesses n'a été tenue.

— Mais dans ce pays il y a des chances à saisir pour tout le monde. Il suffit de vouloir.

— Mmouais...

Kenny resta d'abord interloqué, puis finit par reprendre la parole.

— Je voulais juste te faire savoir que, moi, je me fais du souci pour toi. Je ne veux surtout pas te détourner de ton objectif, mais je veux que tu saches qu'en cas de pépin je serai là. N'importe quel genre de pépin. Tu peux compter sur moi.

Il s'était exprimé avec une dignité lente, avec la solennité d'un sénateur antique.

— Vraiment ? C'est formidable.

— Tu es une bonne petite. Tu en veux et tu iras loin. Ça, personne ne pourra jamais te l'enlever. Pourquoi tu ne viendrais pas tous les jours prendre ton petit-déjeuner au bar ?

— Je viendrai. Merci.

Pas moyen de fermer l'œil cette nuit-là. C'était peut-être à cause de la fameuse horloge dont avait parlé Kenny, mais le moindre petit bruit dans la rue semblait résonner dans ma tête chaque fois que je fermais les yeux. La maison grinçait, le vent soufflait à travers les arbres de plus en plus dénudés et les branches s'entrechoquaient. Même le lent passage des dernières voitures.

42

Le lendemain matin, je partis au travail épuisée malgré une nuit complète de sommeil. Je laissai ma voiture au parking du *Weekly*, puis je pris à pied le chemin du *Crown*.

Je crus d'abord que Kenny m'avait posé un lapin. Toutes les lumières étaient éteintes à l'intérieur et on ne distinguait rien à travers la minuscule vitre de l'entrée.

Je poussai le bois ravagé par les années en m'attendant à trouver la porte fermée. Mais elle n'offrit aucune résistance et je pus pénétrer dans le bar obscur.

La porte se referma derrière moi, entraînée par le groom.

Je n'y voyais goutte. Je clignai des yeux.

Il n'y avait pas un bruit, rien qu'une odeur.

Lourde et rance. Sucrée.

La même puanteur qui m'avait asphyxiée chez Sembles.

J'étais seule dans le noir avec quelque chose de mort.

Je reculai vers la porte. Je ne voulais pas voir, je ne voulais pas que mes pupilles se dilatent dans ces ténèbres.

Trop tard. Des formes émergeaient déjà, de plus en plus nettes.

Les murs… le long bloc du comptoir… une masse étendue dessus…

Kenny.

Sur le dos. Sur le bois poli.

J'étais incapable de bouger. De partir. De respirer.

Je ne pouvais que rester immobile, à regarder les détails s'épanouir, lentement comme une image sur du papier photographique, qu'on fait apparaître sous la surface d'un bain chimique.

La pâleur de sa peau.

Les semelles usées de ses chaussures.

Sa chemise, jadis blanche, à présent noire jusqu'à la taille.

Son cou, tranché profondément comme celui des jeunes filles aux roses.

Le sang, si épais qu'il pendait en stalactites séchées du bord du comptoir.

Et puis d'autres détails. De petites touches, pour compléter le décor.

Les pièces d'argent qui formaient comme une auréole autour de sa tête. Une main qui tenait fermement quelque chose contre sa poitrine. Quelque chose que je ne pouvais pas regarder.

Si j'avais été étendue là à sa place, il se serait obligé à s'approcher. Il aurait eu le courage de contempler mon cadavre, parce qu'en voyant tout il saurait ce qui s'était passé. Ce que cela signifiait.

Il aurait été en droit d'exiger la même chose de moi.

Je me mis à trembler. Tout était si froid.

— Kenny ? Je ne peux pas.

Mais il le fallait. Parce que c'était ma faute. Je le sus avant même de pouvoir faire un pas en avant, de traîner lourdement un pied que je n'avais pas la force de soulever.

J'étais responsable de cela. J'avais provoqué cela. Et les décorations étaient là pour me le faire comprendre, pour que je prenne bien conscience de ma culpabilité, comme le billet sur la porte de chez Sembles.

— Je m'en veux tellement.

Je poussai l'autre pied en avant, en essayant de ne pas fermer les yeux. Je ne méritais pas de voir tout ça, de voir combien il était pâle. Ce visage qui paraissait encore si bon.

Un autre pas traînant. Encore un. J'étais encore très loin de lui, comme s'il dérivait au loin, au bout d'une grotte étroite. Il me faudrait plusieurs jours pour le rejoindre, de plus en plus de temps, quelle que soit la distance que je parcourrais.

Je frémis à nouveau et j'eus envie de vomir. Je m'obligeai à déglutir, en déplaçant mes pieds de quelques centimètres à la fois. J'aurais voulu le ramener à la vie, j'aurais voulu être morte.

Faible, vacillante, conquérant à chaque pas de minuscules fragments de sol, je finis par me retrouver à côté de lui, bien après avoir renoncé à l'espoir d'atteindre son corps.

Ses yeux étaient ouverts et devenaient laiteux. Je les fermai aussi délicatement que possible.

Je me forçai à l'examiner et je promenai lentement mon regard depuis l'horreur de son cou, la grenade éclatée qu'il tenait contre sa poitrine, puis l'autre main, le long de son corps, la paume ouverte.

Au centre de cette main, six pépins du fruit mûr, six grains couleur de rubis, disposés en un rang tordu.

Pour Perséphone. Pour moi.

Je mordis l'intérieur de ma joue, en tâchant de m'armer de patience.

Perséphone devait regagner chaque hiver le séjour des morts, parce que le souverain des Enfers l'avait entraînée dans son royaume et qu'elle avait mangé six grains de la grenade qu'il lui avait offerte pour la consoler. Dès lors, elle lui était devenue liée à jamais. Mariée au seigneur des ombres.

Je sentis une brusque montée acide dans mon gosier. Je perdis connaissance parce que mon crâne ne pouvait contenir l'énormité de ce que j'avais causé. Trop douloureux. Trop énorme. Trop lourd à porter.

Tout disparut, absorbé dans le néant, substance et perspective, la *réalité* même de la chose.

Il n'y avait plus que le froid, le silence et cette fille stupide qui, tremblante à côté d'un mort, finit par lui embrasser les deux joues avant de tirer une pièce de sa poche et de se diriger vers le juke-box. Il fallut des décennies, des siècles pour marcher jusque-là, et deux mains pour arriver à introduire la pièce dans la fente.

Elle n'eut pas besoin de consulter la liste des chansons pour trouver ce qu'elle voulait, elle se contenta d'appuyer sur les touches B et 17, parce que c'était la préférée de Kenny, Ray Charles interprétant *America the Beautiful.*

Puis cette fille redevint moi.

J'entendis le mécanisme saisir le 45 tours et le laisser tomber, puis le crissement quand le saphir mordit le vinyle.

Je m'adossai à la machine, en fermant enfin les yeux. Il y eut le roulement de tambour, puis les trompettes, la touche d'harmonium et, finalement, cette voix chantant la beauté d'un pays pour qui tant de héros avaient sacrifié leur vie, inspirés par l'amour altruiste de leur contrée natale.

J'eus mal aux yeux, en pensant à l'homme que Kenny avait été pour chérir ces paroles patriotiques.

Pas un individu superficiel et débile comme moi. Pas une créature prétentieuse et cynique qui aurait dû être tuée à sa place.

Je me redressai et m'obligeai à le regarder à nouveau, à contempler le désastre dont j'étais la cause. Puis je murmurai les paroles de la chanson : "Que Dieu étende sa grâce sur toi..."

J'avais une autre pièce dans ma poche.

Je m'en servis pour appeler police secours.

Sans indiquer mon nom.

Je jetai un dernier coup d'œil dans la salle.

Les portes de l'escalier étaient bloquées : le balai de Kenny avait été glissé en travers de leurs poignées. Je le laissai en place pour que les flics sachent que les gens habitant au-dessus n'étaient pas coupables.

Quand Ray eut fini de chanter, j'ouvris la porte sur rue, répandant le soleil sur le lino noirci par tant d'années de chaussures fatiguées.

Ma vision fut brouillée par des larmes salées et je franchis le seuil, la tête basse, sachant que la mort s'était trompée de victime. Que je devais y remédier.

Je me ressaisis et foulai le trottoir, au grand jour.

De gros nuages s'avançaient dans le ciel. Promesse de neige.

Cette année, l'automne avait duré deux jours en tout et pour tout.

— Tu as vu l'heure qu'il est ! glapit Ted depuis la porte de son bureau.

Je m'assis, accueillie en fanfare par des sirènes de police.

— Je viens de trouver un autre… quelqu'un. Un mort.

— C'est censé être drôle ?

— C'était un ami. Kenny.

Il m'écouta, silencieux mais en rogne, tandis que les sirènes ralentissaient. Elles s'arrêtèrent une par une, tout près de nous.

Ted me montra du doigt en ricanant :

— Tu as la veine des débutantes.

— Et toi, la psychose des syphilitiques, répliquai-je.

Il claqua la porte. Très bien.

Je pivotai sur mon fauteuil, les genoux serrés contre ma poitrine, puis je fermai les yeux en faisant de mon mieux pour ne pas me mettre à pleurer. Il fallait que je réfléchisse. Pour Sembles, je n'étais pas sûre, mais la mort de Kenny m'était offerte sur un plateau.

Je sentis deux mains venir se poser doucement sur mes épaules. La voix tranquille de Wilt.

— Tu étais proche de ce type, n'est-ce pas ?

Je hochai la tête, incapable d'articuler un mot.

— Ça a dû être terrible, de le trouver comme ça. Je peux faire quelque chose pour toi ? T'apporter un café ? Appeler Dean ? Je suis désolé, je me sens tellement inutile…

— Tu n'es pas inutile. Personne ne se fait tuer à cause de toi, dis-je avant de perdre tout mon sang-froid.

Il s'accroupit pour me serrer dans ses bras.

— Là, là… dit-il alors que je sanglotais dans sa cravate. Tu ne les as pas tués, Maddie. Celui qui a fait ça est un malade… Il fait du mal aux gens parce qu'il en a envie. Cette histoire a commencé alors que tu n'étais pas née, quasiment. Tu n'en es ni la raison ni la cause, OK ?

— Pour Sembles, peut-être. Mais Kenny… s'il ne m'avait pas connue, il serait encore vivant.

— Et tu passes toujours au bar avant de venir travailler ? demanda-t-il.

Je secouai la tête.

— C'était un ex-flic, poursuivit Wilt. Il savait à quoi il s'exposait.

— Mais…

— Il n'y a pas de "mais". Tu veux faire quelque chose pour Kenny ? Mets-toi en colère. Monte sur tes grands chevaux et découvre qui vous a fait ça, à lui et à toi. Fais-le coffrer, ce salaud.

Je me mouchai.

— Tu veux bien que, d'abord, je donne à Ted un grand coup de pied dans les couilles ?

Il eut une moue à la Elvis.

— Je t'en prie. Quand tu auras fini, Simon veut te parler.

Je frémis.

— Tu viendras avec moi ?

— Bien sûr.

Simon avait des 20 x 25 étalés sur tout le dessus de sa table. Il leva la tête lorsque nous entrâmes, Wilt et moi. Je tâchai de ne pas penser au rapport qu'il pouvait avoir avec la mort de Kenny.

J'avais besoin de croire que je ne le soupçonnais pas de ça. Ni de quoi que ce soit.

Le téléphone sonna. Simon décrocha, écouta et dit :

— Oui, Amy… Maddie est à côté de moi.

Il me tendit le combiné.

— Ta mère. Sur la ligne deux.

J'appuyai sur le cube clignotant, juste en dessous du cadran.

— Maman ?

— Madeline. Dodie est morte.

43

Je m'effondrai sur la chaise la plus proche.

A l'autre bout du fil, la voix de maman sonnait claire et efficace.

— Maria l'a trouvée ce matin. Elle est morte dans son sommeil.

— Mon Dieu…

— Evidemment elle voulait être incinérée, et pas au cimetière puisque Jake n'y est pas. Il y a un déjeuner chez elle demain, et puis samedi nous disperserons les cendres sur le lac, au camp, donc je pense qu'on ira tous. Ce n'est pas loin de chez toi, alors ce sera facile. A moins que tu ne veuilles descendre pour le truc ici ? Ce sera surtout les gens du coin, mais Janet et Clay viendront de Boston.

Elle aurait aussi bien pu parler de taies d'oreiller, ou de cuillers à café. Toute cette logistique exposée à toute vitesse, mais de façon si désinvolte.

— Pas de problème, je passerai d'abord chez toi.

— Et puis vendredi, June et Ogden arriveront à l'aéroport d'Albany et loueront une voiture. C'est à peu près à mi-chemin entre Albany et Montréal, donc je ne vois pas l'intérêt de prendre l'avion, parce que, évidemment, avec tout le temps qu'on perd à l'embarquement et au débarquement, ça reviendrait au même de faire tout le trajet en voiture et puis on peut se garer et tout donc moi je préférerais vraiment...

— Maman, je suis au travail et il se passe un tas de choses...

— Bon, poursuivit-elle, nous ne savons pas encore si Alice et Godfrey viendront de Northeast Harbor. Binty vient de rentrer d'Europe avec Kit mais nous comptons sur eux, bien sûr. Je n'ai pas encore appelé les autres enfants. Naturellement, ça n'a aucun sens pour ta sœur de faire tout le chemin depuis Florence, mais comme je savais que tu viendrais, je me suis dit qu'il fallait que je t'en parle la première. Dean t'accompagnera ? Tu veux récupérer ses chaussures ?

— Ses chaussures ? répétai-je, sous les yeux ébahis de Simon et de Wilt.

— Il doit y avoir une dizaine de paires d'escarpins dans les armoires de Dodie. Tu es la seule qui aies des pieds aussi grands.

— Mais enfin, maman, son corps est encore chaud !

— Pas du tout, elle était glacée. Je t'assure. Et raide comme une planche.

— Parce que tu l'as touchée ?

— Bien entendu. Tu sais, juste avant qu'on l'emmène dans le corbillard. Je n'avais encore jamais touché de mort. Ça m'a toujours intriguée.

Je n'avais aucune envie de comparer mes impressions avec les siennes.

— Bon, tu les veux, ces escarpins ?

— D'accord, dis-je en capitulant.

— Et Dean ? demanda maman en passant au point suivant sur sa liste de priorités.

Je consultai Simon du regard. Je ne voulais pas qu'il sache que j'étais seule en ce moment.

— Je ne crois pas.

— Tant pis, on se passera de lui. On t'attend à 11 heures chez Dodie. Tu nous aideras pour les chaises. Je t'ai dit qu'il y avait un déjeuner ensuite ? De la dinde Tetrazzini, un plat typique.

— Maman ? On se verra ce soir.

— Il faut que je te laisse, dit-elle avant de couper court à notre conversation.

Je raccrochai et repoussai ce maudit instrument vers Simon.

— De mauvaises nouvelles ? demanda Wilt.

— Mon arrière-grand-mère est morte, ce qui fait mon troisième mort en quarante-huit heures. Je n'arrive pas à y croire.

Je me vautrai dans ma chaise.

— Ton troisième ? s'étonna Simon.

Comme s'il ne le savait pas.

— Elle a trouvé Kenny ce matin, expliqua Wilt.

— Le type du *Crown* ?

Je hochai la tête.

Simon se rapprocha. J'aurais voulu me plaquer contre le mur afin d'éviter tout contact avec lui, mais je me retins tant bien que mal.

— Euh... Maddie ? dit Wilt.

— Quoi ?

— Tu ne crois pas que tu devrais... rentrer chez toi, par exemple ?

— Pourquoi, pour que ce type puisse me tuer, moi ?

— Mon Dieu ! lâcha Simon.

C'est ça, vas-y.

— Tu en as parlé à Dean ? demanda Wilt.

Je remontai mes genoux contre ma poitrine. Sans répondre.

Il faisait froid. Simon avait dû pousser la clim à fond dans sa petite crypte.

Près du plafond, il y avait une fenêtre tout en longueur, comme un soupirail. Elle donnait sur la rue. Deux centimètres de neige étaient massés contre la vitre, et les flocons tombaient toujours.

— Je déteste cette ville, dis-je.

— Tu veux que je téléphone à Dean ? demanda Wilt. Je peux te conduire…

Je répondis que je devais lui annoncer la nouvelle moi-même. Je ne voulais pas leur dire où il se trouvait, et j'avais besoin de mon fusil.

— Il faut que j'aille dans les Adirondacks. Vous voulez bien prévenir Ted ?

Derrière moi, la voix de Ted :

— Tu n'as qu'à le prévenir toi-même.

Je me retournai et le vis adossé au chambranle de la porte.

— Parfait. Ted, il faut que j'aille dans les Adirondacks.

— Quoi, maintenant tu veux bien t'y mettre, à cet article ?

— Pas du tout. Je dois aller à un enterrement.

— Il y a toujours quelque chose, avec toi.

— C'est pas bientôt fini ? demanda Wilt. Arrête, Ted, la pauvre…

Ted pinça les lèvres :

— Emmène Simon avec toi.

C'était n'importe quoi, même venant de lui. Même si je n'avais soupçonné Simon de rien.

— A l'enterrement de mon arrière-grand-mère ? Tu rigoles, j'espère ?

— Ted, c'est de très mauvais goût, protesta Simon. Je ne peux pas croire que tu oses suggérer une chose pareille à Maddie, ni que tu me le proposes à moi.

— Ce camp ne m'appartient pas, Ted. Je serai logée là-bas parce que des cousins veulent bien m'héberger.

— Et tu bosses ici parce que moi je veux bien t'employer. Je veux ces putains de photos.

Il remonta l'escalier comme un forcené.

— Laisse-le dire, conseilla Wilt. Casse-toi et fais ce que tu dois faire.

Simon acquiesça :

— Nous lui parlerons.

Il semblait si aimable, si compatissant. Ce n'était plus l'hystérique de la veille, et pourtant il était forcément l'assassin ou le complice de l'assassin. Il posa la main sur mon épaule et je tressaillis.

— D'accord.

Je n'avais plus qu'une idée : fuir loin d'ici, loin de lui, loin de tout ce merdier. Mais d'abord je voulais rentrer chez moi et jeter mon fusil dans le coffre de la Volkswagen.

J'aurais tellement voulu que Dean soit là, pour que je puisse lui dire qu'il avait raison et que Kenny était mort parce que je ne les avais pas écoutés.

Je sortis du bâtiment. Toutes les feuilles étaient jaunes et le ciel était gris.

Quatrième partie

CENTRE ISLAND

Tu es pauvre... et si tu n'arrives pas à l'accepter, tu deviendras une de ces créatures redoutables qui ne savent pas si elles sont millionnaires ou sans le sou.

F. SCOTT FITZGERALD,
lettre à sa fille Scottie.

44

Le lendemain matin, je partis de chez Bonwit pour me rendre chez Dodie à pied, à travers la forêt, par un vieux sentier qui serpentait entre des archipels de carotte sauvage et des ronciers à mûres. Les arbres devinrent bientôt plus clairsemés et je me retrouvai à l'entrée de l'allée menant à la maison de Dodie.

Pour l'occasion, Egon devait avoir été envoyé tondre la pelouse. Quand j'arrivai à l'intérieur du dernier rempart en brique pâle, on aurait cru que chaque brin d'herbe avait été aiguisé à la faux. Des gouttes d'eau éparses capturaient le soleil d'automne pour en décomposer le prisme en bijoux étincelants, orange, citron, écarlates, bleu de flamme.

Le gazon coupé n'était qu'un vain trompe-l'œil, une tentative de dernière minute pour dissimuler l'ampleur catastrophique du chaos ambiant. Personne n'avait eu le temps ou l'envie d'arracher aux vingt fenêtres visibles leur épaisse barbe de lierre, de remplacer les carreaux cassés, en forme de cercueil, des énormes lanternes de bronze.

Encore un de ces vieux palais d'avant Franklin Roosevelt, initialement conçu comme un hommage à Monticello, l'élégante demeure de Thomas Jefferson, et terminant sa carrière en décor digne du troisième acte d'*Autant en emporte le vent* : vingt hectares et pas une seule mule.

Je franchis un portail et m'avançai dans l'obscurité fraîche de la voûte d'arbres aux odeurs de buis. On n'entendait que les oies du Canada, cancanant une dernière fois alors qu'elles quittaient les lieux, et les talons de mes mocassins qui résonnaient sur les dalles, aux rares endroits où l'ardoise n'était pas étouffée par les feuilles mortes.

Le vent avait également poussé des feuilles à l'intérieur de la maison et je les vis danser sur le marbre noir du vestibule, une rotonde de dix mètres de diamètre. Un escalier à la balustrade arachnéenne montait jusqu'au balcon et le soleil filtrait à travers les persiennes des hautes fenêtres.

Les bustes en bronze de mes arrière-grands-parents reposaient dans une niche à mi-chemin de l'escalier : Dodie coiffée à la garçonne et Jake avec ses cheveux brillantinés et plaqués en arrière. Cette pièce aurait pu en imposer si le papier peint couleur de menthe pâle ne s'était pas déchiré en lambeaux pendants, parfois raccrochés au plâtre par de longs morceaux d'adhésif.

Vu comme j'avais tout merdé la semaine précédente, il semblait tout à fait approprié que je revienne au Manoir du Désastre pour fêter l'occasion.

— Il y a quelqu'un ?

L'écho répéta mes questions jusqu'à ce que deux shih-tzus aux yeux chassieux déboulent en jappant, leurs griffes crissant sur la pierre, leurs poils jaunis retenus par de minuscules barrettes en plastique bleu et rose.

Je pataugeai à travers les chiens et entrai dans la salle à manger, où avait été dressée une table pour vingt personnes. Le portrait de Dodie portait un regard condescendant sur la scène, les émeraudes scintillant toujours sur sa hanche.

Je touchai le bas du cadre en repensant au surnom de cette peinture et je murmurai : "Ah quel dos, dis donc, Dodie", puis je me dirigeai vers l'office et la cuisine.

Maria la cuisinière, vêtu d'un jean et d'une vaste chemise de flanelle à carreaux, leva les yeux de l'énorme gazinière noire et m'adressa un sourire illuminé par ses dents en or.

— *Hola*, Madalena ! *Cerveza ?*

N'envisageant pas une seconde que je pourrais décliner son offre, elle tira une chaise de sous la table, me donna une grande claque dans le dos et me tendit une canette froide extraite de son stock personnel de Budweiser, le tout en un seul mouvement ininterrompu, tandis que ses longues nattes noires s'agitaient dans le sillage de son corps parfaitement carré.

— Fait plaisir te revoir. Ça va ? dit-elle en s'asseyant à côté de moi et en me tapotant le bras.

— J'ai eu une semaine merdique, répondis-je en contemplant cette cuisine que je connaissais bien mieux que les pièces de réception. Dans cette annexe de la nursery, les enfants vivaient séquestrés avec les domestiques.

— La nuit avant hier, j'ai rêvé un chien qui creuse un trou, me confia-t-elle. Alors je savais ça va arriver. En Bolivie, c'est un rêve annonce la mort. Fait mes valises le matin après.

— Tu veux t'en aller ? demandai-je, inquiète pour elle qui était ici sans papiers, et désormais sans emploi.

— Maintenant ton grand-mémé est morte, je rentre au pays, encore un mois. C'est bon, tu sais ? Je garde un peu de l'argent, alors maintenant je vois ma famille. La vie elle est bonne avec moi. La mort elle est pas bonne, mais enfin, ça arrive. Tout le monde va voir Dieu, un jour.

— C'est vrai, dis-je en prenant une gorgée de bière à la *vaya-con-Dios.*

— Tu as l'air fatiguée, reprit Maria. Tu viens voir moi avant je pars. Fera la fête !

Elle agita ses épaules en rythme comme une danseuse espagnole, jeta la tête en arrière et éclata de rire.

— Génial, dis-je, en souriant pour la première fois depuis plusieurs jours.

Quand j'eus terminé ma bière, j'aidai Maria à porter plusieurs dizaines de chaises dans le salon, à nettoyer la cheminée et à balayer les feuilles un peu partout, tandis que le traiteur livrait des caisses de dinde et qu'Egon préparait le bar.

Lorsque mes cousins commencèrent à arriver au compte-gouttes, Maria me prit à part.

— Quand tu pries pour ton grand-mémé aujourd'hui, demande un souhait et elle obligée te faire plaisir. Promets tu oublies pas, d'accord ?

— D'accord. Merci.

Elle regarda à droite et à gauche puis me serra très fort dans ses bras.

— Bonne fille ! Tu oublies pas ça aussi, murmura-t-elle avant de me lancer dans la mêlée et de disparaître dans la cuisine.

En me dirigeant vers le salon, je compris qu'elle m'avait glissé un billet de vingt dollars dans la poche de ma veste, ce qui me tua purement et simplement.

Ce n'était pas la première fois. J'avais essayé de refuser, de lui rendre le fric qu'elle me refourguait, et même de remettre les billets dans son porte-monnaie quand elle avait le dos tourné, mais en vain. Elle continuait à cacher de l'argent dans ma voiture, dans la boîte à gants, le cendrier ou sous le rétroviseur.

Le jour où je lui demandai de s'en abstenir, elle répondit :

— Ils donnent l'argent à moi, ils donnent rien à toi. Pas problème, moi je donne à toi.

— Tu travailles pour eux.

— Ils font travailler toi. Mais ils paient pas.

C'était tout de même invraisemblable.

Kit et Binty furent les premiers à me repérer. Il me serra chaleureusement la main dans les deux siennes tout en regardant par-dessus ma tête.

Binty s'avança, plaça ses pieds en troisième position de danse et me toucha le coude. Elle plongea son regard dans le mien, comme si elle s'apprêtait à me révéler une maxime d'une immense sagesse.

— Madeline, dit-elle en souriant, tâtonnant de sa main étroite le rang de perles qu'elle avait au cou, ma chérie…

— Oui ?

Je la dévisageai à mon tour, impressionnée par son impeccable chignon blond péroniste et par son tailleur en bouclé bleu marine gansé de blanc. J'espérais qu'elle ne verrait pas le vernis à ongles que j'avais employé pour masquer les échelles de mes collants.

Elle absorba une petite gorgée d'air et chuchota :

— … il y a de la *terre* sur ton visage.

Puis elle rougit pour moi, comme il convenait. *Don't cry for me, Argentina.*

Je reculais et partis me réfugier dans la salle de bains de la chambre d'amis située au sous-sol. Je frottai ma joue pour en ôter la tache révoltante, qui s'avéra être des cendres, entourée par une fresque représentant une vigne vierge peuplée d'ocelots et d'oiseaux des tropiques.

— Bunny dans la jungle… dis-je à mon reflet dans le miroir.

Lapthorne entra dans la pièce alors que j'allais en sortir.

— Maddie, ta mère m'a dit que quelqu'un d'autre avait été tué. Qui était-ce ? Comment te sens-tu ?

— C'était Kenny, le type que tu as rencontré au bar.

— *Merde !* Je suis absolument désolé…

Son père arriva alors.

— Bon sang, Lapthorne, ça commence. Remue-toi un peu !

Il sortit précipitamment, s'attendant que nous le suivions tous les deux.

Lapthorne fit des claquettes sur la descente de lit grise et m'offrit son bras.

— Bien, chêêêre cousine, êtes-vous prête à vous donner en spectacle ?

Il nous fallut nous contenter des derniers sièges, de part et d'autre du salon. Je me retrouvai bloquée derrière un massif d'oncles, l'épaule dans les rideaux, et comme je ne voyais pas le révérend Pettit, je ne pus que l'écouter proférer ses finasseries épiscopaliennes avec ce délicieux manque d'enthousiasme qui caractérise notre lignée protestante, tout en regardant par la fenêtre en direction de l'eau couleur de bronze.

Je tentai de réunir mes souvenirs de Dodie, afin de rendre hommage à ses qualités de matriarche. Ma gorge se serra et, en sentant les larmes monter, je me reprochai de ne pas avoir eu assez de prévoyance pour emporter une poignée de papier-toilette. Mais ce n'était pas la mémoire de Dodie qui me mettait dans cet état.

Après tout, si elle avait été parmi nous, elle m'aurait au mieux souri en disant : "Salut, Skippy, à quoi ressemble New Haven cette année ?" La seule affection que j'aie jamais reçue d'elle m'avait été prodiguée lors de ses pertes d'acuité visuelle ou mentale.

C'était cette absence de souvenirs qui me perturbait : la chaleur unissant les membres d'autres familles, ou de gens comme Maria et Kenny, me laissait entrevoir ce que pouvaient être les relations familiales, et voilà pourquoi je pleurais. Quand je me détournai de la fenêtre, en observant le rassemblement de la progéniture au physique superbe et aux manières exquises que Dodie avait mise au monde, il devint évident que pas un seul d'entre eux ne se joindrait à moi. Je ne savais toujours pas si ce défaut du scénario tenait à elle, à eux ou à moi.

Quand Pettit entonna une ultime prière, je me rappelai ce que Maria avait dit, je fermai les yeux et je priai Dodie de m'aider à obtenir justice pour Kenny, pour que je puisse enfin commencer à payer ma dette monumentale contractée envers des étrangers.

45

— C'est très gentil de ta part d'avoir pleuré, dit Lapthorne quand nous fûmes attablés dans la cuisine devant nos assiettes de dinde, puisque aucune place n'avait été prévue pour nous au pays des adultes.

— Je t'en supplie ! Cette semaine, je n'ai fait que pleurer et vomir. Mon père serait fier de moi. Je suis l'incarnation des bienfaits de la thérapie primale.

— Le seul problème qu'ait jamais eu ton père, c'est que son papa était riche et sa maman jolie. Toi, tu as de bonnes raisons de pleurer et de vomir, à commencer par lui.

— Oui, mais je ne pleurais pas *pour* Dodie, et ça aussi, c'est nul. C'est simplement que... Kenny, toutes ces occasions manquées, et je suis triste de ne jamais l'avoir vraiment connue.

— C'est parce que tu ne l'as jamais vraiment connue que tu étais la seule à ne pas remercier Dieu de l'avoir rappelée à Lui.

— Ce n'est même pas à cause de Dodie, c'est à cause d'eux. Ouvre un peu les yeux et essaie de comprendre. Ils avaient tout, les relations, les meilleures études, ils étaient beaux, bien habillés, charmants, ils se sont distingués au combat, et ils ont tout gaspillé. C'est l'histoire du roi Midas à l'envers... C'est comme la déchéance du clan Kennedy.

— Maddie, ils ne se baisseraient même pas si un des Kennedy voulait leur faire une pipe.

— Et je suis sûre que Caroline et Teddy Kennedy n'en dorment plus.

Il éclata de rire.

— Je dis simplement qu'ils n'ont pas même conscience de leur échec. Ils sont trop occupés à se réjouir de pouvoir se débarrasser de cette baraque tant qu'il reste tout juste de quoi payer les droits de succession. Tu sais qu'elle coûtait quarante mille dollars rien qu'en chauffage, chaque hiver ? Pour une pauvre vieille qui, depuis un demi-siècle, ne sait plus en quelle année on vit ? Ils trouvent que Dodie aurait dû mourir avec Jake. En ce moment, ils se retiennent de sabler le champagne.

Je pris le temps de réfléchir à ce qu'il venait de m'apprendre.

— Alors c'est pour ça que nous sommes les seuls cousins ici ? C'est pour ça que même Skippy n'est pas là ?

— En ce qui concerne les autres, je ne sais pas. Moi, je suis venu pour toi.

Et avant que j'aie pu répondre, la porte de l'office s'ouvrit et tante Julie fit son entrée en scène.

— Reviens là-haut avec ta bonne marraine, Madeline, dit-elle en agitant les doigts et en me souriant. J'ai des *chaussures* pour toi !

Bien dressé, Lapthorne se leva et ils s'embrassèrent.

— Coucou, Lappy, mon chéri. Ta mère se demande ce que tu deviens.

— Alors il faut que je remonte, dit-il avec une révérence et un claquement de talons. Maddie, tu seras chez Bonwit ? Il faut que tu me racontes tout ce qui s'est passé et qu'on discute un peu. Ravi de te revoir, cousine Julie.

Et il disparut.

— C'est magnifique que tu fasses connaissance avec ton cousin, dit Julie alors que nous entrions dans la chambre gris tourterelle de Dodie. Tu t'amuses bien ?

Maman n'était pas très proche de Julie car, celle-ci étant restée mariée à un homme qui avait un emploi, les deux sœurs n'avaient pas grand-chose en commun. En tout cas, je m'attendais qu'elle ne soit guère au courant de mes faits et gestes. Dans la génération de maman, pourtant, c'est elle qui s'intéressait le plus à moi, et puis elle était marrante. Et c'était ma marraine.

— Lapthorne est formidable. Je trouve vraiment que ses parents n'ont pas mérité un fils pareil. Binty aurait pu attendre un peu avant de me dire que j'avais mauvaise mine.

— Oh, Kit et Binty sont charmants, Maddie, je t'assure. Vraiment gentils. Je suis certaine que tu l'appelles par cet affreux surnom quand elle n'est pas là, comme ton oncle Hunt ? C'est horrible… Je suis incapable de le prononcer.

— Vagin Glacé ?

— Comment oses-tu proférer de telles atrocités, vilaine fille ! s'exclama-t-elle alors que je l'avais fait rire.

Julie ouvrit la porte donnant dans le dressing de Dodie, puis appuya sur l'un des vieux interrupteurs (noir pour éteindre, nacré pour allumer) et m'entraîna vers un placard.

— Tu chausses vraiment si grand que ça ? dit-elle en regardant les innombrables paires d'escarpins alignées sur les étagères.

— Je mets du 42-43.

— Mais c'est Berthe aux grands pieds, cette enfant ! De visage aussi, tu ressembles un peu à Dodie, il me semble, d'une certaine manière. Tu es bien la seule, parmi les filles. Tu as bien de la chance d'avoir hérité de ses pommettes, dit-elle en creusant les joues et en faisant une bouche de poisson.

— Ravissant ! dis-je.

— En tout cas, côté chaussures, tu as tiré le gros lot, ma chère nièce.

Il y avait là des escarpins de toutes les teintes, avec des petits nœuds assortis ou de couleurs contrastées : bleu marine à ruban vert, rouges à ruban noir, blancs à ruban bleu layette, taffetas changeant à ruban lavande, et même en cuir vernis, en imitation croco. Je pris cette dernière paire pour l'essayer.

— Elles me vont comme un gant.

Les semelles étaient étonnantes : on avait la sensation de mettre les pieds dans un plat de crème chantilly.

— Un gant qui coûte sacrément cher, répliqua Julie. Je regrette qu'elles n'aillent pas à ta vieille tante.

— Oh, arrête, Julie ! Qu'est-ce qui t'empêche de t'en acheter une paire ? Tu roules sur l'or.

— Tu dois vraiment aller très mal pour croire que nous sommes riches, dit-elle en riant.

— Bon, d'accord, pas autant que le sultan de Brunei et compagnie, mais enfin tu n'es pas non plus dans la misère.

A ces mots, elle se mit à rire si fort que je dus la conduire vers une chaise. Quand elle eut essuyé les larmes qui perlaient dans ses yeux, elle me demanda ce que je comptais faire de cette manne de chaussures.

— Je pensais les porter dans des endroits exotiques comme elles n'en ont jamais vu. Tu sais, au *travail*, par exemple.

Nouveau fou rire, pour toutes les deux.

— Je t'interdis de me faire rire, Madeline Dare. C'est un enterrement, nom de Dieu !

— D'accord, alors voici une question sérieuse. Pourquoi Dodie ne sera pas inhumée ici, au cimetière ? Après tout le mal qu'elle s'est donnée... avec ses rosiers.

— C'était dans son testament. Elle a toujours répété qu'elle voulait être incinérée. Et qu'on disperse ses cendres au camp.

— Pourquoi ?

— Elle ne l'a jamais expliqué. J'ai toujours cru qu'elle ne se sentait pas chez elle ici. Elle n'est pas née ici. Mais apparemment elle aurait déclaré un jour que puisqu'elle ne pouvait pas reposer dans la terre à côté de Jake elle voulait être dans l'eau. Comme lui.

— Il va faire froid, là-bas. Le lac est sans doute gelé.

— Alors il faudra taper sur la glace jusqu'à ce que l'urne passe à travers, non ?

Julie se leva et se mit à remplir une caisse avec tous les escarpins.

— Emporte-les à la cuisine par l'escalier de service, pour que Binty ne t'embête pas, puis reviens ici pour qu'on boive un coup.

Je promis de lui obéir mais, une fois devant la porte de la cuisine, j'entendis la voix de baryton de Kit couvrant toutes les autres voix.

— C'est mignon… C'est très mignon, comme histoire.

C'était sa conclusion préférée après une anecdote relatant la mort subite d'un de ses amis sur un terrain de golf ou au lit avec sa maîtresse. N'étant pas d'humeur à supporter les individus réunis dans la pièce, je fis demi-tour et poursuivis vers l'entrée des domestiques.

J'eus envie de repartir dans les bois, mais Lapthorne m'attendait, debout contre sa voiture.

— Alors, petite fille, on s'enfuit de chez papa-maman ?

— C'est juste que je n'avais pas envie de devoir prendre un gin tonic avec toute la bande, surtout avec maman et oncle Bonny.

— Je ne peux qu'approuver ta décision. Même ici, on n'a pas envie de voir Binty, Bonny et Bunny dans la même pièce.

— Ba be bi bo bu, dis-je en plaçant le carton de chaussures contre ma hanche et en lorgnant sur la Porsche luisante. Je peux conduire ?

Il me prit le carton qu'il lança sur la banquette arrière, puis me fit signe de me mettre au volant. J'atteignis les cent kilomètres à l'heure avant même d'avoir quitté Centre Island, puis je ralentis pour traverser Burwell. Nous allâmes jusqu'à l'autoroute de Long Island avant de revenir, sans rien dire, en écoutant de vieux tubes des Rolling Stones sur la radiocassette : *Route 66*, *King Bee* et *Not Fade Away*.

Par rapport à celui de la Rabbit, le volant semblait plus large mais plus mince. La voiture prenait les virages sans sourciller malgré la vitesse, et elle avait encore de quoi accélérer chaque fois. Comme je savais qu'il ne resterait rien à manger chez Bonwit, à part la dinde figée que maman allait sans doute "libérer" en nous expliquant qu'elle la gardait pour le déjeuner du mardi suivant, nous achetâmes à Bayville de la bière et des parts de pizza.

Maman et Bonwit n'étaient pas encore rentrés chez eux. Je fis donc demi-tour au bout de l'allée, en projetant du gravier en l'air comme si je faisais du ski nautique. En repartant, je brisai le silence en disant :

— Si cette voiture était à moi, je pense que je ne pourrais plus jamais être malheureuse.

— Ah, tu me ressembles trop, Maddie, répondit Lapthorne. Tu trouverais bien un moyen de l'être à nouveau.

La nuit tombait et il commençait à faire froid. Je l'emmenai donc jusqu'à la véranda à l'arrière de la maison et j'allumai un grand feu. Les flammes dansantes se reflétaient dans toutes les vitres et nous pûmes nous réchauffer, mais nous avions encore le dos tellement froid qu'après avoir mangé notre pizza et jeté les papiers gras dans l'âtre je dus aller nous chercher des couvertures au deuxième étage.

Quand nous eûmes bu notre bière, Lapthorne sortit une flasque en argent remplie de whisky et en but une rasade avant de me le proposer.

— Il faut toujours se cacher, ici ? demanda-t-il.

— Tout dépend de ton degré de masochisme. Ses gamins étaient rois mais quand on ramenait des copains à la maison, il leur demandait en plein dîner s'ils avaient déjà essayé de mettre le feu à leurs propres pets. Quand des amis nous téléphonaient, il se faisait passer pour la standardiste portugaise d'un avorteur et il leur raccrochait au nez.

Lapthorne rit et je lui rendis sa flasque.

— Et c'est ça, le pire ! Quand j'essaie d'en parler, ça le fait paraître excentrique et inoffensif, et nous passons pour de petits merdeux rabat-joie. En plus, cette maison est tellement belle qu'on a l'air ridicule de se plaindre. On ne peut pas oublier tous les gosses qui meurent de faim en Arménie qui donneraient un bras pour manger du porc aux haricots tiède sur la terrasse. Enfin, il y a des compensations…

— Par exemple ?

— Le laitier a de la bonne dope et on est la dernière maison sur son circuit.

Je m'étendis sur le ventre, face à la cheminée, le menton sur les mains.

— Je regrette seulement de ne jamais avoir fait venir Kenny ici. Il ne se serait pas laissé marcher sur les pieds. Mais après il ne m'aurait sûrement plus adressé la parole. Les gens croient avoir été roulés quand ils découvrent que ta mère habite un endroit comme ici alors qu'ils savent que tu n'as pas un rond.

— Kenny m'avait fait l'impression d'être quelqu'un qui saurait faire la différence. Je pense que tu comptais beaucoup pour lui.

— Et tu vois comment je l'ai remercié !

— C'est vraiment ce que tu penses ?

Je le regardai. Il était couché sur le côté, se relevant sur un coude, ses longues jambes étendues vers le feu, la couverture drapée sur ses épaules comme une cape.

— Oui, c'est vraiment ce que je pense. Si je ne m'en étais pas mêlée, il serait encore vivant, et Sembles aussi. Je pense qu'en soupçonnant Simon j'ai provoqué deux morts et je pense que si je ne comprends pas très vite ce qui se passe il y en a aura d'autres. Kenny m'a conseillé de m'intéresser de plus près à Simon, et il approuvait ma décision de ne pas aller voir les flics. Il doit y avoir un lien, mais je suis trop débile pour voir lequel.

— Tu es bien assez intelligente. Ce dont tu as besoin, c'est d'une occasion d'en savoir plus, mais il ne faut plus que tu sois seule pour mener cette enquête. Nous devrions parler tous les deux à Simon.

— Ted, mon patron, un sale con, m'a ordonné d'emmener Simon au camp. Il doit prendre des photos pour l'article que je suis censée écrire sur les Adirondacks. Tu te rends compte, en plein enterrement !

— Je trouve que c'est une excellente idée.

— Je t'en prie.

— Non, vraiment. Je pense que nous devons emmener Simon au camp. C'est parfait, poursuivit-il. C'est en lui que réside la solution du mystère. Et je ne peux pas te laisser agir seule. Trop dangereux.

— En plein enterrement ?

— Invite-le à prendre ses photos quand tout le monde sera parti… peut-être lundi ou mardi. Je finance toute l'opération.

Le camp était géré comme une entreprise. Il y a de cela des années, mes cousins riches s'étaient partagé les actions et ils payaient une somme annuelle pour l'entretien et les impôts. Ils se réunissaient régulièrement en conseil d'administration. Le camp leur appartenait désormais en multipropriété et chacun pouvait l'occuper pour un loyer de cinq cents dollars par jour. En proposant de le maintenir ouvert jusqu'à lundi ou mardi, Lapthorne se montrait très généreux.

— C'est extrêmement aimable, dis-je, mais à quoi bon faire venir Simon au camp ?

— Cet endroit rend les gens plus ouverts, je l'ai déjà remarqué. Les filles surtout, ajouta-t-il avec un large sourire.

— Comme si tu avais besoin d'aide de ce côté-là. Mais Simon n'est pas une fille.

— Je dis juste que le camp a un effet extraordinaire sur les gens. Si tu veux découvrir si Simon joue un rôle dans cette affaire, tu dois le rencontrer seul, et il n'y a pas de meilleur endroit pour ça que les Adirondacks.

Je regardai le feu.

— Lappy, je commence à croire que c'est lui, l'assassin. Et tu veux m'envoyer au milieu des bois avec un psychopathe violent ? J'ai déjà fait du mal à trop de gens avec cette histoire.

— Mais tous tes collègues sauront qu'il est là-bas pour un reportage. Pourquoi passerait-il à l'acte ? Il serait tout de suite pris sur le fait.

— Il a un comportement bizarre ces temps-ci. Il est caractériel, il s'engueule avec tout le monde. C'est un retournement complet de sa personnalité. Il est peut-être en train de "décompenser", comme disent les psys. Il sait que j'enquête sur ces meurtres. Il doit se sentir menacé. Je suis trop dangereuse pour lui.

— Maddie, que va-t-il faire ? Nous savons où sont les fusils, et pas lui. Tu ne cours aucun risque.

— Ecoute, il sera encore à Syracuse quand l'enterrement sera terminé. Nous pourrons lui parler à ce moment-là, avec plus de témoins. Tu viendras au journal. Pour l'instant, il ne pense pas que je le soupçonne de quelque chose en particulier. J'ai refusé de l'emmener au camp et je n'en ai parlé à personne d'autre. Si tout à coup je change d'avis, il saura qu'il y a anguille sous roche. Je ne veux pas te mettre en danger. Ni Ellis. Car tu y vas avec elle, hein ?

— Puisque tu es mariée, il faudra bien qu'elle fasse l'affaire.

Ne sachant que répliquer, je pris une grande rasade de whisky. Je suis sûre que ce devait être un alcool de qualité, mais j'avais toujours la sensation de boire du dissolvant pour vernis à ongles.

— *Na zdarovié !* dis-je.

Je vidai la flasque et pris quelques oreillers sur le sofa en rotin. Le feu était si chaud et les couvertures si douillettes que je m'endormis en un clin d'œil.

46

En me réveillant le lendemain matin, je vis Bonwit nous admirer, vêtu d'un pantalon de peintre maculé de taches et d'un vieux pull rose rongé par les mites, brodé aux initiales de sa fille.

— Charmant, commenta-t-il en nous regardant tous les deux.

— C'est exactement mon avis, croassai-je.

Lappy et moi, nous avions gardé nos chaussures aux pieds ! Et nous étions restés tout habillés. Je tentai de fermer les yeux pour ignorer la présence du gêneur, mais il ordonna à Egon de faire disparaître les feuilles mortes avec un aspirateur, en braquant la soufflerie vers le bas des portes-fenêtres, tout près de ma tête.

— Je commence à comprendre ce que tu veux dire quand tu parles d'un certain manque d'hospitalité à ton endroit, dit Lapthorne.

— Le traditionnel réveil en fanfare. Toutes mes excuses.

Lappy se leva et adressa à Egon un salut hitlérien qui chagrina le vieil homme au point de le pousser à éteindre son aspirateur et à s'enfuir parmi les buissons.

— Fais attention, dis-je en riant. Il risque de peindre des croix gammées sur ta voiture.

— Il peut aller se faire voir. Regagnons plutôt la civilisation pour prendre notre petit-déjeuner.

Maman me coinça au premier étage tandis que je remontais nos couvertures.

— Je dois avouer que je suis horrifiée, Madeline. Coucher avec ton cousin, tout de même… Tu pourrais au moins avoir la courtoisie de l'emmener au second.

— Je n'ai pas couché avec mon cousin, maman. J'ai couché *à côté de lui.*

— Ne prends pas ce ton-là avec moi, s'il te plaît.

Je brûlais d'indignation morale et je me sentais parfaitement autorisée à croiser le fer.

— D'accord. Alors je vais m'expliquer poliment. Tu m'accuses de me faire sauter par mon cousin dans une véranda vitrée et tu sous-entends que la chose aurait été très acceptable si nous nous étions cachés en haut de la maison. Qu'est-ce qui t'embête le plus, qu'on ait froissé la susceptibilité de ton concubin ou qu'on ait pu être vus par sa femme si elle avait débarqué à l'improviste ?

— Ça ne me plaît pas, voilà tout.

Je la plantai là.

Quand je revins du dîner à Bayville, je jetai toutes mes affaires dans un sac et je descendis dire au revoir à maman.

Elle était dans la cuisine, en train de couper au-dessus de l'évier les tiges des dernières roses de l'année.

Je l'étreignis par-derrière, en lui répétant que j'étais désolée.

— On te demande au téléphone, dit-elle. Bonwit a décroché dans la chambre verte. J'espère que tu feras bon voyage…

Je partis dans la chambre verte où Bonwit était assis à son bureau, avec devant lui une grande tasse en Lunéville remplie de thé bio-alcoolo. Il avait une main dressée en l'air et le fil téléphonique pendait au bout de ses doigts, se tortillant lentement, tandis que la tonalité semblait changer de fréquence.

— Bonjour, ma petite, lança-t-il. C'était un appel du Canada mais je crois qu'ils ont raccroché il y a cinq minutes.

Il laissa le combiné tomber lourdement sur son bureau, puis me sourit.

Pour savoir que j'étais ici, Dean devait avoir appelé le journal. Mais il savait que même Bonwit ne l'aurait pas envoyé balader si j'avais été tuée.

— Tu es vraiment con, oncle Bonny.

— N'est-ce pas ? répliqua-t-il en remettant sur son nez ses lunettes jusque-là perchées au sommet de son crâne et en reprenant son livre pour me signifier mon congé.

Je pris mon sac sur l'épaule et je sortis. Je le jetai dans le coffre de ma voiture par-dessus mon fusil, en resserrant le fil de fer noué autour du hayon arrière dans l'espoir que cette saloperie resterait fermée pendant la traversée du parc national du Taconic.

Je m'approchai de la vitre de Lapthorne.

— Alors on passe prendre Ellis ?

Il hocha la tête.

— Elle vient jusqu'au Taconic en auto-stop. On la retrouve à la station-service juste après la sortie pour Austerlitz.

— Allez, on fait la course, dis-je.

Et nous quittâmes l'allée à toute vitesse.

Cinquième partie

LE CAMP

La terre ! Ne la sentez-vous pas ? Ne vous donne-t-elle pas envie d'aller soulever doucement les Indiens enterrés dans leurs tombes, d'aller leur dérober un peu d'authenticité, comme si celle-ci s'attachait même à leurs cadavres... Ici, pas là-bas.

WILLIAM CARLOS WILLIAMS,
Au grain d'Amérique.

47

Quand on arrive dans le parc des Adirondacks, on a l'impression de se retrouver dans les forêts de Bavière alors qu'on sort des Appalaches. Après la vallée de la Mohawk, pratiquement dépourvue d'arbres entre Syracuse et Albany, la route plonge dans un paysage où se serrent les lugubres chapeaux de sorcier des épicéas.

Cette route à deux voies, très mal entretenue, alternait les montées et les descentes. Entre les bosquets de conifères que le crépuscule commençait à noircir, on discernait soudain de grands lacs d'étain immobile ou des arbres dont le feuillage caduc arborait des teintes automnales d'un rouge si intense que je les prenais chaque fois pour des incendies.

Les villes, rares dans le Nord de l'Etat, se réduisaient parfois à quelques bâtisses rassemblées autour d'un vieux pont métallique jeté entre deux lacs.

Lapthorne et Ellis ouvraient la voie : c'était une chance car la seule signalisation indiquant le chemin de terre long de six kilomètres consistait en un petit panneau de balsa où étaient peintes les quatre lettres C A M P encodées sous la forme d'une série de drapeaux minuscules. Il ralentit considérablement à l'approche de la ville de Macy's Lake.

Notre camp avait son propre "étang" au sud, un lac de cinq kilomètres en forme de poisson, baptisé Little Smalls. Mon arrière-grand-père Lapthorne avait acheté les deux mille cinq cents hectares alentour vers 1892, à l'époque où cela devenait très chic pour les riches qui voulaient passer l'été de façon plus rustique que ne le permettaient Newport ou Long Island.

Il avait fait bâtir au bord de l'eau un immense pavillon en bois sombre, relié à ses annexes par une série de galeries couvertes à travers la forêt. Il y avait une glacière et un hangar à bateaux, une salle à manger octogonale avec des chambres pour les domestiques au-dessus, et une vieille écurie convertie en garage, avec pompe à essence Art déco.

En sortant de la voiture, je fus frappée par le calme de cet endroit, par le silence absolu que ponctuait de temps en temps le cri d'un plongeon. Et les coups de feu, bien sûr.

En entendant ces tirs très espacés, je déduisis que ceux qui nous avaient précédés ici s'entraînaient déjà depuis la véranda de la salle à manger, juchée sur un gros rocher à dix mètres au-dessus de l'eau.

Depuis près d'un siècle, les membres de ma famille conservaient toutes les petites bouteilles pour les lancer dans le lac. C'étaient des cibles idéales parce qu'elles flottaient jusqu'à ce que la balle les atteigne, et parce qu'en contrebas de la salle à manger l'eau devenait très vite très profonde, si bien que le verre cassé ne dérangeait personne à part les quelques truites qui avaient survécu aux pluies acides. Vue de la berge, l'eau était gelée sur une dizaine de mètres et semblait huileuse au-delà.

Je laissai mon fusil dans le coffre, puisque l'arme de choix pour ce gibier était le 22 long rifle. Visiblement ils n'étaient pas encore à court de bouteilles, et on ne pouvait pas installer le ball-trap tant que des gens tiraient depuis la véranda. Je pris mon sac et suivis Ellis et Lappy vers le perron.

— Ça alors, c'est toujours la même odeur ! m'exclamai-je en entrant et en inhalant un parfum de feu de bois, d'épicéa et de moisissure accumulée depuis des générations.

— La crotte de chauve-souris, dit-il. Elles entrent par les trous d'aération, et les trous dans la toiture.

— Arrête, Lappy ! Autorise-moi quelques secondes de sensiblerie. La dernière fois que je suis venue ici, j'avais douze ans.

Je laissai tomber mon sac à côté d'un porte-chapeaux en bois foncé, en forme d'ourson escaladant un arbre sans feuille.

— Je ne savais pas que tu aimais cet endroit. Je serai ravi de t'y emmener quand tu voudras. On pourrait peut-être revenir à quatre pour Thanksgiving.

Ellis devint radieuse et je m'efforçai de dissimuler ma gratitude pathétique, mais je dus échouer lamentablement car il me passa un bras autour des épaules et m'étreignit en disant :

— C'est bien le moins que je puisse faire, vu les circonstances.

Il nous convia à monter et nous montra notre chambre. Nous allions sûrement réagencer nos quartiers une fois les adultes rentrés pour la nuit, mais pour le moment j'étais censée partager un lit avec Ellis.

— Je serai dans la chambre voisine, dit Lapthorne, si jamais quelque chose vous fait peur cette nuit.

Finalement, il ne fut pas nécessaire de tirer sur l'urne de Dodie, ni même de découper un trou dans la glace. Nous nous réûnimes à l'endroit où un ruisseau se déversait dans Little Smalls : l'écume qui bouillonnait au point où cet affluent rejoignait le lac empêchait la glace de se former sur un rayon de trois mètres.

Nous nous étions disposés en un grand cercle approximatif, de part et d'autre du ruisseau, Ellis et Lappy occupant une position bien plus haute que moi sur la colline. Personne ne prit la parole quand Ogden, le fils aîné, s'avança vers la berge pour disperser les cendres de Dodie, mais je dois avouer que le contenu de l'urne ressemblait plutôt à du gravier. A de la litière pour chat. Nous gardâmes le silence face au grand calme qui semblait monter de la froide surface du lac, tandis que le cri hystérique d'un plongeon solitaire résonnait dans les montagnes sombres.

Tandis que nous restions là, tête baissée, je songeai que la perfection de cette étendue d'eau avait été créée au prix de la profanation totale du lac Oncas. Malgré tout, Little Smalls comptait plus pour moi que n'importe quel autre endroit sur terre, plus même que beaucoup de gens.

Je ne suis pas douée pour la méditation silencieuse et je n'ai jamais pu pénétrer la nature de l'univers quand je dois courber la tête en silence. Mon esprit gambade et fait des cabrioles. Je n'eus pas même une pensée pour l'envol supposé de l'âme de Dodie. Je repensais à Kenny et à son auréole de pièces, aux grains de grenade. J'aurais tant voulu qu'il vienne ici au moins une fois.

Les gens se mirent à relever la tête et à repartir lentement vers le camp. Je restai immobile, à respirer l'air froid et vif, à contempler l'eau en me demandant, maintenant que Dodie n'était plus, si j'aurais jamais le droit de revenir ici.

Binty fut la dernière à remonter la colline. J'étais prête à la suivre, mais elle s'arrêta avant que j'aie fait un pas, me bloquant le passage.

Quand tout le monde se fut éloigné, elle me regarda avec mépris et dit tout bas :

— Tu sais évidemment que, lorsque tes parents ont vendu leurs parts du camp, on leur a expliqué que leurs enfants ne seraient jamais autorisés à les racheter ?

Puis elle sourit et s'en alla.

Je restai pétrifiée, la mâchoire pendante.

48

Egon passa presque toute l'après-midi à nous servir des boissons dans la salle à manger et, quand vint l'heure du dîner, j'étais en piteux état. Lappy et Ellis prirent place avec moi à la table des enfants, le reste de la famille étant réuni autour de la grande table ronde en chêne, devant la cheminée.

— Salade Titanic, dit Lapthorne en poussant vers le bord de son assiette un énorme bloc de laitue iceberg inondé de vinaigrette.

— On n'est pas venus pour faire un séjour gastronomique, répondis-je.

— Ils sont tous trop bourrés pour savoir ce qu'ils mangent.

Je compris que, moi aussi, j'étais trop bourrée. Tout était flou, j'avais constamment envie de fermer un œil pour y voir plus clair, et le dîner ne m'intéressait pas le moins du monde.

J'entendis la voix de Kit s'élever à la table voisine : "C'est mignon… c'est très mignon, comme histoire… un ami à moi a acheté une souffleuse à neige et il est mort d'une crise cardiaque…"

— Parlez-moi un peu de Dodie, dit Ellis. Elle était comment ?

— La seule chose que je sais d'elle, c'est qu'elle se droguait, répondis-je. Je la vois se piquer dans son dressing avec une seringue de chez Tiffany, à monogramme, entourée de sa collection d'escarpins.

— Ah non, intervint Lapthorne. Dodie ne s'est jamais piquée… elle ne prenait ni morphine ni héroïne. Elle avait des goûts plus vieillots.

— Qu'est-ce qu'elle prenait, alors ?

— De l'hydrate de chloral. C'est ce qu'on prescrivait alors comme somnifère, de préférence au laudanum ou à l'opium. Elle a commencé à souffrir d'insomnies terribles après la mort de Jake. Dans les bars, on en ajoutait quelques gouttes dans le verre des ivrognes bagarreurs ou des riches qu'on voulait dévaliser. On appelait ça un Mickey Finn, du nom du premier à en avoir fait une habitude, à Chicago… J'imagine qu'il devait être le patron d'un bar mal famé, vers l'époque du grand incendie de 1871.

— Alors ça fait simplement dormir ? Quel intérêt ?

— Oh, Madeline, l'intérêt de se droguer, c'est de soulager la douleur.

Je baissai la tête en signe de concession, mais n'en poursuivis pas moins :

— Ça paraît quand même un choix curieux, que ce soit par nécessité ou par plaisir.

— Eh bien, c'est l'une des rares drogues que l'on peut fabriquer chez soi, si l'on aime la chimie. C'est là que Jimmy le chauffeur entre en scène. A propos, je me demande ce qu'il va devenir, maintenant.

— Merde !

Ce soir-là, je me surpris à proximité d'Egon et du bar bien plus souvent que d'habitude. A un moment, loin des oreilles indiscrètes, il me regarda d'un air très sérieux et dit :

— Ta mère dit que tu as trouvé beaucoup de corps.

Je me demandai si elle avait fait ses choux gras de cette nouvelle, placée au sommet de son hit-parade des bonnes raisons de téléphoner à ses amies : "Tu ne devineras jamais ce que Madeline a inventé à Syracuse…"

— Des gens que tu connais ? suggéra-t-il avec plus de commisération que je ne lui en avais jamais vu.

— Le dernier, oui. Un bon ami.

— Pas seulement mort, *ja* ? Peut-être abîmé avant de mourir ?

Je hochai la tête.

— Je suis désolé. C'est pire quand c'est comme ça. Je me souviens avec ma fille, quand j'ai dû aller voir le corps, et ils m'ont dit qu'est-ce qu'on lui avait fait avant de mourir.

— Je croyais qu'elle s'était noyée…

— Dans une baignoire. D'abord on lui a coupé ses pieds cent fois et mis le couteau dans sa… tu sais. La police me dit qu'ils ont trouvé son corps, qu'elle s'est noyée après tout ça.

Il regarda la nappe blanche et serra les poings.

L'image qu'il m'avait communiquée des tortures infligées à sa fille et de sa propre affliction me fit baisser la tête. Qui étaient ceux qui pouvaient ainsi faire le mal ? Qui pouvaient laisser un vide béant et hanté à la place d'enfants chéris ? Egon garderait toujours cette douleur au centre de sa vie.

— La mort, peut-être, c'est simple. Peut-être… si on la voit pas venir. Mais quand on sait que les gens doivent y penser d'abord, doivent savoir… Eh bien, je suis désolé pour toi.

Il posa sa main sur la mienne et la serra doucement.

Quand les grands furent couchés, la lune se leva, teignant la glace en bleu, et une brise se mit à agiter l'eau paresseuse, pas encore gelée, au milieu du lac.

Ellis raconta qu'elle avait emmené Lapthorne voir les aquarelles de Winslow Homer au Clark Art Institute de Williamstown. Elle était ravie d'avoir pu visiter l'expo avant qu'elle ne ferme, lundi dernier.

J'avais cessé de boire des cocktails, mais j'eus soudain très soif. Egon était parti depuis longtemps, donc je traversai d'un pas hésitant la salle à manger pour gagner la cuisine. En arrivant devant les portes battantes, je compris que Lapthorne était derrière moi.

Grâce au clair de lune qui se répandait par une fenêtre de la buanderie, je voyais un pack de six bières sur le plan de travail. Je m'avançai pour prendre une bouteille et, quand je me retournai, il se tenait juste à côté de moi.

— Elle a raison, tu sais, dit-il.

— Qui ? demandai-je en me tenant à une table.

— Ellis. C'est vraiment un crime que tu sois mariée.

Il se pencha vers moi et passa son index sous mon menton pour me redresser le visage.

— Lappy…

Je craignais qu'il ne veuille m'embrasser, je craignais ma réaction. Et ce rhum qui rendait les contours de tout beaucoup trop doux et trop confortables.

— Tais-toi, dit-il en plaçant tendrement le gras de son pouce sur le centre de ma bouche. C'est trop dommage, voilà. Je voulais que tu le saches.

Il s'éloigna de moi puis sortit de la cuisine. J'ouvris ma bouteille et décidai qu'il était grand temps d'aller me coucher.

Quand j'arrivai enfin dans ma chambre et que je pus m'allonger, j'eus l'impression que le lit tournait sur lui-même et je ne pouvais penser qu'à la fille d'Egon, flottant dans l'eau, les pieds découpés en tranches. Cette image harcela ma conscience jusqu'au moment où le lit devint si agité que je dus mettre le pied sur le parquet pour l'empêcher de bouger.

49

— Tu devrais te lever. Tout le monde est parti sauf nous, me dit Ellis.

Elle s'était assise sur le bord du lit et faillit me faire expectorer tout le contenu de mon estomac.

— S'ils sont déjà partis, où est l'urgence ? demandai-je en mettant un oreiller sur mon visage pour éviter la douloureuse lumière du soleil.

Ellis me prit mon oreiller. J'ouvris les yeux. Elle affichait un petit sourire niais et n'en finissait pas de contempler le plafond, en évitant mon regard.

— Qu'est-ce qu'il y a ? Pourquoi tu fais cette tête ?

— Quelle tête ?

— Oh je t'en prie, Ellis, dis-je en lui assenant un coup d'oreiller.

— D'accord... donc, hier soir... Lapthorne...

— *Quoi ?*

— Il m'a déclaré qu'il m'aimait.

C'est trop dommage, voilà. Je voulais que tu le saches.

— Waouh ! Félicitations.

Elle tendit son poing vers moi, puis l'ouvrit, la paume vers le haut.

Sa main contenait une broche, la rangée de diamants et d'émeraudes que je connaissais par le portrait de Dodie. Celle qu'elle portait sur la hanche.

— Il m'a donné ça, mais…

Je touchai l'objet avec un doigt. Le soleil illuminait les pierres de ce bijou aveuglant. Des arcs-en-ciel brillaient sur les diamants, les émeraudes lançaient des reflets d'un vert profond.

— Mais quoi ?

— Il m'a dit que cette broche appartenait à Dodie. Je pense qu'il aurait dû te la donner à toi.

— Tu ne te rends pas compte à quel point cela me rend heureuse ? Le fait qu'il te l'ait donnée ? C'est formidable.

— Merci, dit-elle, toujours hésitante.

— Ellis, après Dean, vous êtes les deux personnes que j'aime le plus au monde. Peut-être, peut-être bien qu'on pourra…

— Tous les quatre ! Ce serait génial, non ? Tu imagines ?

— Tout ce que… c'est incroyable…

Puis je m'interrompis. Je ne voulais rien ajouter, certaine qu'il aurait suffi d'un seul mot pour anéantir tout ce beau rêve.

Je tâchai même d'arrêter le délicieux afflux de visions qui remplit ma tête.

Ne pense pas à ce que nous ferons tous les quatre, quand Dean sera rentré. Ne pense pas à nous quatre vautrés sur la banquette en vinyle, à papoter jusque tard dans la nuit, ou à préparer un grand dîner dans notre cuisine, ou bien chez Lapthorne.

Ne pense pas au premier qui se réveillera un dimanche matin après une fête et qui fera le café avant de ramasser les verres à moitié vides abandonnés un peu partout, au moment où je mettrai un disque de Puccini mais où Ellis préférera écouter les Talking Heads…

Ne pense pas à notre équipe de gamins, blonds ou bruns, qui joueront ensemble sur les plages et dans des canots, chaque été… qui s'endormiront tous à l'arrière de la voiture sur la route du retour, les uns sur les autres…

Comment nous pourrons enfin tous nous épanouir.

Ellis toucha le bijou, le faisant tourner pour qu'il brille au soleil.

— Foldingue, j'ai tellement peur de tout foutre en l'air.

Je lui serrai de nouveau la main et refermai doucement ses doigts sur la broche.

— Je vais te dire une chose. Chaque fois que ça paraît trop beau pour être vrai, pense à toutes ces vacances que tu devras passer avec Binty… Aux repas de Noël pris à une longue table avec trop de fourchettes, quand elle poussera son morceau d'oie sur son assiette en faisant la grimace…

— Pâques, grogna-t-elle. Et ce putain de Thanksgiving…

— Kit découpera la dinde, en répétant "C'est mignon, c'est très mignon"…

Nous fûmes prises d'un fou rire qui me donna encore un peu plus mal à la tête, mais au bout de quelques minutes Ellis sembla redevenir sérieuse.

Elle se leva et s'approcha de la rangée de fenêtres qui perçait le mur au-dessus du mobilier sombre.

— Si c'était n'importe qui d'autre, quelqu'un qui lui ressemble… ça me rendrait nerveuse, bien sûr… je serais tout excitée à l'idée que ça puisse marcher, parce que, après tout il est beau, c'est un plaisir d'être avec lui et il a même de l'argent, ce qui n'est pas le principal mais qui compte tout de même…

— Bien entendu, dis-je.

— Sauf que ce n'est pas n'importe qui d'autre, donc il ne s'agit pas seulement de moi… de ce que je ressens… l'enjeu est beaucoup plus important.

Elle tourna la tête, son regard croisa le mien, puis elle se remit à admirer le paysage.

— Voilà le plus difficile. Voilà ce qui m'effraie, voilà pourquoi c'est si essentiel que je ne foute pas tout en l'air. Pas à cause de ce que ça représenterait pour moi, mais de ce que ça représenterait pour toi.

— Tu ne vas tout de même pas…

— Mais si. Bien sûr que si.

Elle posa la broche sur un meuble puis laissa retomber sa main.

— A cause de ce petit objet absolument exquis, à cause de cet endroit magnifique où nous nous trouvons, parce que jusqu'à présent tu en étais exclue…

— Ellis…

— Et si je ne fous pas tout en l'air, je veux à tout prix que tu puisses y être de nouveau chez toi. Que tu récupères tout ce qui te revient.

— Ellis, je suis extrêmement honorée et tu es l'incarnation de tout ce que je pourrais souhaiter chez une amie, mais il faut que tu saches une chose…

Elle se retourna.

— Dis-moi.

Je regardai humblement le sol.

— Quand tu parles de tout ce qui me revient…

— Oui ?

— Ecoute, je n'ai rien contre les bijoux, l'argent, les voitures de sport ou les pavillons de chasse, mais si jamais tu essaies de me refourguer Binty…

— Jamais ! Juré craché.

— Il suffit qu'on soit bien d'accord sur ce point, dis-je en me levant.

Je n'aurais pas dû.

— Ça va, Maddie ? tu as l'air un peu… pâle.

— Je suis malade comme un chien.

— Tu devrais manger. Lapthorne est dans la cuisine… Il a parlé de crêpes et de truite.

— Miam ! m'écriai-je sans conviction.

— Exactement ce que j'ai répondu. Je vais te préparer quelque chose… un milkshake.

— Euh… Tu pourrais y mettre un Spasfon ? Et m'apporter des lunettes de soleil et une poche à glace ?

Nous cheminâmes à pas très, très lents dans le passage couvert menant à la salle à manger, puis nous revînmes à la cuisine. Lapthorne aida Ellis à trouver un mixeur, puis ils tombèrent sur un demi-litre de Häagen-Dazs au café dans le troisième frigo qu'ils ouvrirent.

Elle en déposa deux cuillerées dans le bol en verre du mixeur, avec un peu de lait, et il couronna le tout d'une giclée de sirop d'érable.

Ellis avait raison, cela me fit du bien. Assez de bien pour que Lapthorne propose qu'à notre tour nous nous exercions un peu au tir depuis la véranda.

— J'ai une vieille carabine à pompe. Je cours la chercher et, pendant ce temps-là, vous arriverez peut-être à nous dénicher quelques bouteilles.

Il franchit les portes battantes et, quand je me levai pour porter mon verre jusqu'à l'évier, ma tête se remit à palpiter.

— Je prendrais bien une aspirine.

— Tu aurais dû lui demander de t'en rapporter de la maison.

— Il y a les chambres des domestiques, juste au-dessus, dis-je en désignant la porte de l'escalier. Il y a peut-être des médicaments qui traînent là-haut.

Elle hocha la tête et prit mon verre vide, qu'elle porta avec le mixeur jusqu'à l'évier.

Je montai lentement l'escalier. Je dus m'arrêter une seconde en chemin parce que j'avais extrêmement mal à la racine des cheveux. La perspective du tir au fusil n'avait rien pour me réjouir.

Il y avait de minuscules chambres sous la toiture. Par une porte entrouverte, j'aperçus une baignoire à pattes de lion. Je me glissai à l'intérieur de la pièce en croisant les doigts et j'ouvris l'armoire à médicaments.

De la laque, du dentifrice... un flacon d'aspirine, Dieu merci. Pas fameux pour l'estomac, mais ma tête était plus mal en point.

Je pris deux comprimés et je tournai le robinet d'où sortit une eau horriblement froide, pompée directement dans le lac gelé.

Je me penchai en retenant mes cheveux. Les cachets laissèrent un goût amer sur ma langue avant que j'avale un peu de cette eau qui me parut si douce, après l'aspirine.

Je m'essuyai la bouche avec une serviette, puis je revins dans le couloir. Je regardai le lac en passant devant la porte d'une toute petite chambre, une cellule solitaire, peinte en vert menthe luisant.

A l'intérieur se trouvait un lit étroit dont le matelas s'affaissait sur un vieux sommier métallique. Il y avait un oreiller sans taie près de la tête, et une couverture à rayures pliée au pied.

Personne ne devait y avoir dormi depuis avant l'arrivée de la télévision, mais quelqu'un y avait laissé ses effets personnels : deux images sur le mur et une étagère garnie de vieux livres qui servait aussi de table de nuit. J'entrai dans la pièce en me demandant ce que l'habitant des lieux avait bien pu y laisser.

Les images étaient grandes comme des cartes postales. L'une d'elles était une photo : Lapthorne et ses frères, très jeunes. L'autre était bel et bien une carte postale… avec plusieurs mots rayés dans le coin du haut.

On y voyait une vue touristique typique, assez vieille pour que les couleurs en aient verdi. C'était la statue de *La Petite Sirène* assise sur un rocher, dans le port de Copenhague, ses jambes se transformant en queue s'incurvant sur la pierre, le corps tordu à la hauteur de la taille de sorte qu'elle détourne timidement les yeux. On ignore si elle regrette la terre, la mer, ou les deux.

Je sus ainsi qui avait dormi là pour la dernière fois. Gerdie, originaire du Jutland, cette péninsule que se partagent le Danemark et l'Allemagne.

Puis je me souvins de la fille d'Egon, de ce qu'elle avait subi avant de mourir. Les pieds de la jeune fille tranchés à une centaine d'endroits, un couteau enfoncé dans son corps.

Je m'assis sur le lit et ne fus pas surprise de trouver les *Contes* d'Andersen parmi les livres de l'étagère voisine. Je feuilletai le volume jusqu'à la page de "La petite sirène", et je lus les paroles de la sorcière :

> Je vais te préparer un breuvage avec lequel tu nageras, avant le lever du jour, jusqu'à la côte et là, assise sur la grève, tu le boiras. Alors ta queue se divisera et se rétrécira jusqu'à devenir ce que les hommes appellent deux jolies jambes, mais cela fait mal, tu souffriras comme si la lame d'une épée te traversait. Tous, en te voyant, diront que tu es la plus ravissante enfant des hommes qu'ils aient jamais vue. Tu garderas ta démarche ailée, nulle danseuse n'aura ta légèreté, mais chaque pas que tu feras sera comme si tu marchais sur un couteau effilé qui ferait couler ton sang.

Je fermai le livre et le remis en place, en parcourant des yeux les autres titres : *Struwwelpeter*, les frères Grimm et *La Mythologie grecque racontée aux enfants*. Le coupable, c'était Lapthorne, depuis le début, et j'étais la reine des connes.

Parce que le flacon portant l'inscription "HC" dans sa trousse de toilette contenait de l'hydrate de chloral, et parce que si Ellis l'avait emmené voir l'expo Winslow Homer lundi, il n'était pas à New York la nuit où Sembles avait été tué. Il était à Williamstown, à trois heures de Syracuse, et non six.

Je me rappelai qu'Ellis avait déclaré avoir très bien dormi, alors qu'elle ne ferme jamais l'œil de la nuit. Que nous étions groggy durant la soirée que Lapthorne et elle avaient passée chez moi, et qu'il devait donc nous avoir droguées, pour s'entraîner.

Je me rappelai la voix de Kenny me disant, dans un passé qui semblait fort reculé : *Ça n'était pas un débutant. Tu peux être le pire des dingues, mais la première fois que tu tues quelqu'un, c'est jamais propre. Ce type-là, il savait ce qu'il faisait. Comme s'il y avait un rituel...*

Bien sûr qu'il était coupable, parce qu'il avait d'abord tué la fille d'Egon.

J'entendis couiner la porte d'en bas, puis des pas dans l'escalier, trop lourds pour être ceux d'Ellis.

S'il me trouvait dans la salle de bains, Lapthorne ne saurait peut-être pas ce que j'avais vu. Je me levai trop vite et les vieux ressorts du sommier grincèrent. Je m'immobilisai.

— Oh, Madeline ! lança sa voix dans l'escalier. Et dire que je rêvais de nous voir tous vivre heureux et avoir beaucoup d'enfants !

Trois pas de plus et il arriva sur le palier, un revolver dans la main gauche. Je fixai mon regard sur son arme.

Il se mit à l'examiner lui aussi.

— Ah, évidemment ! ajouta-t-il comme s'il se souvenait d'une chose très amusante. Ce petit tour que ton ami le barman m'a joué avec la bouteille. Je suis ambidextre, en fait. J'ai l'habitude de réserver ma *mano sinister* pour le coup de grâce. Ça maintient le suspense, tu sais. Ça les fait cogiter.

Je lui tournai le dos.

Il éclata de rire.

— Il t'en a fallu, du temps, pour comprendre ! Je suis déçu.

— Tu es déçu, toi ?

Je fis un effort pour le regarder.

Il haussa les épaules et me sourit.

— J'ai été fair-play, je t'ai laissé ta chance.

— Alors il faut que tu m'en laisses une deuxième. Au nom du bon vieux temps.

— Désolé. J'ai déjà beaucoup trop de projets pour cette journée.

— Je veux voir Ellis.

— Tu la verras. Elle est presque prête.

— Tu ne voudrais pas… la laisser partir ?

— Je ne crois pas.

Je ne voulus pas savoir ce que cela signifiait.

— Tout ça pourrait rester en famille, Lapthorne. Laisse une chance à Ellis aussi.

— Pas de danger.

— Laisse-moi la voir.

Même si elle est morte.

— Tu la verras. Tu verras tout. On a une jolie vue, d'ici.

— Tu ne veux pas… que je sois avec Ellis ?

— Tu mérites d'être mieux traitée, Madeline. Avec plus de raffinement dans le détail.

— Lapthorne ?

Thalidomide. Bouclier de Dalkon. Ce prénom lui allait à merveille, finalement.

— Assieds-toi.

Il désigna le vieux lit étroit.

Je me mis à trembler. Des frissons dans le ventre, partant vers les extrémités. D'abord les jambes, puis les bras, et même mon visage. Mes dents claquaient si vite que je sus qu'il pouvait entendre le staccato de l'os contre l'os.

— Je ne peux pas.

Je levai les yeux vers lui. J'aurais voulu tenir mon corps tranquille, éviter de pleurer, de le supplier ou de tomber à terre.

Il secoua la tête.

— Tu n'obtiendras rien.

— Si j'essaie, je risque… de…

Pleurer. Supplier. Tomber.

Les tremblements devinrent plus violents. Au point de me faire mal, comme lorsqu'on a tellement froid que le corps serait prêt à se diviser en fragments en échange d'un peu de chaleur.

Je tendis la main vers lui, ouverte, implorante.

— S'il te plaît, Lappy ? Je ne peux plus bouger. Ni marcher. Je ne cherche pas à te mettre en colère. J'essaie, je t'assure… Je ferai tout. Tout ce que tu voudras. Exactement comme tu me l'ordonneras.

Lapthorne sourit. Fit un pas en avant.

— Tu es gentille et tu me plais tellement.

Il leva la main droite, lentement et avec beaucoup de douceur, jusqu'à ce qu'elle soit à quelques centimètres de la mienne. Je le vis déplier l'index et réduire la distance.

— La chapelle Sixtine, dit-il avec amusement.

Je savais que je ne pourrais pas frémir lorsqu'il finirait par me toucher.

Mais le contact n'eut pas lieu. Il maintint cette distance exacte entre sa peau et la mienne. Mes doigts tremblaient, les siens ne bougeaient pas du tout.

C'était un test. J'étais censée amener ma main jusqu'à la sienne.

Ou non.

Je devais choisir, mais quel résultat aurait chacune des deux options ? Sursis ou soumission. Une question ou un gage.

Vrai/Faux.

Je respirai profondément puis j'établis le contact : doigt contre doigt. Je fermai les yeux de toutes mes forces, en attendant le verdict.

C'est là qu'il me tabassa. Il me frappa le crâne avec la crosse du revolver et la violence du choc me fit partir à la renverse. Je pivotai au ralenti, interminablement, jusqu'à ce que le bois de lit, placé en travers de ma trajectoire, me précipite vers le mur la tête la première, avec un dernier éclair de douleur.

Mauvaise réponse.

J'étais brisée. Je restai recroquevillée à terre, à hoqueter des sanglots qui durèrent si longtemps que je fus asphyxiée quand je tentai d'inhaler à nouveau.

Lapthorne s'approcha. Pour me regarder.

J'étais si furieuse que j'aurais pu le tuer sur-le-champ, malgré le revolver, sauf que j'étais trop déglinguée pour bouger.

Il se baissa et me prit le menton, en me tordant le cou pour m'examiner.

— Très bien. Ça aurait été dommage de t'abîmer la figure.

Il laissa retomber ma tête et cette chute de quelques centimètres me fit si mal que je ne voyais plus rien.

Je sentis donc seulement qu'il m'enlevait une chaussure.

C'est alors que je compris. Ce qui allait se passer. Comment j'allais mourir.

— Assieds-toi correctement, maintenant, ordonna-t-il.

Je tentai de remuer la tête et j'eus envie de vomir.

— Je ne peux pas. Désolée.

— Assieds-toi.

Je ne bougeai pas. J'en étais incapable. Et puis j'étais trop conne. J'allais mourir avant mon heure avec une seule chaussure aux pieds, bon sang. Je *méritais* de rester allongée.

Il arma son revolver.

Je soupirai.

— Parce que tu ne me tueras pas tant que je n'aurai pas pris la bonne position ? Va te faire foutre.

Lorsqu'il plaça le canon contre ma tempe, je me découvris en revanche très capable de me soulever du matelas.

Cela me prit du temps et je dus m'adosser au mur pour me soutenir. Je le dévisageai.

Son visage avait un éclat et une limpidité inaccoutumés, maintenant que ses vraies aspirations y affleuraient.

Il me contempla de haut en bas : mon pied déchaussé, mon jean rapiécé, mon pull troué.

— C'est absolument idéal, conclut-il avant de se mettre à réciter : "La pauvre fille souffrait tout avec patience et, lorsqu'elle avait fait son ouvrage, elle s'allait mettre au coin de la cheminée, et s'asseoir dans les cendres, ce qui faisait qu'on l'appelait communément dans le logis Cendrillon. Cependant, avec ses méchants habits, elle ne laissait pas d'être cent fois plus belle que ses sœurs, quoique vêtues très magnifiquement."

C'est mignon... C'est très mignon, comme histoire...

— Dans la grande cheminée, il y a une belle vieille crémaillère, bien accrochée dans la pierre. Indestructible... Elle survit à tout. Le reste de la maison aura entièrement brûlé, mais ils te retrouveront.

— Alors peu importe la chaussure. Personne ne le saura.

— Moi, je le saurai. C'est tout ce qui compte.

Il regarda en direction de la porte.

— Et Ellis ?

Je ne voulais pas qu'il m'apprenne sa mort, mais si par hasard elle était encore en vie j'arriverais peut-être à gagner du temps et à lui permettre de s'enfuir.

— Tu verras bien.

— Donne-moi un indice.

Il sourit.

— Le contraste sera exquis.

— Raconte !

— Je crains de ne pas en avoir le loisir.

Il secoua la tête en se dirigeant vers la porte.

— Tu ne me ligotes pas ?

Il se retourna.

— Si cette pièce avait une issue, il y a belle lurette que je l'aurais trouvée. Les fenêtres donnent directement sur les rochers. Et la porte pourrait être en acier.

Je voulais qu'il reste avec moi. Je tentai de désigner *La Petite Sirène*, mais ma main ne put que s'agiter vaguement en l'air.

— La fille d'Egon, c'est la première ?

— Si tu avais été un peu plus futée, Madeline, tu le saurais déjà.

— Vas-y, jubile. Tu as gagné.

— Oui, et pas toi. Pour te récompenser, je t'aurais tout expliqué, mais il fallait d'abord remporter la partie.

— Je suis anéantie.

— Très bien.

Et il m'enferma à double tour.

50

Naturellement, j'essayai aussitôt d'ouvrir les fenêtres pour voir de quelle hauteur il faudrait sauter. Il avait menti sur tant d'autres choses, mais pas sur ce point-là : de cet étage, on atterrissait directement sur la pierre où le bâtiment était perché. Même si j'avais pu prendre mon élan afin de dépasser cette masse de granit, je serais tombée sur la glace. Peu importait l'épaisseur, parce que l'eau en dessous n'avait qu'un mètre de profondeur.

J'entendis une porte s'ouvrir et se refermer, puis ses pas se diriger vers la maison. Je me penchai un peu plus par la fenêtre, jusqu'au moment où je craignis de basculer, mais j'eus beau faire, je ne pus apercevoir le passage couvert. Pas moyen de s'accrocher aux bords du toit pour y grimper comme un singe. Aucune gouttière, aucune prise nulle part.

A l'intérieur, il n'y avait évidemment pas de trappe dans le plafond. Pas même un placard.

Quand je ne l'entendis plus, je me mis à donner des coups dans la porte, mais elle ne bougea pas d'un millimètre. La violence de mes mouvements me causa un tel mal de tête que je me crus sur le point de perdre connaissance. Je me laissai glisser à terre en songeant qu'il aurait pu gagner du temps en m'attribuant, plutôt que le rôle de Cendrillon, celui d'une princesse Raiponce incapable de s'échapper de sa tour.

Je pouvais jeter le matelas en crin par la fenêtre et imaginer qu'il amortirait ma chute par magie. Je pouvais briser la vitre et m'ouvrir les veines avec un morceau de verre. Je pouvais rester assise et attendre comme une idiote. M'instruire un peu en lisant les livres amassés sur l'étagère.

Puis je me mis à étudier le lit. Ces grands panneaux de bois, à la tête et au pied, les longs panneaux latéraux en métal... soudés ? Je m'approchai. Non, insérés dans des fentes. Je retirai le matelas et, en appuyant mon épaule contre le sol, je tentai de soulever et de tirer la barre de fer. Il devait y avoir au bout un fameux rebord ou que sais-je. Dean aurait su le mot exact mais aucune importance, puisque les murs étaient de simples cloisons en planches que je pourrais disjoindre en utilisant la barre métallique comme bélier. Je pourrais percer un trou pour rejoindre le couloir ou la salle de bains.

Quand j'eus détaché l'autre extrémité, je décidai d'éviter la salle de bains au cas où il y aurait eu de la tuyauterie, et je m'attaquai à l'angle le plus proche de la porte. Dès que je fus capable de projeter le métal assez fort, le vieux bois s'entailla sans opposer de vraie résistance. Je creusai un trou assez large pour y passer, puis je me glissai à quatre pattes dans le couloir où je restai un moment accroupie sans savoir comment poursuivre.

Quelle direction prendre ? Descendre l'escalier ou passer par la fenêtre de la salle de bains pour atteindre la terrasse ? L'escalier. Sortir par l'arrière et, avec un peu de chance, emprunter le chemin de terre sans me faire repérer, puis gagner la forêt.

C'était une idée géniale, sauf que Lapthorne m'attendait dans la cuisine et se mit à hurler de rire, son revolver braqué contre la tête d'Ellis.

— Ma pauvre, dit-il. Ça aurait pu réussir, chêêêre cousine, si je n'avais pas changé d'avis pour te permettre de faire tes adieux à ton amie.

Ellis avait un œil au beurre noir et des menottes au poignet. Sans doute de fabrication artisanale, puisque la chaîne mesurait cinquante centimètres.

Il prit l'autre bracelet et le tendit vers moi.

Je m'avançai et le laissai le fixer sur mon bras.

Je croyais qu'il nous obligerait à traverser la salle à manger pour nous emmener à la maison ou vers le lac. Mais il nous poussa vers la porte arrière, par où j'avais initialement prévu de m'enfuir.

— Et le lac ? demandai-je. Tu avais suggéré qu'on y irait ensuite.

— D'abord la glacière. Vous pourrez bavarder un peu pendant que je préparerai tout.

Nous allions donc remonter l'allée… à cent mètres du bâtiment principal.

Il nous poussa pour nous faire sortir et, quand nous eûmes descendu les deux marches menant au chemin de terre battue, je fis semblant de trébucher et me précipitai en avant, entraînant Ellis dans ma chute. Nous fîmes un vol plané, puis un atterrissage assez rude.

Je collai ma bouche contre son oreille.

— Je tomberai encore devant ma voiture. Ne le laisse pas me relever.

— Tu pourrais t'excuser. Non seulement tu m'as entraînée dans ce merdier, mais en plus, maintenant, j'ai la figure pleine de gravier et le poignet cassé.

Lapthorne descendit l'escalier et me planta le bout de sa chaussure dans les côtes, si fort que je le soupçonnai de vouloir me les écarter comme j'avais défoncé la cloison de planches.

Je pris néanmoins tout mon temps pour me remettre debout, en lui demandant pardon et en retombant un genou en terre avant de me lever complètement, comme si j'allais m'évanouir.

Ellis se jeta devant moi, glissant sa main libre sous mon aisselle pour m'aider. Elle grimaça et se pencha assez près pour susurrer à travers ses dents serrées :

— Fais gaffe... Je blague pas, pour mon poignet.

Je veillai à boiter lorsque je repartis, pliée en deux et m'appuyant sur elle, mais en tâchant de peser le moins possible sur les menottes.

Au début, les cailloux blessaient mon pied nu, mais le sol était si froid que je ne sentis plus rien au bout d'une minute.

Après avoir laborieusement parcouru une dizaine de mètres, nous arrivâmes près de la Rabbit.

Je titubai un peu, en m'écriant :

— Ellis, je suis désolée... Je n'en peux plus...

Je fis un pas de plus et m'effondrai contre le pare-chocs arrière, d'une manière que j'espérais convaincante.

— Lève-toi, bordel ! cria Lapthorne.

Je l'ignorai et m'étendis de tout mon long. A la fin, je me laissai aller si bien que ma tête heurta de façon tout à fait audible la terre gelée. J'eus si mal que je me retins à grand-peine de crier. Pendant quelques secondes, je crus que la douleur allait vraiment me rendre inconsciente.

J'entrouvris les yeux, juste assez pour voir Ellis accroupie à côté de moi.

Par-derrière, Lapthorne revint m'aiguillonner les côtes avec le pied.

Je restai immobile, retenant ma respiration.

Il fit passer son poids d'une jambe sur l'autre, ses chaussures couinèrent et il se plaça juste à côté de ma tête.

— Soulève-la.

Ellis glissa une main sous mon corps et fit mine d'obéir.

— Je ne peux pas.

Elle se mit à pleurer.

— Bordel de merde !

— C'est comme un poids mort. Elle est complètement évanouie.

— Très bien, alors on commence par Madeline.

Et il me donna un tel coup de pied dans la tête que le mensonge d'Ellis devint réalité.

Je repris connaissance lorsqu'on me tordit le bras. Je crus que Lapthorne essayait de me traîner, mais la menotte mordit mon poignet et se referma avec un cliquetis. Bien… s'il l'avait enlevée, alors peut-être…

Il me lâcha, mais ma main ne retomba pas à terre. J'avais une terrible envie de savoir à quoi j'étais attachée, mais je n'osais pas ouvrir les yeux.

— Après tout, autant te laisser là, dit-il.

Sans bouger, sans respirer, j'entendis ses pas crisser dans les gravillons, une portière de voiture s'ouvrir, puis le bruit qu'il fit en recapotant sa Porsche. La portière claqua. Encore deux pas, un grincement de charnières métalliques lorsqu'il ouvrit le coffre. Un objet lourd heurta le sol, puis un autre aussitôt après. Le deuxième émit en outre une sorte de bruit liquide.

Puis il souleva les poids en ahanant. Je l'entendis repartir vers la maison, le cuir de ses chaussures frapper la terre, puis les marches de bois.

Le gémissement de la porte grillagée, le claquement de la porte pleine. Quelques pas à l'intérieur, puis un tintement de métal et un gros boum juste après, quand les deux portes se refermèrent derrière lui.

J'ouvris les yeux et je vis Ellis.

— Il est parti ?

— Il est dans la maison. On ne peut pas vraiment dire qu'il soit "parti".

— Tu le vois ?

— Dans le salon.

— Qu'est-ce qu'il fait ?

— Il doit être en train de vider les cinquante litres d'essence qu'il vient de sortir de sa putain de bagnole. Et j'espère que ton plan de fuite génial prévoyait qu'on serait menottées à ta putain de bagnole à toi, parce que j'ai du mal à comprendre en quoi ça peut être une bonne idée.

Elle me tournait le dos, préférant laisser son regard balayer le sol devant ses pieds, des larmes ruisselant sur ses joues.

— C'est parfait, dis-je.

Elle ferma les yeux.

— Ben voyons ! Il va tout à coup se raviser et c'est à lui-même qu'il mettra le feu ? Ça va de soi ! Dommage qu'il ait laissé son revolver sous le porche.

— J'ai un fusil.

— Sans blague ?

— Juste derrière nous. Il nous regarde ?

— Non.

Je me levai et observai les fenêtres de la maison. L'avant-toit du porche empêchait le soleil de se refléter dans les vitres et Lapthorne était éclairé à contre-jour par l'éclat du lac. Il se déplaçait lentement à travers le salon, tête baissée, pour répandre l'essence.

— OK, dis-je. Mets la main près du pare-chocs pour que je puisse bouger la mienne. Pose ta tête sur tes genoux si tu sens que tu perds connaissance, d'accord ?

Elle s'exécuta sans un mot, mais la chaîne était tendue et je ne pouvais me retourner pour voir le fil de fer servant à fermer le hayon. En tripotant le nœud métallique, je sentis un bout coupant me trancher la chair du pouce, puis me rentrer sous l'ongle.

Lapthorne nous jeta un coup d'œil par la fenêtre centrale. Il sourit et nous fit un signe de la main. Je répondis par un sourire crispé.

Le fil de fer ne voulait pas se détordre. Je commençai à le plier d'avant en arrière, en espérant le casser à condition de l'affaiblir suffisamment à un endroit.

Lapthorne se remit à l'ouvrage. Il avait désormais arrosé la moitié de la pièce et s'arrêta là où devaient se trouver les canapés, afin de répandre un peu de combustible sur les coussins.

— Qu'est-ce qu'il y a ? demanda Ellis.

Je secouai la tête en triturant le bout de métal dans tous les sens. Il devenait moins raide, plus facile à plier.

— Maddie ? murmura-t-elle. Parle-moi !

— Je dois couper ce fil de fer.

— Il a presque fini…

Je relevai la tête, au moment où le fil de fer se cassa dans ma main. Le coffre s'ouvrit et je m'y adossai, en le maintenant fermé pour que Lapthorne ne voie rien.

— Quand il passera derrière ce mur, donne-moi autant de mou que tu pourras.

A la minute où il disparut, j'arrachai complètement le fil de fer. Le hayon s'ouvrit doucement, sur quelques centimètres, et vint toucher l'arrière de mes cuisses.

J'insérai mon poignet derrière le panneau, avec l'espoir que mon coude pourrait le plier dans l'autre sens. Je tâtonnai le tapis de sol usé, cherchant l'étui de mon fusil, les canons, n'importe quoi.

— Tu peux me donner encore un peu de mou ?

— Si j'arrive à passer ma main derrière le...

Ellis inhala bruyamment. Elle souffrait.

La chaîne céda un peu et je me baissai encore pour fouiller plus loin dans le coffre.

Et voilà... Je saisis le fusil, le tirai et, dans ma hâte, je heurtai le bord de la porte. Pourrait-il passer par le petit orifice carré ? Je tâtonnai mais, Dieu merci, l'arme était encore "ouverte", le canon formant un V avec la crosse.

— Vite, dit-elle. Je t'en supplie.

J'extirpai le fusil, la crosse en avant, puis je le secouai très fort pour qu'il se ferme avant de le cacher rapidement derrière moi, à la verticale.

Je vérifiai les fenêtres. La tête brune de Lapthorne réapparut. Il ne nous surveillait pas. Je me mis à retirer l'étui, d'une seule main. Lentement, au cas où il aurait jeté un coup d'œil dans notre direction.

L'étui était maintenant sous la détente. Je retirai la sécurité avec mon pouce estropié.

Lapthorne marchait à reculons, vers le vestibule. Je ne disposais que d'une seconde avant qu'il arrive derrière les autres fenêtres.

Mes jambes se remirent à trembler. J'entendis les canons du fusil heurter la voiture.

— Debout, dis-je mais Ellis ne bougea pas.

Je baissai les yeux vers elle. Elle pleurait mais sans un bruit, en se tenant le poignet.

— Ça va ?

Elle hocha la tête et se leva.

— Il est vraiment cassé, maintenant, s'il ne l'était pas encore.

— Désolée…

— Quelle importance ? D'une manière ou d'une autre…

Je sentis qu'elle commençait à trembler. Entre nous deux, la chaîne tintait comme les clochettes d'un traîneau.

Lapthorne apparut derrière les dernières fenêtres. Il secoua le bidon d'essence pour le vider, puis repartit vers l'autre bout de la pièce.

Il sortit sur le pas de la porte et jeta son jerrycan dans l'allée, puis s'empara du second. Je le vis retirer le bouchon, puis répandre de l'essence sous le porche et sur chacune des marches du perron.

— Vas-y, murmura Ellis.

— Il est trop loin.

Une fois le jerrycan vidé, il le laissa tomber et ramassa son revolver près de la porte.

Il me sourit.

— Prête, Madeline ?

— Je ne tiens plus en place.

De sa main libre, il tira une clef de sa poche.

Je tâchai d'avoir l'air désinvolte, la main droite derrière la hanche.

— Bien, dit-il, je suppose que nous allons nous séparer maintenant, mais je dois d'abord vous demander de bien vouloir entrer.

— Moi en premier, lui cria Ellis.

— Chacun son tour !

Lapthorne gloussa et lança la clef des menottes à terre, assez loin de ses pieds pour qu'elle doive ramper afin de l'atteindre

— Ramasse.

Je glissai mes doigts dans les deux détentes.

Il maniait le revolver avec insouciance. Sans nous viser parce qu'il était trop sûr de lui.

Il s'adossa au porche et sortit de sa poche un briquet, un Zippo comme celui de Schneider. Tandis qu'Ellis s'efforçait d'attraper la clef, il ouvrit le briquet et se mit à l'allumer et à le refermer. Sans s'arrêter.

— Je ne peux pas, dit Ellis.

— Bien sûr que si !

Il fit un pas en avant, puis un second, tout en jouant avec son Zippo.

Ellis serra son pied contre le mien, puis fit un bond sur le côté. Je vis Lapthorne sursauter.

Je soulevai rapidement le fusil à la hauteur de ma hanche, comme dans *Opération Tonnerre*, et j'appuyai sur les deux détentes, lui faisant exploser le cou.

Au ralenti, des fragments de chair mouillée giclèrent jusque sur le perron. Le sang resta suspendu en l'air beaucoup plus longtemps, comme la fumée d'une bombe lancée dans le mille.

Il me regarda dans les yeux, l'air intrigué, le regard tout à coup radouci, comme s'il s'inquiétait pour mon avenir dans le vaste monde. Puis il se mit à s'écrouler et tout reprit en vitesse normale.

Son dos se voûta et il s'envola, tous ses membres déployés, comme le dernier dessin du *Petit Prince*. Ses bras et ses doigts furent agités par un dernier spasme. Son revolver fit une pirouette et une balle en sortit tandis qu'il tombait comme un sac plein de viande.

J'eus le temps d'entrevoir les semelles de ses chaussures.

L'arrière de son crâne heurta les marches avant que ses pieds ne retombent.

Puis plus aucun mouvement.

Pas un frémissement dans sa poitrine.

Pas d'écoulement de sang par son cou ouvert puisque son cœur ne battait plus, paralysé par les ondes de choc.

Nous étions pétrifiées et nos oreilles bourdonnaient à cause de la déflagration.

Puis Ellis courba le dos et meugla comme un taureau fou le jour de la féria à Pampelune.

Et la première langue de feu jaillit sous la main de Lapthorne.

51

Quelques minutes s'écoulèrent durant lesquelles nous restâmes affalées l'une sur l'autre, Ellis et moi, abasourdies, mais le feu nous ranima.

La chaleur était si intense sur mon visage que je crus sentir ma peau se couvrir d'ampoules.

— Tu peux nous libérer ? demandai-je.

Elle tendit la main, mais dut rapprocher la clef avec le pied avant de pouvoir la ramasser.

Il me fallut du temps pour l'insérer dans la serrure, mais je finis par nous détacher et nous pûmes fuir l'incendie, avant de fondre en sanglots. Je pris Ellis dans mes bras, avec d'infinies précautions pour ne pas blesser davantage le poignet qui pendait contre sa jambe.

— Je ne peux pas croire que tu l'aies fait, dit-elle.

Toute la véranda était en feu.

— On ferait mieux d'appeler les pompiers.

— Il a coupé le téléphone. Partons.

Sur ma voiture, la peinture de la carrosserie dégageait de minces volutes de fumée.

— Prends la Porsche. Les clefs sont sous le tapis.

— OK.

— Il nous doit bien ça !

Nous nous avançâmes en titubant sur nos jambes en caoutchouc et nous grimpâmes dans la voiture.

Il nous fallut à peine trois minutes pour parcourir les six kilomètres de chemin de terre, et cinq autres minutes pour regagner la ville.

Les camions des pompiers firent irruption hors de la caserne avec un mugissement de sirènes. Je laissai d'abord Ellis appeler chez elle, puis quand je racontai à maman ce qui s'était passé, elle se mit à pleurer et dit :

— Oh, Maddie, si tu étais morte, je t'aurais foutu un coup de pied au cul.

L'interrogatoire de police dura quelques heures, avant que les flics comprennent qui avait tiré sur qui.

La maison du camp fut détruite. Pas moyen de pomper l'eau du lac assez vite.

Ma voiture ne survécut pas non plus à l'incendie, nous fîmes par conséquent toute la route du retour vers Centre Island au volant de la Porsche de Lapthorne.

Le soleil était couché depuis longtemps quand nous arrivâmes, mais tout le monde nous attendait dans l'allée, Bonwit, maman et même Egon. Après que maman m'eut serrée furieusement dans ses bras pendant près de cinq minutes, Egon vint me serrer la main.

— Je veux te remercier, pour ma fille, dit-il en ravalant ses larmes. Je pensais que la justice serait jamais faite, mais maintenant ça y est, grâce à toi. Merci beaucoup.

Puis il s'éloigna parce qu'il ne supportait pas qu'on le voie pleurer.

Wilt m'appela le lendemain matin. Mes mains tremblaient encore quand je décrochai le téléphone.

— Comment te sens-tu ? demanda-t-il.

— Mieux. Contente d'en être revenue.

— Tu parles ! Madame joue les héroïnes !

Je ne trouvai rien à répondre.

— Alors, dit-il finalement d'une voix brisée par l'émotion, Simon s'est pendu.

— Oh, Wilt…

— Les photos des filles, Maddie. C'est lui qui les avait toutes prises, et il y en avait bien d'autres. On est encore en train d'éplucher ses dossiers. Que des morts. Des hold-up. Des incendies. Des petits gosses. Tu n'imagines pas…

Il dut s'interrompre.

Je me le représentai, se dissimulant les yeux derrière sa main libre, penché au-dessus de son bureau.

— Il a laissé un message, reprit Wilt. Pour expliquer qu'il payait les flics pour avoir le droit d'être le premier sur la scène de crime. Il voulait faire comme ce type de New York, tu sais ? Pendant la Crise, celui qui arrivait avant tout le monde là où il y avait des catastrophes ?

— Weegee, dis-je.

— Ouais.

— Oh, Wilt, je regrette tellement.

Nous étions tous dans la *Bierstube* et Dean n'arrêtait pas de me regarder, en me tenant la main.

— Kenny serait fier de toi.

Pas de réprimande. Pas de "Je t'avais prévenue". Je ne méritais pas cette gentillesse.

— C'est moi qui ai causé sa mort.

— Pas du tout, intervint Ellis. Je veux que tu le répètes jusqu'à en imprégner tes os.

— J'aurais dû deviner tout de suite, dis-je. Le soir où nous sommes allés chez lui.

— Comment aurais-tu pu deviner ?

— Parce qu'il a prétendu avoir rencontré les deux filles dans la roseraie, alors que c'est impossible. Les photos prises au photomaton, les silhouettes... Elles ne portaient pas encore leurs couronnes de roses. Il ne les avait pas encore fabriquées, parce qu'ils sont allés dans la roseraie *après* la fête foraine.

Je me remis à pleurer.

Dean me serra les mains dans les siennes.

— Ce salaud ! s'écria Ellis.

Elle prit une gorgée de café et fit la grimace, pâle et épuisée.

Je leur appris le suicide de Simon.

— OK, dit-elle en posant les mains à plat sur la table. Donc Schneider a vite trouvé sa petite combine en voyant les corps. Il a d'abord fait venir Simon. Mais comment savait-il que Lapthorne avait de l'argent, assez d'argent pour le faire chanter ?

— Je l'ignore. Il a peut-être trouvé les plaques d'identité.

— C'est ça qui l'aurait renseigné ?

— L'argent de Dodie venait des usines Lapthorne à Syracuse. Schneider a dû reconnaître le nom.

— Mais pourquoi les aurait-il laissées dans le champ ? demanda Dean. Il voulait cacher la vérité et il aurait pu s'en servir comme moyen de pression sur Lapthorne.

Je haussai les épaules.

— Difficile à dire.

Ellis croisa les bras. Elle paraissait encore fragile.

— Donc Lapthorne a voulu récupérer les négatifs de Simon.

— Exactement, confirmai-je. Il croyait peut-être qu'en se débarrassant des négatifs et en tuant Simon il serait tranquille. Dès que je lui ai révélé le nom de Simon, il n'avait plus besoin que nous restions en vie.

— Donc Simon a pété les plombs parce qu'il pensait que tu allais découvrir sa collection secrète. Mais pourquoi Lapthorne a-t-il tué Sembles ? s'étonna Dean.

— Ce devait être la seule personne à pouvoir associer Lapthorne avec les jeunes filles à la fête foraine. C'est lui qui avait passé le plus de temps avec tous les quatre. Schneider s'est vite occupé de lui, puisqu'il était le seul à pouvoir compromettre son programme.

— Qu'est-ce qui le prouve ? Je pensais que Schneider n'avait rien avoué, fit remarquer Ellis.

— Dégueulette a avoué. Darlene Voorhees. Wilt m'a dit qu'elle était allée tout raconter aux flics hier soir. Elle ne savait pas tout, parce que

Schneider ne lui faisait pas vraiment confiance, mais elle connaissait l'accord qu'il avait passé avec Sembles.

— Et le reste ? demanda Dean. Combien de gens...

— Lapthorne n'a pas voulu me le dire.

Comme nous ne savions pas quoi faire de la voiture de Lappy, Egon la ramena finalement chez Binty et Kit. Plusieurs jours passèrent sans que je suive de près le cours des événements. Ellis assista à son enterrement ; cela lui semblait normal dans la mesure où elle avait pratiquement été sa fiancée. Dean jugea cette décision plus qu'étrange, mais je la compris. Nous portions toutes deux le deuil de l'homme pour qui nous le prenions, pas l'homme qu'il s'était avéré être.

Je me rendis au cimetière après ses funérailles. J'aurais volontiers cueilli des fleurs pour sa tombe, mais les rosiers étaient tous dénudés, ensachés pour l'hiver. Je restai assise à côté de la tombe pendant une après-midi entière. On voyait encore la terre fraîchement retournée là où le cercueil avait été descendu. Je voulais marquer son trépas d'une manière ou d'une autre.

A la fin de la journée, je partis vers la tombe de Madeline mon homonyme et je lui demandai de veiller sur lui.

Le jeudi matin, un messager apporta chez Bonwit des documents à mon intention. Ma présence était exigée chez un notaire en ville, pour la lecture du testament de Lapthorne.

— Bizarre, dit maman. Ça signifie qu'ils ont quelque chose pour toi.

— La queue et les oreilles, suggéra Ellis, comme dans les corridas.

On me fit entrer dans une salle de réunion aux murs garnis d'acajou, chez un notaire dont l'étude donnait dans Wall Street. Kit était là, ainsi que Binty et les trois frères de Lappy. Aucun d'eux ne consentit à me regarder.

Le notaire était un vieil homme à l'opulente chevelure blanche et aux joues couperosées, que je me rappelais vaguement avoir croisé à Seawanhaka. Il lut tous les papiers avec un bel accent qui ressemblait fort à celui de Bonwit, "mirouah" pour "miroir", etc.

Mon nom était mentionné à la fin. Lapthorne me léguait sa Porsche et deux enveloppes, l'une de la taille d'une lettre ordinaire, l'autre contenant une grosse liasse de documents.

J'ouvris la petite et en sortis une feuille d'épais papier écru, avec ses initiales au-dessus de quelques lignes griffonnées.

Eh bien, chêêêre cousine,

Si tu lis cette lettre, c'est que tu étais une adversaire digne de moi. J'espère que tu avais raison en disant que, une fois propriétaire de ma voiture, tu ne serais plus jamais malheureuse. Cette formule m'a plu.

Il me reste beaucoup à dire. Je pense que tu sais, de toute façon. Tu étais la seule à savoir.

La lettre s'arrêtait là, sans signature. Je n'avais pas envie de regarder toutes les pages accumulées dans l'autre enveloppe. Pas maintenant, avec sa famille réunie autour de moi. Je glissai donc la petite enveloppe dans la grande en la refermant aussitôt.

La séance se terminait. Le notaire nous serra la main à tous, puis nous laissa seuls. Je m'apprêtais à sortir quand Binty s'approcha et me bloqua le passage. Elle portait un tailleur et des bas noirs, ses pieds étroits chaussés de souliers plats.

Face à ce long visage de singe contracté par la hargne, je ne sus que dire. Elle prit son élan et me donna une gifle sonore.

— Espèce de sale petit cas social ! cracha-t-elle. Toutes ces années. Tout cet argent pour que cet horrible Schneider la boucle. Lappy était en train de *guérir* ! Les docteurs nous l'avaient assuré, et il a fallu que tu viennes tout détruire !

Cher lecteur, je lui mis mon poing dans la gueule.

Sixième partie

LE LAC ONCAS

Finalement, le don propre aux aristocrates n'est peut-être pas autre chose que cette fameuse grâce désinvolte... Pire encore, cet emblème ne se suffit pas à lui-même. Sa lumière a besoin d'un champ d'ombre, d'un arrière-plan de désespoir terne illuminé par un éclair de violence. Sans la peur, cette image manque de contours et de contenu, et se dissipe aux Etats-Unis en une vague possibilité. Avec la peur, l'image devient nette, tout comme le don du courage.

NELSON ALDRICH,
Les Vieilles Fortunes.

Au bord du lac Oncas, je regardais les flocons de neige tomber à la surface de l'eau crasseuse et disparaître instantanément, de petites vagues rouler vers moi, molles et grises comme du plomb fondu. Nous avions fini d'entasser toutes nos affaires sur la banquette arrière de la voiture de Lapthorne et Dean avait déjà quitté la ville avec le plus gros de la camelote dans une camionnette de location.

Nous partions pour les Berkshires, chez Ellis. La Southern Pacific Railroad cherchait deux meuleuses avec interfaces informatiques et liens trapézoïdaux, et offrait assez d'argent pour que notre départ soit définitif.

J'avais promis de suivre Dean, de lui coller au train et de prendre l'autoroute sans un regard en arrière, mais comme la femme de Loth quittant Sodome et Gomorrhe, j'avais éprouvé à la dernière minute le besoin de venir ici, de me faufiler entre les entrepôts vides bordant les rues désertes, de me garer dans une zone de gravier envahie par les mauvaises herbes, au bord du lac, au milieu de ce que les gens du coin appellent Oil City.

Malgré le froid, la puanteur était tenace et, de mon perchoir au milieu des réservoirs de pétrole, je voyais la masse noirâtre des usines Lapthorne se tasser, maladives, sur la rive opposée. *Et il ne reconnaîtra point d'où ce malheur lui est arrivé...*

Je pleurais la mort de ce qui aurait pu être : l'ultime espoir de rédemption pour ma famille.

Bien sûr, à la base, Lapthorne était un monstre, haïssable, la somme de tout ce qui me dégoûte chez ces culs-bénits complaisants, pontifiants et meurtriers dont nous descendions tous deux.

Pourtant, il avait incarné tout ce qu'il y avait de plus beau dans les traditions de mon peuple, de ma tribu, une beauté perdue à jamais au même titre que le pigeon voyageur, le Krakatau, la conviction enfantine qu'une guerre pouvait mettre un terme à toutes les guerres ou qu'un navire était insubmersible.

En regardant assez longtemps l'eau du lac, cette lavasse irisée par les toxines, on y voyait presque flotter les cartes de visite, les canotiers, les longs gants à trois boutons et les rince-doigts garnis de rondelles de citron fines comme du papier à cigarette, tous les délicats soutiens d'un empire.

Mon article ne parut jamais dans le *Weekly*. Le journal fut racheté par un conglomérat dont les sbires en costume gris à fines rayures blanches signifièrent très clairement à Ted que leur groupe avait des idées strictes quant à ce qui convenait ou non à une consommation familiale, même si rien ne changeait hormis le fait que j'étais licenciée. La famille, tu parles ! comme si Binty ou le conseil d'administration de son conglomérat y connaissait quelque chose.

S'il y avait eu un soupçon de chaleur dans les mains étroites et pâles de Vagin Glacé, Lapthorne aurait pu être complètement différent, il aurait pu être ce que je croyais qu'il s'efforçait de devenir, un être humain. Un homme véritable, et non une marionnette suspendue à ses fils dans un monde de souffrance.

Evidemment, j'ignorais quel creuset terrible, quelles carences avaient forgé la carapace corsetée de Binty elle-même. Pour se le figurer, il faudrait examiner de l'intérieur notre héritage familial, comme on regarde dans un vieux fusil pour détecter la faille du canon.

Je tenais l'enveloppe de Lapthorne. Après en avoir lu le contenu, je l'avais remise à la police. Ils n'avaient pas souhaité la garder. Aucun procès ne serait intenté.

Le jeune agent, Franklin, nous l'avait rapportée. Peut-être une faveur posthume accordée à Kenny.

Je l'ouvris et je me mis à empiler les feuilles une par une avant de les jeter dans le lac.

Tout y était expliqué. Il avait découpé certaines pages des contes de fées, puis avait inscrit dans la marge un nom, une date, un lieu, tous les détails. En commençant par *La Petite Sirène.*

L'entrée la plus longue était une chronique des événements qui avaient amené Lapthorne à assassiner son copain de régiment Chris, rédigée dans la marge du *Vaillant Petit Soldat de plomb.*

Il racontait comment ils s'étaient reconnus à Fort Drum après avoir fait leurs études ensemble, comment ils s'étaient découvert les mêmes goûts pervers.

Quand il avait confié à Chris tout le plaisir que lui avait procuré le meurtre de la fille d'Egon, ils avaient décidé d'aller à la fête foraine de l'Etat, pour devenir partenaires dans le crime dès leur prochaine permission.

A la fête, Lapthorne avait trouvé très amusant que Delphine exige ses plaques d'identité en échange d'un baiser, il avait souri en la voyant se mettre ce gage autour du cou car il savait très bien qu'elle ne vivrait pas assez longtemps pour se plaindre de son manque de parole. Mais il n'avait pas prévu qu'il trancherait la chaîne en même temps que la gorge. Le collier avait disparu quand les deux filles s'étaient débattues, piétiné et enfoncé si profondément dans la terre que, dans la panique, Lapthorne n'avait pu le retrouver.

“C'est Chris qui est responsable, indiquaient les notes prises par Lapthorne. J'aurais eu le temps de les retrouver, mais il a perdu son sang-froid et m'a obligé à achever l'autre fille. Après ça, je ne pouvais plus lui faire confiance.”

Lappy eut sa revanche dans la jungle, quelques semaines plus tard. Il jeta dans sa tente une grenade dégoupillée, juste avant une aurore indochinoise.

Les plaques d'identité restèrent dans la terre jusqu'à ce que Cal laboure son champ. Schneider ne les avait jamais vues. C'est Sembles qui lui avait révélé le nom de Lapthorne. Cette information était inscrite sur une page découpée dans *Struwwelpeter*.

On pouvait aussi y lire que Schneider avait reconnu avoir trafiqué sa déposition, pour faire croire que Lapthorne et Chris avaient passé la nuit en cellule de détention.

Je froissai l'avant-dernière page, arrachée à *La Petite Fille aux allumettes.*

"Ellis Clark, camp" était noté dans la marge, avec assez de place libre pour noter les horreurs qui n'étaient pas arrivées.

La dernière page m'était destinée.

Je la brûlai, je réduisis les cendres à néant et je partis.

La voix de Billie Holiday se déversa par les haut-parleurs de la Porsche à l'instant où je tournai la clef de contact. *God Bless the Child.*

La voiture projeta derrière elle un superbe panache de gravier et m'emmena directement hors de Syracuse.

REMERCIEMENTS

Je remercie :

Edward Eggert, par qui tout a commencé. Avec Patricia, sa ravissante épouse, il a traité sa belle-fille avec une gentillesse et une patience infinies, comme tous les Eggert, les Hedden, les Murphy, les Hyde et les Mittag, malgré tout le mal que j'ai pu dire des restaurants chinois de leur jolie ville.

Alice Kaufman et Muffy Srinivasan, les deux premières personnes à avoir lu le début, et qui m'ont convaincue que cela valait la peine de continuer.

James, maman, Freya et Mark, tous les jours que Dieu fait. Merci infiniment pour votre soutien, votre gentillesse et votre patience.

Juliette Anthony, qui m'a inscrite pour mon anniversaire au cours d'écriture d'Elaine et Bill Petrocelli à Corte Madera, entraînant ainsi toute une chaîne d'événements heureux qui connut son apogée le jour où je fus présentée à Lee Child. Depuis, le soutien généreux de Lee a eu un impact ineffaçable sur le sort de ce livre.

Mon agent, Rolph Blythe, et ma responsable éditoriale, Kristen Weber. Tous les deux, vous êtes infatigables, extraordinaires, pleins de compassion. Merci aussi de m'avoir botté le derrière, comme le doivent de bons sherpas littéraires. Votre action a été complétée par celle de beaucoup de gens à l'agence littéraire Dunow, Carlson & Lerner, et chez Mysterious Press, notamment Susan Richman, chargée des relations publiques.

Andrew Ambrose, de Holland & Holland, à Londres, pour avoir veillé à ce que Madeline ait le meilleur fusil en main.

Mes vieux compatriotes du *Syracuse New Times*, infiniment plus cool que les collègues de cette histoire.

Les membres de mes deux ateliers d'écriture, par ordre alphabétique : Dave Damianakes, Gaylene Givens, Sharon Johnson, Charles King, Heidi Kriz, Marilyn MacGregor, Kerry Messer, Karen Murphy, Diane Puntenney, Andy Rose, Fred Turner, Dan Ward et Robert Clark Young, qui ont dû patauger à travers d'énormes piles de conneries prétentieuses et illisibles.

Joyce Ahern, Nelson Aldrich, Candace Andrews, Glenn Andrews, Juliette Anthony, Noreen Ayres, Anne Batterson, Joel Blackman, Jacqueline Celenza, John Cooke, Ariel Zeitlin Cooke, Lee Culp, Rick Dage, Race Dougherty, Elaine Flinn, Alfred Fussa, Holly Gold, David et Kathleen Goldsmith, Bob et Judy Greber, Michael Guinzburg, Derek Guth, Kira Halpern, Emily Harris, Susi Hartmann, Pia Harwood, Katrina Heron, Caryl Hill et Lee, Bill Hoyt, Julie Hoyt, Winthrop Hoyt, Joshilyn Jackson, Maureen Jennings, LuAn Keller, Harley Jane Kozak, Heidi Mack, Regina Marler, David Montgomery, TOUS les Mooney, Heidi Moos, Tom et Maripat Murphy, Geoffrey O'Brien, Martha O'Connor, Sabrina O'Jack, Kinda Palmer, Frank Roosevelt, Hunt Smith, Tracy Smith, Tara Staley et William (qui a des ailes et en aura toujours), Heidi Vornbrock Roosa, David Walks-as-Bear et Sarah Weinman.

Toutes les personnes chez Epinions.com, qui m'ont soutenue pendant les heures les plus sombres et qui m'ont redonné le goût d'écrire : T. Allen "cowboyDJ" Morgan, Laura "Leah" Winzeler, Dwight "Counsel" Moody, Markham Shaw "Mshawpyle" Pyle, Curtis Edmonds, Casey "kcfoxy" Stewart (et "ramsfan" le gros bonhomme), M. et Mme Dave "Sweeper" Burckhard, David "Grouch" Abrams, Lisa "my$.02" Goldman, Nollequeen, gracef, forkids, Double-Coog, Lambira, erik-kosberg, nita, stonehousellc, expono, kimmiko, sweetpaulie, gogigantes, 401402, AggieBrett, emlin, Redlass, ebolles, wildvirgogirl, auntnono, snark, bonniesayers, SydKock, halfsweet, poseidon, kchowell, mgreber, ccoggins, elegiac et kmennie, et vous tous qui avez cliqué sur "trust cornelia".

Maggie Griffin et Rae Helmsworth, qui savent tout trouver.

Et les Anoraks Tristes, mon groupe : Andi Schechter, Louise Ure et Shaz Wheeler.

TABLE

Ouvrage réalisé par l'atelier graphique Actes Sud. Achevé d'imprimer sur Roto-Page en décembre 2009 par l'Imprimerie Floch à Mayenne pour le compte des éditions Actes Sud Le Méjan Place Nina-Berberova 13200 Arles.
Dépôt légal 1re édition : juin 2007.
N° impr. : 75439.
(Imprimé en France)